古典詩歌研究彙刊

第十七輯

龔鵬程　主編

第 8 冊

北宋詞閨閣書寫之研究——以柳永、秦觀、李清照為觀察對象（上）

張 嘉 惠 著

國家圖書館出版品預行編目資料

北宋詞閨閣書寫之研究——以柳永、秦觀、李清照為觀察對
象（上）／張嘉惠 著 -- 初版 -- 新北市：花木蘭文化出版社，
2015〔民104〕
目 6+280 面；17×24 公分
（古典詩歌研究彙刊 第十七輯；第 8 冊）
ISBN 978-986-404-076-6（精裝）
1. 宋詞 2. 詞論
820.91   103027251

ISBN-978-986-404-076-6

9 789864 040766

古典詩歌研究彙刊
第十七輯 第 八 冊   ISBN：978-986-404-076-6

北宋詞閨閣書寫之研究
——以柳永、秦觀、李清照為觀察對象（上）

作　　者　張嘉惠
主　　編　龔鵬程
總 編 輯　杜潔祥
副總編輯　楊嘉樂
編　　輯　許郁翎
出　　版　花木蘭文化出版社
社　　長　高小娟
聯絡地址　235 新北市中和區中安街七二號十三樓
　　　　　電話：02-2923-1455／傳真：02-2923-1452
網　　址　http://www.huamulan.tw 信箱 hml 810518@gmail.com
印　　刷　普羅文化出版廣告事業
初　　版　2015 年 3 月
定　　價　第十七輯 14 冊（精裝）台幣 22,000 元
                                        版權所有·請勿翻印

北宋詞閨閣書寫之研究——
以柳永、秦觀、李清照為觀察對象（上）

張嘉惠　著

作者簡介

張嘉惠，高雄人。國立高雄師範大學國文學系博士，國立中山大學中國文學系碩士，國立成功大學中國文學系學士。研究領域為古典詩詞、古典小說與現代小說。

現為高雄市立高雄高工專任教師，國立高雄師範大學國文學系兼任助理教授，國立高雄應用科技大學兼任助理教授，曾獲全國語文競賽國語演說教師組第二名、高雄市語文競賽國語演說教師組第一名、入圍高雄市 101 年度 SUPER 教師獎。

著有學位論文：《北宋詞閨閣書寫之研究——以柳永、秦觀、李清照為觀察對象》（博士論文）、《《聊齋志異》女妖故事研究》（碩士論文）、專書：《古典文學精選》（合著）。單篇論文：〈賈府中的革新力量——論探春〉、〈柳永詞情景交融之美感論析〉、〈淺談《人間詞話》中對秦觀詞之評論〉、〈《半生緣》之美感觀照〉、〈由《再生緣》論陳端生的女性觀〉、〈《孽海花》中傅彩雲之形象論析〉、〈《世說新語・賢媛篇》之女性人物論析〉、〈《水滸傳》中女性人物之論述〉等。

提　　要

本文之題目為「北宋詞閨閣書寫之研究－以柳永、秦觀、李清照為觀察對象」，以下為本文之章節安排概要。

第一章為緒論。本章分為三節論述。第一節說明本文之研究動機、定義與範圍，除了說明閨閣兩字之定義，並對所謂的「閨閣書寫」做出界說，再來，將本文之研究範圍規範在柳永、秦觀與李清照上，言明此三家詞為本文之觀察對象。第二節是研究方法與架構之說明。第三節則回顧歷來文獻，在前人研究之成果上再做開發，本節分為學位論文與期刊論文述之，並寫預期之成果。

第二章係由宋詞之閨閣書寫談性別越界。首先，溯及閨閣書寫的源頭，由《詩經》、《古詩十九首》、《花間集》等籍始，即有不少閨閣書寫之作，而宋朝三家詞中閨閣書寫頻率之高，實有其成因。大抵可由宋朝文化背景談起，宋朝重文輕武的右文政策，文體更替現象下和集體潛意識的文化思潮，都是形成多閨閣書寫之因；再者，詞之為體如美人，就其中詩詞之辨，佐「本色說」與陰性特質證之。第二節談男女詞人創作態度。男性詞人創作之視角，可分為二：男性代女性發聲與男性觀女性兩種。在書寫策略上，男子作閨音之意圖，除了同情婦女

境遇，更多表現在比興寄託的情感投射上。而女性詞家本身即為女子，又以特有的女性筆觸書寫女性，有迥異於男性作家的表現。最後，對閨閣書寫中性別差異的表現，由傳統性別觀論至性別越界。

第三章要談的是北宋詞中閨閣書寫之意象表現。本章分為三節論述。第一節「以時間言」，談到春秋兩季與夜晚時分，是詞人最常書寫的場景。第二節「以物品言」則從閨閣庭樓、院落內閨閣外之物與閨閣內之物等意象，一窺物品場所在詞作中所代表之意義為何。第三節「以舉措言」則由與花的相處、失眠乍醒與夢境的書寫、飲酒、看書、彈琴聽曲與品茗諸項，論述閨閣書寫中之舉措。

第四章分兩節論述。第一節由書寫內容來談，分別由思婦之怨、娼妓之情、身世之感、思鄉之懷、黍離之悲、欲語還休之愁等方面，探析北宋詞中閨閣書寫之內容意蘊。第二節則就書寫策略言，體制上具「要眇宜脩」之特質，文字方面則以淺白直露為主，兼論三家詞中鋪敘、用典與鍊字上之優點。

第五章是北宋三家詞閨閣書寫之美感觀照。首先由「一切景語，皆情語也」的觀點，探究閨閣書寫中情景交融之美，再以「思接千載，視通萬里」之說，論述閨閣書寫中的時空美學，最後再針對閨閣書寫中的悲愁美感，探其源由及悲愁之情的表現。

第六章為結論，對全文論述做出總結。

目

次

第一章　緒　論

第一節　研究動機、定義與範圍

　　本節旨在說明本論文之研究動機，並對題目做出清楚之定義與
說明，再交代研究對象之選取標準。

壹　研究動機

　　《禮記・內則》曰：「禮，始於謹夫婦，為宮室，辨外內。男子
居外，女子居內；深宮固門，閽寺守之；男不入，女不出。」〔註1〕
早自周朝，男性中心社會為女性規劃出一個既定的的活動空間，即閨
閣之內。宋詞涉及女性形象或情感之作，亦多集中在閨房或庭院內，
呈現出以閨房為軸心向外輻射的結構模式。女性審美空間狹小幽深，
簡單且封閉，既反映出審美主體特定空間內形成的審美特徵，也再現
女子內心深處對幽閉空間交織的愛戀與厭棄的矛盾情緒，這種複雜的
心態使宋詞中的女性形象充實而豐滿。

　　深幽是閨閣書寫中最顯著的特點。宋詞中的深閨意象俯拾即是：

〔註1〕　〔漢〕鄭元注，〔唐〕孔穎達等正義，田博元分段標點：《禮記注疏》，
　　　　收錄於《十三經注疏》（臺北：國立編譯館主編，新文豐出版公司發
　　　　行，2001年），冊中，頁1325。

「寂寞深閨、柔腸一寸愁千縷」（李清照〈點絳唇〉）、「小閣藏春，閑窗鎖晝，畫堂無限深幽」（李清照〈滿庭芳〉）、「帝里春晚，重門深院」（李清照〈怨王孫〉）、「晝長深院，夢回孤枕，風吹鈴索」（秦觀〈水龍吟其一〉）、「幾時得歸來，春閣深關。」（柳永〈錦堂春〉）等，可見幽居閨閣之中，深深庭院，鎖住多少思婦的心。

在四壁環圍的生存空間內，心靈深處的自我審視，反應在外在環境與日常生活中。觀乎女性居住之處，多屬隱密，不是遠離地面的高樓，就是藩籬圍牆之內的院所，脫離紛繁熱鬧的人群，隱身於雲遮霧繞之上，而她們與外面世界相聯繫的門窗，不是「常扃」，就是「須閉」，在鎖上的同時，閨閣內還有遮蔽的重重簾幕，所謂「庭院深深深幾許？雲窗霧閣常扃。」（李清照〈臨江仙〉）古代女性自出生始即被封閉在深深庭院、重重簾幕的閨閣之中，封建禮教限制了女性言行規範，也使得宋詞的女性書寫中有許多關於空間封閉的部分，這除了是她們內心世界在審美活動中的反映，也眞實地描摹出女性遠離社會的生活空間。此閨閣書寫既是現實生活的反映，也是女性有感於自我審美空間狹小幽閉，渴望超越解放壓抑的心中嚮往。

因女性審美主體長期處於封閉空間中，其審美視覺自然多投注在閨閣內外的具體物象上，舉凡閨閣裏的閑窗、帷幔、香爐、紗櫥、銀屏、鳳被、孤枕、寒衾、寒燈……等等，組成了重要的意象群，成爲傳遞閨閣書寫意涵的媒介。在第三章第二節中，由煙銷閒置的香爐、單薄寒冷的繡衾寶枕、寂寥清冷的翠屏帳幔，均可見女子一天的生活及其情意心緒，傳達出幽閨女子的孤獨寂寞，以及對花落春去、韶華易逝的感傷情懷。

閨閣是女性一生的起居空間，足不出戶的她們，其傷春悲秋或思人懷遠皆在其中。筆者希冀以閨閣書寫之探究，揭開簾幕內的女性面紗，貼近其閨閣話語，以女性閱讀的角度，一探宋詞中之女性生活及其心靈，並得窺不同性別作者之詞，其內容筆法和創作動機上之異同。再者，宋人王炎《雙溪詩餘自序》中曰：「今爲長短句者，

字字言閨闥事，故語儇而意卑。」〔註2〕此語雖是王氏不滿南渡後詞之氣格靡弱有感而而發，但筆者以爲亦可符合多數北宋詞作之風格，北宋詞中言「閨闥事」之處頗多，其形成之原因何在，而言及「閨閣」事之性別角色異同，所形成的不同文化現象，均爲筆者意欲探討的部分。

對於北宋詞中的閨閣書寫一題，至目前爲止，尚無一專書或專論述及，歷來亦無此議題之專門研究。在前人研究成果上，多以宋詞的發展史觀、女性相關議題，女性詞人的女性意識以及男子作閨音的現象上，前人有不少珠玉之作，但並無評述涉及閨閣書寫之主題，殊爲可惜。因此，對於「北宋詞中之閨閣書寫」此一議題，筆者以爲有其探究之處，故擬擇三位代表詞人爲討論對象，以其閨閣書寫之詞作，一探其書寫意涵，兼論性別差異的書寫呈現和閨閣書寫之美感觀照。

貳　閨閣義界

以下將就本論文對閨閣的定義及界說做出說明。

一、釋　名

（一）閨

閨，上圓下方的小門。《說文解字》：「閨，特立之戶，上圓下方，有似圭。從門圭，圭亦聲。」〔註3〕「圭」爲一形聲字，亦具有表意作用。

閨，可解釋爲特立之戶。《荀子・解蔽》：「俯而出城門，以爲小之閨也，酒亂其神也。」《左傳・襄公十年》：「篳門閨竇之人。」《戰國策・卷十・齊策》高誘注：「公孫戍趨而去，未出，至中閨，君（指

〔註2〕施蟄存：《詞籍序跋萃編》（北京：中國社會科學出版社，1994年），頁302。

〔註3〕〔漢〕許慎撰，〔清〕段玉裁注：《說文解字注》（臺北：天工書局，1996年），頁587。

孟嘗君）召而返之。」〔註4〕

　　閨，也可以是宮中的小門。閨竇，乃穿牆小門、閨閣指宮中小門或內宮深處、閨牖爲宮內的門窗，閨壺則是內宮。《爾雅・釋宮》：「宮中之門謂之闈，其小者謂之閨。」〔註5〕

　　以內室來看，歸有光〈項脊軒志〉：「室西連於中閨，先妣嘗一至。」枚乘〈七發〉：「今夫貴人之子，必宮居而閨處。」閨門，指內室的門，有時也稱家門。閨闥，內室也。閨閤，內室小門。閨禁，宮中後妃居住處。在本文中採內室或女子居室之意以解。

　　閨，後世特指婦女居住的內室。閨閣，女子的臥房，也作閨閤、閨闈、閨闥或閨房。白居易〈長恨歌〉：「楊家有女初長成，養在深閨人未知。」陳陶〈隴西行〉：「可憐無定河邊骨，猶是春閨夢裏人。」

　　閨，因指女子之處所，後多借指婦女。劉言史〈七夕歌〉：「人間不見因誰知，萬家閨豔求此時。」閨闈所無，比喻女子中少有的人才。如閨人，婦女也。閨豔則指美麗的少女。

　　閨，亦可作內室。枚乘〈七發〉：「宮居而閨處。」《後漢書・劉瑜傳》：「女嬖令色，充積閨帷。」〔註6〕《爾雅・釋宮》：「閉謂之門，正門謂之應門。觀謂之闕。宮中之門謂之闈，其小者謂之閨，小閨謂之閤。」〔註7〕古時女子閨房之門，即使白天亦多虛掩，且「聯門排戶」，與《禮記・內則》所敘：「男子居外，女子居內，深宮固門，閽寺守之。男不入，女不出。」之意相符。故閨房，以指婦女的梳妝室、臥室或私人起居室，或作閨閣。《白虎通・嫁娶》：「閨閣之內，衽席之上，朋友之道也。」〔註8〕亦可借指婦女，《新唐書・唐紹傳》：「雖

〔註4〕 〔漢〕高誘注：《戰國策》（臺北：臺灣中華出版社，1966年），頁6。

〔註5〕 〔晉〕郭璞注，陳趙鵠重校：《爾雅・釋宮》（北京：中華書局，1985年），頁42。

〔註6〕 〔南朝宋〕范曄：《後漢書・卷八十七劉瑜傳》，收錄於：《四部備要史部》（臺北：臺灣中華書局，1966年），頁11。

〔註7〕 〔晉〕郭璞注，陳趙鵠重校：《爾雅・釋宮》（北京：中華書局，1985年），頁42。

〔註8〕 〔漢〕班固著，〔清〕陳立疏證：《白虎通疏證》（臺北：中國子學名

郊祀天地不參設，容得接閨闥哉！」

　　總地說來，閨是古代一種類似樓的建築物。屋分兩層，底層爲支撐層，上層立於支撐平座上，四周圍起，有窗，視野高闊，通風良好，常建於園林中以供休憩，可供置物藏書用，曰「樓閨」，也可作爲女子的房間，曰「閨閣」。

（二）閣

　　《說文》：「閣，所以止扉者。門開則旁有兩長檗杆輅之，止其自闔也。」〔註9〕本義爲門限，乃古代放在門上用來防止門自合的長木樁。《左傳》：「高其閈閣。」《爾雅·釋宮》：「所以止扉謂之閎。」〔註10〕郝懿行疏：「此閣以長木爲之，各施於門扇兩旁，以止其走扇。」可說是木板構成的小房子。

　　閣，也是一種架空的小樓房，爲中國傳統建築物的一種。其特點是通常四周設隔扇或欄杆迴廊，供遠眺、遊憩、藏書和供佛之用。《淮南子·主術訓》：「接屋連閣。」〔註11〕杜牧〈阿房宮賦〉：「五步一樓，十步一閣。」歸有光〈項脊軒志〉：「項脊軒，舊南閣子也。」亦可作藏書的地方，如《漢書·揚雄傳》載：「時雄校書天祿閣上。」〔註12〕漢時有「天祿閣」、「石渠閣」，清時有「文津閣」、「文匯閣」；或指供佛的地方，如「文淵閣」、「佛香閣」等。

　　閣也是架空的棧道，用木板架築在山岩絕險處的道路。《戰國策·齊策》載：「爲棧道木閣而迎王與後於城陽山中。」《三國志·魏延傳》載：「率所領徑先南歸，所過燒絕閣道。」閣道的橫樑叫

　　　　著集成編印基金會，1978年），頁576。
〔註9〕　〔漢〕許慎撰，〔清〕段玉裁注：《說文解字注》（臺北：天工書局，1996年），頁589。
〔註10〕〔晉〕郭璞注，陳趙鵠重校：《爾雅·釋宮》（北京：中華書局，1985年），頁42。
〔註11〕〔漢〕劉安撰，〔漢〕高誘注：《淮南子·卷九主術訓》收錄於：《四部備要　子部》（臺北：臺灣中華書局，1966年），冊七十八。
〔註12〕〔漢〕班固撰，〔唐〕顏師古注：《漢書·揚雄傳》，收錄於：《四部備要　史部》（臺北：臺灣中華書局，1966年）。

閣梁，棧道叫閣路。

　　閣，亦爲官署名，乃內閣的簡稱。《明史・海瑞傳》載：「會帝有疾，煩懣不樂，召閣臣徐階議內禪。」大學士及翰林學士入閣辦事的大臣爲閣老。

（三）閨　閣

　　女子所居住的臥室。《紅樓夢》第一回：「其中家庭閨閣瑣事以及閒情詩詞倒還全備，或可適趣解悶。」《鏡花緣》第一回：「此書所載雖閨閣瑣事，兒女閒情，然如大家所謂四行者，歷歷有人。」或作「閨閤」。亦可釋爲宮中小門。《漢書・卷八十九・循吏傳・文翁傳》：「使傳教令，出入閨閤。」

　　連用「閨閣」兩字，在本文中採內室或女子居室之意解，如《樂府詩集・木蘭詩》載：「開我東閣門，坐我西閣床。」

二、界　說

　　處於閨閣之中所發之情，可稱之爲「閨情」，而「閨情」一詞最早見於南朝梁簡文帝蕭綱的詩題，載於《玉臺新詠・卷七・春閨情》，其詩云：「楊柳葉千千，佳人懶織縑。正衣還向鏡，迎春試舉簾。摘梅多遶樹，覓燕好窺簷。只言逐花草，計校應非嫌。」〔註13〕寫出女子迎春時心緒不定的情狀。其書同卷之中尚收錄〈織婦〉、〈詠晚閨〉、〈秋閨夜思〉、〈詠人棄妾〉、〈倡婦怨情十二韻〉……等作，女子身份爲思婦、棄婦或倡婦，由詩歌中都透露出寂寞難耐的心緒。

　　關於「閨情」一詞，初唐歐陽詢編著《藝文類聚》中有較具體的解釋，該書卷三十二立有「閨情」一門，所載詩文，首舉《詩經・伯兮》：「自伯之東，首如飛蓬，豈無膏沐，誰適爲容。」寫女子對征夫的思念，又另舉〈靜女〉寫出女子的貞定、〈東山〉等作則寫男子在外懷念家中妻室或情人間之思念，另收有王筠〈閨情〉詩二首〔註14〕，

〔註13〕〔南朝陳〕徐陵：《玉臺新詠》（北京：中華書局，1985 年），頁 15。
〔註14〕〔唐〕歐陽詢：《藝文類聚》（臺北：文光出版社，1974 年），頁 505。

但宋本《玉臺新詠》並無載錄，今本曹植詩集中也有〈閨情〉之類的詩題，蓋爲後人所知，並非原題。到了唐朝，詩題或句中出現「閨情」者，多所可見，如元稹〈見人詠韓舍人新律詩因有戲贈〉詩云：「花態繁於綺，閨情軟似綿。」（見《全唐詩·卷四○七》）

　　不僅如此，在「閨情」門中，還舉引了《漢書》記載張敞爲妻子畫眉的事，又載錄了後漢秦嘉〈與妻書〉、秦嘉妻徐淑〈答書〉等作，足見「閨情」之意本來是泛指閨房內夫婦之間的情事。這一點在《玉臺新詠》所載詩作中也可以證實。《玉臺新詠》除了人量地收錄敘寫女子之情的詩外，也收載有男子懷念妻室的詩，如卷二有晉人潘岳懷念已故妻子的〈悼亡詩〉、卷四有宋人鮑照敘寫征夫夢中回鄉與妻子團聚的〈夢還詩〉、卷六有梁人徐悱抒發思念妻子之情的〈贈內〉詩。由此可知，閨情詩反映的對象同時包括男女雙方。

　　後來由於兩性社會地位懸殊，強化了男尊女卑的地位，女性往往失意於愛情生活，女性在兩性關係上不但弱勢，有些甚或爲娼爲婢，連追求自由的權力都沒有更遑論愛情了。如此情況下，閨閣之中自然充滿了相思、悲怨、離恨與別愁，閨閣之作亦正反映了女性的情感與生活，更成了寫作上的絕佳素材。

　　本文所稱之「閨閣書寫」定義採廣義論，就文本內涵而言，意指身處閨閣之中，此所言之閨閣中，不僅是閨房內，亦包括在居所周遭，房屋內閨閣外之範圍皆屬之，如院落、庭樓都包括其中。而屋內的意義，不侷限處於自己屋宅之內，包括青樓之流的平康巷陌、旅途驛館的屋舍內，皆可屬之。而書寫之情狀可以是女子身處閨閣內之情思舉措，也可以是男子回憶曩昔或揣想未來於閨閣內與女子共處之時光。大抵說來，係探討現在、過往或未來閨閣內所發生之事和所產生之情思。

參　研究範圍

　　有宋一代之文學，詞爲最盛，作家自是不少。然據陳振孫《直齋

書錄解題》著錄，南北宋總別集不過一百七十家〔註15〕，即後來遺佚間出，《詞林萬選》良愗序竟說「愗家藏唐本五百家詞」。然而時至今日，即盡收各詞家遺佚，並包括各總集別集計算，至多亦不過二百家詞而已。以有宋詞業之盛，僅僅留下不到二百詞家，係因受到了時代的散佚和淘汰。即便如此，要從這些詞家中選出其於閨閣書寫上具代表性者，又恐失之偏頗。

　　對此，本文在選取研究對象之標準上，所關注之要件乃是否具備「詞心」、當行「本色」且在詞壇有一定地位和貢獻。

　　對於「詞心」一語，陳廷焯於《白雨齋詞話・卷六》中曾指出：

> 喬笙巢云：「少游詞感慨身世，閒雅有情思。酒邊花下，一往而深，而怨誹不亂，悄乎得小雅之遺。」又云：「他人之詞，詞才也，少游，詞心也。」得之於內，不可以傳，雖子瞻之明儁，耆卿之幽秀，猶若有瞠乎後者，況其下耶。」此與莊中白之言頗相合。淮海何幸，有此知己。〔註16〕

陳廷焯認同喬笙巢對少游的評價，少游之「詞心」正是他感慨身世，發自內心的抒發，與其他詞人的逞其才、炫其能不同。而筆者以爲所謂的「詞心」，首位要件當是以眞實的經歷與心意撰寫作品，況周頤於《蕙風詞話》中云：

> 吾聽風雨，吾覽江山，常覺風雨江山外有萬不得已者在。此萬不得已者，即詞心也。而能以吾言寫吾心，即吾詞也。此萬不得已者，由吾心醞釀而出，即吾詞之眞也，非可彊爲，亦毋庸強求。視吾心之醞釀何如耳。吾心爲主，而書卷其輔也。書卷多，吾言尤易出耳。〔註17〕

作品除了眞實，也必須是經過觀賞、遊覽、醞釀，深置於心，絕非率

〔註15〕〔宋〕陳振孫：《直齋書錄解題・卷二十一》（北京：中華書局，1985年），頁581～599。

〔註16〕〔清〕陳廷焯：《白雨齋詞話・卷六》，收錄於唐圭璋編：《詞話叢編》冊四，頁3909。

〔註17〕〔清〕況周頤：《蕙風詞話》，收錄於唐圭璋編：《詞話叢編》冊五，頁4411。

爾操觚或強求可得。對此，況周頤以為：

> 填詞要天資，要學力。平日之閱歷，目前之境界，亦與有
> 關係。無詞境，及無詞心。矯揉而彊為之，非合作也。詞
> 之窮達，天也，無可如何者也。雅俗，人也，擇而處者也。
> 〔註18〕

清楚點出，要有天資和學力，足夠的閱歷方能豐富詞心，寫出具詞境
之作。王國維於《人間詞話附錄・十六》亦有類似的看法：

> 亦有得有不得，且得之者亦各有深淺焉。若夫悲歡離合、
> 羈旅行役之感，常人皆能感之，而惟詩人能寫之。故其入
> 於人者至深，而行於世也尤廣。〔註19〕

真正動人心絃的字句，入於人者至深，行於世者尤廣，要能使人觀其
詩文，有吟詠詩句、搖蕩心靈之感。

王國維曾於《人間詞話》引馮煦對少游和小山的評價作出評述，
認為要能夠真正寫出傷心語的「古之傷心人」，非秦少游莫屬：

> 馮夢華《宋六十一家詞選，序例》謂：「淮海、小山，古之
> 傷心人也。其淡語皆有味，淺語皆有致。」〔註20〕余謂，
> 此唯淮海足以當之。小山矜貴有餘，但可方駕子野、方回，
> 未足抗衡淮海也。（第二十八則）〔註21〕

小山之詞似一個落拓失意的貴公子，而少游之詞卻深刻寫出才人志士
挫折後的深深悲哀。這種情感的展現深淺度乍看相似，其實迥然而
異。劉熙載以為：「少游詞有小晏之妍，其幽趣則過之。」〔註22〕除
了「幽趣」外，從馮煦的其他論述中，找到了更能解釋的答案：

〔註18〕〔清〕況周頤：《蕙風詞話》，收錄於唐圭璋編：《詞話叢編》冊五，
頁4407。

〔註19〕〔清〕王國維著、徐調孚校注：《校注人間詞話》，頁72。

〔註20〕原評論出自於《蒿庵論詞》：「淮海、小山，真古之傷心人也，其淡
語皆有味，淺語皆有致，求之兩宋詞人，實罕其匹。子晉欲以晏氏
父子追配李氏父子，誠為知言。」

〔註21〕〔清〕王國維著、徐調孚校注：《校注人間詞話》（臺北：頂淵文化，
2001年），頁16。

〔註22〕〔清〕劉熙載：《詞概》，收錄於唐圭璋編：《詞話叢編》，冊四，頁
3691。

昔張天如論相如之賦云：「他人之賦，賦才也，長卿，賦心
也。」予於少游之詞亦云：「他人之詞，詞才也，少游，詞
心也。」得之於內，不可以傳，雖子瞻之明儁，耆卿之幽
秀，猶若有瞠乎後者，況其下耶。〔註23〕

馮煦認為「詞心」乃少游獨有，有別於其他詞家僅有「詞才」，而無
「詞心」之別。所謂的「詞心」即是詞人之真善美，能以真摯童心處
世，而且有境界，有美感，不僅只有描繪之畫工，更要有熔於一境之
化工。王氏於《人間詞話・三十》對少游詞之境界有以下的看法：

「風雨如晦，雞鳴不已。」「山峻高以蔽日兮，下幽晦以多
雨。霰雪紛其無垠兮，雲霏霏而承宇。」「樹樹皆秋色，山
山盡落暉。」「可堪孤館閉春寒，杜鵑聲裏斜陽暮。」氣象
皆相似。〔註24〕

古今逐臣怨婦的傷痛皆同，屈原投江明志令人心旌動搖，而對於少游
坐困郴州的悲苦，亦能由「可堪孤館閉春寒，杜鵑聲裏斜陽暮」的景
象中令人掬淚。正因以少游如此纖細敏感之情性，生逢困蹇難測之遭
遇，作品中方能充滿著真與美，此種傷心，直是千古之意。誠如馮煦
於《蒿庵論詞・論秦觀詞》中言：

少游以絕塵之才，早與勝流，不可一世，而一謫南荒，遽
喪靈寶。故所為詞，寄慨身世，閑雅有情思，酒邊花下，
一往而深，而怨悱不亂，悄乎得小雅之遺，後主而後，一
人而已。〔註25〕

馮煦認為少游才高韻勝，詞中寄慨身世，情韻悠揚深遠，可謂繼後主
之後唯一值此高度讚美之詞家。陳廷焯亦認為少游情意深濃，洋溢詞
中：「東坡、少游，皆是情餘於詞。耆卿乃辭餘於情。解人自辨之。」
〔註26〕少游之情既真且橫溢，因此於作品之中處處可見其或悲而抒、

〔註23〕〔清〕馮煦：《蒿庵論詞》，收錄於唐圭璋編：《詞話叢編》，冊四，
頁3586。

〔註24〕〔清〕王國維著、徐調孚校注：《校注人間詞話》，頁17。

〔註25〕〔清〕馮煦：《蒿庵論詞》，收錄於唐圭璋編：《詞論叢編》冊四，頁
3586。

〔註26〕〔清〕陳廷焯：《白雨齋詞話・卷一》，收錄於唐圭璋編：《詞話叢編》

或怨而暢的痛快，陳廷焯以為：

> 讀古人詞，貴取其精華，遺其糟粕。且如少游之詞，幾奪
> 溫、韋之席，而亦未嘗無纖俚之語。讀淮海集，取其大者
> 高者可矣。若徒賞其「怎得香香深處，作箇蜂兒抱」等句，
> 此語彭羨門亦賞之，以為近似柳七語。尊柳抑秦，匪獨不
> 知秦，並不知柳。可發大噱。則與山谷之「女邊著子，門
> 裡安心」，其鄙俚纖俗，相去亦不遠矣。少游真面目何由見
> 乎。東坡、稼軒、白石、玉田高者易見。少游、美成、梅
> 溪、碧山高者難見。而少游、美成尤難見。美成意餘言外，
> 而痕跡消融，人苦不能領略。少游則意蘊言中，韻流絃外。
> 得其貌者，如鼴鼠之飲河，以為果腹矣。而不知滄海之外，
> 更有河源也。喬笙巢謂他人之詞詞才也，少游詞心也。可
> 謂卓識。〔註27〕

馮煦和陳廷焯均給予少游極高的評價，而這個獨特之處，正在於少游
有此難得可貴的「詞心」。而筆者以為不僅只有少游具有詞心，耆卿
與易安亦為有「詞心」的詞家；正因經歷過許多風雨波折，人生體認
自然深廣，下筆著力自然字字深刻，句句關情，以飽蘸情感血淚之筆
慟寫真實動人之作。

　　王國維在《人間詞話・六》中言：

> 境非獨謂景物也。喜怒哀樂，亦人心中之一境界。故能寫
> 真景物、真感情者，謂之有境界。否則謂之無境界。〔註28〕

王氏將「真」當做創造「境界」的首要條件，強調情與景、物與我的
交融統一所產生的藝術世界，蓋一切藝術創作以「真」為必須具備的
首要條件，動人的文章必定是真情流露的。情必須真者，非真情則不
足以感人，非真情則不足以表現獨特風格，作品不以真情為依歸，則
失去作品的價值；不真則不足以取信，亦失去了其作用。是以靜安認

　　　　冊四，頁 3784。
〔註27〕〔清〕陳廷焯：《白雨齋詞話・卷八》，收錄於唐圭璋編：《詞話叢編》
　　　　冊四，頁 3958。
〔註28〕〔清〕王國維著、徐調孚校注：《校注人間詞話》，頁 3。

爲凡古今第一流之作品，無一不能表現眞性情：

> 大家之作，其言情也必沁人心脾，其寫景也必豁人耳目。
> 其詞脫口而出，無矯柔妝束之態。以其所見者眞，所知者
> 深也。詩詞皆然。持此以衡古今之作者，可無大誤矣。（《人
> 間詞話‧五六》）〔註29〕

這正是王氏自言「一切文學，吾愛以血書者」〔註30〕之明證。再以
《人間詞話‧刪稿‧四十八》中的論述來說：

> 紛吾既有此內美兮，又重之以修能。文學之事，於此二者，
> 不能缺一。然詞乃抒情之作，故尤重內美。〔註31〕

王氏所謂的內美和修能，也可用來解釋馮煦、況周頤和陳廷焯所言之
詞心。王氏於〈文學小言‧七〉又言：

> 天才者，或數十年而一出，或數百年而一出，而又須濟之
> 以學問，帥之以德性，始能產眞正之大文學。此屈子、淵
> 明、子美、子瞻等所以曠世而不一遇也。〔註32〕

雖然耆卿、少游和易安皆未立於王氏的天才之列，但「濟之以學問，
帥之以德性」之語，正可說明「古之傷心人」的「詞心」何來。需以
人格之美（內美），和先天稟賦與後天涵養的配合（修能），二者兼具，
方能有成。耆卿、少游和易安皆爲纖細善感的有情人，歷經多舛命運
的激盪，致使詞心萌發茁壯，對不幸遭遇抒發感懷，詞作方能動人心
腑，令人低迴再三，如此深刻的感染力，正是「詞心」的表現。

就詞體本身的特質論之，陳師道《後山詩話》有幾則零星評詞之
語，而其中評蘇、黃、秦詞時，曾提出「本色」一說：

> 退之以文爲詩，子瞻以詩爲詞，如教坊雷大使之舞，雖極
> 天下之工，要非本色。今代詞手，爲秦七、黃九爾，唐諸
> 人不迨也。〔註33〕

〔註29〕〔清〕王國維著、徐調孚校注：《校注人間詞話》，頁34。

〔註30〕〔清〕王國維著、徐調孚校注：《校注人間詞話》，頁9。

〔註31〕〔清〕王國維著、徐調孚校注：《校注人間詞話》，頁63。

〔註32〕〔清〕王國維著、徐調孚校注：《校注人間詞話》。

〔註33〕〔宋〕陳師道《後山詩話》，收錄於何文煥訂：《歷代詩話》，頁185。

此說於詞學史上影響甚大。陳師道在討論詞的文體風格時，認為詞體應有其本色，以秦詞為典範，而少游連詩作都具有詞體之美，反觀子瞻的詩詞皆不具詞體之美，可以說北宋以來，少游乃婉約詞派當行本色的典範。後山之論，所涉及的正是傳統婉約詞在文學上的內容、題材、風格應有別於詩的問題。雖然後山的詞學觀反對「以詩為詞」，看來較為保守偏狹，但由其論調中的確清楚界定詞體之「本色」；另外，晁補之雖同意詞的「詩化」，但他是在「詩化」的前提下又重視詞的自身特點，使之有別於詩，這就是詞的本色之美。那麼，何謂詞之本色？繆鉞以為：「詞本以妍媚生姿，貴陰柔之美。」〔註34〕即婉約柔美也。

晁補之即是以婉約閑雅為詞的「當行」之美，他認為詞作為一種特殊體式的文學，還有其自身的婉約之美，比陳師道的「本色論」更有具體的內容。晁補之最為推崇的詞人首推少游，並稱讚秦詞是「天生好言語」。少游之詞是陳、晁兩人以「本色」和「當行」論詞的典範，晁補之《詞評》下文特別推重秦詞為「近世以來作者」所「皆不及」。少游詞柔婉而有韻致，語淡而情深，其特色正好可以說明陳師道的詞體論是以詞的綺豔婉約的女性美為本色。

詞，此一文體，傾瀉了較之前詩歌被道德禮法所拘限的男女情欲，除具生命力，更散發出一股軟豔香濃的脂粉氣。北宋詞以婉約嫵媚為本色當行，乃在於它聲情渾然一體的藝術，而其形式的功用是聊佐清歡之用的，它包括音樂的「要妙含蘊婉轉嬌軟」和歌詞「剪紅刻翠風花雪月」而共同形成語詞體清麗明豔的婉約之美。婉約詞，可以說就是堅持詞的本性特徵，抒發個體情感、追求審美價值，以「清切婉麗」為風格的本色。

耆卿之作，因實現了歌詞與民間雜曲的完美，而「一時動聽，傳播四方」，贏得「凡有井水飲處即能歌柳詞」（葉夢得《避暑錄話》）的盛譽；少游詞因「語工而入律，知樂者謂之『作家歌』」（葉夢得《避

〔註34〕繆鉞：《詩詞散論》（臺北：開明書局，1956年），頁33。

暑錄話》），因而推尊爲婉約詞宗，沈謙評之：「鏟盡浮詞，直抒本色」
〔註35〕；易安也因爲知音守律，被稱爲「本色」「當行」之詞家，沈
謙以爲：「男中李後主，女中李易安，極是當行本色」〔註36〕。三家
詞正因爲能夠當行本色，以婉約嫵媚爲其特色，在閨閣書寫的數量及
質量上自有可觀之處。

除了具備「詞心」，三詞家之「當行本色」，筆者另參酌考量其
於宋詞史中之重要性。柳永、秦觀和李清照在宋代詞壇上有其一定
之歷史定位，再者，三家詞於閨閣詞作中著力甚深，兼具代表性及
獨特性。故本文擬以此三詞家爲觀察對象進行研究，探討其詞作中
閨閣書寫的文化意義。

《四庫提要》云：「詞至晚唐五季以來，以清切婉麗爲宗，至柳
永而一變，如詩家之有白居易，至軾而又一變，如詩家之有韓愈，遂
開南宋辛棄疾等一派。尋源溯流，不能不謂之別格，然謂之不工則不
可。」薛礪若在《宋詞通論》中也有類似之看法：

> 假使中國詞學不經柳永改造，則仍不過模仿溫韋馮延巳等
> 作品，其勢亦成末流，必致陳陳相因，黯然無復生氣」一
> 故柳永乃擴五代之藩籬，摧花間之壁壘，拓長調之沃野，
> 其於詞之末流予揚波壯瀾，更張新途之功，在詞史上自有
> 其創變啓新的地位。〔註37〕

鄭騫則認爲創新形式，首拓體制者是柳永；而深化內容，指出向上
一路者乃是蘇軾。對兩人開創之功皆予肯定，以爲應居於同等地位
〔註38〕。耆卿在詞史發展上之地位實無庸至疑，可說是首開體制，
於形式上作一新變者。蔣哲倫提出詞史歷經了「樂人詞」、「詩人詞」

〔註35〕〔清〕沈謙：《填詞雜說》，收錄於唐圭璋編：《詞話叢編》（臺北：
　　　　新文豐出版社，1988 年），冊一，頁 631。
〔註36〕〔清〕沈謙：《填詞雜說》，收錄於唐圭璋編：《詞話叢編》，冊一，
　　　　頁 631。
〔註37〕薛礪若：《宋詞通論》（香港：中流出版社，1974 年），第三編，（宋
　　　　詞第二期），頁 101。
〔註38〕鄭騫：《景午叢編》（臺北：台灣中華書局，1972 年），頁 119～127。

及「詞人詞」三個階段，並盛讚耆卿爲「詞人詞之先驅」〔註39〕。
鄭騫在〈柳永蘇軾與詞的發展〉一文中，對耆卿在詞之形式上的貢
獻更是大表讚美：

> 有了長調，詞這種文體才得到發展的基礎，若是長久因襲
> 唐、五代的小令形式，恐怕詞的歷史在北宋就要終了。那
> 樣形式簡短，內容狹窄的小玩藝兒，如何能卓然樹立、發
> 揚光大。只有長調興起，這才挽救了詞的厄運。詞的波瀾
> 壯闊，氣象弘偉，是長調興起以後的事；而柳永則是第一
> 個寫長調又多又好的人。所比我說：柳永在詞史上的地位，
> 奠定在他所作長調的量與質上。〔註40〕

城市經濟的繁榮、新聲競起以及民間文學的影響，使投身其中的耆
卿，成了慢詞最有力的推動者，此時的北宋詞壇出現了一種「柳永熱」
〔註41〕。而耆卿不僅在詞壇甚具影響力，在閨閣書寫上亦有可觀之
處。宋詞中書寫女性者不在少數，然而，如耆卿如斯經歷與心態者，
絕無僅有。他既不同於春風得意的士子尋歡作樂、亦不同於達官貴人
的尋花問柳；可以說沒有任何一位詞家比耆卿更貼近庶民世界、更瞭
解娼妓婦女的心事。長期於勾欄酒館中打滾，使其作品中充滿不少所
謂的豔情之作，此類作品雖被衛道之士所不齒，但不可否認的，的確
歷歷是娼妓血淚史，也是字字帶有眞情實感地寫出女性的心聲；而在
此基礎上，其閨閣書寫更顯別樹一幟。

　　早期文人詞作不過是應消遣娛樂之需而生，或面對歡情離愁所
發之愁思，甚或是無病之吟，氣度不廣，內容亦顯狹隘；尤其在閨
閣書寫的層面上，多以豔情視之，似乎沒有太多的揮灑空間。少游
的特別之處，在於其閨閣書寫別出一格，因「將身世之感，打并入

〔註39〕蔣哲倫：〈論周邦彥在詞史上的地位〉，《古典文學知識》，1998 年第
　　　一期，頁 57～61。
〔註40〕鄭騫：《景午叢編》（臺北：台灣中華書局，1972 年），頁 121。
〔註41〕施議對：《詞與音樂關係研究》（北京：中國社會科學出版社，1989
　　　年），頁 81～83。

豔情」〔註 42〕，將自身遭遇情思投入於詞作之中，結合了閨閣風月與羈旅飄零，如實地反映出自己際遇和性情。況周頤曰：

> 有宋熙、豐間，詞學稱極盛。蘇長公提倡風雅，爲一代斗
> 山。黃山谷、秦少游、晁無咎，皆長公之客也。山谷、無
> 咎皆工倚聲，體格於長公爲近。惟少游自闢蹊徑，卓然名
> 家。蓋其天分高，故能抽祕騁妍於尋常擩染之外，而其所
> 以契合長公者獨深。張文潛贈李德載詩，有云：「秦文倩麗
> 舒桃李。」彼所謂文，固指一切文字而言。若以其詞論，
> 直是初日芙蓉，曉風楊柳。倩麗之桃李，容猶當之有愧色
> 焉。王晦叔碧雞漫志云：「黃、晁二家詞，皆學坡公，得其
> 七八。」而於少游獨稱其「俊逸精妙」，與張子野並論，不
> 言其學坡公，可謂知少游者矣。〔註43〕

況氏以「直是初日芙蓉，曉風楊柳。倩麗之桃李，容猶當之有愧色焉」讚美少游詞作，並引王灼之言，再度肯定了少游的「俊逸精妙」。陳廷焯更明確指出宋詞至少游而一變，標誌著一個時代的開始：

> 秦少游自是作手，近開美成，導其先路；遠祖溫、韋，取
> 其神不襲其貌，詞至是乃一變焉。然變而不失其正，遂令
> 議者不病其變，而轉覺有不得不變者。後人動稱秦、柳，
> 柳之視秦，爲之奴隸而不足者，何可相提並論哉。〔註44〕

陳廷焯此語，可說是大大提高了少游詞史上的定位。明代張綖在首標「婉約」與「豪放」二目時，亦將少游尊爲婉約派的代表作家。少游閨閣詞中，其情感走向仍不離兩地相思、傷春悲秋之欷噓，卻又巧妙地融入了羈愁別恨，可說是閨閣書寫的另一層深化。對此，今人楊海明以爲：

> 若從「婉約」詞的總體發展來看，則它的早期作品，似乎
> 還屬「純豔詞」的範疇，專寫豔詞、離情、綺怨之類的內

〔註42〕 〔清〕周濟：《宋四家詞選》（北京：中華書局，1985 年），頁 29。
〔註43〕 〔清〕況周頤：《蕙風詞話》，收錄於唐圭璋編：《詞話叢編》，冊五，頁 4426。
〔註44〕 〔清〕陳廷焯：《白雨齋詞話·卷一》，收錄於唐圭璋編：《詞話叢編》冊四，頁 3785。

容；柳詞漸有開拓，在抒寫離情的詞中，同時抒發自己不甚得意的遊子飄泊之感；而到了秦詞，則更開始了「部分的質變」──在「婉約」的詞境和「豔詞」的「軀殼」之中，傾注了有關政治境遇、有關於身世遭逢的人生感觸。這自然也該視作是一種相當程度的「突破」──蘇軾是用「開放型」的詞風來寫其人生哲理和政治感慨的，此種「突破」較爲明顯；秦觀則在傳統的風格模式中，注入了新的感情內容，這種「突破」就顯得比較隱晦而不易被人所覺察。〔註45〕

楊氏之評明確點出秦詞的突破性。再者，由宋詞壇中之聲名及地位觀之，陳師道《後山詩話》載：「今代詞手，爲秦七、黃九爾，唐諸人不逮人也。」〔註46〕後人多視之爲婉約派代表。如若從力求表達創作主體來看，秦詞是追步蘇公的；但從其總體風貌及美學特質而論，秦詞與蘇詞所步並非相同之路。時人或責其學柳詞，或批評其氣格失之弱，但不可否認秦詞的幽婉柔媚，極具個人特色。

　　在這「閨閣書寫」的主題擷取上，筆者希望做到性別平衡，在引論男性詞家作品的同時，亦應以女性詞家作品來作爲多面向關注之論述。而女詞人中，易安實可爲箇中翹楚。朱熹說：「本朝婦人能文只有李易安與魏夫人。」陳廷焯更進一步直言：「朱晦庵謂宋代婦人能文者，惟魏夫人及李易安二人而已。魏夫人詞筆頗有操邁處，雖非易安之敵，然亦未易才也。」〔註47〕又云：「朱淑貞詞，才力不逮易安。」〔註48〕陳廷焯於《雲韶集》言：「李易安詞，風神氣格，冠絕一時，直欲與白石老仙相鼓吹。婦人能詞者，代有其人，未有如易安之空絕

〔註45〕楊海明：〈北宋後期的詞壇〉，收錄於氏著：《唐宋詞史》（高雄：麗文文化公司，1996年），頁392。

〔註46〕〔宋〕陳師道：《後山詩話》，收錄於〔清〕何文煥訂：《歷代詩話》（臺北：藝文印書館，1991年），頁185。

〔註47〕〔清〕陳廷焯：《白雨齋詞話》，收錄於唐圭璋編：《詞話叢編》，冊四，頁3819～3820。

〔註48〕〔清〕陳廷焯：《白雨齋詞話》，收錄於唐圭璋編：《詞話叢編》，冊四，頁3820。

前後者。」〔註 49〕王僧保〈論詞絕句〉讚：「易安才調美無倫，百代才人拜後塵。比似禪宗參實意，文殊女子定中身。」〔註 50〕明朝楊愼言：「宋人中塡詞李易安亦稱冠絕。」李調元《雨村詞話‧卷三》載：「易安在宋諸媛中，自卓然一家，不在秦七、黃九之下。詞無一首不工。其煉處可奪夢窗之席，其麗處眞參片玉之班，蓋不徒俯視巾幗，直欲壓倒鬚眉。」〔註 51〕清代詞評家周濟於《介存齋論詞雜著》中載：「閨秀詞惟清照最優。」〔註 52〕許多詞評家均給予易安相當高的評價，鄭振鐸以爲：「李清照是宋代最偉大的一位女詩人，也是中國文學史上最偉大的一位女詩人。」〔註 53〕足見在宋代女詞人之中，易安確具有其重要性及代表性。

由「詞心」、「當行本色」以及詞史定位的綜評之下，耆卿、少游和易安成爲本文研究的對象。

確定了代表詞人之後，便是在文本材料的選取上，頗爲困難。因宋人的詞往往互見其中，或己集插入別作，或別集雜入己作，眞僞難辨。以《六一詞》中的豔歌來看，或謂劉輝作，或謂別有仇人作，或謂歐陽脩自作，至今仍屬存疑懸案。其他和《陽春錄》、《樂章集》、《淮海詞》、《珠玉詞》等詞集相夾間雜均有所見。因此在版本的選擇上，爲求統一，茲選取《全宋詞》中收錄之詞作，並參酌其他版本而定。

〔註 49〕〔清〕陳廷焯：《雲韶集》，收錄於唐圭璋編：《詞話叢編》，冊四，頁 3724。

〔註 50〕〔清〕王僧保：〈論詞絕句〉，錄於〔清〕況周頤：《阮盒筆記五種》之《選巷叢譚》（臺北：新文豐出版公司，1989 年，《叢書集成續編》冊 24），卷 2，頁 691。

〔註 51〕〔清〕李調元：《雨村詞話》，收錄於唐圭璋編：《詞話叢編》，冊二，頁 1431。

〔註 52〕〔清〕周濟《介存齋論詞雜著》，收錄於唐圭璋編：《詞話叢編》，冊二，頁 1636。

〔註 53〕鄭振鐸：《插圖本中國文學史》（北京：人民文學出版社，1982 年），頁 505。

　　耆卿詞作的部分，另參酌鄭文焯校評之《樂章集》〔註 54〕、賴橋本的《柳永詞校注》〔註 55〕和薛瑞生的《樂章集校注》〔註 56〕。秦觀詞作的部分，另參酌徐培均校註的《淮海居士長短句》〔註 57〕、《淮海詞》〔註 58〕、《淮海居士長短句校注》〔註 59〕。李清照詞作的部分，另參酌王學初《李清照集校註》〔註 60〕、徐培均《李清照集箋注》〔註 61〕以及何廣棪《李易安集繫年校箋》〔註 62〕等書，相互參照以著。

　　關於詞人的生平，秦觀部分主要參酌了《宋史·文苑傳》〔註 63〕，然耆卿和易安史書上無傳可尋，因此主要蒐集散在各叢談及詞話的零碎記載，就其記載以編撰成文。

一、柳　永

　　以下有關柳永生平經歷部分，主要參考薛瑞生的《樂章集校注》〔註 64〕的前言部分、曾大興《柳永和他的詞》〔註 65〕以及朱傳譽主編

〔註 54〕　〔宋〕柳永著，鄭文焯校評：《樂章集》（臺北：廣文書局，1973 年）。

〔註 55〕　〔宋〕柳永著，賴橋本校註：《柳永詞校注》（臺北：黎明出版社，1995 年）。

〔註 56〕　〔宋〕柳永著，薛瑞生校註：《樂章集校註》（北京：中華書局，2007 年）。

〔註 57〕　〔宋〕秦觀著，徐培均校註：《淮海居士長短句》（上海：上海古籍出版社，1985 年）。

〔註 58〕　〔宋〕秦觀著：《秦觀詞》（北京：中國書店，1996 年）。

〔註 59〕　〔宋〕秦觀著，忍寒居士校注：《淮海居士長短句校注》（臺北：世界書局，1967 年）。

〔註 60〕　〔宋〕李清照著，王學初校注：《李清照集校註》（台北：里仁書局，1982 年）。

〔註 61〕　〔宋〕李清照著，徐培均箋注：《李清照集箋注》（上海：上海古籍出版社，2002 年）。

〔註 62〕　〔宋〕李清照著，何廣棪校箋：《李易安集繫年校箋》（台北：里仁書局，1980 年）。

〔註 63〕　主要參酌《宋史·卷四百四十四·文苑六》（北京：中華書局，1985 年）。

〔註 64〕　〔宋〕柳永著、薛瑞生校註：《樂章集校註》（北京：中華書局，2007 年）。

的《柳永傳記資料》〔註66〕等作。

柳永，字耆卿，初名三變，字景莊，排行第七，又稱柳七，崇安（今福建崇安縣）人。

柳永的生卒年月已不可考，約莫生於宋眞宗初年，卒於仁宗末年，從其「晚第」〔註67〕的情況看來，生年約莫應在西元一千年左右。關於柳永的生年，主要有以下幾種說法〔註68〕：唐圭璋認爲，柳永約生於宋太宗雍熙四年（987），主要根據是羅大經《鶴林玉露·卷十三》所載之傳聞：「孫何帥錢塘，柳耆卿作〈望海潮〉詞贈之云云。」〔註69〕孫何生於宋太祖建隆二年（961）死於眞宗景德元年（1004），柳永能作〈望海潮〉贈之，至少也應爲冠年。〔註70〕孫何任兩浙轉運使，僅於咸平年間末期（998～1003），應不超過景德元年，故柳永不可能於死的當年寫詩干謁，應更提前，方爲可信。故曾大興以爲柳永生年應爲太平興國末年（983）左右〔註71〕，今從此說。

關於柳永名字歷來有不同的說法，陳師道《後山詩話》言耆卿初名三變，「後改名永。」〔註72〕葉夢得《避暑錄話》云：「柳永字耆卿。」〔註73〕後山與夢得均爲宋人，而後山略早，且《福建通志》、《四庫提要》、《詞綜》均作「初名三變，更名永。」故採後山之說。

耆卿出身於儒宦世家，爲工部侍郎柳宜少子，他的五位叔叔也

〔註65〕曾大興：《柳永和他的詞》（廣州：中山大學出版社，1990年）。

〔註66〕朱傳譽主編：《柳永傳記資料》（臺北：天一出版社，1985年）。

〔註67〕柳永爲西元一千零三十四年的進士。

〔註68〕參見曾大興：〈建國以來柳永研究綜述〉，《語文導報》，1987年第10期。

〔註69〕〔宋〕羅大經《鶴林玉露·卷十四》（北京：中華書局，1985年）。

〔註70〕唐圭璋：〈柳永事蹟新證〉，《文學研究》，1957年第3期。

〔註71〕曾大興：《柳永和他的詞》（廣州：中山大學出版社，1990年），頁4。

〔註72〕〔宋〕陳師道：《後山詩話》，收錄於〔清〕何文煥訂：《歷代詩話》，頁186。

〔註73〕〔宋〕葉夢得：《避暑錄話·卷下》，收錄於《全宋筆記　第二編　十》（鄭州：大象出版社，2008年），頁286。

各有官職，而耆卿兄弟三人，亦先後考上進士〔註74〕，耆卿自己為景祐元年（1034）的進士，官至屯田員外郎，世稱柳屯田，三兄弟皆工文藝，號「柳氏三絕」，可以說柳家不僅是書香世家，也是官宦之家。

　　耆卿弱冠之年，即遠赴汴京，求取功名，可惜屢試不第，乃至困居京華，失意無聊之餘，流連坊曲，與歌妓樂工為友，為他們填詞作曲，其詞作雖廣為流傳，卻以浪跡秦樓楚館，好為淫媟之詞，每每為士人詬病，聲名不佳。葉夢得《避暑錄話》卷三載：「（柳永）為舉子時，多遊狹邪，善為歌辭。教坊樂工，每得新腔，必求永為辭，始行於世。於是聲傳一時。」〔註75〕足見其浪漫的個性及放蕩的生活，而時人雖讚其擅作小詞，卻薄於操行。陳振孫即謂：「其人不足道也。」〔註76〕

　　耆卿雖然於年輕時即以詞得享盛名，卻難脫困窮蹇運。《能改齋漫錄·卷一》載：

> 仁宗留意儒雅，務本理道，深斥浮豔虛華之文。三變好為淫冶之曲，傳播四方，嘗有〈鶴沖天〉詞云：「忍把浮名，換了淺斟低唱。」及臨軒放榜，特落之曰：「此人風前月下，好去淺斟低唱，何要浮名？」〔註77〕

足見當時耆卿聲名之差，對此，耆卿只好自嘲乃「奉旨填詞」，其詞雖聲名遠播，宮禁皆知；其人卻屢失君心。陳師道《後山詩話》載：

> 柳三變遊東都南、北二巷，作新樂府，骩骳從俗，天下詠之，遂傳禁中。仁宗頗好其詞，每對酒，必使侍從歌之再三。三變聞之，作宮詞號〈醉蓬萊〉，因內官達後宮，且求

〔註74〕長兄三復，為真宗天禧二年（1018）進士；次兄三接，與柳永同為仁宗景祐元年（1034）進士。

〔註75〕〔宋〕葉夢得：《避暑錄話·卷下》，收錄於《全宋筆記　第二編　十》，頁285。

〔註76〕〔宋〕陳振孫：《直齋書錄解題·卷二十一》（北京：中華書局，1985年）頁583。

〔註77〕〔宋〕吳曾：《能改齋漫錄·卷一》，收錄於唐圭璋編：《詞話叢編》，冊一，頁135。

其助。仁宗聞而覺之，自是不復歌其詞矣。會改京官，乃
以無行黜之。〔註78〕

作〈醉蓬萊〉一詞惹惱仁宗一事，起因於耆卿向仁宗進詞〈醉蓬萊
慢〉，詞中有句「宸游鳳輦何處」，與御制眞宗輓詞暗合，仁宗讀後臉
色慘然，及讀至「太液波翻」，勃然說：「何不言波澄？」乃擲之於地，
耆卿自此不復進用。可見這個「翻」字爲他惹下多大大禍〔註79〕。然
焦循《雕菰樓詞話》卻以爲：「此定用『翻』字。『波翻』二字，同是
羽音，而一軒一輊，以爲俯仰，此柳氏深於音調也。」〔註80〕也許耆
卿用「翻」字，確出於協律之迫不得已，然耆卿求官之心既切，卻因
不懂揣摩聖意，無法體貼君心，使其空有一身才華，卻屢屢遭挫。

耆卿不僅不能上體君心，甚至連大官都給得罪了。耆卿謁見晏
殊，以爲晏殊亦作詞。晏殊答曰：「殊雖作曲子，不曾道『彩線慵拈
伴伊坐』。」耆卿遂無言而退。〔註81〕又秦觀自會稽入京見蘇軾，蘇
軾曰：「不意別後公卻學柳七作詞。」秦觀答曰：「某雖無識，亦不至
是，先生之言，無乃過乎？」蘇軾曰：「『銷魂，當此際』，非柳詞句
法乎？」秦觀慚服。〔註82〕可見當時文壇與政壇的重要領袖，都認爲
耆卿的詞是豔詞俗曲，士大夫不爲也。宋徐度《卻掃編・卷五》嘗記
柳事云：

耆卿以歌詞顯名於仁宗朝，官爲屯田員外郎，故世號柳屯

〔註78〕〔宋〕陳師道：《後山詩話》，收錄於〔清〕何文煥訂：《歷代詩話》，
頁186。

〔註79〕此事詳見〔宋〕王闢之：《澠水燕談錄》，收入於《全宋筆記 第二
編 四》，頁90～91。

〔註80〕〔清〕焦循：《雕菰樓詞話》，收錄於唐圭璋編：《詞話叢編》，冊二，
頁1495。

〔註81〕張舜民《畫墁錄》載：「柳三變既以詞忤仁廟，吏部不放改官，三變
不能堪，詣政府。晏公曰：『賢俊作曲子麼？』三變曰：『只如相公
亦作曲子。』公曰：『殊雖作曲子，不曾道彩線慵拈伴伊坐。』柳遂
退。」參見〔宋〕張舜民：《畫墁錄》，收錄於《全宋筆記 第二編 一》，
頁218。

〔註82〕此事見《唐宋諸賢絕妙詞選》記載。

田。其詞雖極工緻，然多雜以鄙語，故流俗人尤喜道之。其後歐、蘇諸公繼出，文格一變，至爲歌詞，體制高雅。柳氏之作，殆不復稱稱於文之口，然流俗好之自若也。劉季高侍郎，宣和間，嘗飯於相國寺之智海院，因談歌詞，力詆柳氏，旁若無人者。有老宦者聞之，默然而起，徐取紙筆，跪於季高之前，請曰：「子以柳詞爲不佳者，盍自爲一篇示我乎？」劉默然無以應。〔註83〕

不過，耆卿倚聲填詞「掩眾制而盡其妙」（胡寅〈題酒邊詞〉，據《宋六十名家詞》），無論令、慢或引、近，均眾體兼備，當行出色，教坊樂工每得新腔，必求永爲辭，始行於世。葉夢得《避暑錄話》卷下載：「嘗見一西夏歸明朝官云：『凡有井水飲處，即能歌柳詞。』言其傳之廣也。」〔註84〕

關於耆卿死於何處，葬於何地，有棗陽、襄陽、眞州和潤州幾種〔註85〕。《餘杭舊志》一書言耆卿歷餘杭縣令、鹽場大使，終屯田員外郎，卒於襄陽。死之日，家無餘財，群妓合金葬之於南門外，每春月上冢，謂之弔柳七。曾敏行《獨醒雜志·卷四》言：「柳耆卿風流俊邁，聞於一時。既死，葬於棗陽縣花山。遠近之人，每遇清明，多載酒肴，飲於耆卿墓側，謂之吊柳會。」〔註86〕葉夢得《避暑錄話·卷下》載：「（柳永）死，旅殯潤州僧寺。王和甫爲守時，求其後不得，乃爲出錢葬之。」〔註87〕其中以葉氏潤州說最爲可信，今從此說。

〔註83〕〔宋〕徐度：《卻掃編·卷五》，收錄於《全宋筆記 第三編 十》，頁164。

〔註84〕〔宋〕葉夢得：《避暑錄話·卷下》，收錄於《全宋筆記 第二編 十》，頁286。

〔註85〕曾大興：《柳永和他的詞》（廣州：中山大學出版社，1990年），頁17。

〔註86〕〔宋〕曾敏行：《獨醒雜志》，收錄於《全宋筆記 第四編 五》，頁148。

〔註87〕〔宋〕葉夢得：《避暑錄話·卷下》，收錄於《全宋筆記 第二編 十》，頁286。

二、秦　觀

以下有關秦觀生平經歷部分，主要參考秦瀛重編《淮海先生年譜》〔註88〕、徐培均《淮海居士長短句》〔註89〕所附年譜部分、王保珍的《秦少游研究》〔註90〕、顧毓秀的〈秦淮海先生年譜〉〔註91〕以及包根弟《淮海居士長短句箋釋》〔註92〕所附年譜節要等作。

秦觀，字太虛，後改字少游，別號邗溝居士，世稱淮海先生。揚州高郵（今江蘇高郵縣）人。仁宗皇佑元年（1049）生於江西省九江縣〔註93〕，卒於哲宗元符三年（1100），得年五十二歲。

秦觀先世曾是知名武將，其後家道中衰，潛居不仕。至其祖承議公方任官於南康，仕至承議郎，卒於元豐五年。其父元化公，曾師事胡瑗，惜未及入仕即早逝，卒於嘉祐八年；母戚氏，卒年不詳，疑或後於秦觀，享年七十以上〔註94〕。

少游曾於〈送少章弟赴仁和主簿〉中自言：「我宗本江南，爲將門列戟。中葉徙淮海，不仕但潛德。先祖實起家，先君始縫掖。譯郎爲名士，余亦忝詞客。」〔註95〕自小聰敏過人的他，博學強記，讀書過目輒能誦。青年時期，慷慨豪儁，強志盛氣，傾慕郭子儀〔註96〕、

〔註88〕〔清〕秦瀛：《淮海先生年譜》。

〔註89〕〔宋〕秦觀著、徐培均校註：《淮海居士長短句》（上海：上海古籍出版社，1985 年）。

〔註90〕王保珍：《秦少游研究》（臺北：學海出版社，1981 年）。

〔註91〕顧毓秀編：〈秦淮海先生年譜〉，《中國文哲研究通訊》7:4=28，1997.12，頁 15～30。

〔註92〕包根弟：《淮海居士長短句箋釋》（臺北：嘉新文化基金會，1972 年）。

〔註93〕父元化公與母戚氏陪同大父承議公赴南康任所，途經九江誕下少游。

〔註94〕《淮海集・卷三十一・祭洞庭文》云：「紹聖三年十月己亥朔，十一日丁卯……老母戚氏，年逾七十，久抱末疾。……願加哀憐老母。」按此文作於紹聖三年（西元 1096 年），時秦母七十有餘，後四年秦觀卒，其間不聞其母凶訊，意其當卒於秦觀之後。

〔註95〕徐培均箋注：《淮海集箋注・卷四》（上海：上海古籍出版社，1994 年），頁 143。

〔註96〕二十四歲時作〈郭子儀單騎見虜賦〉，讚美欣羨大將軍郭子儀的有勇有謀、英武善戰：「事方急則宜有異謀，軍既孤則難拘常法。……所

杜牧的爲人，決心「回幽夏之故墟，弔唐晉之遺人」，然殺敵於疆場，
收復故土的願望一時間無法實現，便過著漫遊生活。後經人推薦而
結識蘇軾，少游敬仰東坡已久，知其自杭州赴密州任，途經揚州，
故預作坡公筆語，題於山寺壁中。東坡大驚，又得見少游詩詞數百
篇，大讚：「前晚書寺壁者即此郎耶！」兩人始有文字往來，東坡有
詩云：「一聞君語識君心，短李髯孫眼中見。」

　　少游於元豐元年、五年和八年三度至京城開封應舉，直至元豐
八年始登焦蹈榜進士第。在登進士第之前，少游雖面對著應考失利
的壓力，仍抱持著達觀之心，自稱爲「江海客」〔註97〕，徜遊山水
文字間。元豐元年（1078），年屆而立，至徐謁見蘇軾，又訪蘇轍於
應天，秋試不幸落第，友人參寥等致詩安慰。這段時間，曾到歷陽
（今安徽和縣）、徐州（今江蘇）、會稽（今浙江紹興）省親訪賢，
探古攬勝。其作〈掩關銘〉言：「退居高位，杜門卻掃，以詩書自娛。」
說出了家居時期的生活〔註98〕。

　　元豐八年（1085），少游登進士第，除定海主簿，未赴任，而授
蔡州教授。初任官時，所作仍有不少狎妓、美人醇酒及縱情山水之作；
後因捲入黨爭〔註99〕，詞中漸有仕途受創、遭受貶謫的倦怠與無奈。
當年神宗去世，哲宗繼位，翌年改元元祐，主張變法的王安石不久也
病故。哲宗年幼，朝中大政，一切聽之於高太后，於是司馬光、蘇軾
等舊派人物當權，東坡即召爲禮部郎中。元祐二年（1087），蘇軾以

　　　以撤衛四環，去兵兩夾，雖鋒無鏌邪之說，而勢有泰山之虞。」（見
　　　《淮海集・卷一》）少遊因有志於建功疆場，流聲不朽，故取「太虛」
　　　爲字，用以寄寓其高遠之志。
〔註97〕其詩有「繆挾江海志，恥爲升門謀。」（《淮海集・卷三・春日雜興
　　　十首其二》）、「予亦江海人，名宦偶邅迫。」（《淮海集・卷五・贈寒
　　　法師翊之》）等作。
〔註98〕參見《淮海集・卷三十三》。
〔註99〕洛黨是以程頤爲主，朱光庭、賈易爲其羽翼；蜀黨則以蘇軾爲首，
　　　呂陶等人爲其羽翼，兩派相互攻訐，另有朔黨劉摯、梁燾、劉安世
　　　等，時幫助洛黨夾擊蜀黨。參薛應旂：《宋元通鑑》（臺北：臺灣商
　　　務印書館，1973年）。

「賢良方正」薦秦觀於朝〔註 100〕，不幸爲忌者中傷，只得引疾回到蔡州。直到元祐五年，他才再次被召到京師，五月除太學博士，此乃得於右相范純仁之薦舉。然而除官未幾，右諫議大夫朱光庭上章劾其「素號薄徒，惡行非一」〔註 101〕，因而罷命，六月又詔爲秘書省校對黃本書籍，此時生活較之前閒適安逸，校書工作之餘，亦能風雅度日。

　　在元祐五年（1090）制舉及第之後，少游留京供職達五年之久，得以參與當時名公的文酒之會，而元祐七年的賜宴，更是令他印象深刻。《淮海集》中曾說到：「元祐七年三月上巳，紹賜館閣官花酒，以中浣日遊金明池、瓊林院，又會於國夫人園。會者三十有六人。」〔註 102〕這在當時是難得的盛況，即使少游後來貶謫到處州，仍念念不忘如斯情景。綜觀整個元祐時期，舊黨內部鬥爭紛至遝來，新舊黨爭亦紛擾不斷。少游雖在元祐六年由博士遷正字，但在洛蜀兩黨的鬥爭中，依附蜀黨的他遭到洛黨賈易的攻擊，以行爲「不檢」罷去正字，連本來舉薦他的趙君錫竟也上章：「今始知其薄於行，願寢前薦，罷觀新命」，足見官場險惡，少游亦自請辭。

　　元祐八年（1093），少游仕途於數月間扶搖直上，由校對黃本書籍遷爲國史院編修，授宣德郎，得參修神宗正史，並以才品見重，日有硯墨器幣之賜，此時正是他一生中最春風得意的時期。此時的少游不但和黃庭堅、張耒、晁補之並列史館，時人稱「蘇門四學士」，且蘇軾「於四學士中最善少游」〔註 103〕，相當欣賞少游的詩詞文

〔註100〕　《宋史·哲宗本紀》：「元祐二年四月丁未，復制科。」按熙寧七年詔罷賢良方正等科，至是始復。秦觀受薦於佹之薦，作書謝云：「昨蒙左右不以觀之不肖，猥賜論薦，以備著述之科。」（卷三十七〈與鮮于博士書〉）秦觀亦受蘇軾之薦，見《宋史》本傳：「元祐初，軾以賢良方正薦於朝。」

〔註101〕　參見《續資治通鑑長編·卷四百四十二》哲宗元祐五年五月庚寅條。

〔註102〕　徐培均箋注：《淮海集箋注·西城宴集》。

〔註103〕　〔宋〕葉夢得：《避暑錄話·卷下》，收錄於《全宋筆記　第二編十》，頁 286。

章。豈料，太皇太后高氏竟於是年九月初三崩逝，哲宗親政，任用章惇爲相，對「元祐黨」員一一貶黜，紹聖元年（1094）東坡被貶至惠州，再貶至瓊州，少游也受到牽連，出任杭州通判，又以御史劉拯論其妄自增損〈神宗實錄〉，道貶處州，任監酒稅的微職。居處州時，修懺於法海寺，以佛書潛修自得，卻於紹聖三年（1096）「使者承風望指，後伺過失，既而無所得，則以謁告寫佛書爲罪。」〔註104〕坐謁告寫佛書，削職再貶郴州。在郴州的日子，少游的作品中充滿了遠謫愁懷，貶黜日遠、羈愁日深。紹聖四年時的〈踏莎行〉令東坡大大讚賞後兩句，甚而在扇上自書：「少游已矣，雖萬人何贖」之句。〔註105〕呂本中於《呂氏童蒙詩訓》中亦云：「少游過嶺後詩，嚴重高古，與舊作不同。」〔註106〕呂氏以元符元年（1098）秦觀從郴州編管橫州爲分界，說明此時期之後的詞風有極大的變化。

宋朝不殺大臣，貶謫嶺外已是罪臣最重的懲治。元符元年（1098）少游奉詔編管橫州，隔年再從橫州徙雷州，在「南土四時盡熱，愁人日夜俱長」的境遇中，已預感自己生命不會長久，而爲自己做了挽詞：「家鄉在萬里，妻子天一涯。孤魂不敢歸，惝惝猶在茲。……奇禍一朝作，飄零至於斯」（《淮海集‧卷四十‧自作挽詞》），後眞一語成讖。

少游半生仕途坎坷，屢遭貶謫遷徙，長年累月的的流徙生活，貶謫之地愈益遠僻，使得此期的作品中常透露出一股倦於仕宦的情緒。〔註107〕元符三年（1100）正月，哲宗崩，端王佶即位，是爲徽宗，

〔註104〕　《宋史‧卷四百四十四‧文苑六》。
〔註105〕　〔宋〕魏慶之：《魏慶之》，收錄於唐圭璋編：《詞話叢編》，冊一，頁206。
〔註106〕　〔宋〕魏慶之：《詩人玉屑‧卷十八》（臺北：臺灣商務印書館，1968年），頁323。
〔註107〕　如〈如夢令〉：「遙夜沉沉如水，風緊驛亭深閉。夢破鼠窺燈，霜送曉寒侵被。無寐、無寐，門外馬嘶人起。」等作品。

局勢丕變。五月，新即位的徽宗下了一道赦令，東坡得以自海南徙廉州，就在途經海康之時，和少游見了一面，而後少游也被命復宣德郎放還，遂於七月燠熱啟程，冒暑趕路，踰月至藤州時，傷暑困臥光華亭，索水欲飲，家人以一盃注水進，笑視之而卒，得年五十二歲。先前嘗於夢中所作〈好事近〉詞，詞末云：「醉臥古藤陰下，了不知南北。」最終果卒於藤州，人皆以爲詞讖。

三、李清照

　　以下有關李清照生平經歷部分，主要參考劉維崇的《李清照評傳》〔註 108〕、繆香珍的《李清照與朱淑眞評傳》〔註 109〕、于中航的《李清照年譜》〔註 110〕、陳祖美的《李清照評傳》〔註 111〕以及褚斌傑、孫崇恩、榮憲賓所編之《李清照資料彙編》〔註 112〕等作。

　　李清照，號易安居士。關於其生卒年的說法眾說紛紜，莫衷一是。李清照的生年有元豐四年（1081）〔註 113〕、元豐六年（1083）〔註 114〕與元豐七年（1084）之說，據其自撰的〈金石錄後序〉中言：「余建中辛巳（1101），始歸趙氏。」以及「余自少陸機作賦之二年，自過蘧瑗知非之二歲，三十四年之間，憂患得失，何其多也。」〔註 115〕二句話來推論便可知出嫁之年。由杜甫〈醉歌行〉：「陸機二

〔註 108〕　劉維崇：《李清照評傳》（台北：黎明文化出版公司，1987 年）。

〔註 109〕　繆香珍：《李清照與朱淑眞評傳》（臺北：臺灣商務印書館，1989年）。

〔註 110〕　于中航：《李清照年譜》（臺北：臺灣商務印書館，1995 年）。

〔註 111〕　陳祖美：《李清照評傳》（南京：南京大學出版社，1998 年）。

〔註 112〕　褚斌傑、孫崇恩、榮憲賓編：《李清照資料彙編》（北京：中華書局，2004 年）。

〔註 113〕　畢寶魁認爲李清照出生於元豐四年（1081）。參見畢寶魁：〈李清照生年新說補證〉，《遼寧大學學報》，1994 年 4 期（總 128 期），頁103～104。

〔註 114〕　繆香珍：《李清照與朱淑眞評傳》（臺北：臺灣商務印書館，1989年），頁 5。

〔註 115〕　〔宋〕李清照：〈金石錄後序〉，收錄於王學初：《李清照集校註》（臺北：里仁書局，1982 年），頁 177。

十作《文賦》。」可知，陸機作賦之年爲二十歲，「少陸機作賦之二年」即爲十八。蘧瑗五十而知四十九年之非，即劉安《淮南子・原道訓》中所言：「故蘧伯玉年五十而有四十九之非。」「過蘧瑗知非之二歲」即爲五十二歲，而李易安所言「三十四年之間，憂患得失」，若自婚姻生活開始計算，五十二減去三十四得一十八，故易安建中辛巳（1101）時當爲十八年華。由上所述，可推知易安出生年份應爲宋神宗元豐七年（1084），多數學者均採此說〔註116〕。

　　易安爲齊州章邱（今山東濟南市）人，居歷城西南之柳絮泉上，乃著名學者李格非長女〔註117〕，母則爲王狀元拱辰孫女，父母皆工文章，易安亦幼有才藻。趙彥衛《雲麓漫鈔》稱其：「有才思，文章落紙，人爭傳之。」朱弁《風月堂詩話》載：「趙明誠妻，李格非女也，善屬文，於詩尤工，晁無咎多對士大夫稱之。」〔註118〕易安亦兼有詩名，其「詩情如夜鵲，三繞未能安。」王灼《碧雞漫志》載：「自少年即有詩名，才力華贍，逼近前輩。若本朝婦人，當推文采第一。」〔註119〕朱彧《萍洲可談》亦載：「詩之典贍，無愧於古之作者。」〔註120〕除了詩詞之外，亦工書畫、精博弈（有《打馬圖經》傳世）、擅文學批評（著《詞論》），並與夫趙明誠合撰《金石錄》。

　　建中辛巳（宋徽宗建中靖國元年，西元1101年）年間，年方十八的易安嫁給二十一歲的太學生趙明誠，易安父李格非時任禮部員外郎，趙明誠之父趙挺之則任吏部侍郎。對於此段美好良緣，《瑯嬛記》卷中有如斯記載：

　　　趙明誠幼時其父將爲擇婦，明誠晝寢，夢誦一書，覺來惟

〔註116〕　王學初、黃盛璋、於中航等人均採此說。

〔註117〕　《宋史・卷四四四・李格非傳》：「李格非，字文叔，濟南人。……女清照，詩文尤有稱於時，嫁趙挺之之子明誠，自號易安居士。」

〔註118〕　〔宋〕朱弁《風月堂詩話》，收入於蔡鎮楚編：《中國詩話珍本叢書》（北京：北京圖書館出版社，2004年），頁245。

〔註119〕　〔宋〕王灼：《碧雞漫志・卷二》，收錄於《全宋筆記　第四編　二》，頁183。

〔註120〕　〔宋〕朱彧：《萍洲可談・卷中》（北京：中華書局，1985年）。

> 憶三句雲：『言與司合，安上巳脫，芝芙草拔。』以告其
> 父，其父為解曰：『汝殆能得能文詞婦也，言與司合是「詞」
> 字，安上巳脫是「女」字，芝芙草拔是「之夫」字，非謂
> 汝為詞女之夫乎。』後李翁以女女之，即易安也，果有文
> 章。〔註121〕

雖屬附會，卻為兩人的結合糝上了浪漫甜蜜的色彩。婚後的生活雖然
貧窮，但兩人志同道合，吟詠風雅，易安倒也甘之如飴：

> 趙、李族寒，素貧儉，每朔望謁告出，質衣，取半千錢，
> 步入相國寺，市碑文、果實歸；相對展玩咀嚼，自謂葛天
> 氏之民也。後二年，出仕宦，便有飯蔬衣練，窮遐方絕域，
> 盡天下古文奇字之志。日就月將，漸益堆積。丞相居政府，
> 親舊或在館閣，多有亡詩、逸史，魯壁、汲塚所未見之書，
> 遂盡力傳寫；浸覺有味，不能自已。後或見古今名人書畫，
> 一代奇器，亦復脫衣市易。嘗記崇寧間，有人持徐熙《牡
> 丹圖》，求錢二十萬。當時雖貴家子弟，求二十萬錢，豈
> 易得耶？留信宿，計無所出而還之。夫婦相向惋悵者數
> 日。〔註122〕

文中道出易安與夫婿對金石的熱愛，即使不甚富裕，生活卻安適美
滿。他們以詩詞互相唱和，並共同整理、收藏書畫和金石：

> 後屏居鄉里十年，仰取俯拾，衣食有餘。連守兩郡，竭其
> 俸入以事鉛槧。每獲一書，即同共勘校，整集籤題；得書、
> 畫、彝、鼎，亦摩玩舒卷，指摘疵病，夜盡一燭為率。故
> 能紙箚精緻，字畫完整，冠諸收書家。餘性偶強記，每飯
> 罷，坐歸來堂，烹茶，指堆積書史，言某事在某書某卷第
> 幾葉第幾行，以中否角勝負，為飲茶先後。中即舉杯大笑，
> 至茶傾覆懷中，反不得飲而起，甘心老是鄉矣！故雖處憂

〔註121〕 〔元〕伊世珍：《瑯嬛記》（臺北：莊嚴文化事業有限公司，1955
年），頁72。

〔註122〕 〈金石錄後序〉一文旨在紀錄李清照夫婦一生辛勤蒐集圖書古器，
及這些器物在北宋末年變亂中散失的經過，並追述對丈夫的懷念之
情。參見〔宋〕李清照：〈金石錄後序〉，收錄於王學初：《李清照
集校註》，頁177。

患困窮而志不屈。收書既成，歸來堂起書庫大櫥，簿甲乙，
置書岫，如要講讀，即請鑰上簿，關出卷帙。或少損汙，
必懲責揩完塗改，不復向時之坦夷也。是欲求適意而反取
僇慄。餘性不耐，始謀食去重肉，衣去重采，首無明珠翡
翠之飾，室無塗金刺繡之具。遇書史百家，字不刓缺，本
不訛謬者，輒市之，儲作副本。自來家傳《周易》、《左氏
傳》，故兩家者流，文字最備。於是幾案羅列，枕席枕藉，
意會心謀，目往神授，樂在聲色狗馬之上。〔註123〕

徽宗大觀元年（1107），明誠父趙挺之卒，明誠與易安屏居青州鄉里
十餘年。在衣食有餘，不必日夜爲口腹奔波後，兩人方能有閒情和閒
暇，共同致力於金石書畫的搜集整理。易安天性穎悟，見識卓越，和
明誠一同用心蒐集古籍，在青州故居起了書庫，夫妻二人非常愛惜得
來不易的書籍。爲了協助丈夫收集文物，易安節衣縮食，並且樂在其
中在多方涉獵後終有所成，作《金石錄》一書。《金石錄》考證精鑿，
多足正史書之失，兩人以琴書自娛，這段時間這可說是易安人生之中
最快樂的時光。

宋欽宗靖康元年（1126）宋室南渡。靖康二年（1127）春，明誠
奔母喪於金陵，半棄所藏。不久，金人陷青州，火其書十餘屋。建炎
二年（1128），明誠起復，知江寧府。周煇《清波雜志·卷八》載：

頃見易安族人言，明誠在建康日，易安每值天大雪，即頂
笠披簑，循城遠覽以尋詩，得句必邀其夫賡和，明誠每苦
之也。〔註124〕

顯見二人夫婦相互唱和之鶼鰈情深。建炎三年（1129），明誠罷守
江寧，將卜居贛水。四、五月間，高宗至江寧，詔明誠知湖州。明
誠赴行，「途中奔馳，冒大暑，感疾。至行在，病痁。七月末，書
報臥病。余驚怛，念侯性素急，奈何病痁，或熱，必服寒藥，疾可

〔註123〕 〔宋〕李清照：〈金石錄後序〉，收錄於王學初：《李清照集校註》，
　　　　　頁 177～178。
〔註124〕 〔宋〕周煇：《清波雜志》（北京：中華書局，1985 年），頁 69。

憂。遂解舟下，一日夜行三百里。比至，果大服柴胡、黃芩藥，瘧
且痢，病危在膏肓。餘悲泣倉皇，不忍問後事。八月十八日，遂不
起。取筆作詩，絕筆而終。」〔註125〕

　　易安在葬畢明誠之後，大病一場。後值金兵南下，流寓南方的易
安隻身漂泊在浙東一帶，晚年境遇愈益孤寂淒苦。紹興二年（1132
年）五月，四十九歲的她嫁給張汝舟〔註126〕，而李清照對於這次錯
誤的婚姻，後悔莫及，在信中說明了被騙婚的經過：

> 近因疾病，欲至膏肓，牛蟻不分，灰釘已具。嘗藥雖存弱
> 弟，應門惟有老兵。既爾倉皇，因成造次。信彼如簧之說，
> 惑茲似錦之言。弟既可欺，持官文書來輒信；身幾欲死，
> 非玉鏡架亦安知。儡俛難言，優柔莫決。呻吟未定，強以
> 同歸。〔註127〕

這段不愉快的婚姻僅維持百日，易安有「有凶橫者十旬」句（〈投翰
林學士綦崇禮啓〉），因張汝舟不但庸俗粗暴，而且娶年近半百的易安
動機並不單純，乃爲其手上的值錢文物，故婚後便醜態畢露，逼她交
出手上值錢事物，爲此易安只得告官〔註128〕，在〈投翰林學士綦崇
禮啓〉一文中盡現她既悔恨又無奈的心情：

> 視聽才分，實難共處，忍以桑榆之晚節，配茲駔儈之下才。
> 身既懷臭之可嫌，惟求脫去；彼素抱璧之將往，決欲殺之。
> 遂肆欺凌，日加毆擊。可念劉伶之肋，難勝石勒之拳。局
> 天扣地，敢效談娘之善訴；升堂入室，素非李赤之甘心。

〔註125〕　〔宋〕李清照：〈金石錄後序〉，收錄於王學初：《李清照集校註》，
　　　　　　頁180。
〔註126〕　黃盛璋〈李清照事跡考辨〉舉出七條宋人載籍所記改嫁資料，證明
　　　　　　清照確曾改嫁。
〔註127〕　〔宋〕李清照：〈投翰林學士綦崇禮啓〉，收錄於王學初：《李清照
　　　　　　集校註》，頁167。
〔註128〕　《建炎以來繫年要錄・卷五十八》載：「紹興二年（1132）九月戊
　　　　　　午朔……右丞奉郎監諸軍審計司張汝舟屬吏，以汝舟妻李氏訟其妄
　　　　　　增舉數入官也。其後有司當汝舟私罪，徒，詔除名，柳州編管，十
　　　　　　月己酉行遣。李氏，格非女，能爲歌詞，自號易安居士。」，頁1003。

〔註 129〕

對於易安再嫁的問題，後世爭議頗大，眾說紛紜，衛道之士亦常以此譏其失節：

> 易安再適張汝舟，未幾反目。有啓事與綦叔原云：「忍以桑榆之晚節，配茲駔儈之下才。」傳者無不笑之。（胡仔《苕溪漁隱叢話・前集卷六十》）〔註 130〕

> 易安居士，京東路提刑李格非文叔之女，建康守趙明誠之妻。作長短句，能曲折盡人意，輕巧尖新，姿態百出。閭巷荒淫之語，肆意落筆。自古縉紳之家能文婦女，未見如此無顧籍也。趙死後，再嫁某氏，訟而離之。晚節流蕩無依。（王灼《碧雞漫志・卷二》）〔註 131〕

> 右皇朝李氏格非之女，先嫁趙誠之。有才藻。……然無檢操，晚年流落江湖間以卒。（晁公武《郡齋讀書志・卷四下》）〔註 132〕

對易安改嫁一事，嗤之以鼻，大加撻伐。結束了不愉快的短暫婚姻，紹興四年（1134），年逾五十的易安，作〈金石錄後序〉，悼舊物之不存，傷遭遇之不幸。後避亂西上，卜居金華。俞正燮《癸巳類稿・易安居士事輯》云：「（〈武陵春〉一詞）流寓有故鄉之思。其事非閨閫文筆自記者莫能知，或曰依弟迒，老於金華。」〔註 133〕後宋進誓表於金，割地稱臣，獲偏安之局，易安於紹興十三年（1143）至臨安，已年至花甲。至於易安卒年，文籍無載，但七十二歲以前似仍建在〔註 134〕，故其卒年不早於七十三歲。

〔註 129〕 〔宋〕李清照：〈投翰林學士綦崇禮啓〉，收錄於王學初：《李清照集校註》，頁 167～168。

〔註 130〕 〔宋〕胡仔：《苕溪漁隱叢話》（北京：中華書局，1985 年），頁 413。

〔註 131〕 〔宋〕王灼：《碧雞漫志・卷二》，收錄於《全宋筆記　第四編　二》，頁 183。

〔註 132〕 〔宋〕晁公武：《郡齋讀書志》（臺北：臺灣商務出版社，1978 年），頁 490。

〔註 133〕 〔清〕俞正燮：《癸巳類稿・卷十五　易安居士事輯》（臺北：世界書局，1965 年），頁 603。

〔註 134〕 陸游〈夫人孫氏墓誌銘〉：「夫人幼有淑質，故趙建康之配李氏，以

第二節　研究方法與架構

　　本文擬探討宋詞中閨閣書寫之文化意義，研究範圍係以柳永、
秦觀、李清照爲觀察對象。

壹　研究方法

　　本論文中用到的批評方法有三，共有鏡像階段論（Mirror Stage）、
文化研究法（Cultural Criticism）和歷史傳記批評法（Historical-
Biographical Approach）。

　　鏡像階段論（Mirror Stage）是拉岡（Lacan）理論體系的核心內
容之一，也是他的主體理論的基礎和關鍵〔註135〕。早於 1936 年發表
的一篇主題論文中，拉岡提出孩子在成長過程一個極端重要的時刻，
在嬰兒約爲十五個月時，會突然間出現一種視覺突變，部份論者認爲
這是指生物上的轉變，事實上應是結合生理學、腦部發展、認知能力
和感情因素的結合性轉變。

　　「鏡像階段」的概念源自法國兒童心理學家瓦龍（H. Wallon），
而其中的「自我」繼承自佛洛伊德（S. Freud），「鏡像階段」基本上
要經歷三個時期：（1）孩子由一歲半開始，會對應來自外在世界的自
身反映，孩子在母親的抱持下，看到了鏡中的自己，孩子不能分辨鏡
像與己身、他人鏡像和他人的差別，此時期的孩子混淆了自我和他
人。（2）稍後，嬰兒發現鏡像不再是一個現實的事物，僅是他人的影
像，此時的嬰兒已能分辨母親與母親影像之別，也不再將自己和母親
及母親的影像視爲一個整體。（3）最後，嬰兒終於發現鏡像就是自己
的影像，可初步確認自己身體的同一性與整體性。此即「鏡像階段」
中嬰兒對自我的認同。

文辭名家，欲以其學傳夫人，時夫人始十餘歲，謝不可。曰才藻非
女子事。」（參見《渭南文集·卷四十五》）誌文雲孫氏辛於紹熙四
年，年五十四，生於紹興十一年，其辭謝易安時，應不少於十五歲，
由此推知，易安於七十二歲時仍建在。
〔註135〕 王國芳、郭本禹：《拉岡》（臺北：生智文化，2003 年），頁 129～146。

　　在第一階段中，孩子對母親抱持著他的鏡像產生一種原始的認同，並產生一種幻想性認知（亦是後錯誤認知的基本型），對自己能作爲一個整體（gestalt），感到異常的快樂，可是這完整自我的想法是缺乏生物性基礎，事實上孩子當時的能動性和自主性都只是有限的，他所成形的自我影像（imago）只是以理想我 （ideal-I）的情況出現。拉岡認爲小孩會在這時間內，視覺上有能力分別在鏡像中，被母親抱著的小孩，和母親的身體是個別被分開的兩個獨立個體，這種獨立和小孩子在原生（初生）時和母體合一的境況比較，是無比的創傷，也帶來最原始的痛苦。這種生理學上的分離狀態和心理上離開母親的痛苦，結合成鏡像期的初始經驗。

　　拉岡心理分析的核心是我（le moi）的位置，我是心理、認知及性格成形的基礎，拉岡認爲鏡像場景標示的是原生的痛苦，這種痛苦是類似出生時候，嬰兒離開母體時的分離痛苦，而這也是人生所有痛苦的基本結構。這痛苦既是無可選擇的，但同時提供積極推動力，個體得以成長。

　　拉岡鏡像階段中的三種心理境界論，其基本主題是對於完整的我所進行的反動，本文擬以此來檢視三詞家於閨閣書寫中的自我表現。

　　文化研究法超越了文學批評和歷史界線，其涵蓋範圍是需要跨領域的，它就所有層次進行探討，不應去區分高低、精英或通俗文化，不僅只討論社會現象，還包括形成原因。在審視宋代社會文化構成同時，文化研究是必須運用到的研究法，筆者認爲宋詞如此嬌媚多姿的文化生成，與其時代背景（如宋代的右文政策）以及詞體本身之特質演進有關，而宋詞中的閨閣書寫，更可溯源自中國人長久以來的生活與書寫積習，這些都是一種文化積澱後的現象，由現象背後文化因素的探索，將可令我們對宋代閨閣詞大興之現象有更深刻的認知。

　　歷史傳記批評法，此種方法視文學作品主要爲作者生活與時代

環境或其人物之生活與時代背景的一種反映。在處理三家詞作的思想內蘊，並對其創作心理進行探討時，筆者選擇以傳統歷史傳記批評法進行研究。三詞家各有不同的生成背景，在詞中所展現出的抒發主旨與情感亦大相逕庭，此均可從他們的生平經歷與人生理想中得到證成，是故，以作者的生平遭遇來對照作品意涵，將可於作品中找到不少反映作者現實的痕跡。

貳　批評視角

近來女性主義議題研究之學者眾，但較多著眼於現代文學的研究，對古典文學仍多以傳統批評法來研究，殊爲可惜。筆者以爲傳統文學中的性別議題研究性高，所謂的「傳統觀點」實等同於「男性觀點」，當我們以女性主義的批評法，來研究這些傳統文學時，不但能洞悉男性意識於傳統小說中的表現與影響，更能對作品背後的性別意識與文化意蘊有新的體會。故本論文期望由女性閱讀者的角度出發，提供一種異於傳統的詞學解讀，試圖爲北宋三家詞探究出新意。

參　研究架構

本文之題目爲「北宋詞閨閣書寫之研究——以柳永、秦觀、李清照爲觀察對象」，以下爲本文之章節安排概要。

第一章爲緒論。本章分爲三節論述。第一節說明本文之研究動機、定義與範圍，除了說明閨閣兩字之定義，並對所謂的「閨閣書寫」做出界說，再來，將本文之研究範圍規範在柳永、秦觀與李清照上，言明此三家詞爲本文之觀察對象。第二節是研究方法與架構之說明。第三節則回顧歷來文獻，在前人研究之成果上再做開發，本節分爲學位論文與期刊論文述之，並寫預期之成果。

第二章係由宋詞之閨閣書寫談性別越界。首先，溯及閨閣書寫的源頭，由《詩經》、《古詩十九首》、《花間集》等籍始，即有不少

閨閣書寫之作，而宋朝三家詞中閨閣書寫頻率之高，實有其成因。大抵可由宋朝文化背景談起，宋朝重文輕武的右文政策，文體更替現象下和集體潛意識的文化思潮，都是形成多閨閣書寫之因；再者，詞之爲體如美人，就其中詩詞之辨，佐「本色說」與陰性特質證之。第二節談男女詞人創作態度。男性詞人創作之視角，可分爲二：男性代女性發聲與男性觀女性兩種。在書寫策略上，男子作閨音之意圖，除了同情婦女境遇，更多表現在比興寄託的情感投射上。而女性詞家本身即爲女子，又以特有的女性筆觸書寫女性，有迥異於男性作家的表現。最後，對閨閣書寫中性別差異的表現，由傳統性別觀論至性別越界。

　　第三章要談的是北宋詞中閨閣書寫之意象表現。本章分爲三節論述。第一節「以時間言」，談到春秋兩季與夜晚時分，是詞人最常書寫的場景。第二節「以物品言」則從閨閣庭樓、院落內閨閣外之物與閨閣內之物等意象，一窺物品場所在詞作中所代表之意義爲何。第三節「以舉措言」則由與花的相處、失眠乍醒與夢境的書寫、飲酒、看書、彈琴聽曲與品茗諸項，論述閨閣書寫中之舉措。

　　第四章分兩節論述。第一節由書寫內容來談，分別由思婦之怨、娼妓之情、身世之感、思鄉之懷、黍離之悲、欲語還休之愁等方面，探析北宋詞中閨閣書寫之內容意蘊。第二節則就書寫策略言，體制上具「要眇宜脩」之特質，文字方面則以淺白直露爲主，兼論三家詞中鋪敘、用典與鍊字上之優點。

　　第五章是北宋三家詞閨閣書寫之美感觀照。首先由「一切景語，皆情語也」的觀點，探究閨閣書寫中情景交融之美，再以「思接千載，視通萬里」之說，論述閨閣書寫中的時空美學，最後再針對閨閣書寫中的悲愁美感，探其源由及悲愁之情的表現。

　　第六章爲結論，對全篇論述做出總結。

第三節　文獻回顧與展望

壹　前人研究成果

　　對於宋詞中的「閨閣書寫」這個主題，至目前爲止，尚未有任何一部專書或單篇論文以此爲題來撰寫。今所見詞之評論中多爲討論單一詞家作品，及其思想風格、詞意賞析、相關文史料之考據……等等；而與本文主題相關之題目如「女性書寫」或「男子作閨音」等方面的文獻不少，但終非以「宋詞中之閨閣書寫」爲討論議題者，以下將臚列前人研究之相關成果。

一、學位論文〔註136〕

（一）柳永詞研究的相關學位論文

序號	書　　　名	作者	畢　業　校　系	年度
1	柳永羇旅行役詞研究	謝曉芳	國立彰化師大國文系碩士	97
2	柳永與蘇軾詞之比較研究	陳怡蘭	逢甲大學中文系碩士	97
3	柳永慢詞研究	王俐菁	國立彰化師大國文系碩士	96
4	柳永詞清代評論之研究	曾子淳	國立中山大學中文系碩士	95
5	柳永其人與其詞之研究	林柏堅	國立中央大學中文系碩士	95
6	柳永詞評價及其相關詞學問題	林佳欣	國立東華大學中文系碩士	94
7	《樂章集》、《淮海詞》羇旅書寫之研究	高家慶	國立嘉義大學中文系碩士	94
8	物阜民豐的圖卷——柳永《樂章集》太平氣象研究	曾琴雅	國立彰化師大國文系碩士	93
9	柳永詞研究	姜昭影	國立臺灣大學中文系碩士	92
10	柳永詞對都會描寫的開拓	林燕姈	南華大學文學系碩士	91
11	柳永詞女性形象之研究	施惠娟	國立中興大學中文系碩士	91
12	《樂章集》修辭藝術之探究	呂靜雯	淡江大學中文系碩士	89

〔註136〕　大陸方面的學位論文，篇幅較少，談述層面亦較表層，故未引論。

13	柳永詞情色書寫之研究	連美惠	淡江大學中文系碩士	87
14	柳永樂章集意象析論	張白虹	國立高雄師大國文系碩士	85
15	柳永歌詞與高麗歌謠之比較研究	張仁愛	國立臺灣師大國文系碩士	74
16	柳永與周邦彥	崔瑞郁	國立臺灣大學中文系碩士	63

　　在柳永詞作方面的研究，除了其人其詞綜論性質外，多針對某一主題書寫，或某類意象，或女性形象，或情色書寫，或太平氣象。除此之外，另有柳永與其他詞人之比較，以及後世對柳詞之評價。

（二）秦觀詞研究的相關學位論文

序號	書　　名	作者	畢　業　校　系	年度
1	秦觀詞作藝術魅力探微	盧麗龍	國立彰化師大國文系碩士	96
2	《樂章集》、《淮海詞》羈旅書寫之研究	高家慶	國立嘉義大學中文系碩士	94
3	秦觀詞歷代評論研究	康瑞宗	臺北市立師範學院應用語言文學研究所碩士	93
4	秦觀詞歷代評論再探討	徐玉珍	輔仁大學中文系碩士	93
5	秦觀詞的女性敘寫研究	林怡君	國立彰化師大國文系在職進修專班碩士	92
6	淮海詞與清真詞之比較研究	李德偉	國立中興大學中文系碩士	92
7	秦觀詞的回流與拓展	張珮娟	國立臺灣師大國文系碩士	91
8	蘇門四學士詞比較研究	許雅娟	國立彰化師大國文系碩士	90
9	晏幾道與秦觀詞之比較研究	黃玫娟	國立彰化師大國文系碩士	87
10	秦少游詞研究	楊秀慧	國立中山大學中文系碩士	87

　　在秦觀詞作方面的研究，多針對其風格及寫作技巧，或作其人其詞的全面性述評，或比較秦觀和其他詞家的異同，以及後世對秦觀詞之評價。

（三）李清照詞研究的相關學位論文

序號	書　　　名	作者	畢　業　校　系	年度
1	動亂中的詞人——李煜李清照詞比較研究	王廣琪	國立彰化師大國文系碩士	97
2	李清照詞之音韻風格	郭麗蘋	國立彰化師大國文系碩士	97
3	清代的李清照研究	林秋燕	佛光大學文學系碩士	97
4	李清照詞作之情感嬗變與藝術特質探究	吳美珍	玄奘大學中文系在職專班碩士	97
5	二安詞之花意象比較研究	林欣怡	國立彰化師大國文系碩士	96
6	性別與認同——李清照其人其詞的創作與接受研究	葉祝滿	國立政治大學國文教學碩士學位班碩士	96
7	李清照詞與徐燦詞比較研究	洪怡姿	中興大學中文系碩士	96
8	漱玉詞藝術探究	張美智	玄奘大學中文系碩士	94
9	易安詞前後期詞彙句法特點研究	曾文琪	國立中山大學中文系碩士	94
10	李清照詩詞中的譬喻運作：認知角度的探討	林增文	東海大學中文系碩士	94
11	李清照性格思想及生活情趣探究	陳怡君	國立彰化師大國文系碩士	93
12	易安詞中的愁	郭錦蓉	南華大學文學研究所碩士	91
13	南渡詞人李清照——其詞作與詞學主張研究	郭曉菁	國立清華大學中文系碩士	91
14	李清照詞及其修辭技巧研究	吳平盛	中國文化大學中文所在職專班碩士	90
15	李清照「詞論」研究	張星美	國立高雄師大國文系碩士	79
16	李清照詞之研究	金容春	東海大學中文系碩士	75

　　在李清照詞作方面的研究，或研究易安詞中之思想內容，或以某類意象談起，或以其他詞家和易安相較。在宋代詞人中，李清照相關的論文著述相當多，大概僅次於蘇軾耳。

二、期刊論文

有關於柳永、秦觀和李清照三位詞家的論文數量相當可觀，因此以下筆者將分項整理資料，並針對其主題與本論文相關的部分爬梳概述。

（一）臺灣方面的期刊論文

對於「女性書寫」此一議題，可以看到不同文類的呈現，除見此一主題研究度之廣。

1、趙桂芬：〈吳歌西曲的女性書寫特徵〉，《東海中文學報》20，2008.07，頁 105～131。

2、林淑貞：〈情境連類──唐詩「以女爲喻」審美心理析論〉，《興大中文學報》23，2008.06，頁 67～96。

3、野村鮎子著，涂翠花譯：〈士大夫如何書寫家中女性──試從性別觀點研究古典文學〉，《當代》96=214，2005.06，頁 70～87。

4、許麗芳：〈詩教典範之詮釋與維護──試析明清詩集序跋中對女性書寫合理化之論述〉，《國文學誌》6，2002.12，頁 175～198。

5、中國女性文學研究室學刊：〈女性書寫／書寫女性〉，《中國女性文學研究室學刊》5，民 2002.09，頁 33～52。

6、陳儀芬：〈「詩潭顯影」中的陰性書寫〉，《臺灣詩學季刊》34，2001.03，頁 102～112。

7、許東海〈賦心與女色──論漢賦中的女性書寫及其意涵〉，《成大中文學報》8，民 2000.06，頁 99～126。

8、蔣宜芳：〈女性書寫、抒寫女性──魏晉南北朝文學女性研究書目初編〉，《中國文哲研究通訊》，8：4=32，1998.12，頁 101～143。

無論是由傳統文學史觀之，或以某一文類進行探討，女性書寫以性別異同之角度切入文學，探究在傳統文學闡釋下另一種性別聲音。不過真正以宋詞爲指涉範圍者，僅只以下數篇：

1、趙孝萱：〈宋代才女詞人女性書寫的非「陰性」特質〉，收入黎活仁等主編：《女性的主體性：宋代的詩歌與小說》（臺北：大安出

版社，2001 年 10 月）。

2、陳康芬：〈試以詞體中的婉約風格與擬女性話語觀看宋代女性詞家〉，收入於黎活仁等主編：《女性的主體性：宋代的詩歌與小說》（臺北：大安出版社，2001 年 10 月）。

3、張白虹：〈柳永《樂章集》女性形象的修辭藝術〉，《人文與社會學報》，2010.01，頁 61～80。

4、李德偉：〈掩紅淚、玉手親折——清眞詞的女性書寫與性別意義〉，《東海中文學報》20，2008.07，頁 133～161。

5、林佩誼：〈淺論唐宋詞「男子而作閨音」現象〉，《豐商學報》11，2006.06，頁 111～113

6、張白虹：〈柳永《樂章集》之女性形象〉，《雄工學報》6，2005.05，頁 37～58。

7、吳曉佩：〈淺談易安詞的女性形象與意義〉，《松山工農學報》3，2005.04，頁 112～123。

8、李麗華：〈女性自傳文學的書寫意識與書寫特質——以李清照〈金石錄後序〉爲剖析文本〉，《漢學論壇》2，2003.06，頁 13～28。

李清照因符合男性文學傳統的期待，普遍被著錄於自傳選文中，但當中所流露出的女性自傳書寫意識與特徵，恰是另一種在男性自傳文學傳統下的弔詭呈現；除了女詞人作品的研究，其他男性詞家的女性形象書寫也多爲研究對象，然尚未有以宋詞中之閨閣書寫爲主題者之研究。

所謂的閨閣之作，其相關指涉範圍尚有閨秀和閨怨等主題，爲中國古典文學書寫風格的一種類別。在期刊中所搜尋之閨秀文學或閨閣作品有：

1、毛文芳：〈一個清代閨閣的視角——顧太清（1799～1877）畫像題詠析論〉，《文與哲》8，2006.06，頁 417～474。

2、吳靜盈：〈清代閨閣紅學初探——以西林春、周綺爲對象〉，《文與哲》6，2005.06，頁 257～286。

　　3、張瑞芬：〈鞦韆外的天空——學院閨秀散文的特質與演變〉，《逢甲人文社會學報》2，2001.05，頁 73～96。

　　4、張淑麗：〈「閨怨」美學的挑戰——當代臺灣女性書寫的異／移位〉，《中央月刊文訊別冊》9＝149，1998.03，頁 22～25。

　　5、林幸謙：〈張愛玲的「閨閣政治論述」：女性身體、慾望與權力的文本〉，《國立臺灣大學文史哲學報》47，1997.12，頁 43～76。

　　上引之閨閣研究，或當代現代詩歌，或現代小說，或紅學研究，或畫像題詠之作，是多方面的研究展現，不過對於宋詞中的閨閣研究成果，仍付之闕如。若試圖由閨怨詩歌方面尋找，則可得見閨怨類型作品的呈現：

　　1、彭衍綸：〈從〈詩經・衛風・伯兮〉談唐代閨怨詩作〉，《中國語文》90:3＝537，2002.03，頁 58～63。

　　2、李致蓉：〈唐代閨怨詩「征婦」之怨情研究〉，《輔大中研所學刊》11，2001.10，頁 159～178。

　　3、朱崇儀：〈閨怨詩與豔詩的「主體」〉，《文史學報》29，1999.06，頁 73～91。

　　4、鄭華達：〈「敬順」與「悔嫁」——唐代閨怨詩的社會意識〉，《大陸雜誌》97:4，1998.10，頁 1～14。

　　5、許翠雲：〈唐代閨怨詩研究〉，《國立臺灣師範大學國文研究所集刊》34，1990.06，頁 543～670。

　　6、費臻懿：〈從「詩經」的「白華」「采綠」——淺談後代閨怨詩的演變〉，《建國學報》13，1984.06，頁 1～22。

　　7、李瑞騰：〈中國古典情詩散論:自君之出矣——一種定型的閨怨情詩〉，《文藝月刊》166，1983.04，頁 84～89。

　　上引論文關於閨閣為研究議題者，多以「閨怨」為主題表現，女子多處閨閣之中，怨之所以發皆相思之嘆也。而我們可以發現，除了談閨怨類型的由來，在閨怨詩歌的表現及分析研究上，前人多選擇以唐代詩歌作為論述研究的對象，截至目前為止，實無宋詞方面閨閣書

寫的研究。較近合的主題，應是：

李孟君：〈宋詞中的女性形象研究——以貴族婦女、民婦、歌妓、姬妾爲主〉，《建國學報》20，2001.06，頁 91～105。

不過，該作主要是談宋詞中的女性，分析宋詞中以描寫思婦、歌妓妾姬爲大宗，其次爲詠民婦、貴婦、少女之作，而后妃、宮人、征婦、棄婦之作寥寥可數；除了女性形象，另兼論當時婦女的社會地位。

以下再談幾篇宋三家詞人的相關研究。

關於柳永的研究，前人多著重在柳永詞作風格及內容之剖析，尤其是在「雅」與「俗」之間的辨別：

1、盧冠如：〈宋士大夫觀點下的柳詞——兼論柳詞「高處不減唐人」意涵〉，《東華中國文學研究》7，2009.07，頁 111～140。

2、林宛瑜：〈論柳永詞中「秋士易感」之原型〉，《語文學報》13，2006.12，頁 129～142。

3、黃致遠：〈楊柳岸曉風殘月——柳永詞的雅與俗〉，《中華技術學院學報》33，2005.12，頁 97～108

4、黃雅莉〈宋詞主體內心世界的拓展與強化——以柳、周、姜、吳四家詞爲論〉，《語文學報》10，2003.12，頁 103～134。

5、黃雅莉：〈柳、周、姜、吳四家詞情與景組合方式的嬗變〉《中國文化月刊》272，2003.08，頁 9～30。

6、王國瓔：〈柳永詞之世俗情味〉，《漢學研究》19:2=39，2001.12，頁 281～311。

7、張麗珠：〈跨越閨閣門檻的情詞——談柳永詞之「不減唐人高處」〉《國文學誌》5，2001.12，頁 159～186。

8、王璞：〈柳永詞的雅與俗——從中國古典文論的雅俗之辨說起〉，《中國文化月刊》256，2001.07，頁 98～106。

9、李嘉瑜：〈論「以賦爲詞」的形成——以柳永、周邦彥詞爲例〉，《國立編譯館館刊》 29:1，2000.06，頁 133～148。

10、李文鈺：〈承襲與開創——柳永詞之小令與長調〉《中國文學研究》14，2000.05，頁 23～72。

11、徐亞萍：〈斷鴻聲遠長天暮——論柳詞之寫景與抒情〉，《靜宜人文學報》9，1997.06，頁 59～75。

12、黃雅莉：〈略論柳永對悲秋詞的拓展及其情感意蘊〉，《中國學術年刊》18，1997.03，頁 205-220+437-438。

13、劉少雄：〈論柳永的艷詞〉，《中國文哲研究集刊》9，1996.09，頁 163～191。

上引論文多涉及柳永的豔情詞，以及用字俚俗等問題。

在秦觀方面的論文有：

1、蔡玲婉：〈杜鵑聲裡斜陽暮——論秦觀詞的黃昏意象〉，《臺南師院學報》35，2002.06，頁 209～225。

2、王鐿容：〈從淮海詞看——秦觀的心境與情史〉，《歷史月刊》167，2001.12，頁 116～121。

3、王鐿容：〈性別與閱讀——以秦觀婉約詞為例〉，《中極學刊》1，2001.12，頁 47～76。

4、吳旻旻：〈試由「愁」談秦觀、賀鑄詞——兼論二人在詞史上的承繼與超越〉，《中國文學研究》15，2001.06，頁 155～177。

5、黃淑貞：〈「醉臥古藤陰下，了不知南北」——論秦觀詞的悲愴情調〉，《中國語文》　88:4=526，2001.04，頁 36～52。

6、顧毓琇編：〈秦淮海先生年譜〉，《中國文哲研究通訊》7:4=28，1997.12，頁 15～30。

7、王淳美：〈宋四家詞比較研究——柳永、秦觀、周邦彥、蘇軾〉，《中國文化月刊》160，1993.02，頁 94～110。

8、黃雅莉：〈秦觀詞情韻兼勝的藝術特色〉，《鵝湖》26:8=308，2001.02，頁 34～45。

9、沈謙：〈秦觀詞評析〉，《中國語文》84:1=499，1999.01，頁

40～47。

李清照部份的論文研究數量極多，舉凡其女性特質、女性形象、溫婉詞風、白描手法，甚或於其詞中的的各類意象，皆有相關的研究。

1、陳淑芬：〈李清照的詠酒詞〉，《國文天地》23:11=275，2008.04，頁 23～29。

2、楊惠婷：〈李清照〈一剪梅〉詞的意象表現〉《國文天地》23:11=275，2008.04，頁 30～35

3、張佳瑤：〈李清照的詠菊詞〉，《國文天地》23:11=275，2008.04，頁 17～22。

4、吳曉佩：〈淺談易安詞的女性形象與意義〉，《松山工農學報》3，2005.04，頁 112～123。

5、徐信義：〈人比黃花瘦：略說李清照詞〉，《中國語文》54:5=323，1984.05，頁 32～36、62。

（二）大陸方面的期刊論文

1、女性書寫

（1）李杉、阮毅：〈唐宋詞女性化書寫與審美〉，《太原師範院學報（社會科學版）》，2010 年 01 期，頁 74～76。

唐宋詞的女性書寫多表現爲女性化的思維模式和視角轉化，並特別突出哀傷之感，超越了傳統的代言與模擬，具有陰陽和諧的雙性之美。

（2）李杉：〈女性視角下的唐宋詞〉，《商丘師範學院學報》，2010 年 01 期，頁 34～39。

詞與女性的關係最爲密切，由女性角度談詞的傳播、文人創作和審美風格。

（3）張遠秀：〈宋代女性詞對女性形象的重塑與深化〉，《延安職業技術學院學報》，2009 年 02 期，頁 67～69。

宋代女詞人作品體現出不同於男性創作的女性形象，對女性形

象進行了重塑與深化，體現出宋代女詞人獨有的藝術審美追求。

（4）郭楠：〈南宋女性與男性詞人的涉酒詩詞審美情趣比較──以李清照、朱淑眞、蘇軾、辛棄疾詩詞爲例〉，《西北農林科技大學學報（社會科學版）》，2009 年 02 期，頁 127～130。

以李清照、朱淑眞、蘇軾、辛棄疾等詞家的作品，比較兩性在涉酒詩詞的審美情趣。

（5）張春華：〈女性主義觀照下花間詞的美學特質〉，《求索》，2009 年 04 期，頁 168～170。

以跨文化的女性主義文論研究花間詞，拓展了學界對詩詞的研究。

（6）王偉偉：〈男權文化下的女性書寫──以宋詞爲例〉，《山東師範大學學報（人文社會科學版）》，2008 年 05 期，頁 132～135。

宋代女性詞的書寫潮與宋代特定的社會文化心理、詞體的審美特性有著密切的關係。

（7）葉嘉瑩：〈女性語言與女性書寫──早期詞作中的歌伎之詞〉，《中國文化》，2008 年 01 期，頁 37～48。〔註137〕

葉氏通過對詞例的分析認爲，第一類文化層次較低的歌伎詞，因其「男性書寫」格式之習染與約束較少，表現較生動變化，而賦予本眞的生命之感發；第二類與文士往來的文化層次較高的歌伎詞，則因受到文士們「男性書寫」的影響，而表現出雙性的美感。

（8）〈畫眉樓上愁登臨──宋代女性樓意象詞與男性閨音樓意象詞比較〉，《瀋陽大學學報》，2008 年 03 期，頁 8～12。

比較分析兩宋時期樓意象詞的作品，認爲「閨音原唱」（作者爲

〔註137〕 亦刊登於葉嘉瑩：〈女性語言與女性書寫──早期詞作中的歌伎之詞（上）〉，《天津大學學報（社會科學版）》，2006 年 04 期，頁 272～276。葉嘉瑩：〈女性語言與女性書寫──早期詞作中的歌伎之詞（中）〉，《天津大學學報（社會科學版）》，2006 年 05 期，頁 345～349。葉嘉瑩：〈女性語言與女性書寫──早期詞作中的歌伎之詞（下）〉，《天津大學學報（社會科學版）》，2006 年 06 期，頁 420～423。

女詞人自身）較「男子作閨音」，詞作內容豐富且情感眞摯深刻。

（9）王曉驪：〈女性書寫與性別缺席──論宋代女性詞的性別意識〉，《廣西社會科學》，2007 年 08 期，頁 139～142。

宋代女性詞對女性身份的漠視和突破，主要表現在「文人化」與「情人化」。

（10）潘碧華：〈陰陽變調中的女性角色──談唐宋男詞人的女性書寫〉，《河南科技大學學報（社會科學版）》，2004 年 01 期，頁 78～83。

女性主義認爲女性入詞是藐視女性尊嚴，但唐宋男詞人的女性書寫，是對女性特質格外喜愛的表現。

（11）陳龍：〈對話與潛對話：「女性書寫」的現實內涵〉，《當代外國文學》，2002 年 01 期，頁 134～140。

陳氏以爲在文學史上，「女性書寫」表現爲對話和潛對話兩種形式。

2、三家詞中的女性形象

（1）李首鵬：〈「別是一家」女兒心──論李清照詞中的女性心理〉，《名作欣賞》，2010 年 08 期，頁 189～191。

李清照主張詞「別是一家」，並創作了大量的「女子自作閨音」之自敘體詞，終結了「男子代作閨音」的代言體詞時代，開拓了詞體的新感受和性別情致。

（2）姜芳：〈論柳永女性意象詞中的寄托〉，《雞西大學學報》，2010 年 01 期，頁 113～114。

柳永詞作中女性意象情感的隱晦寄託，是作者個人情感與封建正統勢力，包括主流文學審美標準矛盾衝突下的結果。

（3）宋多霞：〈李清照與魚玄機女性意識比較研究〉，《學術界》，2010 年 01 期，頁 155～160，288～289。

李清照與魚玄機的女性意識明顯不同，主要體現在對封建禮教的叛逆、對美好愛情的詠唱、對現實危機的警覺和對各家詞作的品評等

幾個層面。

（4）李雯、徐濤：〈淺論李清照對女性詞的開拓〉，《中國西部科技》，2009 年 31 期，頁 84～85。

李清照對女性詞的開拓不僅體現在高超的語言運用能力和藝術技巧上，更在於她開始以女性筆廓抒寫女性實感、塑造了一系列眞實可感的自我形象。

（5）齊月衍：〈論李清照詞中的現代女性意識〉，《青年文學家》，2009 年 06 期，頁 36。

李清照詞作所反映的意識，衝破了封建思想的禁錮，具有現代女性意識。

（6）耿鵬：〈女性主義意識的覺醒——李清照詩詞的審美價値〉，《當代小說（下半月）》，2009 年 06 期，頁 40～41。

探析李清照詩詞的審美價値，從美學女性主義的角度，重新解讀李清照的詩詞。

（7）馬肖燕、賈雪彥：〈淺論「易安體」中的女性情懷〉，《安徽文學（下半月）》，2009 年 08 期，頁 63。

以女性獨特的審美視角來觀照外部世界和生命價値，把女性深切的內在生命體驗化入詞中。

（8）李宗坡：〈從《漱玉詞》中看李清照的另類女性形象〉，《現代語文（文學研究版）》，2009 年 03 期，頁 42～43。

由《漱玉詞》見易安身爲女性的內心情懷及強烈的自我意識。

（9）袁茵：〈淺析李清照早期閨閣詞〉，《安徽文學（下半月）》，2009 年 03 期，頁 227～228。

結合李清照所處的歷史環境，探討其詞作中流露出的思想與情感。

（10）劉雲霞：〈女性形象在柳永詞中的全新面貌〉，《邢臺學院學報》，2009 年 02 期，頁 39～41。

柳永詞中女性形象角色眾多、形象豐滿，亦可見他對女性富有極

大的人文關懷。

（11）胡秀春：〈論李清照詞中女性形象的中性化〉，《文化學刊》，2009 年 02 期，頁 168～172。

李清照在詞中塑造了中性化眞實的女性自我形象，體現出女性作者衝破男性強勢話語的胸襟。

（12）李彥華：〈解析李清照筆下女性形象〉，《遼寧廣播電視大學學報》，2009 年 01 期，頁 84～86。

由李清照個人生活經歷，對其作品中的女性形象進行梳理。

（13）徐志華：〈秦觀詞的女性形象與秦觀人生角色的流變〉，《聊城大學學報（社會科學版）》，2008 年 01 期，頁 106～109。

秦觀詞的女性形象流變與秦觀本人從豪傑才子到正統儒士及至悲憤貶官的人生歷程呈對應關係。

（14）王金壽：〈易安詞女性意識再評價〉，《西北師大學報（社會科學版）》，1999 年 02 期。

李清照詞作中展現出灑脫樂觀的「丈夫」氣質、曠達超逸的隱士風度，表現出她崇尚獨立人格的意識，以及「風神氣格，冠絕一時」的卓然才氣與獨創精神。

3、閨閣文化

（1）楊紅平：〈畫眉深淺入時無──淺析宋詞中的閨閣文化〉，《時代文學（下半月）》，2009 年 06 期，頁 143。

由宋詞中對女性的描寫反映出當時的閨閣文化。

（2）駱新泉：〈宋代一般女性與歌妓樓意象詞的豐富內涵〉，《梧州學院學報》，2009 年 01 期，頁 59～65。

宋代一般女性及歌妓詞人特別鍾情於「樓」意象，展現出她們各自不同的人生際遇、身份地位與理想情志，內涵豐富多彩。

（3）舒紅霞：〈論宋代女性文學的審美空間〉，《遼寧師範大學學報（社會科學版）》，2007 年 05 期，頁 97～99。

宋代女性的文學創作意象大多集中在閨房之內，反映出審美主

體特定空間內管中窺豹的審美特徵，並再現她們內心深處對幽閉空間交織的愛戀與厭棄的矛盾情緒。

　　關於詞方面的論文部份已臚列於上，在專書或單篇論文方面的數量更是多不勝數，甚至還有不少專刊的問世以及研討會的舉辦，可知詞學之研究向度實精深博大，探討層面亦廣，雖已有許多「女性形象」等方面的相關研究，但在「閨閣書寫」上仍有不少可資研究的未開發地帶，尚待後進學人去發掘。

貳　本文預期成果

　　近年來對女性主義議題相當熱中，有不少作品以女性意識、女性主義、女性形象作為研究主題。而本篇論文不著意於女性主義的保衛戰，而期望以女性閱讀的角度，將北宋詞中極具代表性的三家詞——柳永、秦觀和李清照，其詞中的閨閣書寫作一全面性的探析。

　　在此之前，本研究主題尚無前人觸及，前人的研究方向，不是僅作三詞家其人其詞的研究，便是圍繞在男子作閨音或詞風婉約帶女性化等議題上。這是相當可惜的事，詞婉約柔媚，是一種相當女性化的文體，故其中閨閣之作尤多，若能就中理出脈絡，相信能對北宋詞之發展，有更深一層體悟。

第二章　由北宋詞之閨閣書寫談性別越界

　　本章旨在探討北宋三家詞人閨閣書寫中的性別議題。首先，先回溯「閨閣書寫」此一主題之源頭，由《詩經》始，漸次討論到北宋詞。再由男性詞家與女性詞家兩種不同性別的視角著手，探討性別差異所呈現出的內容和意圖之別。

第一節　閨閣書寫的溯源與開展

　　本節將探析閨閣書寫的源起以及在北宋三家詞中的表現與開展。宋詞之興起是許多條件下配合的成果，而筆者以為會造就宋詞如此興盛的主因有二，當源自整個時代的政治情況與文化氛圍，再兼之詞體本身的起源，而造就詞體帶有陰性特質，在此陰性特質發酵下，於北宋三家詞的表現中，閨閣之作自然如雨後春筍般數量多且質量佳。

壹　閨閣書寫溯源

　　早自《詩經》始已有許多謳歌愛情的詩歌，其中多數均以閨閣中之女子口吻寫成，《詩經》非一人一時一地之作，姑且不論其實際創作者的身份或性別為何，然以女子視角寫成的篇章確不在少

數。康正果認爲孤單的處境使婦人容易對丈夫產生單一的依戀之情，當她侷限在家庭生活的小天地中，不可能分享男人在家庭之外的社會活動時，她常常懷著不安的心情惦念著離她遠去的丈夫。於是，她成了痛苦的思婦。特別是那些行役的丈夫或從征的將士之妻，當命運把她們的丈夫逼向遠方的時候，她們總是在深閨中召喚征人遊子，詛咒命運，永遠唱著纏綿而單調的相思調，通常把這一類妻子懷念丈夫的詩稱之爲「思婦詩」。〔註1〕接續而起的古詩十九首和《花間集》中也有不少以思婦爲主題的閨閣書寫之作，以下分項論述歷來韻文中閨閣書寫之作。

一、詩　經

《詩經》〔註2〕是我國最早的一部詩歌總集，它眞實反映古代的社會生活，直接而鮮明的表達了人民的思想感情，開創詩歌現實主義創作的先河。其中反映愛情婚姻者，面相多姿，有謳歌熱戀的歡樂，也有吟詠失戀的痛苦，亦有反映婚後的生活者，或出自思婦、棄婦、少女等不同身份女子之口，千情百態，各富其采。朱熹歎曰：「男女相與詠歌，各言其情。」〔註3〕詩之語言自然樸素，卻撼人心魄。其中男女相悅之詞不少，不但寫出相戀的喜悅，更直露出男女約會戀愛的自由，而約會的地點可以是郊野、城隅、水邊或山旁：

> 靜女其姝，俟我於城隅。愛而不見，搔首踟蹰。靜女其變，貽我彤管。彤管有煒，說懌女美。自牧歸荑，洵美且異。匪女之爲美，美人之貽。(〈邶風·靜女〉)
>
> 溱與洧，方渙渙兮。士與女，方秉蕳兮。女曰觀乎？士曰既且。且往觀乎！洧之外，洵訏且樂。維士與女，伊其相謔，贈之以勺藥。溱與洧，瀏其清矣。士與女，殷其盈兮。女曰觀乎？士曰既且。且往觀乎！洧之外，洵訏且樂。維

〔註1〕 康正果：《風騷與豔情》(上海：上海文藝出版社，2001年)，頁34。
〔註2〕 本文使用的版本爲〔清〕阮元校勘：《十三經注疏·詩經》(臺北：藝文印書館，1955年)。
〔註3〕 〔宋〕朱熹：《詩集傳》(上海：上海古籍出版社，1980年)。

士與女，伊其將謔，贈之以勺藥。(〈鄭風‧溱洧〉)

上則寫青年男女幽會於城角，先到的女子躲藏以觀男子的反應，男子不見心上人，急得抓耳撓腮，後來愛屋及烏的關係，將女子送他的紅管草視若珍寶；〈鄭風‧溱洧〉則是以踏青習俗，帶出年青的「士與女」祈願愛情如意，人群中的一對青年男女呢喃私語，手中的芍藥是愛的信物，情的象徵。而從女子向男子發出主動而大膽的邀請，可見青年男女的交往自由，較少受到宗法禮制的束縛，上引之兩首詩展示出時代愛情與婚姻的習俗。

　　除了約會相戀之地點多樣，其實更多詩歌寫出了待字閨中的女子，嚮往婚姻、追求愛情的渴望。康正果以爲：

白古以來，凡是未定終身大事的女子，在她的無意識深處，時時都潛藏著擔心自己失時的焦慮。這種盼望自己能夠早日出嫁的心情在春天最爲強烈，後世的一切「傷春詩」都源於此。〔註4〕

因此男女相悅之詞，多以女子之口道出對愛情的感受，或懷春，或渴望婚姻，都皆以女子口吻表現：

摽有梅，其實七兮。求我庶士，迨其吉兮。摽有梅，其實三兮。求我庶士，迨其今兮。摽有梅，頃筐墍之。求我庶士，迨其謂之。(〈召南‧摽有梅〉)

子惠思我，褰裳涉溱。子不我思，豈無他人？狂童之狂也且。子惠思我，褰裳涉洧。子不我思，豈無他士？狂童之狂也且。(〈鄭風‧褰裳〉)

均是少女懷春的詩篇。〈摽有梅〉中的少女見到黃熟又日益稀少的梅子，有感時光流逝，不禁升起珍惜青春年華之感，渴望有人向自己求愛，全詩以梅自喻，梅子減少之意，正是女子年歲愈漸增長，徒嘆青春不再，對伴侶的要求標準也呈現遞減之態；〈褰裳〉則是以獨白的方式，寫出女子複雜而微妙的心理活動。鄭振鐸以爲：「〈鄭風〉裏的情歌都寫得很倩巧，很婉秀，別饒一種媚態，一種美趣。

〔註4〕康正果：《風騷與豔情》(上海：上海文藝出版社，2001年)，頁20。

『子不我思，豈無他人？狂童之狂也且」（〈褰裳〉）似是〈鄭風〉中所特殊的一種風調。這種心理沒有一個詩人敢於將她寫出來！」〔註5〕而以少女思嫁的作品來看，《詩經‧召南‧摽有梅》則爲其中典型，被視爲後世思春詩之濫觴〔註6〕。詩中以韶華將逝爲興，明確表達出欲嫁之意。陳子展《詩經直解》曰：「言女求男，急不暇擇矣，一層緊一層。」〔註7〕姚際恒《詩經通論》以爲：「嗟乎，天上乎地，男求乎女，此天地之常大義乃以爲女求男，此求字必不可通。」〔註8〕詩中所言之少女思嫁，姚氏認爲有違倫常大禮，苛責必不可通，是經學家解詩的一個歷史局限。

另外，〈召南‧野有死麕〉、〈鄭風‧子衿〉、〈鄭風‧狡童〉、〈鄭風‧將仲子〉、〈鄭風‧丰〉、〈鄭風‧東門之墠〉、〈小雅‧隰桑〉、〈鄘風‧柏舟〉、〈王風‧大車〉等作，均是以女子角度寫出對愛情的期待或思念的難熬。

《說文》曰：「思，容也，從心。」思念是表現在容貌，並發自於心的情緒。《詩經》中的「思」字出現頻率頗高，如「云誰之思？」（〈桑中〉）、「願言思伯，甘心首疾」與「願言思伯，使我心痗」（〈伯兮〉）、「子惠思我，褰裳涉溱。子不我思，豈無他人。」（〈褰裳〉）、「豈不爾思，子不我即」（〈鄭風‧東門之墠〉）、「悠悠我思」（〈子衿〉）、「匪我思存」（〈出其東門〉）……等等，有些是未嫁之前思念情人之詩，有些則是深鎖閨中思念夫婿。思念之深者，可以是幾近病態的，〈伯兮〉中的「願言思伯，甘心首疾」與「願言思伯，使我心痗」，便是使人頭痛心也痛的折磨，不禁想靠「諼草」〔註9〕來忘憂。與「思」相似的「懷」字，《說文》曰：「懷，念思也，從心。」在《詩經》中

〔註5〕 鄭振鐸：《插圖本中國文學史》（北京：人民文學出版社，1982 年）。

〔註6〕 裴浦言：〈先民的歌唱——《詩經》〉（臺北：時報出版社，1985 年），頁 99。

〔註7〕 陳子展：《詩經直解》（上海：復旦大學出版社，1983 年）頁 55。

〔註8〕 〔清〕姚際恒：《詩經通論》（臺北：廣文書局，1971 年）。

〔註9〕 諼草，亦萱草也。嵇康〈養生論〉：「合歡蠲忿，萱草忘憂。」

出現頻率也不少，如「采采卷耳，不盈頃筐。嗟我懷人，置彼周行。
陟彼崔嵬，我馬虺隤。我姑酌彼金罍，維以不永懷」（〈卷耳〉）、「有
女懷春，起士誘之」（〈野有死麕〉）、「願言思懷」（〈終風〉）、「仲可懷
也」（〈將仲子〉）……等。

　　婚前是懷春渴婚的心情，婚後則成了望君早歸的思婦詩。男子或
出仕、或經商、或從軍，不得不拋妻別子，遠走他鄉。女子獨守空閨
成年累月在思念中度日，在等待中消磨青春，〈周南‧卷耳〉、〈王風‧
君子于役〉、〈衛風‧伯兮〉、〈召南‧草蟲〉……等，均為其中代表性
作品。《詩經》中思婦的哀怨主要來自於丈夫遠離故居，而這正因沉
重的兵役和徭役所造成。思婦的面相多「憂心忡忡」、「心之憂矣」，
不是「嗟我懷人」的感嘆，便是「不知其期，曷至哉」、「振振君子，
歸哉歸哉」的期待。征夫在外生活亦困頓危險，女子在哀歎自身的同
時，也關心丈夫的消息，詩中常可見殷切詢問丈夫歸期，或關心丈夫
身體的詩句出現。

> 伯兮朅兮，邦之桀兮。伯也執殳，為王前驅。自伯之東，
> 首如飛蓬。豈無膏沐？誰適為容？其雨其雨？杲杲出日。
> 願言思伯，甘心首疾。焉得諼草？言樹之背。願言思伯，
> 使我心痗。（〈衛風‧伯兮〉）

> 采采卷耳，不盈頃筐。嗟我懷人，寘彼周行。陟彼崔嵬，
> 我馬虺隤。我姑酌彼金罍，維以不永懷。陟彼高岡，我馬
> 玄黃。我姑酌彼兕觥，維以不永傷。陟彼砠矣，我馬瘏矣，
> 我僕痡矣，云何吁矣！（〈周南‧卷耳〉）

> 君子于役，不知其期。曷至哉？雞棲于塒，日之夕矣，羊
> 牛下來。君子于役，如之何勿思！君子于役，不日不月。
> 曷其有佸？雞棲于桀，日之夕矣，羊牛下括。君子于役，
> 苟無飢渴。（〈王風‧君子于役〉）

〈衛風‧伯兮〉首章寫思婦誇讚丈夫相貌堂堂、武藝高強、地位顯
赫；次章寫女子蓬頭垢面，除了因思念夫婿，無心打扮，更因失去
了「女為悅己者容」的原因；三、四兩章寫女子矢志不移，即使相

思成病也無所謂。〈周南·卷耳〉中的思婦擔心丈夫在外吃苦受累，以景襯情，想像推測，以情感人。清代方玉潤《詩經原始》謂之：「念行役而知婦情之篤也。」李先耕《眉評》：「因探卷耳而動懷人念，故未盈筐而『寘彼周行』，已有一往深情之慨。下三章皆從對面著筆，歷想其勞苦之狀，強自寬的愈不能寬。末乃極意摹寫，有急管繁弦之意。後世杜甫〈今夜鄜州月〉一首，脫胎於此。」〈王風·君子于役〉則觸景生情，看到家畜都回家了，外出夫婿卻不知何時得歸，盡顯思婦的一片癡情。另外，〈邶風·雄雉〉、〈召南·殷其靁〉、〈小雅·采綠〉、〈秦風·晨風〉等均屬此作。

　　周代以後的思婦類型多元化，其思念之情也滲入更多的色彩。除了征夫，還有外出遊學、遊宦、遊歷、爲官、經商等因素，獨守空閨的婦人雖有相思之苦，但較無衣食溫飽之虞，亦較有閒情抒發思念情意，其氛圍和征夫型思婦明顯不同。《詩經》中命運更悲慘者莫過於成了棄婦，棄婦詩的氣韻氛圍亦較思婦詩更顯沈重，詩篇反映出家庭生活的破碎和婦女被棄的悲慘命運，具有深刻的社會意義。其中最有代表性的作品當屬〈衛風·氓〉和〈邶風·谷風〉。

> 氓之蚩蚩，抱布貿絲。匪來貿絲，來即我謀。送子涉淇，
> 至于頓丘。匪我愆期，子無良媒。將子無怒，秋以爲期。
> 乘彼垝垣，以望復關。不見復關，泣涕漣漣。既見復關，
> 載笑載言。爾卜爾筮，體無咎言。以爾車來，以我賄遷。
> 桑之未落，其葉沃若。于嗟鳩兮！無食桑葚。于嗟女兮！
> 無與士耽。士之耽兮，猶可說也。女之耽兮，不可說也。
> 桑之落矣，其黃而隕。自我徂爾，三歲食貧。淇水湯湯，
> 漸車帷裳。女也不爽，士貳其行。士也罔極，二三其德。
> 三歲爲婦，靡室勞矣。夙興夜寐，靡有朝矣。言既遂矣，
> 至于暴矣。兄弟不知，咥其笑矣。靜言思之，躬自悼矣。
> 及爾偕老，老使我怨。淇則有岸，隰則有泮。總角之宴，
> 言笑晏晏。信誓旦旦，不思其反。反是不思，亦已焉哉！

（〈衛風·氓〉）

習習谷風，以陰以雨，黽勉同心，不宜有怒。采葑采菲，無以下體。德音莫違，及爾同死。行道遲遲，中心有違。不遠伊邇，薄送我畿。誰謂荼苦，其甘如薺。宴爾新昏，如兄如弟。涇以渭濁，湜湜其沚。宴爾新昏，不我屑以。毋逝我梁，毋發我笱。我躬不閱，遑恤我後。就其深矣，方之舟之。就其淺矣，泳之游之。何有何亡，黽勉求之。凡民有喪，匍匐救之。不我能慉，反以我為讎。既阻我德，賈用不售。昔育恐育鞫，及爾顛覆。既生既育，比予于毒。我有旨蓄，亦以御冬。宴爾新昏，以我御窮。有洸有潰，既詒我肄。不念昔者，伊余來塈。(〈邶風‧谷風〉)

〈衛風‧氓〉是一首帶有敘事性質的長詩，全詩共六章，少女為一青年男子所追求，終於共結連理，儘管她甘貧操勞，然而色衰愛弛，最後仍擺脫不了被丈夫休棄歸家的命運。〈邶風‧谷風〉中的女子命運更為悲慘，辛苦操持生計，與夫共患難，待家境好轉，丈夫卻對她棄若敝屣，另結新歡，棄婦的乖舛命運，令人為之淚下。這兩首詩均為棄婦詩中的代表名篇，同樣深刻反映當時社會婦女地位的低下和命運的悲慘，但有所差別的是，〈氓〉中的女子理性自主，譴責男子的品行不端，控訴他負心薄情的行為，並表示與他一刀兩斷的決心，可見女子的剛烈。相較之下，〈谷風〉中的女子則溫軟柔弱，丈夫已不念舊情，要另娶新人，她卻對丈夫懷抱希望，除了無助的眼淚，只有希望柔情換得回變心的良人。另外，在〈召南‧江有汜〉、〈鄭風‧遵大路〉、〈邶風‧柏舟〉、〈邶風‧日月〉、〈邶風‧終風〉等作品中，亦可見秋扇見捐的女性悲苦。

二、古詩十九首

漢末文人創作了大量文人五言詩，南朝梁代蕭統在編集《文選》時，選擇了其中的十九首五言古詩，編集在一起，冠以「古詩十九首」的總名。《古詩十九首》這十九首詩歌皆無作者名，內容和風格相近，約產生於漢末桓靈之世，非一時一人所作。劉勰《文心雕龍‧明詩》云：「觀其結體散文，直而不野，婉轉附物，怊悵切情，實五

言之冠冕也。」〔註10〕《古詩十九首》在內容上大致可以分爲兩類：一類描寫仕途失意的苦悶與悲哀，一類則敘述遊子思婦別離相思之苦，其中的思婦詩共有九首，其中純粹以思婦口吻寫的詩有〈行行重行行〉、〈冉冉孤生竹〉、〈庭中有奇樹〉、〈凜凜歲雲暮〉、〈孟冬寒氣至〉、〈客從遠方來〉、〈明月何皎皎〉等七首，以第三人稱口吻寫的則有〈青青河畔草〉和〈迢迢牽牛星〉兩首。

　　〈孟冬寒氣至〉、〈客從遠方來〉兩首，表達出忠貞不渝的愛情觀。〈孟冬寒氣至〉中，思婦在寒冬長夜仰望星空，懷人念遠：

> 孟冬寒氣至，北風何慘慄。愁多知夜長，仰觀眾星列。三五明月滿，四五蟾兔缺。客從遠方來，遺我一書札。上言長相思，下言久離別。置書懷袖中，三歲字不滅。一心抱區區，懼君不識察。（第十七首〈孟冬寒氣至〉）

妻子思念久別的丈夫，凄然獨處。在思念丈夫的愁苦中渡過春、夏、秋三季，冬天一來，「寒」意侵人，第二句的「北風」搭上首句的「寒氣」，直是寒徹心髓，「何慘慄」也。思念丈夫，夜不成寐的思婦，由輾轉反側而攬衣起床，此時已徘徊室外。想著夫婿如今究竟在哪顆星下？然而年復一年，夫婿始終沒有歸家。三年前收到夫婿托人從遠方捎來的一封信，自此再無消息，信中內容，不過是「上言長相思，下言久離別」。思婦深感丈夫的滿懷思情，於是將之藏在懷袖中，歷三年之久，其字不滅。雖然三年間，遊子未歸，等待遙遙無期，但是「一心抱區區，懼君不識察」，對夫婿堅定的愛，不管別離多久，始終不渝。深宵獨立，寒氣徹骨，寒星傷目，愁思滿懷，無可告語，使人不禁爲思婦眞摯的愛情深深感動。

　　〈孟冬寒氣至〉的女子收到的是丈夫從遠方托人帶回的情書，〈客從遠方來〉收到的則是繪有「雙鴛鴦」的「一端綺」。

> 客從遠方來，遺我一端綺。相去萬餘里，故人心尚爾！文彩雙鴛鴦，裁爲合歡被。著以長相思，緣以結不解。以膠

〔註10〕郭興良、周建忠：《中國古代文學（上）》（北京：高等教育出版社，2000年），頁132。

投漆中，誰能別離此？（第十八首〈客從遠方來〉）

〈客從遠方來〉寫出思婦的意外喜悅和款款深情。丈夫雖遠離久別，卻相思不忘，「遺我一端綺」，一端文彩之綺，並不算特別珍貴，但它卻是從萬之外的夫君處捎來，其中的絲絲縷縷，包含著夫君對她的關切和惦念，且綺上繡有鴛鴦，鴛鴦雙棲，歷來是伉儷相偕的美好象徵，睹物思人，使思婦愈益思念丈夫。「著」指放進被的表裏之間的棉絮，「長相思」意蘊雙關，表達兩地相隔，相思不絕，「緣結」暗示夫妻之情永結難解，以諧音雙關之語，揣想製成合歡被後，待夫君回來便可永不分離的情景，象徵愛情忠貞，表達出女子堅貞的感情和永不分離的願望。

另一種類型的情感，是怨懟遊子不歸，並抒發青春易逝的感嘆，有〈行行重行行〉、〈冉冉孤生竹〉、〈庭中有奇樹〉、〈凜凜歲雲暮〉、〈明月何皎皎〉等五首。

行行重行行，與君生別離。相去萬餘里，各在天一涯。
道路阻且長，會面安可知。胡馬依北風，越鳥巢南枝。
相去日已遠，衣帶日已緩。浮雲蔽白日，遊子不顧返。
思君令人老，歲月忽已晚。棄捐勿復道，努力加餐飯。
（〈行行重行行〉）

冉冉孤生竹，結根泰山阿。與君爲新婚，菟絲附女蘿。
菟絲生有時，夫婦會有宜。千里遠結婚，悠悠隔山陂。
思君令人老，軒車來何遲？傷彼蕙蘭花，含英揚光輝。
過時而不採，將隨秋草萎。君亮執高節，賤妾亦何爲？
（第八首〈冉冉孤生竹〉）

庭中有奇樹，綠葉發華滋。攀條折其榮，將以遺所思。
馨香盈懷袖，路遠莫致之。此物何足貴？但感別經時。
（第十九首〈明月何皎皎〉）

凜凜歲雲暮，螻蛄夕鳴悲，涼風率已厲，遊子寒無衣。
錦衾遺洛浦，同袍與我違。獨宿累長夜，夢想見容輝。
良人惟古歡，枉駕惠前綏，願得長巧笑，攜手同車歸。

既來不須臾，又不處重闈；亮無晨風翼，焉能淩風飛？
眄睞以適意，引領遙相希。徒倚懷感傷，垂涕沾雙扉。
（第十六首〈凜凜歲雲暮〉）
明月何皎皎，照我羅床幃。憂愁不能寐，攬衣起徘徊。
客行雖云樂，不如早旋歸。出戶獨徬徨，愁思當告誰？
引領還入房，淚下沾裳衣。（第九首〈庭中有奇樹〉）

　　〈行行重行行〉抒發了一個女子對遠行在外的丈夫的深切思
念。「相去萬餘里」與「相去日已遠」句寫出了兩地相距之遠，夫妻
別離時間之長。久行不歸的遊子滯留他鄉，究竟是忘記了當初的誓
言？還是爲他鄉女子所迷惑？這份擔憂使得女子陷入了痛苦的深
淵。

　　〈冉冉孤生竹〉中新婚乍別的思婦，獨守空房，整日思君。女
子婚前以孤生竹自比，希望夫婿能像大山般值得依靠，與丈夫婚後，
自己卻像菟絲依附在女蘿身上一樣，依然是孤獨而無所依傍。

　　〈庭中有奇樹〉中，思婦將她對丈夫的想念，寄情在庭中的奇
樹中，「攀條折其榮，將以遺所思」，欲將折下的花贈給久別的丈夫，
卻因距離遙遠難以送達，只能暗自感傷，可見思婦孤身獨處的淒涼
寂寞。

　　〈凜凜歲雲暮〉以記夢爲核心，由於思婦思君心切，連夢裏都
想起與良人新婚時的歡會，反映出思婦因相思而陷入迷離恍惚的心
情中。然而，盼君心切的欲望終究落空，徒留淚沾衣袖。

　　〈明月何皎皎〉是《古詩十九首》中的最後一篇，有認爲是思
婦閨中思夫之辭，亦有一說以爲是遊子他鄉思歸之作。而以全詩的
意蘊觀之，當爲思婦之辭。寫思婦在一個「明月照羅床」的深夜，
望月懷人而「憂愁不能寐」，於是「攬衣起徘徊」，暗自猜度丈夫久
羈他鄉、遲遲不歸的原因，內心惴惴不安，但是滿腹愁思不知相告
於誰，轉身回房，暗自落淚。清冷的月色使得一縷懷人情愫顯得格
外幽怨深綿，更顯出思婦的痛苦與無助。

另外，〈迢迢牽牛星〉和〈青青河畔草〉也是書寫因相隔遙遠，不能相見的惆悵之情：

> 迢迢牽牛星，皎皎河漢女。纖纖擢素手，札札弄機杼。終日不成章，泣涕零如雨。河漢清且淺，相去復幾許？盈盈一水間，脈脈不得語。（第十首〈迢迢牽牛星〉）

> 青青河畔草，鬱鬱園中柳。盈盈樓上女，皎皎當窗牖。娥娥紅粉妝，纖纖出素手。昔爲倡家女，今爲蕩子婦。蕩子行不歸，空床難獨守。（第一首〈青青河畔草〉）

〈迢迢牽牛星〉以第三人稱口吻寫出咫尺天涯、不得相見。織女與牛郎因天河阻隔而不能相見，天河水清且淺，兩岸距離看似並不遙遠，卻因無橋過河，織女只能無言凝視，盈盈淚流。以牛郎織女之典，抒發人間思婦因人爲的阻隔，而不能相會的離愁別緒。〈青青河畔草〉則書寫夫妻久別，女子心中的寂寞。明媚的春光勾起了思婦空閨寂寞的感傷，而連用「盈盈」、「皎皎」、「娥娥」、「纖纖」四個疊字，描繪出含愁凝睇，卻柔媚動人的纖纖女性形象。曾爲娼妓的她，本希望能跟心上人長相廝守，卻沒料到蕩子無品，久行不歸，思婦只得一人獨守空閨，一個「難」字透露出壓抑許久的期待。

從以上作品可以看出《古詩十九首》中的思婦均置身於深閨之中，周圍盡是淒冷的景物，面對春去秋來，草木榮枯，候鳥南來北返，其中的蟲吟鳥鳴、紅花綠樹，只能獨自欣賞。徘徊庭院，徒自長歎，在狹小的生活空間裏無止境地獨噬寂寞。李紅霞在〈女性自我價值之覺醒──《古詩十九首》和《詩經》思婦形象之比較〉一文中道：

> 九首思婦詩完全以內在情感的瞬間變換爲順序，不管外在的意象多麼搖曳多姿，句意怎樣迂迴婉轉，總有一個內在的情感變化的主線加以串聯，我們讀到的是源自內心的真正自然的呼喊，獨守空房，久遭壓抑的婦女渴望性愛和安慰。這使得《古詩十九首》的思婦詩在思想內容上大大超出了它之前的一切婚戀詩，而上升到了新的高度，那就是

女性對個體生命價值的關注，對生命問題的思考。〔註11〕
的確，儘管思婦面相各異，但情狀一致，就是即使飽嚐相思之苦，卻
無損其對愛情的堅貞與渴望。《古詩十九首》的思婦詩，除敘寫男女
相思之情，也開始重視個體生命價值的存在與享受，標誌著女性生命
意識的覺醒。鍾嶸《詩品》評：「文溫以麗，意悲而遠，驚心動魄，
可謂一字千金。」〔註12〕確有其據。

三、花間集

《花間集》一詞頗有翩躚花叢間的味道，全書充滿了旖旎的情
思。宋紹興本晁謙之跋《花間集》云：「《花間集》十卷，皆唐末才士
長短句；情真而調逸，思深而言婉。嗟乎！雖文之靡，無補於世，亦
可謂工矣。」情真、調逸、思深、言婉和文靡，正是花間詞獨具之特
色，而其中閨閣書寫之作實多。以下試引數詞，以觀《花間集》中閨
閣書寫的表現。

> 蘭爐落，屏上暗紅蕉。閒夢江南梅熟日，夜船吹笛雨蕭蕭。
> 人語驛邊橋。(〈夢江南其一〉)

> 樓上寢，殘月下簾旌。夢見秣陵惆悵事，桃花柳絮滿江城。
> 雙髻坐吹笙。(〈夢江南其二〉)

王國維將《花間集》和《玉臺新詠》兩書齊觀，盛讚皇甫松的兩闋
〈夢江南〉是「情味深長，在樂天、夢得上也。」上詞由夜景轉入
夢境，江南梅熟，夜船吹笛，風雨蕭蕭，驛邊橋畔，人語不絕。情
景如畫，乃因思念家鄉江南所致。今只得於夢中求之，淒愴之情，
言外見之。下詞是久未入睡的女子，殘月下簾始入夢鄉，江城桃花
怒放，柳絮紛飛，心上人坐於花柳下獨自吹笙。夢中歡情，醒而不
見，故而惆悵。而顧敻著名的〈訴衷情〉更是直述出女子閨閣中相
思傷感之音：

〔註11〕李紅霞：〈女性自我價值之覺醒——《古詩十九首》和《詩經》思婦
　　　　形象之比較〉，《廣西大學學報（哲學社會科學版）》2009年（4），頁
　　　　304～305。
〔註12〕〔南朝梁〕鍾嶸：《詩品譯注》（北京：中華書局，1988年），頁32。

　　永夜抛人何處去？絕來音。香閣掩，眉斂月江沉，爭忍不
　相尋？怨孤衾換我心，爲你心，始知相憶深。(顧夐〈訴衷情〉)

湯顯祖語帶調侃地說：「要到換心田地，換與他也未必好。」〔註13〕
茅暎以爲：「到底是單相思。」(《詞的·卷一》)王闓運《湘綺樓詞
選》亦云：「亦是對面寫照。有嘲有怨，放刁放嬌。《詩》所謂無庶
予子憎，正是一種意。其所引見《詩經·齊風·雞鳴》。而嘲、怨、
刁、嬌中仍有勸慰意。總之如王士禎云：自是透骨情語。」(《花草
蒙拾》)顧夐的許多豔詞，感情眞摯深厚，刻骨銘心，非泛泛抒情，
王氏以爲本詞已爲柳七一派濫觴，但柳永詞無此深刻執著。後來宋
人李之儀的〈卜算子〉：「只願君心似我心，定不負相思意」，以及徐
照〈阮郎歸〉中「妾心移得在君心，方知人恨深」之語，皆襲於此。

　　劉熙載於《藝概》云：「五代小詞，雖小卻好，雖好卻小，蓋所
謂兒女情多，風雲氣少也。」〔註14〕雖說是五代詞，實包括了溫庭筠
和皇甫松，即全本《花間集》之範疇。

　　楊海明在《唐宋詞史》中直言：「他（溫庭筠）的主要貢獻就在
於完成了從《香奩》體詩向《花間》式詞的過渡，爲《花間》詞的
『類型風格』奠定了基石。」〔註15〕楊氏將溫庭筠歷史價值做出定
位的同時，也點出了由香奩體到花間詞的演變歷程，這是有所相關
的。雖然溫庭筠較韓偓年長了三十幾歲〔註16〕，當韓偓及其詩在文
壇上發光發熱時，溫業已去世，實無法完成此一過渡。但是溫氏的
確「爲《花間》詞的『類型風格』奠定了基石」，而香奩體詩風也對
花間諸人有深遠的影響。以溫庭筠來說，溫較其他花間詞人年長數
十歲甚至是近百歲，花間集詞人受其影響甚鉅，後人因而稱之爲「花
間鼻祖」。下以《花間集》的開篇之作，即溫氏〈菩薩蠻〉觀之：

────────────

〔註13〕〔明〕湯顯祖評本：《花間集·卷三》。
〔註14〕〔清〕劉熙載：《藝概·卷四》，收錄於唐圭璋編：《詞話叢編》冊四，
　　　　頁3710。
〔註15〕楊海明：《唐宋詞史》，頁123。
〔註16〕溫庭筠（約812〜866年）比韓偓（844〜914年）年長三十多歲。

> 小山重疊金明滅，鬢雲欲度香腮雪。懶起畫蛾眉，弄妝梳
> 洗遲。照花前後鏡，花面交相映。新貼繡羅襦，雙雙金鷓
> 鴣。(〈菩薩蠻〉)

此詞抒寫閨怨，王國維云：「張皋文謂：『飛卿之詞，深美閎約。』
余謂此四字唯馮正中足以當之。劉融齋謂：『飛卿精艷絕人。』差近
之耳。」又「『畫屏金鷓鴣。』飛卿語也，其詞品似之。」又「溫飛
卿之詞，句秀也。」〔註17〕道出飛卿詞句秀麗之處，其中「懶起畫
蛾眉，弄妝梳洗遲」兩句，生動描繪出閨人嬌慵疏懶之情狀；正因
「女爲悅己者容」，在失去打扮的動力後，閨人自然無心再整理儀
容。在《花間集》中，像這樣「嬌慵無力懶梳妝」的典型意象來抒
寫閨怨的作品多不勝數，溫詞中即有不少例子：

> 杏花含露團香雪，綠楊陌上多離別。燈在月朧明，覺來聞
> 曉鶯。玉鉤褰翠幕，妝淺舊眉薄。春夢正關情，鏡中蟬鬢
> 輕。(〈菩薩蠻〉之五)

〈菩薩蠻之五〉寫閨中思婦之夢及夢醒後的情態與心理。別後相思
使女子魂牽夢縈，夢中再現她與情人別離時的情境，杏花含露，如
惜別之淚，楊柳依依，似不捨之情。自夢中醒來，所見仍是孤燈與
殘月相伴，耳邊的鶯啼聲，更添心中之恨恨哀怨，臉上的殘妝和慵
懶的姿態，寫出她終日厭厭，無心理妝。「春夢正關情」可見其沉浸
在夜來春夢的追憶之中，對鏡凝思，驀然回神，鬢髮蓬亂，形容憔
悴，苦悶之情，難以消解，全篇閨怨之情流瀉淋漓，傳神入妙。陳
廷焯云：「飛卿詞，全祖離騷，所以獨絕千古；菩薩蠻、更漏子諸闋，
已臻絕詣，後來無能爲繼。」〔註18〕再引〈更漏子〉一詞觀之：

> 玉爐香，紅燭淚，偏照畫堂秋思。眉翠薄，鬢雲殘，夜長
> 衾枕寒。　　梧桐樹，三更雨，不道離情正苦。一葉葉、
> 一聲聲，空階滴到明。(〈更漏子〉)

〔註17〕　〔清〕王國維著、徐調孚校注：《校注人間詞話》(臺北：頂淵文化，
　　　　　2001年)，頁6～8。
〔註18〕　〔清〕陳廷焯：《白雨齋詞話·卷一》，收錄於唐圭璋編：《詞話叢編》
　　　　　冊四，頁3777。

深閨中的女子「眉翠薄、鬢雲殘」，黛眉色減、雲鬢蓬亂，揭示她心中難以言喻的離愁別怨。於是女子輾轉反側，無眠終宵，更顯「夜長衾枕寒」，梧桐夜雨，倍增淒涼。纏綿淒豔的深閨愁怨，如玉爐上裊裊的香煙，瀰漫了整個空間，又如那滴滴燭淚和聲聲夜雨，聲聲敲擊，點滴到天明。葉嘉瑩對飛卿之詞也語多讚美，以為：「多為純美之作，飛卿詞但以金碧華麗之色澤，抑揚長短之音節，喚起人之美感，而不必有深意者，此正純美之作品之特色。然在純美之欣賞中，以其不受任何意義所拘限，故聯想亦最自由，最豐富。」〔註19〕吳梅直言唐至溫飛卿專力於詞，其詞全祖風騷，不僅以瑰麗見長，更引陳亦峰云：「所謂沉鬱者，意在筆先，神餘言外，寫怨夫思婦之懷，寓孽子孤臣之感，凡交情之冷淡，身世之飄零，皆可於一草一木發之。而發之又必若隱若現，欲露不露，反覆纏綿，終不許一語道破。匪獨體格之高，亦見性情之厚。」認為此數語惟飛卿足以當之〔註20〕。

　　另一位代表詞家韋莊，更將《花間集》中的閨閣書寫推到高峰。以〈思帝鄉〉一詞觀之：

　　　　雲髻墜，鳳釵垂，髻墜釵垂無力，枕函欹。翡翠屏深月落，
　　　　漏依依。說盡人間天上，兩心知。（〈思帝鄉〉）

此詞寫思婦因思念所愛，深夜無眠直至天亮。思婦髻墜釵垂，再以「無力」和「枕函欹」，帶出其憔悴慵懶的形象。思婦百無聊賴地望著月兒西沉，聽數著聲聲更漏，更漏滴得太慢，月落將曉，徹夜未眠的她仍覺得長夜漫漫，煎熬至極。「說盡人間天上，兩心知」一句，回憶起往昔的海誓山盟，而今山盟雖在，情人無蹤，自然是徹夜難眠，無限相思伴無盡惆悵。

貳　北宋詞閨閣書寫之成因

　　詩歌中的閨閣書寫其來有自，在上述韻文中得到養分滋潤，宋

〔註19〕葉嘉瑩：《迦陵談詞》（臺北：三民書局，1997年）。
〔註20〕吳梅：《詞學通論》（北京：中國書籍出版社，2006年），頁71。

詞的閨閣書寫更得到彰顯發皇，其原因除了承續先前文學中的傳統，亦有相關的外緣因素，以下分項述之。

一、宋朝文化背景

時代文學，即變遷文學。劉勰以爲：「文變染乎世情，興廢繫乎時序。」（《文心雕龍・時序第四十五》）無論哪一種文體如果行世久遠，弊病自生，能寫之事物書寫殆盡後，便會衍生出跳不出窠臼的問題。詞，早自晚唐醞釀直至清代，發展幾近千年；然而人們想到詞多會和宋代連接在一起，足見詞實爲宋代的代表文體，更可說是這個時代的文學特色。

《宋六十一名家詞序》載：「夫詞，至宋人而詞始霸，晏衍繁昌；至宋而詞之各體始大備。其人韶今秀世，其詞復鮮豔殫人，有新脫而無因陳，有圓倩而無沾滯，有纖麗而無冗長，有峭拔而無鈎棘，一時以之賡和名家，而鼓吹中原，肩摩於世云。」點出了宋詞的發達。

「任何文學作品都是它的時代的表現」〔註21〕，即使再純粹的抒情詩，亦不能完全擺脫社會、時代、民族和歷史的因素，文學將直接或間接地折射出某些時代特徵、民族心理和歷史積澱，或深或淺地印上社會和個人的烙痕。

（一）北宋右文政策

柳詒徵在《中國文化史》一書中曾提及：「有宋一代，武功不兢，而學術特昌。上承漢、唐，下啓明、清，紹述創造，靡所不備。……故謂有宋爲中國學術最盛之時代，實爲不可。」〔註22〕宋文化能夠在歷史的洪流中達到澎湃激越的的高峰，實與當時朝廷訂定之右文政策息息相關。

〔註21〕〔俄〕普列漢諾夫：《論西歐文學》（北京：人民文學出版社，1957年），頁121。
〔註22〕柳詒徵：《中國文化史》（上海：上海書店，1990年），頁204、210。

《宋史・文苑傳序》載：

> 自古創業垂統之君，即其一時之好尚，而一代之規模，可
> 以預知矣。藝祖（太祖）革命，首用文吏而奪武臣之權。
> 宋之尚文，端本乎此。太宗、眞宗，其在藩邸，已有好學
> 之名，及其即位，彌文日增。……自時厥後，子孫相承，
> 上之爲人君者，無不典學；下之爲人臣者，無不擢科，海
> 内文士彬彬輩出焉。〔註23〕

西元九六〇年，趙匡胤結束了五代十國約半世紀的戰爭紛擾，建立
大宋王朝，太祖曾對趙普言明：「五代方鎮殘虐，民受其禍。朕今
選儒臣干事者百餘，分之大藩，縱皆貪瀆，亦未及武臣一人也。」
〔註24〕爲了避免重蹈「黃袍加身」（《宋史・卷一・太祖本紀》）覆
轍，《宋史・陳亮傳》載：「（太祖）用天下之士人，以任武臣之任
事者。」〔註25〕並制定了「偃武修文」政策，以「杯酒釋兵權」之
法，逐步加強中央集權，以削弱地方勢力，足見太祖對武臣干政一
事忌憚甚深。

　　宋初君主皆喜閱讀，李燾《續資治通鑑長編・卷三二》中言太
祖「無所愛，但喜讀書。」〔註26〕太宗也曾對近臣言：「王者雖以
武功克敵，終須以文德致治。朕每退朝，不廢觀書，意欲酌先王成
敗而行之，以盡損益也。」〔註27〕（李攸《宋朝事實》卷三〈聖學〉）
而北宋王辟之編撰的《澠水燕談錄・卷六》亦載：「太宗日閱《御
覽》三卷，因事有缺，暇日追補之，嘗曰：開卷有益，朕不以爲勞
也。」〔註28〕宋太宗由於每天閱讀三卷《太平御覽》，學識淵博，

〔註23〕《宋史・卷四百四十四・文苑傳序》（北京：中華書局，1985年）。
〔註24〕〔明〕陳邦瞻：《宋史記事本末》（北京：中華書局，1977年），卷二，頁10。
〔註25〕〔元〕脫脫：《宋史》（北京：中華書局，1977年），頁12940。
〔註26〕〔宋〕李燾《續資治通鑑長編・卷三二》，景印文淵閣四庫全書史部七二編（臺北：臺灣商務印書館），頁314～451。
〔註27〕〔宋〕李攸《宋朝事實・卷三・聖學》（北京：中華書局，1985年），頁37。
〔註28〕宋朝初年，宋太宗趙光義（西元976～997年在位，原名匡義）命文

處理國事得心應手。上有好之者，下必甚焉；當時的大臣們也紛紛仿效太宗，勤奮讀書。所以當時讀書風氣盛行，如宰相趙普孜孜不倦地閱讀《論語》，而有「半部論語治天下」之說。

　　此外，在宋代廣開科舉，拔擢人才，禮遇文士，在「學而優則仕」的觀念下，努力讀書以考取功名，正所謂「十年寒窗無人問，一舉成名天下知」，躋身仕途成了文人畢生努力的志業。而宋代文化之所以能達到如此高峰，各種文化事業蓬勃發展，可以說就是建立在這樣的社會氛圍中。《宋史・文苑傳序》中載：

> 自時厥後，子孫相承，上之爲人君者，無不典學；下之爲
> 人臣者，無不擢科，海內文士彬彬輩出焉。〔註29〕

隨著重文輕武政策的推行，科舉入仕的文人成了宋代社會的中堅份子，上自中書門下爲相，下至縣邑爲薄尉，公卿大夫充斥其間，可說是滿朝朱紫貴，盡是讀書人。爲鞏固此「右文」政策，宋太祖還訂定了一系列保護文臣及保障文臣地位利益的條款，曾立三條戒規，其中便有「不殺士大夫」的規定，並明文「不欲以言罪人」，並以高官厚祿的誘因籠絡文人的心。錢穆先生在其《國史大綱》一書中曾指出：

> 宋室優待官員的第一見端，即是官俸之逐步增加。當時稱
> 『恩逮於百官，惟恐不足；財取於萬民，不留其餘』。可以
> 想見宋朝優待官吏的情態。官吏俸祿既厚，而又有祠祿，
> 爲退職之恩禮。又時有額外恩賞。〔註30〕

宋朝保護文官，攏絡人心，不僅太祖如此，接著下來的太宗、眞宗等歷代君王，也都繼承了崇文禮士、以文治國的施政方針。趙翼在《二

臣李昉等人編寫一部規模宏大的分類百科全書《太平總類》。這部書始編於太平興國三年（西元 977 年），成於八年（西元 985 年）。由於在宋太平興國年間編成的，故定名爲《太平總類》，共一千卷，分五十五門。該書引書浩博，多至一千六百九十種，其中漢人傳記一百餘種，舊地志二百餘種，都是現在不傳之書，因太宗按日閱覽，遂更名爲《太平御覽》，簡稱《御覽》。

〔註29〕《宋史・卷四百四十四・文苑傳序》（北京：中華書局，1985年）。
〔註30〕錢穆：《國史大綱》（臺北：商務印書館，1995年），頁 543～544。

十二史箚記》中亦載：

> 此宋一代制祿之大略也。其待士大夫，可謂厚矣。惟其給
> 賜優裕，故入仕者不復以身家爲慮，各自勉其治行。觀於
> 眞、仁、英諸朝，名臣輩出，吏治循良，及有事之秋，猶
> 多慷慨報國。紹興之支撐半壁，德裕之斃命疆場，歷代以
> 來，捐軀殉國者，惟宋末獨多，雖無救於敗亡，要不可謂
> 非養士之報也。〔註31〕

除了以高官厚祿籠絡讀書人的心，科舉取士制度公平公正，晉用不
少寒門子弟，藉此打破士庶之分，此種惟才適用的觀念破除了唐代
朝廷選官，必以公卿子爲之的舊俗陋習。即使有位居要職的父親，
富家子弟只要自身才學不足，仍將擯絕於仕宦一途門外；以大小晏
父子爲例，就算晏殊已爲權傾一時之相，仍無法庇蔭其子，晏幾道
一生仕途蹭蹬，晚景淒涼。由此實可看出科舉取士之公開公正。

（二）青樓文化與享樂主義盛行

宋代享樂主義盛行深受唐代文化氛圍的影響。唐代的青樓文學
非常發達，僅觀詩歌一體，在《全唐詩》中就有二千首左右屬其範
疇，初唐至中唐的詩題中多出現「觀妓」等字，不過，在娼妓書寫
中，唐既相左於齊梁宮體的褻玩筆法，也不似晚唐後流露出的的穠
豔風格，亦歧出於花間詞人的慵懶貴氣，娼妓詩歌不過是種娛人表
現，中唐以後，逐漸有「傷」、「懷」、「悼」等較具感情色彩之字呈
現其中，可知文人與娼妓間之關係更爲密切，也有了更深層次的情
感交流。時至晚唐，詩風雖已轉爲冶豔，卻更能碰觸到女性深層的
心靈世界。此發展歷程正如李澤厚於《美的歷程・韻外之致》所言：
「晚唐的時代精神已不在馬上，而在閨房，不在世間而在心境。」
〔註32〕

〔註31〕〔清〕趙翼：《二十二史箚記》（北京：中華書局，1963年），卷二十
　　　　五，頁485。
〔註32〕李澤厚：《美的歷程》（臺北：金楓出版有限公司，1988年），頁199。

　　自齊梁至唐末這種描寫女性的熱潮，實有其背景條件。從思想上講，漢末以後，社會動盪、道教日盛，佛教發展，傳統儒學喪失思想界的主導地位，禮教觀逐漸淡薄，衝破禮教藩籬的文人開始肆無顧忌地描寫女性，愈演愈烈，加之梁武帝、梁文帝等以帝王之尊，親自創作與宣導，因而促成宮體詩風的大盛。入唐，因奉老君爲其遠祖，崇尊道教，民風日奢，耽於逸樂，恰如《花間集‧序》所言：「有唐以降，率土之濱，家家之香徑春風，寧尋越豔，處處紅樓夜月，自鎖嫦娥。」〔註33〕在此背景下，書寫娼妓與良家婦女的作品如雨後春筍，楊海明稱之乃愛情意識掀起「第三次浪潮」的結果〔註34〕，對整個文壇產生了顯著的影響。同時，社會政治與經濟方面的原因也不容忽視，南朝與晚唐係屬亂世，朝政腐敗、兵禍頻仍，在戰火尚未延燒的大城市，經濟發展，青樓林立，勾欄遍地，在如斯末世之秋，病態社會造成文人的病態心理，使其放浪頹唐，及時行樂的心態，在脂粉堆中尋求慰藉的行爲普遍存在。

　　再者，以風行於世的青樓文化來看，由於唐代沒有禁止職官狎妓的律令，狎妓已成爲文人間之習俗。唐末翰林學士孫棨《北里志‧序》云：

> 其中諸妓，多能談吐，頗有知書言話者，自公卿以降，皆以表德呼之。其分別品流，衡尺人物，應對非次，良不可及。信可輟叔孫之朝，致楊秉之惑。此常聞蜀妓薛濤之才辯，必謂人過言，及覩北里二三子之徒，則薛濤遠有慚德矣。〔註35〕

這些「里中人」的風流嫺雅與知書解語，頓成文人忘卻倫理負擔，

〔註33〕〔後蜀〕趙崇祚：《花間集》（臺北：臺灣學生書局，1988年），頁1。
〔註34〕楊氏借用美國托夫勒《第三次浪潮》之說，楊氏以爲綜觀宋代以前的文學史，有過三次大萌發。第一次在先秦的《詩經》、《楚辭》時代，第二次在漢末至南北朝的動亂時代，第三次則是出現在晚唐時期的香豔《香奩》詩體中。參見楊海明：《唐宋詞史》，頁96～121。
〔註35〕〔唐〕孫棨：《北里志‧序》，收錄於《筆記小說大觀五編》，頁1479～1480。

轉而尋求心靈慰藉的理想對象，如杜牧應淮南節度使牛僧儒之聘來
到「珠翠填咽，邈若仙境」的揚州時，有〈遣懷〉詩云：「落魄江湖
載酒行，楚腰纖細掌中輕。十年一覺揚州夢，贏得青樓薄倖名。」
實則在當時社會中，此類文人的風流韻事多所可見。

　　承續著此股風流之韻，宋朝的歌妓制度與城市繁榮可謂同時興
盛發展。官妓、家妓、私妓空前增多，數以萬計。妓館歌樓遍布城
市的主要街市，孟元老在《東京夢華錄》中記載著東京西大街、東
朱雀門、舊曹門外南北斜街、牛行街、馬行街、相國寺南、姜行後
巷、景德寺前桃花洞，皆有妓館。歌妓充斥著酒樓、茶坊、歌館、
瓦市。爲了管理歌妓在酒肆賣唱，政府還制定了「設法賣酒」的經
濟文化政策。歌妓們爲了獲得更多的酬勞不僅晝夜相繼演唱，而且
自覺的加快所唱詞曲的更新速度，以吸引更多的客人〔註36〕。

　　不僅如此，宋太宗大力提倡「多積金帛田宅以遺子孫，歌兒舞
女以終天年。」朝廷「恩逮於百官唯恐其不足」，更是造成娼妓盛行
的原因。朝廷不僅優待士大夫，給士大夫優厚的經濟收入，還允許
他們「以官妓歌舞佐酒」及蓄養家妓。此間接形成官宦人家「人間
萬事何須問，且向樽前聽豔歌」（寇準〈和倩桃〉），以及「未嘗一日
不宴飲」的奢靡風氣。文人們沉醉在聲色享受之中，或聚集宴飲，
以妓樂歌舞相佐；或迷戀脂粉豔歌，在煙花巷陌中宿娼妓，這些情
況在各種筆記、小說、詩話、詞話等雜史中記載甚富。晏殊、歐陽
修、張先、秦觀、韓琦、蘇軾等人也都曾養家妓和以官妓佐酒，並
寫了大量贈妓詞與狎妓詞。

　　以耆卿來說，他的生活跨太宗、眞宗、仁宗三朝，其文學活動主
要集中在眞宗與仁宗兩朝。尤以仁宗在位的四十二年是北宋經濟發展
最爲繁榮的黃金時期，宋范鎭曾說：：

　　　　仁宗四十二年太平，鎭在翰苑十餘載，不能出一語詠歌，

〔註36〕〔宋〕孟元老：《東京夢華錄》（北京：中華書局，1990年）。

　　乃耆卿詞見之。〔註37〕

耆卿對當時的城市生活有深刻的體驗，於詞中歷歷可見當時之風
光。四方無事，百姓康樂，戶口蕃俗，田野日辟，汴京、洛陽、廣
州、成都、杭州、揚州等都市，更是繁華熱鬧，人煙浩繁，歌吹沸
天，一片歡騰。柳詞中許多有關都市景象的描寫，可說是整個宋代
社會繁榮富庶、承平氣象的縮影。

　　柳詞裡描寫出繁華都市各種景象以及對廣闊壯美山水的細緻刻
劃，從而爲人們留下了一幅栩栩如生、形態逼眞，體現「市井人情」、
「市民安居樂業情景」的都市風俗畫〔註38〕。但是在體現市井人情
的「樂觀精神」及描寫人民歌舞昇平、安居樂業的情景之外，他那
佔全作品五分之一的都市詞中，也以客觀寫實的筆觸反映出一種「享
樂主義」的思想，尤其是他民俗詞中，普遍充滿了一種追求歡樂、
競逐豪奢的時代烙印。

　　人們在經歷過戰亂後開始享受太平時的富足生活，從政治、經
濟、文化中心與城市的發展等層面看來，士人追求嚮往的時代精神確
已「不在馬上，而在閨房，不在世間，而在心境」。宋代文人多已失
去如唐人般征服進取的態度，安適享受才是首要之務，人們既認爲天
下無事，便寄情於歌舞宴飲之中。一般市井之民已然如此，富裕的工
商業主生活更是豪奢，以致東京茶坊酒肆不可遍數，瓦肆勾欄五十餘
座，大型酒樓中的飲者常達千餘人，最大的象棚甚至可容數千人。

　　耆卿年少時熱衷功名，但科考屢次落第，仕途一直不順。後雖
中了進士，但始終無法躋身士大夫之列。牢騷滿腹的他，在「金吾
不禁六街遊，狂殺雲蹤並雨跡」（〈玉樓春〉）、「雅俗熙熙物態妍」、
「笑筵歌席連昏晝」（〈看花回〉）以及「處處踏青鬥草。人人眷紅
偎翠」（〈內家嬌〉）的汴梁城逞「風流」，「恣狂蕩」，自爲宋世風流

〔註37〕祝穆：《方輿勝覽》（江蘇：江蘇廣陵古籍刻印社，1992年）。
〔註38〕彭棣華：〈市民作家柳永及其作品〉，《中國古代現代文學研究》（複
　　　　印報刊資料）（1991），12期，頁153～156。

之俗下的產兒。而耆卿「忍把浮名，換了淺斟低唱」之才，深得歌妓的愛賞，這也是他大量創作歌妓詞的一個重要原因，「兒女多知柳七名」及「凡有井水處，皆能歌柳詞」的光環，更是他持續創作的動力。歌妓的悲慘境遇與耆卿可以說「同是天涯淪落人」，她們喜愛耆卿的詞，並視耆卿爲知己：

> 玉肌瓊豔新裝飾。好壯觀歌席。潘妃寶釧，阿嬌金屋，應也消得。　　屬和新詞多俊格。敢共我劻敵。恨少年、枉費疏狂，不早與伊相識。（〈惜春郎〉）

耆卿亦稱她們爲知己，並同情和關懷她們：「擬把疏狂圖一醉，對酒當歌，強樂還無味。衣帶漸寬終不悔，爲伊消得人憔悴。」（〈鳳棲梧〉）彼此惺惺相惜，耆卿自然成了歌妓詞的多產詞人。當然，在贈妓詞中收取潤筆以維持生計，也是其中的一個因素。少游青樓的紅粉知己亦復不少，如《苕溪漁隱叢話前集・卷五十》引《高齋詩話》云：「少游在蔡州，與營妓婁琬字東玉者甚密，贈之詞云『小樓連苑橫空』，又云『玉佩丁東別後』者是也，又贈陶心兒詞云：『天外一鉤橫月，帶三星。』謂心字也。」〔註39〕另外，尚有〈一落索〉、〈虞美人〉、〈一叢花〉等別妓或詠妓之作。

　　除了青樓文化風行於世，宋代社會更瀰漫著一股濃重的享樂主義。宋太祖在「杯酒釋兵權」事件中曾有一段名言：

> 人生如白駒之過隙，所爲好富貴者，不過欲多積金錢，厚自娛樂，使子孫無貧乏耳。爾曹何不釋去兵權、出守大藩，擇便好田宅市之，爲子孫立永遠不可動之業。多置歌兒舞女，日飲酒相歡以終其天年。我且與爾曹約爲婚姻，君臣之間兩無猜疑，上下相安，不亦善乎。

這說明了宋代人民在追求自身安逸的同時，享樂主義也在人們意識中漸漸萌芽。

　　《涑水紀聞》載寇準年少時不修小節，「頗愛飛鷹走狗」。其母

〔註39〕〔宋〕胡仔：《苕溪漁隱叢話前集・卷五十》（北京：中華書局，1985年），頁337。

一怒之下，用秤錘砸中他的腳而流血，寇準從此開始刻苦讀書，十
九歲中進士，三十三歲當上副宰相。《隆平集》中評價：「準剛正，
篤於自信，不能與世俯仰，故人多惡之。」然剛正如寇準者，卻也
是個享樂主義的奉行者。北宋沈括在《夢溪筆談》裡談到寇準很喜
歡「柘枝舞」〔註40〕，凡宴請賓客，一定要跳此舞，而且一跳就是
一整天。時人稱他爲「柘枝顛」：

> 《柘枝》舊曲，遍數極多，如《羯鼓錄》所謂《渾脱解》
> 之類，今無復此遍。寇萊公好《柘枝舞》，會客必舞《柘枝》，
> 每舞必盡日，時謂之「柘枝顛」。今鳳翔有一老尼，猶是萊
> 公時柘枝妓，云：「當時《柘枝》，尚有數十遍。今日所舞
> 《柘枝》，比當時十不得二三。」老尼尚能歌其曲，好事者
> 往往傳之。〔註41〕

不僅如此，歐陽脩在《歸田錄》裡亦提及寇準在鄧州做知府的時候，
經常大擺宴席，尤其喜歡通宵達旦地飲酒作樂，卻不點油燈，全用
蠟燭，當時的蠟燭昂貴，即使是有錢人也捨不得用，而寇準的馬棚、
廁所裡也是燈燭通明，每次宴會結束，廁所裡可以見到成堆的燭淚，
這都是他好奢華、講排場的表現。另外，晏殊家中歌舞妓眾多，每
有佳客必留，必以歌舞相伴；歐陽脩家中也有朱脣白玉膚的妙齡歌
妓八、九位；張先屆八十五高齡尚蓄聲妓，這些士大夫文人盡情追
求聲色犬馬的享樂生活，將流連教坊，蓄妓狎遊蔚爲一時風尚，連
原本以剛毅正直形象著稱的大儒均不能免俗地投身其中。

　　享樂主義的盛行，反映在詞作上便有以富爲美的現象，此時民
間的軼聞軼事關於此類之說甚多〔註42〕；而詞雖產於民間，但在燕

〔註40〕「柘枝舞」是一種起於西域，流行於唐朝的風格健朗的舞，此舞用
　　　　鼓伴奏，到宋代時，舞風有了一定的變化，跳舞的人數增多，有說
　　　　是二十四人，另有一說是四十人的，是一種群舞，氣勢非凡，場面
　　　　宏大，符合寇準愛講排場的性格。
〔註41〕〔宋〕沈括：《夢溪筆談·卷五·樂律一》（北京：中華書局，1985
　　　　年），頁30。
〔註42〕下舉《武林舊事》所引之例觀之：宋孝宗時有位太學生俞國寶遊

樂「繁聲淫奏」以及主要的演奏場所秦樓楚館中，來往者不乏貴人
名士，其排場或穿著總是奢靡貴氣，詞作中自然流洩出富貴氣息來。
誠如劉禹錫言：「雖儉寧不可分，而含思宛轉，有淇澳之豔」〔註43〕，
倚聲填詞的特性奠定了「詞為豔科」之質。楊海明以為詞中充滿如
此「以富為美」的觀念，實與文化圈場和心理需求有關。一與詞的
「音樂加美女」的創作環境有關，二又與詞人身處的享樂環境和所
誘發的享樂心理有關〔註44〕。這些處處可見富貴氣象的作品，一方
面是皇室的提倡，再者為詞者也大多為官宦之流，作詞者由民間平
民百姓的身份，轉變為文人墨客來擔任，其審美意趣自然有很大的
改變和提升。再者，演唱者由原先民間的草臺班藝人改為由貴族家
的姬妾和青樓歌妓擔任。三來，則是因為聽客觀眾也由平民百姓變
為王孫公子或士大夫之流。最後，演唱場所則是由原來的尋常巷陌
轉到貴族的歌舞筵席上〔註45〕。

　　王國維在《人間詞話》中曾云：「『畫屏金鷓鴣』，飛卿語也，而
詞品似之。」〔註46〕這種錯彩鏤金的寫法使得詞中充滿了富貴氣息，

　　西湖，曾於酒館牆上醉題一詞：「一春長費買花錢，日日醉湖邊。
　　玉驄慣聽湖邊路，驕嘶過、沽酒樓前。紅杏香中歌舞，綠楊陰裡
　　秋千。　　暖風十里麗人天，花壓鬢雲偏。畫船載取春歸去，餘
　　情付、湖水湖煙。明日再攜殘酒，來尋陌上花鈿。」〈風入松〉此
　　詞描繪出西湖歌舞昇平，遊女如雲的繁華景象，一派富貴承平的
　　氣象。因此當太上皇觀後不禁讚為好詞，但「末句未免儒酸」，隨
　　即親筆將俞詞的「明日再攜殘酒」改為「明日重扶殘醉」，周密在
　　《武林舊事》卷三中便讚其：「迥不同矣。」俞國寶畢竟是一介窮
　　書生，手頭自不闊綽，空有才華，卻寫不出富麗的貴氣，其「殘
　　酒」兩字在太上皇眼裡自然「儒酸」。
〔註43〕〔唐〕劉禹錫：《竹枝詞序》，收錄於金啓華、張惠民、王恒展、張
　　　　宇聲、王增學合編：《唐宋詞集序跋匯編》（臺北：臺灣商務印書館，
　　　　1993年），頁4。
〔註44〕楊海明：《唐宋詞美學》，頁42。
〔註45〕楊海明：《唐宋詞主題探索》，頁43。
〔註46〕〔清〕王國維著、徐調孚校注：《校注人間詞話》（臺北：頂淵文化，
　　　　2001年），頁6。

五代詞人前仆後繼地投入在詞作華美的鋪排，即使入宋，詞中亦多可見富貴大器的字句。當寫汴京或杭州的繁華景象時，詞家使用了彩舫龍舟、層城闐苑、鳳輦翠華、珠璣羅綺……等字眼；而在閨閣書寫上，三詞家不僅書寫閨閣中擺飾的貴氣及衣飾的華麗，諸如金屋、畫堂、玉樓、寶盒等，更重要的是他們在詞中所展現者是雍雍大度的閒雅氣質。陳霆以爲：

> 昔人謂：凡詩言富貴者，不必規規然語夫金玉錦綺。惟言氣象，而富貴自見，乃爲眞知富貴者。〔註47〕

三家詞的審美意趣正在於詞中所顯現的富貴且閒雅的醞釀上，以少游〈浣溪沙〉一詞看來：

> 漠漠輕寒上小樓，曉陰無賴似窮秋，淡煙流水畫屏幽。
> 　　自在飛花輕似夢，無邊絲雨細如愁，寶簾閒掛小銀鉤。

畫屏和寶簾都是雕飾華美之物，但是在華美的同時，整闋詞所顯現的卻是一種清幽淡雅的審美意趣，這正詮釋了三家詞在富貴景物和閒雅氣韻上的最佳連結。

二、詞之爲體如美人

　　清人田同之《西圃詞說》引魏塘曹學士之言道：「詞之爲體如美人，而詩則壯士也。」〔註48〕清楚表述了詞體陰性書寫的特點。

　　葉嘉瑩曾說：「『詞』是歌辭的意思，用英文來說就是 songwords song，唱的歌；words 就是『歌辭之詞』，『歌辭之詞』是配合著音樂來歌唱的，這就跟古代的歌謠的興起是不一樣的。」〔註49〕古代的樂府歌謠並不配合音樂，是在民間歌謠產生之後，再由政府官員搜集上呈朝廷，繼而由朝廷中之樂師配調成歌。以〈上邪〉爲例：「我

〔註47〕 〔明〕陳霆：《渚山堂詞話·卷一》，收錄於唐圭璋編：《詞話叢編》，冊一，頁356。

〔註48〕 〔清〕田同之：《西圃詞說》，收錄於唐圭璋編：《詞話叢編》，冊二，頁1450。

〔註49〕 葉嘉瑩：《照花前後鏡——詞之美感特質的形成與演進》（臺北：清華大學，2007年），頁16。

欲與君相知，長命無絕衰。山無陵，江水為竭，冬雷震震夏雨雪，天地合，乃敢與君絕。」就是先有文字流傳民間，才被以音樂而為成品。可以說這些歌詞是先有文字，才有音樂。「詞」和其他樂府的形成不同，詞是先有音樂才有文字，先有了調子曲譜，文人再依照樂譜來填寫歌詞。

　　詞所搭配的樂曲和上古時搭配的樂曲亦異。上古時的音樂為「雅樂」，莊嚴肅穆，如《詩經》重章疊詠，幾乎都是四字一句的形式，以迴環往覆的效果，不斷吟唱。而詞的生成年代樂曲有了新的結合方式，加入了外來的少數民族樂曲（胡樂）以及一些宗教的音樂（法曲），這種新興的音樂被稱為「宴（燕）樂」。這種樂曲十分動人，不僅文人喜愛被詞而唱，連一般市井百姓也喜歡以此創作。張炎《詞源・卷下》云：「粵自隋、唐以來，聲詩間為長短句，至唐人則有《尊前》、《花間集》。」〔註 50〕王灼《碧雞漫志・卷一》中亦云：「蓋隋以來，今之所謂曲子詞者漸興，至唐稍盛。今則繁聲淫奏，殆不可數。」〔註 51〕

　　詞之所以能取代近體詩成為流行詩體，其於音樂效果上確實可補近體詩不夠婉轉之處，進而得以在晚唐流行，甚而佔得宋代文壇一席重要地位。詞，一開始就帶著婉轉的審美特徵，具有本色的柔婉之美，音樂的諧美，要求填詞重協音和合律，已成為本色論批評的重點。早從北宋末期易安的《詞論》即已提出詞要合樂的概念，要分清「五音」、「五聲」、「六律」、「清濁輕重」的原則。易安的論詞標準直到南宋末仍張炎主婉雅的詞論所堅持。張炎《詞源》卷下曰：

　　　蓋詞中一個生硬字用不得。須是深加鍛鍊，字字敲打得響，

〔註 50〕〔清〕張炎：《詞源・卷下》，收錄於唐圭璋編：《詞話叢編》，冊一，頁 255。

〔註 51〕〔宋〕王灼：《碧雞漫志・卷一》，收錄於唐圭璋編：《詞話叢編》，冊一，頁 74。

> 歌誦妥溜，方爲本語。〔註52〕

由此可見張炎所謂的「本語」正是一種音律諧婉的審美風格標準。張炎又謂：

> 詞與詩不同，……若堆疊實字，讀且不通，況付之雪兒乎？合作虛字呼喚。〔註53〕

張炎之語實論詩詞之異，且直指詞要可歌，還要「雪兒」之輩的女孩可歌，故於轉折之處多用虛字呼應，可造成詞本身的流麗諧婉的音樂效果。

詞本身是配合音樂而演唱的新體歌詞，歐陽炯在《花間集》之序中嘗言：

> 綺筵公子，繡幌佳人，遞葉之花箋，文抽麗錦；舉纖纖之玉指，拍按香檀。不無清絕之詞，用助嬌嬈之態。

清楚描繪出作詞的環境與動機。文人詞是爲了在酒筵歌席上創作與演唱的，先由文人根據曲調作詞，然後交付樂工歌妓們伴奏歌唱。據王灼《碧雞漫志》中的記載，唐代以前因善歌而得名者有男有女，人們並非獨愛女性演唱（如漢代的李延年、唐代的李龜年等都是有名的男性），但「今人」則「獨重女音，不復問能否」；亦即謂自晚唐以來，社會風氣產生變化，士大夫們所欣賞的僅只發自「鶯吭燕舌」的女音，此現象可由《花間集》中之序言所指「纖纖玉指」和「拍按香檀」中得見。詞既然誕生於這樣的女性化的音樂環境中，自會屈從於女性歌唱的需要，使詞的主題、風格、語言乃至聲腔都服從並滿足於她們的特殊需要。於是男性詞家需創作出爲歌妓「代言」的婦人語，由此即引發「男子而作閨音」的舉動。

事實上，「獨重女音」的風氣自然是由士大夫們本身的享樂心理造成的，但從填詞以應歌的角度來看，他們的「作閨音」也可視爲是表層活動。如溫庭筠的七首〈南歌子〉之詞，幾乎全是描摹女性戀情心態的；即使素以文雅著稱的馮延巳之詞，也有如斯現象，

〔註52〕〔宋〕張炎：《詞源》，收錄於唐圭璋編：《詞話叢編》，冊一，頁259。
〔註53〕〔宋〕張炎：《詞源》，收錄於唐圭璋編：《詞話叢編》，冊一，頁259。

以歌妓口吻作成的〈長命女〉:「春日宴,綠酒一杯歌一遍。再拜陳
三願:一願郎君千歲,二願妾身長健,三願如同梁上燕,歲歲長相
見。」確可證明了正中此詞乃爲應付歌女所請並模擬其口吻而寫
的。因此,不少詞人之所以出現「男子而作閨音」的情況,原因之
一即爲應付歌女的演唱需求而起。故宋人王炎《雙溪詩餘自序》中
曰:「予於詩文本不能工,而長短句不工尤甚,蓋長短句宜歌不宜
誦,非朱脣皓齒無以發要眇之音。」又曰:「今爲長短句者,字字
言閨闈事,故語懦而意卑。」〔註54〕足見「朱脣皓齒」乃長短句的
最佳傳播者。

　　當時社會的審美心理對詩詞要求大不相同,所謂的「詩莊詞
媚」,把言志或言國事的傳統思想摒棄在詞外,讓詩去表現,而把詞
限定在狹小的範圍內,讓詞去負擔抒寫纏綿悱惻的男女相思。再者,
「詞本艷科」一語,指出詞多以男女之間的情愛爲書寫主題。而詞
中開始大量書寫女性,蓋由《花間集》始,原是「綺筵公子」在「葉
葉花箋」上書寫,交與「繡幄佳人」「舉纖纖之玉指,拍案香檀」的
歌詞。正因如此,書寫美女與愛情的詞體自此成爲一種「陰性文體」,
其中濃烈的感情描述更使它成爲屬性「陰性」的文類〔註55〕,此種
陰性(femininity)非專指女性(femaleness),而是指詞體富有一種
「眞艷深婉美」的抒情特質〔註56〕,此陰性特質(femininity),在
美學及文化上某種被玩味的氣質,並不專屬於女性〔註57〕。

〔註54〕施蟄存:《詞籍序跋萃編》(北京:中國社會科學出版社,1994年),
　　　　頁302。
〔註55〕孫康宜提出女性常以鍾情爲主,爲此「女性」應指一種偏於陰性風
　　　　格的氣質。引自孫康宜:《古典與現代的女性詮釋》(臺北:聯合文
　　　　學出版社,1998年),頁15。
〔註56〕楊海明:《唐宋詞的風格學》(臺北:木鐸出版社,1987年),頁27。
〔註57〕西蘇〈閹割或斬首〉一文中,認爲生物性別並不等於陰性特質。所
　　　　謂的「陰性書寫」(ecriture feminine),並不強調書寫者的生物性別,
　　　　故可以由男性或女性創作:「以女性名字簽署並不一定令作品成爲女
　　　　性化。他可能是男性化作品;同樣地,以男性名字簽署的作品並不
　　　　一定排除女性化。雖然十分罕見,但你有時可能在以男性署名的文

　　再以「遊戲說」的觀點來看。詞，原本是隋唐以來配合當時新興樂曲而塡寫的曲辭，主要是爲了娛樂。歐陽烱言：「庶使西園英哲，用資羽蓋之歡；南國嬋娟，休唱蓮舟之引。」西園是建安時期的三曹七子等文士，常聚會酬唱之所。曹植〈公宴〉有「清夜遊西園」之句，勾勒出建安文士連清夜都在西園流連不去的場景。文士們坐車遊覽，見到美麗的南國佳麗，希望這些美嬋娟有了《花間集》的曲子辭後，可以不再唱蓮舟小曲了。因此，可以說最早創作曲子緣由正是爲了給美麗的歌女傳唱。

　　正因「詞」原本只是在隋唐間興起的一種歌辭，伴隨著當時流行之樂府以供歌詞。因此當士大夫們開始著手爲這些流行曲調塡寫歌辭時，在其意識中原本並沒有要藉之以抒寫自己之情志的用心，根據《花間集・序》的記載，所謂的詩客曲子詞，所寫之內容大多以美女與愛情爲主，可以說是完全除去倫理政教約束之作，這對於詩學傳統而言，可視爲重大的突破。歐陽烱云：「寫以新聲之調，敢陳薄技，聊佐清歡。」白居易〈楊柳枝〉中有句：「古歌舊曲君休聽，聽取新翻〈楊柳枝〉。」劉禹錫〈楊柳枝〉詞云：「請君莫奏前朝曲，聽唱新翻〈楊柳枝〉。」均可見之。唐、五代、北宋詞處在獨立於社會道德教化之外的狀態，士大夫們在爲詩與爲文方面，長久受到「言志」與「載道」之說的壓抑，而詞體卻能在寫作時完全脫除「言志」與「載道」之壓抑和束縛，而純以遊戲筆墨做任性的寫作，使蘊於心中已久的幽微情感、七情六欲得到宣洩的機會。所以詞人抒懷，事情蘊蓄於中不得不發，於是少游用「心」寫詞，耆卿以「情」爲詞，都是心靈源泉自然而然滿溢而出的表現；這也是士大夫們願意前仆後繼，相繼投入此種新興的樂曲來塡寫歌辭的原因。

　　章中找到女性特質。」引自 Toril Moi，陳潔詩譯：《性別/文本政治：女性主義文學理論》（Sexual/Texual Polotics）（臺北：駱駝出版社，1995 年），頁 100。

　　蔣哲倫提出詞史歷經了「樂人詞」、「詩人詞」及「詞人詞」三個階段，並盛讚柳永爲「詞人詞之先驅」〔註58〕。蔣氏以爲「詞人詞」即寫作乃「緣情而發」之事。筆者在此提出的「緣情」，意謂與「言志」判然有別。雖然「言志」之「志」乃是以情感爲基底的「志」，但「緣情」之「情」，則更強調在於表現個人狹隘的生活情趣的文學。雖然，「詞人詞」爲否定「詩人詞」取消詞之本性而發，卻並未簡單地回歸於「樂人詞」的娛樂功能之用。關於這一點，蔣哲倫說：

> 經過詩化階段的洗禮，文人以詞抒情的意識高度發達。如果說，早期文人詞的「緣情」，不過是應消閑之需，對歡情離思作一般性的題詠，那末，後來的詞家大多實現了自我投入，在詞的創作中切實地營造自己的心靈世界和個性風貌，這才是更深層次上的「緣情」。正因爲這樣，詞中所包含的情意，雖仍不離乎戀情相思、羈愁別恨、觀花賞月，而由於結合著詞人自己的身世經歷，有意無意地寄拖和宣泄其特殊情懷，遂變得複雜起來，相應地要有更豐富的意象、更成熟的語言、更宏闊的體制、更精巧的結構、更多樣化的音節和更個性化的作風加以配合，這就把詞的藝術性大大推向前進。當然，與此同步，「樂人詞」地明白通俗和即興而就，也必然要轉向高文雅意、慘淡經營。「詞人詞」丟失了原初曲子詞興象玲瓏、自然天成的風味，這也是無可奈何的事。〔註59〕

以耆卿爲代表的「詞人詞」，較「樂人詞」來說，多了自我經歷與實現。早期所謂的「緣情」，不過是應消閑之需，如黃山谷之所以用「空中語」來爲自己寫作的小詞做辯解，正說明了士大夫們在寫作這一類小詞時，能感到從「言志」與「載道」之束縛中解放出來的一種輕鬆

〔註58〕蔣哲倫：〈論周邦彥在詞史上的地位〉，《古典文學知識》，1998 年第一期，頁 57～61。

〔註59〕蔣哲倫：〈論周邦彥在詞史上的地位〉，《古典文學知識》，1998 年第一期，頁 57～61。

的心理狀態；但是耆卿和少游在詞的創作中切實地營造自己的心靈世界和個性風貌，蔣氏以爲這才是更深層次上的「緣情」。而詞中所包含的情意，雖不脫閨閣相思等風花雪月之儔，卻因「打併入身世之感」，而變得更有深度。

第二節　北宋詞閨閣書寫之性別表現

本節擬探北宋三家詞中的閨閣書寫，會否因性別差異而呈現出不同的表現，因此將依性別而分，先論女性詞人之作，探析女性詞家在自我書寫及書寫自我上的表現，再談男性詞家之作品兼其書寫策略。

壹　女性詞家於閨閣書寫上之表現

此處將由傳統女性觀以及對女子受教育的觀念，論及在傳統婦德觀念中女性在求學爲文所受到的箝制；而女性詞家如何表現自我，其作品中之細微處與男性詞家差別何在。

一、傳統女性觀

（一）以順爲正者，妾婦之道也

甲骨文中的「女」字是一個人形跪在地上的樣子〔註60〕，「妻」字則是一個幹活的女人〔註61〕，許慎《說文解字》中對「婦」的解釋則是「服也，從女持帚，灑埽也。」〔註62〕明確指出婦女生而服從並操持家務的命運。班固在《白虎通・嫁娶》中更清楚直接地點明了妻子事夫的幾點工作：

> 婦事夫有四禮焉。雞初鳴，咸盥漱櫛縰笄總而朝，君臣之道也；惻隱之恩，父子之道也；會計有無，兄弟之道焉；

〔註60〕徐中舒編：《漢語古文字字形表》（臺北：文史哲出版社，1988年），頁461。

〔註61〕徐中舒編：《漢語古文字字形表》，頁465。

〔註62〕〔漢〕許慎著，〔清〕段玉裁注：《說文解字注》（臺北：天工書局，1996年），頁614。

閨閫之內，衽席之上，朋友之道焉。〔註63〕

服事夫婿被認為是婦人的天職，女人始終處於男人意志和權力之下，賢妻良母的刻板印象成了對歷來女子的要求，女子嫁為人妻後所學必得是賢能，需為操持家務而勞力、為伺候夫婿而盡心，班昭在《女誡》中即明白揭示：

夫者，天也；天固不可逃，夫固不可離也。行違神祇，天則罰之；禮義有愆，夫則薄之，故女憲曰。〔註64〕

不僅班昭的《女誡》中有此訓誡昭示的語句，歷來的女教書均明白地教示婦女事夫的必要性，以長期薰陶的方式培養婦女有此根深蒂固的觀念，使婦女深深相信事夫是必須履行的行為，亦是與生俱來的天職，如李婉《女訓》、宋若莘《女論語》、徐皇后《內訓》、藍鼎元《女學》等書中多有所見。從先秦典籍始，這樣不平等的兩性關係，已受到所有人的確定與認同。

〈孟子・滕文公下〉載：「以順為正者，妾婦之道也。」〔註65〕的看法，班固《白虎通・嫁娶》亦云：「夫者，扶也，扶以人道者也；婦者，服也，服於家事事人者也。」〔註66〕妻應服從於夫的論調，普遍為大眾所接受，封建體制下的父權意識制化了男尊女卑的型態，並透過社會禮制的建構得以合理化。

Kate Millet 在《性別政治》中發表了「性即政治」的理念，她認為男女的關係一如政治當中結構性的權力關係，是一種「宰制——受制」、「統治——從屬」的關係。Millet 更進一步定義性政治為：「統治的性別嘗試將其對從屬性別之權力維持及伸展的過程。」〔註67〕

〔註63〕〔漢〕班固著，〔清〕陳立疏證：《白虎通疏證》（臺北：中國子學名著集成編印基金會，1978 年），頁 576。

〔註64〕班昭在《女誡》中的看法，見於〔南宋〕范曄撰，〔唐〕李賢注，〔清〕王先謙集解：《後漢書集解》（臺北：藝文印書館，1972 年），卷八十四，〈列女傳七十四・曹世叔妻〉，頁 995。

〔註65〕〔宋〕朱熹：《四書集注》（臺北：世界書局，1997 年），〈上孟・卷三・滕文公下〉，頁 285。

〔註66〕〔漢〕班固著，〔清〕陳立疏證：《白虎通疏證》，頁 581。

〔註67〕有關 Kate Millet 的說法，參閱 Toril Moi 著，陳潔詩譯：《性別/文本

中國的宗法制度就是建構父權制度的依據，其確立男尊女卑、男主女從的性別政治，更藉由不斷社會化、性別角色刻板化的過程，使男女不僅服膺接受，更將統治與從屬的社會分工，內化為意識型態。

（二）女子無才便是德

在中國傳統文化中，雖然並不完全否定「才」，但若與「德」相較，則「重才輕德」的傾向卻十分明顯。儒家「君子先慎乎德」、「恥有其辭而無其德」、「有德者必有言，有言者不必有德」等學說，均顯示出「德」之重要性，再以「三不朽」之說中，首以「立德」，末以「立言」來看，實可反映出德先才後之觀。對男性尚且如此，女子之「才」，自然更被貶抑〔註68〕。

傳統婦女不需才高博學，首重之事，應深諳「三從四德」之理。《大戴禮記》中曾記載：

> 婦人，伏於人也。是故無專制之義，有三從之道，在家從父，適人從夫，夫死從子，無所敢自遂也。〔註69〕

《大戴禮記》對三從之說有清楚的闡釋，可知婦人終生的命運，均在依附男性下度過，另《禮記》和《儀禮》兩書中亦載三從之說，均是以禮制來規範男女的職分與行為〔註70〕。女子被教導須以服從為第一

政治：女性主義文學理論》（臺北：駱駝出版社，1994 年），頁 23。

〔註68〕 有關女子之「才」、「德」於傳統文化中的討論，詳見劉詠聰：〈「女子無才便是德」說的文化涵義〉，《女性與歷史——中國傳統觀念新探》（臺北：臺灣商務印書館，1995 年），頁 89～103。

〔註69〕 〔漢〕戴德著，〔北周〕盧辯注：《大戴禮記》（北京：中華書局，1985 年），卷十三，頁 219。

〔註70〕 《禮記·郊特牲》：「出乎大門而先，男帥女，女從男，夫婦之義由此始也。婦人，從人者也，幼從父兄，嫁從夫，夫死從子。夫也者，夫也；夫也者，以知帥人者也。」〔漢〕鄭玄注，〔唐〕孔穎達疏：《禮記正義　附校刊記》，卷二十六，〈郊特牲〉，頁 224。
「三從」之說見於《儀禮·喪服》：「傳曰：為父何以期也？婦人不貳斬也。婦人不貳斬者，何也？婦人有三從之義，無專用之道，故未嫁從父，既嫁從夫，夫死從子。故父者，子之天也；夫者，妻之天也。婦人不貳斬者，猶曰不貳天也，婦人不能貳尊也。」〔漢〕鄭玄注：《儀禮》，收錄於《四部叢刊正編》（臺北：臺灣商務印書館，

原則，對父系社會加在身上的教條，只能順而從之。「四德」之說則
見於《周禮・天官・九嬪》：「九嬪，掌婦學之法，以教九御婦德、婦
言、婦容、婦功，各帥其屬，而以時御敘于王所。」〔註71〕後來這兩
個詞語被合用成「三從四德」，用來指舊時婦女必須具備的德性。婦
德、婦言、婦容、婦功：指婦人所應學習的幾種禮儀及職事。德謂貞
順，言謂言辭委婉，容謂儀態柔順，功謂治絲麻、紡織、縫紉等事。
從先秦開始，傳統的家庭教育，便是將女子從小教育爲一個稱職的家
庭主婦，使其出嫁後能在夫家從事服務。《禮記・內則》即明言：

> 女子十年不出，姆叫婉聽從，執麻枲，治絲繭，織紝組
> 紃，學女以事供衣服，觀於祭祀，納酒漿籩豆菹醢，禮相
> 助奠。(《禮記正義》卷二八)

而出嫁之前，更需施以「成婦順」的密集訓練——亦即強調身爲人
「婦」者，應如何經由「婦德、婦言、婦容、婦功」四方面，在「家
室」中扮演好自己的角色。

　　西漢劉向的《列女傳》中雖未就婦德予以具體、系統化的闡析
與規制，但就其選取列女的目的與範圍可知，乃於取「賢妃貞婦與
國顯家可法則，及孽嬖亂亡者」，「以戒天子」(《漢書・楚元王傳》)。
下舉數篇首的頌贊可窺其褒貶之準則〔註72〕：

　　1979 年)，卷十一，〈喪服〉，頁 114。
〔註71〕「九嬪」是王宮中的女官，也是帝王的九位妃子，負責掌理婦女所
　　　　應學習的禮儀。九嬪各領有女御九人，教導女御婦德、婦言、婦容、
　　　　婦功，並率領她們按時輪值王所，協助皇后處理各項事務。而所謂
　　　　婦德、婦言、婦容、婦功，指的是婦人應有貞節柔順的德行、委婉
　　　　得體的應對辭令、溫雅的體態舉止、熟練的工作技能。這四項要求，
　　　　就是「四德」。
〔註72〕現今所見之《列女傳》凡七卷，另附〈續傳〉一卷，作者不詳。原
　　　　書本爲一編，據說是宋代王回將其分爲七篇，計：母儀、賢明、仁
　　　　智、貞順、變通、孽嬖。在體例上，每篇之首各有頌贊，而後則依
　　　　序分列傳文，敘述個人足以爲人楷模或爲世垂戒之事跡。有關該書
　　　　之作者、內容、取材等相關問題，參見張敬，〈列女傳與其作者〉，
　　　　收錄於李又寧、張玉法編：《中國婦女史論文集》(臺北：臺灣商務
　　　　印書館，1981 年)，頁 50～60。

惟若母儀，賢聖有智。行爲儀表，言則重義。胎養子孫，
以漸教化。既成以德，致其功業。姑母察此，不可不法。
（〈母儀篇〉贊）

惟若賢明，廉正以方。動作有節，言成文章。咸曉事理，
知世紀綱。循法與居，終日無殃。妃后賢焉，名號必揚。
（〈賢明篇〉贊）

惟若仁智，豫識難易。原度天道，禍福所移。歸義從安，
危險必避。專專小心，永懼匪懈。夫人省茲，榮名必利。
（〈仁智篇〉贊）

《列女傳》所重視者，仍屬爲人妻、母者，如何在家庭中扮演好爲「婦」者的角色。其間，「賢聖有智」、「廉正以方」、「言成文章」、「豫識難易」等贊語，亦流露出：只要能致使丈夫、兒子成德立業、趨吉避凶，則爲婦者亦不妨展現其所具有的才德智慧。

班昭以爲：「清閒貞靜，守節整齊，行己有恥，動靜有法：是謂婦德。」（《女誡‧婦行第四》）在強調「德」的同時，不特意突顯「才」的重要，亦即「婦德不必才明絕異也」，這個觀念更激化爲「女子無才便是德」的婦道戒律。對「才」的否定，是不讓才女衝破閨闈戒律，而作出違背禮教的行爲。

對婦才之觀念，班固認爲：「婦人無專制之義，御眾之任，交接辭讓之禮，職在供養饋食之間，其義一也。」班昭則說：「專心紡績，不好戲笑，潔齊酒食，以奉賓客：是謂婦功。」（《女誡‧婦行第四》）長此以來，如此觀念早已根深蒂固深植民心，婦女無不誠心格守：「荊市操作是其本份，未十歲即命習女紅，不復以誦讀爲事。」（姚岱〈亡女吟稿序〉）再者，「才」能累「德」的觀念，也是「才」之所以被排斥的原因之一。陳宏謀《教女遺規》即云：「或者疑女子知書者少，非文字之所能教。而弄筆墨工文詞者，有時反爲女德之累。」〔註73〕因此，對女性教育這個問題，大多抱持

─────────────────

〔註73〕有關這個說法的緣起及涵義，參見劉詠聰：《女性與歷史：中國傳統

著反對的態度，歸有團〈塵談〉中言：「婦人識字多誨淫」，〈溫氏母訓〉中也有「婦女只許粗識柴米魚肉數百字，多識字無益而有損也。」〔註74〕之句，皆顯示出女性即使識字，也僅只是為應付生活瑣事，行事之便爾，絕非為增長本身知能，亦可謂女性識字的目的，僅被嚴格局限於修讀婦學。

在源遠流長的歷史傳統中，男性一直是居於主流的地位，「男主外，女主內」的性別角色分工，使女性屈居於從屬的地位，生活的重心以家庭為主。因此，無論在養成教育或角色期待上，女性與男性都有明顯的差別對待，「內言不出」〔註75〕的觀念，更是隔絕了女性言說表達的空間。

清代經學大師章學誠在〈婦學〉中一再指責：「婦學之名，見於〈天官內職〉『德、言、容、功』，所該者廣，非知後世祇以文藝為學也。」〔註76〕男尊女卑的父權社會，女性惟有遵循「陰卑不得自專，就陽而成之」（班固《白虎通・嫁娶》）的規範。「婦職競競日恐惶，那有餘情拈筆墨」，根本不敢妄言拈筆創作。因此若能在廣大無垠的文學瀚海中，留下片語隻名，女性作家之特出已非尋常而語，對此，章氏以為：

> 唐宋以還，婦才之可見者，不過春閨秋怨、花草榮凋，短什小篇，傳其高秀，閒有別出，著作如宋尚宮之女論語、鄭氏之女孝經，雖才識不免李易安之金石編摩、管道昇之書畫精妙，後世亦鮮有其儷矣。〔註77〕

章氏特別讚美易安乃後世鮮有其儷者，足見易安之才高。

觀念新探》（香港：教育圖書公司，1993 年），頁 89～103。

〔註74〕〔明〕溫璜述、溫璜：〈溫氏母訓〉，《景印文淵閣四庫全書子部二三儒家類》，（臺北：臺灣商務出版社，1983 年），頁 717～523。

〔註75〕《十三經注疏・禮記》（臺北：藝文印書館，1965），卷 27〈內則〉第 12，頁 8，總頁 520。

〔註76〕〔清〕章學誠（1738～1801）在：《文史通義》（臺北：臺灣中華書局，1979 年）〈卷五・婦學〉，頁 24。

〔註77〕〔清〕章學誠：《文史通義》，〈卷五・婦學〉，頁 28。

二、女性書寫

《西泠閨詠》開端有云:「天地之精華,日出而不窮,而人事與爲乘除,閨閣之才亦如是。」〔註78〕又云:「古來閨閣以文章著者,代不乏人。」〔註79〕然而,綜觀中國文學史上,女子留名不易,史籍記載太少,文人亦多忽略,其實從古至今向來不乏才女,卻不得文人筆墨以傳,對女性處境的感嘆。

沈善寶《名媛詩話》〔註80〕首卷即明白指出女性在追求知識上與男性的懸殊差異。她從教育學習環境及作品流傳兩個面向分析女性的劣勢:

> 竊思閨秀之學,與文士不同;而閨秀之傳,又較文士不易。
> 蓋文士自幼即習經史,旁及詩賦,有父兄教誨,詩友討論。
> 閨秀則既無文士之師承,又不能專習詩文,故非聰明絕倫
> 者,萬不能詩。生於名門巨族,遇父兄師友知詩者,傳揚
> 尚易;倘生於蓬蓽,嫁於村俗,則湮沒無聞者,不知凡幾。

傳統教育上,教子與教女自有不同,女子的知識教育實在十分貧弱。唐代宋若昭《女論語》中有云:「男入書堂,請延師傅。習學禮義,吟詩作賦」,女則「朝暮訓誨,各勤事務」〔註81〕;對女子的要求,有所謂「論及閨闈淑媛,則惟德容言貌是肅己爾,幽閑貞靜是修己爾。翰墨筆硯,宜不必親。」〔註82〕皆可見女性教育的窄化至道德教育與家務職能教育。

〔註78〕 〔清〕陳文述:《西泠閨詠》,清光緒十三年西泠翠螺閣重刊本,收入《叢書集成續編》第232冊,(臺北:新文豐出版公司,1985年)。

〔註79〕 參見《頤道堂文鈔》,清道光年間刊本,卷11〈姜曉泉兒女英雄畫跋〉,頁7。

〔註80〕 〔清〕沈善寶:《名媛詩話》,清光緒鴻雪樓刊本,收入《續修四庫全書》第1706冊,(上海:上海古籍出版社,2002年)。

〔註81〕 〔唐〕宋若昭:《女論語》〈訓男女章第八〉,《古今圖書集成》(臺北:鼎文書局,1976)〈明倫彙編閨媛典〉第二卷〈閨媛總部〉,第395冊之10頁。

〔註82〕 〔明〕趙時用:〈女騷序〉,《歷代婦女著作考》〈附錄〉,頁885。案:上海古籍版作「肅巳」、「修巳」,今據1973年鼎文書局版改,〈附錄〉頁42。

　　劉向《列女傳》強調婦人「有閨內之修，而無境外之志」〔註83〕，明白點出婦女的職責在家庭，而不在社會公共事務上。章學誠（1738～1801）〈婦學篇書後〉亦云：「女子生而質樸，但使粗明內教，不陷過失而已。如其秀慧通書，必也因其所通，申明詩禮淵源，進以古人大體。班姬韋母，何必去人遠哉！」〔註84〕儒家社會的文化傳統，士人的養成教育向來以德為首，「有德者必有言，有言者不必有德」〔註85〕、「恥有其辭而無其德」〔註86〕，強烈的道德意識可以說是儒家文化的核心。而在婦女養成教育上，「德言容功」一直是女教的重要內容，四德之中尤以「婦德」為首，歷代女教莫不奉為圭臬。相對而言，女性的文學教育則是被漠視的，「女子以德為本，而文詞原非所尚也」反映了普遍的心態〔註87〕。明代呂坤所著之《呂新吾先生閨範圖說》對「文學之婦」的評論是：「文學之婦，史傳所載，班班膾炙人口，然大節有虧，則眾長難掩。無論蔡文姬、李易安、朱淑真輩，即回文絕技，詠雪高才，過而知悔，德尚及人。余且不錄焉，他可知矣。」〔註88〕嚴峻的選取標準，宣示的是婦女必須通過嚴格的道德檢驗，在成為才女之前，必須先是一位德婦。然而不幸的是，「婦德」與「士德」在性別區分的前提下，內容與作法皆有極大的不同，以致愈演愈烈的「奇激之行」甚至成為婦女殉道具體而極至的表現〔註89〕。

〔註83〕〔漢〕劉向：《列女傳》（臺北：廣文書局，1979），卷1〈母儀傳·鄒孟軻母〉，頁9。

〔註84〕章學誠：《章氏遺書》卷5《文史通義·內篇》5，頁40，總頁109。

〔註85〕《十三經注疏·論語》（臺北：藝文印書館，1965），卷14〈憲問〉，頁1，總頁123。

〔註86〕《十三經注疏·禮記》，卷54〈表記〉第32，頁9，總頁912。

〔註87〕〔清〕車鼎晉〈女學序〉，收錄於藍鼎元：《女學》卷首。

〔註88〕〔明〕呂坤：《呂新吾先生閨範圖說》卷3〈婦人之道〉，收錄於《四庫全書存目存書》（臺南：莊嚴文化事業有限公司，1995年）子部第129冊，頁3。

〔註89〕〔清〕張廷玉等著《明史》（臺北：鼎文書局，1991年）卷301〈列傳〉第189〈列女〉一：「輓近之情，忽庸行而尚奇激，國制所褒，

　　因此，女性無法像男子一樣以追求高深的學問為職志，也沒有師承受學、友朋切磋的機會，有幸得蒙家學，除了客觀環境配合外，還需其能主動學習。但是，即使寫作，作品能否流傳則又面臨了傳播上的性別差異對待，毛國姬曾對此現象指出，士大夫之作，「其傳之其宗，或傳之其鄉，其子孫及有心文獻者，世守其殘缺」，而女子之作，往往「或其初未授剞劂，或棗梨之壽不及數十年，已零落於荒煙蔓草間。問之子孫若鄉閭，已無有知之而傳誦之者」〔註90〕，相對於文士，女性作品被忽視的程度更為嚴重，傳播的過程中極易零落不聞。

　　但是，女性應擁有自己的文學寶藏，也應不斷地撰寫「她們自己的文學」〔註91〕。英國女作家吳爾芙（Virginia Woolf 1882-1941）曾指出女性要專心寫作需要有自己的可以上鎖的房間，以及穩定的收入，對傳統女子而言，這些都是奢望。女性對外既無空間可以發揮才智，對內則又因家務牽絆，或婚姻不諧諸種因素，難以專心從事寫作，甚至連原有的品質也無法維持。這不是個人能力的問題，而是女性共同面對了不利寫作的環境。

　　宋朝女子受教育的程度，遠不及唐朝。朱熹云：「本朝婦人能文章者，曾相布妻魏，及李易安二人而已。」筆者以為成就易安璀璨的文學生命，首位奠基且居功厥偉者實為其父，李格非。在《宋史》中對易安之父李格非有以下的記載：

> 李格非，字文叔，濟南人。其幼時，俊警異甚。有司方以詩賦取士，格非獨用意經學，著《禮記說》至數十萬言，遂登進士第。調冀州司戶參軍，試學官，為鄆州教授，郡

志乘所錄，與夫里巷所稱道，流俗所震駭，胥以至奇至苦為難能。」，頁 7689。
〔註90〕毛國姬編：《湖南女士詩鈔所見初集·弁言》，收錄於胡文楷：《歷代婦女著作考》（上海：上海古籍出版社，1985 年），頁 229。
〔註91〕此處借用美國學者 Elaine Showalter 所著 A Literature of Their Own: British Women Novelists from to Lessing.（Princeton: Princeton University Press,1977）.此書之重要貢獻在發現英國 1840 年代以來被遺忘或被忽略的女作家。

守以其貧，欲使兼他官，謝不可。入補太學錄，再轉博士，
以文章受知于蘇軾。嘗著《洛陽名園記》，謂「洛陽之盛衰，
天下治亂之候也」。其後洛陽陷於金，人以爲知言。紹聖立
局編元祐章奏，以爲檢討，不就，戾執政意，通判廣信軍。
有道士說人禍福或中，出必乘車，誑俗信惑，格非遇之途，
叱左右取車中道士來，窮治其奸，杖而出諸境。召爲校書
郎，遷著作佐郎、禮部員外郎，提點京東刑獄，以黨籍罷，
卒，年六十一。格非苦心工於詞章，陵轢直前，無難易可
否，筆力不少滯。嘗言：「文不可以苟作，誠不著焉，則不
能工。且晉人能文者多矣，至劉伯倫《酒德頌》、陶淵明《歸
去來辭》，字字如肺肝出，遂高步晉人之上，其誠著也。」
妻王氏，拱辰孫女，亦善文。女清照，詩文尤有稱于時，
嫁趙挺之之子明誠，自號易安居士。〔註92〕

李格非博學多才，奉公守法的他以清廉俊邁之形象名世。其妻王氏
在易安襁褓之時即已先逝，照顧易安之責全落於格非一人之肩，也
可以說，他的性格、才學與價值觀影響易安甚鉅。清人陳景雲以爲：
「（易安）其文淋漓曲折，筆墨不減乃翁。『中郎有女堪傳業』，文叔
之謂耶。」點出李格非雖誇讚蔡琰文采斐然，實則是將自己女兒的
地位與蔡琰等量齊觀，道出父親對女兒的讚賞與自豪。在如此文風
鼎盛的家學背景下，易安奠定了極佳的基礎，他不以一般傳統觀念
看待女兒，不認爲女兒家只能埋首針黹女紅之中，也不似朱淑眞的
父母將女兒筆下情愛之作付之一炬，他讓易安適性發展，受到自己
薰陶，並以書籍翰墨啓迪她在文學上的潛能。李格非雖任官爲職，
然清廉耿介，不貪不取，家境並不能稱爲富貴裕如，然而他卻能在
心靈以及知識上，給予易安幼年良好的成長空間，足見家族性的文
化特徵，確能直接影響女性詞人的成才及創作。

　　再者，景色如詩畫般美麗的泉城濟南，是易安幼時居住的環境，
也是她記憶開端的啓發生命之鑰。觀四時之變，感物景的興衰消逝，

〔註92〕《宋史・卷四百四十四》（北京：中華書局，1985 年）。

觸動她纖細善感的心弦，故其早期創作多半書寫童年之趣、如詩的少女情懷以及似夢的初戀生活等閨中閒情之作。

易安在文學上的卓犖表現，其家族性特徵展現，其一在長輩的教育及家庭環境的薰陶，另一則爲夫唱婦和的生活上。易安與夫婿趙明誠同爲朝臣之後，夫妻兩人志趣相投，同時都醉心於金石集錄與詩詞酬唱，都於歷來典籍記載所見，易安之才實高過自己夫婿不少。

夫妻雖鶼鰈情深，然夫心中卻不甚服膺妻子的文采高過自己。曾有一年重九日，易安塡了一闋〈醉花陰〉〔註93〕寄予夫婿。趙明誠接獲此詞，窮三日夜之力，塡了十五闋，將易安那闋也抄雜其中，均不標明作者，交與文士朋友們品評。文士朋友均指易安之作最佳，並稱「莫道不消魂，簾卷西風，人比黃花瘦」直是千古名句。自此之後，趙明誠便對妻子甘拜下風〔註94〕。周煇《清波雜志》亦載：「頃見易安族人言，明誠在建康日，易安每值大雪，即頂笠披簑，循城遠覽以尋詩。」周煇此條中未載其詩，而莊綽《雞肋編》卻道出此中消息，其卷中云：「……其後胡人連年以深秋弓勁馬肥入寇，薄暑乃歸。遠至湖湘、二浙、兵戈擾攘，所在未嘗有樂土也。自是越人至秋亦隱山間，逾春乃出。人又以《千字文》爲戲曰：「彼則寒來暑往，我乃秋收冬藏」。時趙明誠妻李氏清照，亦作詩以詆士大夫云：『南渡衣冠欠王導，北來消息少劉琨。』又云：『南遊尙覺吳江冷，北狩應悲易水寒。』後世皆當爲口實矣。」〔註95〕可見易安之才高於明誠實多。

〔註93〕〈醉花陰〉全詞錄後：「薄霧濃雲愁永晝，瑞腦消金獸。佳節又重陽，玉枕紗櫥，半夜涼初透。　東籬把酒黃昏後，有暗香盈袖。莫道不消魂，簾卷西風，人比黃花瘦。」

〔註94〕參見〔元〕伊世珍《瑯環記・卷中》載：易安以重陽醉花陰詞函致明誠。明誠嘆賞，自愧弗逮，務欲勝之，一切謝客，忘貪忘寢者三日夜，得五十闋，雜易安作以示友人陸德夫。德夫玩之再三，曰：「只三句絕佳。」明誠詰之，答曰：「莫道不消魂，簾捲西風，人似黃花瘦」正易安作也。

〔註95〕〔宋〕莊綽：《雞肋編》，收入於《全宋筆記　第四編　二》。

　　周濟的《宋四家詞選》未選易安詞，而於另一著作《介存齋詞論雜著》中評之云：「閨秀詞惟清照最優，究苦無骨。」無乃以其為閨秀而輕之耶？王灼《碧雞漫志》亦云：「易安居士作長短句，能曲盡人意，輕巧尖新，姿態百出。閭巷荒淫之語，肆意落筆，自古縉紳之家，能文婦女，未聞若此無顧藉也。」〔註96〕今人黃雅莉認為《碧雞漫志》中對李清照批評，是反映出王灼尚雅傾向中受到詩教正統觀念所束縛的狹窄視野，因為易安詞寫閨情，多是搖曳生姿，清新活潑，當不至於被冠以「荒淫」的大帽子〔註97〕。顧易生等人在《宋金元文學批評史》一書則指出：「王灼極力提高詞的地位至與詩接軌，但又轉以古代失論禮教觀念來限制詞中的心興意識。從王灼道貌岸然地對李清照詞的斥責聲中，恰恰顯示出這位才情橫溢女作家的個性解放與反傳統精神風貌。」〔註98〕而筆者以為王灼在誇讚易安「曲盡人意」又「姿態百出」的同時，卻又大肆抨擊她狂妄恣肆，除了上述各家對王氏對詞體雅化的衛道心態外，重點是「能文婦女，未聞若此無顧藉也」！女兒家豈能有如此狂肆之行為，說到底，仍舊是女性的身份設限。

　　不過，對易安身為女兒身，卻仍能有如此驚人的創作力，後世多給予極高的評價：如沈謙《填詞雜說》云：「男中李後主，女中李易安，極是當行本色。前此太白，故稱詞家三李。」直言易安跨出閨閣之檻，身為閨房之秀，不僅知詩書弄文墨，更完全不讓鬚眉專美於前；《四庫提要》亦載：「清照以一婦人，而詞格乃抗軼周、柳，雖篇帙無多，固不能不保而存之，為詞家一大宗矣。」清楚點出易安以一界女流之姿，詞格能與男性詞家相抗衡，而毫不遜色，無愧為宋之名家。陳廷焯《白雨齋詞話》云：「李易安詞，獨闢門徑，居

〔註96〕〔宋〕王灼：《碧雞漫志·卷二》，收入於《全宋筆記　第四編　二》，頁 183。
〔註97〕黃雅莉：《宋詞雅化的發展與嬗變——以柳、周、姜、吳為探究中心》（臺北：文津出版社，2002 年），頁 60。
〔註98〕顧易生、蔣凡、劉明今合著《宋金元文學批評史》，頁 147。

然可觀。其源自淮海、大晟來，而鑄語則多生造，婦人有此，可謂奇矣。」﹝註99﹞明白寫出易安雖爲女性，但其文才恣肆，在女界中實爲奇葩。

三、書寫女性

金朝麟認爲「閨中筆墨」是爲了「抒寫性靈」（金朝麟〈織餘偶筆自序〉），筆者認爲在易安詞中能清楚可見女性化的特別表現。易安詞自成一格，被稱爲「易安體」，因爲她能從獨特的女性視角出發，把女性深切的生命體驗、複雜微妙的心理現象以及溫柔敏感的情感皆充沛化入詞作之中，展現女性特有的情懷，揭示出與男性詞家迥然而異的表現。

（一）真實靈動的自我形象

易安筆下的女性形象其實就是自我生活的寫照，因此，無論是外著裝扮或是音容笑貌，在在顯示出迥異於男性書寫下的靈動。

以下先由外表衣物飾品部分的描寫來談。女子愛美，因此在飾品的妝點上除了饒費心思，也有較男性詞家更清楚詳細的描寫：

> 乍試夾衫金縷縫，山枕斜敧，枕損釵頭鳳。（〈蝶戀花〉）

> 燭底鳳釵明，釵頭人勝輕。（〈菩薩蠻〉）

> 見有人來，韤剗金釵溜。（〈點絳唇〉）

> 鋪翠冠兒、撚金雪柳、簇帶爭濟楚。（〈永遇樂〉）

> 記得玉釵斜撥火，寶篆成空。（〈浪淘沙〉）

> 夢回山枕隱花鈿。（〈浣溪沙〉）

> 酒情詩意誰與共？淚融殘粉花鈿重。（〈蝶戀花〉）

鈿，金花也。《太平廣記‧卷一百五十九》引《續幽怪錄》載：「韋固之妻，三歲時爲人所刺，眉間有刀痕，常以花鈿覆之。」鈿乃頭面上之妝飾品，可掩眉間刀痕。「鳳釵」和「釵頭鳳」，指鳳凰

﹝註99﹞ 〔清〕陳廷焯：《白雨齋詞話》，收錄於唐圭璋：《詞話叢編》，冊四，頁3818。

釵，即釵頭作鳳凰形狀者。《花間集》中牛嶠〈應天長〉詞云：「鳳釵低赴節。」宋無名氏〈擷芳詞〉亦云：「可憐孤似釵頭鳳。」「人勝」，《荊楚歲時節》：「人日翦綵爲人，或鏤金箔爲人，亦戴之頭鬢。又造花勝以相遺。」〔註100〕李商隱〈人日〉詩亦云：「鏤金作勝傳唐俗，翦綵爲人起晉風。」可知「人」、「勝」皆爲古時人所戴之妝飾物也。

　　古代女子不像現代女性外出隨便，她們在一些傳統節日才可出門遊玩，節日妝扮成爲她們生活中的重頭戲。易安著名的〈永遇樂〉中就有元宵節盛裝參加燈會的描寫，以「中州盛日，閨門多暇，記得偏重三五。鋪翠冠兒，撚金雪柳，簇帶爭濟楚」句來說，「冠兒」和「撚金雪柳」，均爲元宵節應時妝飾品，而「簇帶」則是插戴滿頭之意。頭飾在宋代女子的節日盛裝中佔據著重要位置，她們佩戴樣式各異的頭飾，如鬧娥、雪柳、珠翠、步搖、玉梅、花鈿等等，髮式以高髻爲時尚。

　　除了極言髮飾妝點之盛美，易安詞中也有不少對於髮的描寫，如「如今憔悴，風鬟霧鬢，怕見夜間出去。」（〈永遇樂〉）由白髮紛亂寫憔悴自傷之意。《太平廣記》引《柳毅傳》：「風鬟雨鬢。」言鬢髮亂而不整；而易安此所言之「風鬟霧鬢」則言髮不整且鬢已霜白，其特別之處，在於易安書寫外貌的同時，寄寓了自己的心事情意，這和一般男性詞家單單外貌的敘寫極爲不同。鬢髮方面的書寫另有：

　　　雲鬢斜簪，徒要教郎比并看。（〈減字木蘭花〉）

　　　風住塵香花已盡，日晚倦梳頭。（〈武陵春〉）

　　　今年海角天涯，蕭蕭兩鬢生華。（〈清平樂〉）

　　　病起蕭蕭兩鬢華，臥看殘月上窗紗。（〈攤破浣溪沙〉）

　　　髻子傷春懶更梳，晚風庭院落梅初。淡雲來往月疏疏。

　　　（〈浣溪沙〉）

　　　睡起覺微寒，梅花鬢上殘。（〈菩薩蠻〉）

　　辟寒金小髻鬟鬆，醒時空對燭花紅。(〈浣溪沙〉)

王嘉《拾遺記・卷七》載：「昆明國貢嗽金鳥，形如雀而色黃，羽毛柔密，常吐金屑如粟，鑄之可以爲器。此鳥畏霜雪，乃起小屋處之，名曰辟寒臺。宮人爭以鳥吐之金，用飾釵珮，謂之辟寒金。故宮人相嘲曰：『不服辟寒金，那得帝王心。』」任昉《述異記・卷下》亦載有此事。辟寒金實無此物，只是「釵」而已。因此詞中曰「辟寒金小髻鬟鬆」指的是因釵小而鬢髮鬆散，寫出易安慵懶的美態以及無心裝扮的情緒。

　　另外，宋代女子著衣風格比唐朝變得更加雅致，衣服樣式多爲窄袖長裙，更加美觀，更能體現出女性的體態美。宋代女子上身穿著服裝有襖、襦、衫、褙子、半臂等，下身則內穿長褲，長褲之週邊一襲短裙，短裙之外再罩一層薄裙，稱之爲籠裙，其樣式多爲百褶裙。服裝顏色較多採用淡黃、淺藍、淺粉、嫩紅、粉綠等清新自然的顏色。在易安詞中並不見著意書寫的衣物樣式，易安詞的衣多在有意無意之間悄然帶出：

　　東籬把酒黃昏後，有暗香盈袖。(〈醉花陰〉)

　　揉盡梅花無好意，贏得滿衣清淚。(〈清平樂〉)

　　露濃花瘦，薄汗輕衣透。(〈點絳唇〉

　　涼生枕簟淚痕滋，起解羅衣，聊問夜何其？(〈南歌子〉)

　　舊時天氣舊時衣，只有情懷，不似舊家時！(〈南歌子〉)

　　乍試夾衫金縷縫，山枕斜欹，枕損釵頭鳳。(〈蝶戀花〉)

　　風柔日薄春猶早，夾衫乍著心情好。(〈菩薩蠻〉)

上述之例均可見易安的書寫主體絕不在衣物之華麗，衣物不過是用以凸顯其他主體的陪襯。以「有暗香盈袖」之句看來，衣袖的作用實爲帶出幽香繚繞的效果。「翠貼蓮蓬小，金銷藕葉稀」(〈南歌子〉)，接應上片結句「羅衣」，描繪衣上的花繡。因解衣欲睡，看到衣上花繡，又生出一番思緒來，這是「過片不斷曲意」之例。「翠貼」、「金銷」皆爲倒裝，是貼翠和銷金兩種工藝，即以翠羽貼成蓮蓬樣，以

金線嵌繡蓮葉紋。

除了外在衣物，易安在女子音容笑貌的描寫上，更是十分傳神。以易安的〈點絳唇〉來看，詞中寫出女子盪玩鞦韆後的神情舉動，天真爛漫：

> 蹴罷秋千，起來慵整纖纖手。露濃花瘦，薄汗輕衣透。　　見
> 有人來，襪剗金釵溜。和羞走，倚門回首，卻把青梅嗅。

詞中的「慵整」二字用得十分生動，女子蹴罷鞦韆，感到疲累，而呈現出慵懶的姿態。再者，由於盪鞦韆時出了力氣，晶瑩的汗珠濕了羅衫。「露濃花瘦」一語除了說明時間地點為春天早晨的花園，更有人花交相映之感，嬌瘦的花枝上沾有露珠，正如女子的香汗淋漓，花如人，人亦似花，同時展現出嬌媚的風韻。下片中的「襪剗」係指未穿鞋，著襪而走之意。李煜亦有「剗襪下香階，手提金縷鞋」句，躡手躡腳，輕盈曼妙，看出女子嬌羞輕靈貌，和易安此句實有異曲同工之妙。而「襪剗金釵溜」中之「溜」乃金釵「滑」之意，「金釵溜」意指頭髮鬆散，金釵下滑墜地，二語皆出自秦觀〈河傳〉詞中的「鬢雲鬆，羅襪剗」，其中差別在於少游寫出百無聊賴的女子情狀，易安則是寫匆忙惶遽時的表情。再者，「和羞走」之句，將女子含羞帶怯的情貌摹寫得如臨眼前，最後再以「倚門回首，卻把青梅嗅」的精確筆法，描繪出女子羞見又想見，欲見又不敢大方明白的細微心思。尤其是末句中，女子利用「嗅青梅」這個舉動稍作掩飾，偷偷地看對方幾眼。上片的「靜」，是為了能靜中顯動，以襯托出下片的「動」。龍潔虹於〈論李清照詞的藝術特色〉一文中談及：

> 李清照早期生活比較平靜舒適，寬鬆的家庭環境，良好的
> 家教，培養了她明慧開朗的性格，她筆下的少女形象天真
> 活潑、聰慧、任性、直率而又帶有少女的羞澀。〔註101〕

《古今詩餘雋・卷十二》云：「『和羞走』下，如畫。」此詞如電影掌鏡手法的運用，運鏡巧妙，將一位女性慵懶、驚詫、惶恐、含羞、好

〔註101〕龍潔虹：〈論李清照詞的藝術特色〉，《長治學院學報》第 24 卷，2007.04，頁 8。

奇和愛戀的心理變化，層層分明，栩栩如生地刻劃出來。明人錢允治說這樣的筆法是「曲盡情悰」（《續選草堂詩餘‧卷上》），沈際飛也稱道說：「片時意態，淫夷萬變，美人則然，紙上何遽能爾？」（《草堂詩餘續集‧卷上》），此詞的確塑造出一個天真爛漫而又帶著矜持的女性形象。

（二）細膩幽微的女性情懷

　　以男權文化為中心的宋代，許多描繪女性的詩詞也為男性所作。易安與男性作家最大的區別，即是其筆下的女性形象極具個性色彩和人格魅力，不僅充滿著生命活力，更能自信自賞，同時兼具對世界細膩敏銳的感知，這在她的許多詞作中有著鮮明的體現。

　　以〈減字木蘭花〉一詞來看，清楚展現出易安的自信和自賞：

　　　賣花擔上，買得一枝春欲放。淚染輕勻，猶帶彤霞曉露痕。
　　　怕郎猜道，奴面不如花面好。雲鬢斜簪，徒要教郎比並看。

此詞表現出易安的自信，在「花面」與「人面」的比較中，「徒要叫郎比並看」道出對自己生命價值的認同，這種審美體現了女性對自我形象的自賞和自憐。再如易安的〈如夢令〉一詞，更表現出女性對生命世界特有的敏銳感知：

　　　昨夜雨疏風驟，濃睡不消殘酒。試問捲簾人，卻道海棠依
　　　舊。知否？知否？應是綠肥紅瘦。

「知否？知否？應是綠肥紅瘦」這一清奇的千古名句，道出了詞人強烈的內心感受。風雨過後，紅衰綠減，花朵生命的短暫引發詞人內心對美的珍惜和悵惘，詞人傷春惜春，由花及人，體現出對青春易逝和生命遷流的無奈心境，這是女性特有的生命感知。再如〈醉花陰〉一詞：

　　　薄霧濃雲愁永晝，瑞腦消金獸。佳節又重陽，玉枕紗廚，
　　　半夜涼初透。　　東籬把酒黃昏後，有暗香盈袖。莫道不
　　　消魂，簾卷西風，人比黃花瘦。

寫出易安在重陽佳節對丈夫的思念，以及由此而生的孤獨寂寞和憔

悴憂傷。陰鬱的天氣，孤寂的環境，尤其在使人倍極思親的重陽佳
節，整日坐看「瑞腦消金獸」，真是難以承受這份磨人相思。這種夜
半的涼意，豈止是「玉枕紗廚」而來，直是她淒冷心境的寫照。把
酒賞菊，「馨香滿懷袖，路遠莫致之」，思念欲寄何從寄，只好任憑
西風捲簾，任自己日漸消瘦，憔悴得勝過籬畔之菊。清陳廷焯《雲
韶集》贊曰：「無一字不秀雅。深情苦調，元人詞曲往往宗之。」許
寶善更是激贊此詞「幽細淒清，聲情雙絕」。黑格爾在《美學》的第
二卷中曾說：「愛情在女子身上特別顯得最美，因為女子把全部精神
生活和現實生活都集中在愛情裡和推廣成為愛情。」非身為女子，
無法寫出如此特有的深情苦調，尤以菊花自擬其身，更能顯出獨特
細膩的心思。

　　相較於〈醉花陰〉的曲折含蓄，〈一剪梅〉更是寫出少婦獨守空
幃的幽淒寂寞：

> 紅藕香殘玉簟秋。輕解羅裳，獨上蘭舟。雲中誰寄錦書來，
> 雁字回時，月滿西樓。　　花自飄零水自流。一種相思，
> 兩處閒愁。此情無計可消除，才下眉頭，卻上心頭。

思念滿溢，生活卻百無聊賴，獨上蘭舟的女子期待雁兒帶回信息，月
滿西樓，人兒卻只能徒嘆月圓人不圓。分隔兩地的愁苦，直從眉間滲
到心底，是無論如何也舒展不開的。

　　其實在易安其他雋永的詞句中，多可得見她溫柔的秉性、深婉
的心理：「悶損闌干愁不倚」（〈玉樓春〉）的寂寞之愁；「惜春春去，
幾點催花雨」（〈點絳唇〉）的盼歸之愁；「誰憐憔悴更凋零。試燈無
意思，踏雪沒心情」（〈臨江仙〉）的相思之愁；「傷心枕上三更雨，
點滴霖霪，點滴霖霪。愁損北人，不慣起來聽」（〈添字采桑子〉）的
漂泊之愁。如此深婉淒清的女性心理，是易安內心感情的自然流露，
她用自身深刻細膩的感受，描繪出繞人心扉的柔情，這絕非一般的
男性詞人所能創造。易安詞中的女性柔麗，並非過於纖弱，風吹即
折的病態柔，而是溫婉深情的柔美。

貳　男性詞家於閨閣書寫上之表現

語言是「構築」事實而非「反映」事實的〔註 102〕。首先，必然是存在一個發言者或有權力運用語言文字的人，其次，相對就有一個受話者或說是被書寫的對象；而說者、作者是以一種可以辨認又完整的方式，將其意念轉達給對方。這種包含說、聽（寫與被寫）雙方的語言（文字）運作過程，由於必然牽涉了彼此之間在社會、文化中的階級地位、角色扮演，也就是永遠隱含了權力的的施、受關係，因此會形成某種具有「定義」、或說「控制」效用的「話語形構」，而在社會上明正言順地施行〔註 103〕。在「話語形構」之下，談（寫）什麼或不談（寫）什麼，當然早已經過篩選；而選擇談論（書寫）對象的同時，必定也考慮到怎麼去談、如何去寫的方式；於是透過說（寫）什麼、怎麼說（寫），話語建構者在其中規範了一種「看」世界的方法（說寫角度），目的正在表徵或實踐某種社會關係——尤其是權力與物質的關係。

最直接涉及的是人類社會的基本兩性關係——亦即男人（寫作者）是如何看待女人（被書寫之對象）的。

一、視　角

在中國文學史上，慣於以女性爲觀察對象的作品，早可溯源自詩經，而接下來的歷代詩歌亦多有所見，其中之女性形象多爲男性觀點下之產物。而在本章節中將以視角之別論宋詞中的閨閣書寫，分爲出自男性詞家之手和女性詞家之筆的不同之處，而其中由男性詞家寫成之作，尚可分爲男性代女性發聲的擬作和男性觀女性之作兩種。

〔註 102〕　鄭毓瑜：〈由話語建構論宮體詩的寫作意圖與社會成因〉，收錄於《古典文學與性別研究》（臺北：里仁書局，1997 年），頁 167～170。

〔註 103〕　所謂「話語」、「話語形構」及權力施、受關係等分析方式，參見王德威：〈淺論博柯〉、〈「考掘學」與宗譜學〉二文，收入米歇・博柯（Michel Foucaolt）：《知識的考掘》（Larcheologiedu savoir）中譯本導論（臺北：麥田出版社，1993 年）。

（一）男性代女性發聲

日本學者松浦友和在《中國詩歌原理》中曾說:「由男性詩人以女性觀點進行愛情描寫被確立爲中國愛情詩的主要方法。」又云:「在中國詩史上確是典型現象乃至主流。」〔註104〕此論便是針對中國古典詩歌中「男子作閨音」現象而發。而清代詞論家田同之更直指出「男子而作閨音」〔註105〕是宋詞中一個奇特的現象,即男性文人在下筆後,以女性的口吻發聲的一種創作手法。對於男子作閨音的現象,可以說是男性詩人代女性設辭,假託女性身份,創作詩歌以言情抒懷。

清初詩論家吳喬嘗言:「自六經子史以至詩餘,皆是自說己意,未有代他人說話者。惟元人就古事作雜劇,始代他人說話。」〔註106〕其實不然,代作之方式原先並非起源自詩歌創作,而是發軔於古代君王發布詔令而令臣下代爲擬寫的情況。據《史記‧魯周公世家》記述《尚書‧牧誓》乃「由周公佐武王作」;另一篇《尚書‧大誥》全文用的是周成王的口氣:「如予惟小子,若涉淵水,予惟往求朕攸濟」。給人以作者就是周成王的錯覺。但此誥開篇即指明:「王崩,三監及淮夷判,周公相成五,將黜,作大誥。」孔疏「予惟小子」一節曰:「周公雖攝王政,其號令大事則假成王爲辭。」「所謂佐武王作《牧誓》、假成王爲辭」,說的就是這種「代」的方式。

再者,詩歌起源於民歌,雖然民歌中之女音不少由男子代聲,但並非全然皆由男性代言。《呂氏春秋‧音初》篇中載:「禹行功,見塗山之女,禹未之遇,而巡省南土。塗山氏之女,乃令其妾候禹塗山之陽,女乃作歌,歌曰:「候人兮猗」,實始作爲南音。……有娀氏有二

〔註104〕〔日〕松浦友和:《中國詩歌原理》(瀋陽:遼寧教育出版社,1990年),頁43。
〔註105〕〔清〕田同之:《西圃詞說‧詩詞之辨》,收錄於唐圭璋:《詞話叢編》,冊二。
〔註106〕轉引自〔清〕阮葵生:《茶餘客話》卷十二(上海:中華書局上海編輯所,1959年)。

佚女，爲之九成之台，飲食必以鼓。帝令燕往視之，鳴若謚隘。二女愛而爭搏之，覆以玉筐。少選，發而視之，燕遺二卵北飛，遂不反。二女作歌一終，曰：『燕燕往飛』，實始作爲北音。」可以得見詩人操觚爲文代婦言情的主因，多來自於對女性悲慘遭遇的同情與感動，如曹植〈愍志賦〉中載：「或人有好鄰人之女者，時無良媒，有言之于予者，予心感焉。乃作賦曰：『竊托音於往昔，迄來春之不從。』」龔鵬程以爲：

> 作者假擬爲他人，依他作想，如說他人夢，借揣摩形容的想像功夫，曲寫他人心事。……代筆代言，代人作語，如同戲劇。所謂類同戲劇，不僅指他們都有與戲劇相似的美學典型，非表現的，而是仿眞的、表演的；更指他們共同具備了『戲的性質』，所謂文字遊戲、戲作、戲擬、戲弄。
>
> 〔註107〕

可見除了對女性悲慘遭遇的同情與感動，代筆發聲也可以是一種戲作。袁枚於《小倉山房尺牘》卷三的《答戴敬咸進士論時文》中云：「從古文章皆自言所得，未有爲優孟衣冠、代人作語者。惟時文與戲曲則皆以描摹口吻爲工。」李漁《窺詞管見》亦云：「詞內人我之分，切宜界得清楚……或全述己意，或全代人言。」〔註108〕胡承珙《毛詩後箋》中載：「凡詩中『我』字，有其人自『我』者，有代人言『我』者。」〔註109〕在中國古典詩歌中，詩人爲詩中的女主人翁代言，若採取第一人稱，便多以我、吾、予、儂，甚或是妾、奴、賤妾等字詞，將自己身份隱去，代女子向情人訴說怨慕之情或自述傷懷，其或出於對社會上某位或某類女性的不幸命運的同情或有感而發，主動爲之代言抒情，以閨音方式代爲發聲；若採第二人稱，

〔註107〕 龔鵬程：《文化符號學導論》：（北京：北京大學出版社，2005年），頁171。

〔註108〕 〔清〕李漁：《窺詞管見》，收錄於唐圭璋編：《詞話叢編》冊一，頁557。

〔註109〕 錢鍾書：《管錐篇》（臺北：書林出版社，1990年），頁87。

則多以君、郎、子、良人、蕩子……等詞。誠如錢鍾書於《管錐篇》中云：「設身處地，借口代言，詩歌常例。貌若現身說法，實是化身賓白，篇中之『我』，非必詩人自道。」﹝註110﹞足見代作之情況，自古有之。

　　以《藝文類聚》來說，其中的卷三十、卷三十一、卷三十二中閨怨相思類詩歌數量頗多，亦多用此代言的方式呈現，而此類作品多屬相思情愛之作。袁宏道於《敘小脩詩》中云：「古之為風者，多出於勞人思婦。夫非勞人思婦為藻於學士大夫，郁不至而文勝焉，故吐之者不誠，聽之者不躍也。……要以情真而語直，故勞人思婦，有時愈於學士大夫，而呻吟之所得，往往快於平時。」勞人思婦所發之聲，往往快於平時，更能令讀者產生共鳴。以著名的〈生查子〉﹝註111﹞一詞來說：此詞曾遭疑為宋代著名女詞人朱淑真所作。明代楊慎一方面稱此作「詞則佳矣」，另一方面又以衛道士的立場，批評它「豈良人家婦所宜邪」。若從其中的感情表現和人物動作形象來看，應出自失戀的年輕女子之口；但據《歐陽文忠公集》、《樂府雅詞》等作考究，其真正作者實為歐陽脩。不僅歐陽脩如此，晏殊雖官拜高位，為人剛介，卻也曾作不少婉約嫵媚之詞，此舉當時即遭人抨擊，王安石批評：「為宰相而作小詞可乎？」晏幾道為父辯解：「先公平日，小詞雖多，（然）未嘗作婦人語。」有人舉出晏殊〈玉樓春〉詞中兩句：「綠楊芳草長亭路，年少拋人容易去」，反問晏幾道：「豈非婦人語？」儘管晏幾道拈出白居易的「欲留年少待富貴，富貴不來年少去」反駁晏殊實出有典，但仔細推敲，仍可細察當中之別，晏詞中的「年少」，是指閨婦所戀的青年情郎，而白詩中的「年少」指的卻是年輕的時光，晏殊作「婦人語」一舉乃不爭之事實。

　　張曉梅認為所謂「男子作閨音」是指男性詩人「擬地以置心」，

﹝註110﹞　錢鍾書：《管錐篇》，頁87。
﹝註111﹞　〈生查子〉一詞錄後：「去年元夜時，花市燈如畫。月上柳梢頭，
　　　　　人約黃昏後。今年元夜時，月與燈依舊。不見去年人，淚濕春衫袖。」

代女性設辭，假託、模擬、代替女性的身份、口吻創作詩篇而言情抒懷。從作者的創作動機來看，上面這句話中已經隱含著男子作閨音的三種類型，即代替（男代女言）、摹擬（男擬女言）和假託（女代男言）〔註112〕。以下分而述之：

1、代作

代作，是中國古典詩歌中男子作閨音常見的類型。「代」作之方式不是源起於詩歌創作，而是發生在古代君王發佈詔令而請臣下代爲擬寫之時。此類詩歌主要是詩人代詩中的抒情女主人公言，一般是男性詩人受女子托請或爲實事而作。通常出於對社會上某個或某類女性的不幸命運的同情或關注，有感而發，主動爲之代言抒情，以作閨音之方式表達的情況也很常見。如建安七子阮瑀去世後，曹丕代其妻作〈寡婦詩〉，並命王粲作〈出婦賦〉，曹植亦有〈出婦賦〉表達對阮瑀的懷念和對友妻的同情。〔註113〕

〔註112〕 張曉梅：《男子作閨音——中國古典文學中的男扮女裝現象研究》（北京：人民出版社，2008年），頁24。

〔註113〕 創作緣起誠如曹丕在〈寡婦詩〉序中所言：「陳留阮元瑜與餘有舊，薄命早亡，每感其遺孤，未嘗不愴然傷心，故作斯賦，以敘其妻子悲苦之情，命王粲等並作之。」其詩作纏綿悽愴，感人至深：「惟生民兮艱危，在孤寡兮常悲，人皆處兮歡樂，我獨恐兮無依，撫遺孤兮太息，俯哀傷兮告誰，三辰周兮遞照，寒暑運兮代臻，歷夏日兮苦長，涉秋夜兮漫漫，微霜隕兮集庭，燕雀飛兮我前，去秋兮就冬，改節兮時寒，水凝兮成冰，雪落兮翻翻，傷薄命兮寡獨，內惆悵兮自憐。」
魏陳王曹植〈出婦賦〉曰：「以才薄之質陋，奉君子之清塵，承顏色以接意，恐疏賤而不親，悅新昏而忘妾，哀愛惠之中零，遂摧頹而失望，退幽屏於下庭，痛一旦而見棄，心忉怛以悲驚，衣入門之初服，背床室而出征，攀僕禦而登車，左右悲而失聲，嗟冤結而無訴，乃愁苦以長窮，恨無愆而見棄，悼君施之不終。齋魏文帝出婦賦曰：思在昔之恩好，似比翼之相親，惟方今之疏絕，若驚風之吹塵，夫色衰而愛絕，信古今其有之，傷鷥獨之無恃，恨胤嗣之不滋，甘沒身而同穴，終百年之長期，信無子而應出，自典禮之常度，悲穀風之不答，怨昔人之忽故，被入門之初服，出登車而就路，遵長塗而南邁，馬躑躅而回顧，野鳥翩而高飛，愴哀鳴而相慕，撫騑服

2、擬　作

張曉梅所倡之「擬作」，乃「爲文而造情」。清人吳喬說：「凡擬詩之作，其人本無詩，詩人知其人與事而擬爲之詩，如擬蘇李送別詩及魏文帝之〈劉勳妻〉者最善；其人固有詩，詩人知其人與事與意而擬其詩，如文通之于阮公，子瞻之於淵明者亦可。」〔註114〕此論雖不專對男子作閨音而發，卻說明了代作與擬作的區別：代作是「本無詩」，而擬作是「固有詩」；代作由特定的人物或事件引發，擬作往往是由具體作品引起，也就是此代文人模擬前代或同代文人的同題作品。以漢成帝嬪妃班婕妤的本事來做一例證。自婕妤〈怨詩〉問世後，晉代的陸機以〈班婕妤〉爲題擬作，遂開文人擬作宮怨詩的先河。後此〈班婕妤〉、〈婕妤怨〉、〈玉階怨〉、〈怨歌行〉等相類題目的同題詩作歷代綿延未絕。

這類詩創作動機固然自由，角色選擇卻受到限制。依舊要照葫蘆畫瓢，多少含有替樂府曲面作歌詞的意味。

3、托　作

陸時雍在其《古詩鏡·總論》中說：「詩之妙在托，托則情性流而道不窮矣。……夫所謂托者，正之不足而旁行之，直之不能而曲致之，情動于中，郁勃莫已，而勢又不能自達，故托爲一意，托爲一物，托爲一境以出之。」如曹植的〈美女篇〉言：「佳人慕高義，求賢良獨難。……盛年處房室，中夜起長歎。」託辭於男女相思相悅之情，寄寓對君國的鍾愛纏綿之意；羅隱〈贈伎雲英〉中亦有：「我未成名卿未嫁，可能俱是不如人。」之句；秦韜玉有詩：「苦

而展節，即臨沂之舊城，踐麋鹿之曲蹊，聽百鳥之群鳴，情悵恨而顧望，心鬱結其不平。」

魏王粲〈出婦賦〉曰：「既僥倖兮非望，逢君子兮弘仁，當隆暑兮翕赫，猶蒙眷兮見親，更盛衰兮成敗，思彌固兮日新，竦餘身兮敬事，理中饋兮恪勤，君不篤兮終始，樂枯荑兮一時，心搖盪兮變易，忘舊姻兮棄之，馬已駕兮在門，身當去兮不疑，攬衣帶兮出戶，顧堂室兮長辭。」

〔註114〕　〔清〕吳喬：《圍爐夜話卷二》，收錄於《清詩話續編》冊一，頁156。

恨年年壓金線，爲他人做嫁衣裳」（〈貧女〉）寄託的是詩人才高命
蹇的哀怨與悲涼；張藉更以「還君明珠淚雙垂，恨不相逢未嫁時。」
（〈節婦吟〉）說出烈女不事二夫之節，亦可以喻忠臣不擇二主之
擇；朱慶餘以「妝罷低聲問夫婿：畫眉深淺入時無？」（〈閨意獻張
水部〉），除得見新嫁娘的嬌羞，更藉美女言能否取悅於人問卜仕途
通蹇；另外，黃升的「當年掌上承恩，而今冷落長門」（〈清平樂·
宮怨〉）和夏完淳的「誰料同心結不成，翻就相思結」（〈蔔運算元〉），
皆是以男女情變隱道君臣關係的變化。張曉梅認爲此類詩作內容往
往存在著兩個意義系統：

> 一個是字面上的思女怨婦的處境、命運和心理狀態的系
> 統；一個是潛在的詩人自身內在情感的凝聚。表面上，作
> 者是在設身處地從抒情女主人公的具體實際出發結撰言
> 詞，是男代女言，實質上，抒情主人公是作者的代言人和
> 傳聲筒，是在女代男言，雖男女詞，而一種幽思牢愁之意，
> 困結莫解。劇中人的聲音與劇作者的意旨皆一一對應：以
> 相思寓渴望報效；以美人遲暮寓功業未成；以空閨寂寞寓
> 懷才不遇；以冷落薄情寓遭排擠打擊等等。正可謂：放臣
> 棄婦，自古同情。守志貞居，君子所托。〔註115〕

張氏言明了表面上雖是男代女聲，事實上卻是女性角色爲男性作家發
生的奇特現象，梅家玲則認爲：

> 不論是擬作，抑是代言，都必須根據一既有的「文本」去
> 發揮、表現；此「文本」不僅是以書寫品形態出現的特定
> 「原作」，也包括一切相關的人文及自然現象。所不同者，
> 僅在於擬作必須以一定的文字範式爲據，代言於此則闕
> 如。但後世論文者在討論擬代諸作的相關問題時，往往將
> 其一概而論，並未考慮到擬作、代言諸作基本質性的差異，
> 以及其問糾結錯綜的關係，以至對其多持以否定的態度。
> 事實上，由於所依循之「文本」性質的差異，擬作、代言

〔註115〕 張曉梅：〈中國古代詩歌中「男子作閨音」現象的六幅面孔〉，《福
建師範大學福清分校學報》，2006 年 5 月。

　　　原自有分際，但在某些情況下，卻又以「合一」的姿態出
　　現。考諸漢魏以來的擬代之作有：純擬作、純代言以及兼
　　具擬作和代言雙重性質，正是其三種最基本的作品類型；
　　以此三類為宗，復有若干交操錯綜之變化。〔註116〕

梅氏之言，呼應了張曉梅「男子作閨音」三種類型之說，梅氏提出
的兼具擬作與代言的「亦代亦擬」一類，實際上也還存在兼具擬作
與寄托的「亦擬亦托」一類以及兼具代作與寄託的「亦代亦托」一
類。亦即在上文提及的三類基本類型的基礎上，至少還可以衍生出
三個副類，即亦代亦擬類、亦擬亦托類與亦代亦托類。然本文並不
作此細分，僅就男代女聲的「男子作閨音」現象探討其成因及其寫
作意圖。

　　魯迅嘗言：「中國最偉大最持久的藝術就是男人扮女人。」〔註117〕
此言極是，中國的藝術特色，早自詩經楚辭始，至唐詩宋詞中，甚至
戲曲劇藝裡，俯拾盡是由男子發言或扮演的女性角色，「男子作閨音」
實為中國文學史上一個獨特的現象。它作為一種相當特別的詩歌創作
模式和表現方式，其發展歷史之綿長，作者之普遍（上至帝王將相，
下至仕子文人），作品數量之眾，類型之複雜錯綜，在在顯示出此一
現象的重要性及普遍性。

（二）男性觀女性（gaze）

　　約翰·柏格（John Berger）認為每一個形象都體現一個看的方法，
女性被以不同於男性的方式描寫，理想的觀賞者總被假設為男性，女
性的形象是為了符合男性的標準而設計的。

　　在傳統的觀看過程中，觀看者（男性）的觀看，與被觀看者（女
性）的被觀看，建立了一個序列性的潛意識心裡機制，使得觀看成了
性別研究中相當不可忽視的領域。男性觀看者促使女性被觀看者「意

〔註116〕　梅家玲：《漢魏樂府新論：擬代與贈答篇》（北京：北京大學出版社，
　　　　　　2004年11月版），頁44。
〔註117〕　魯迅：《墳論照相之類》，收錄於氏著：《魯迅雜文全集》（鄭州：河
　　　　　　南人民出版社，1994年），頁61。

識到男性在看」所促發之透過肉眼和鏡頭形成一個詮釋圈，將女性客體化，把尋常的觀看轉化爲具有情慾和性意味的凝視。〔註118〕

可以說男性視角下的女性形象，是被觀看的符號（symble），這些典型的女性形象，有些實是男性情感的投射，除了映照出女子容貌，更顯出男性的權力。正因爲士大夫的本位不允許受到侵犯，所以不能平等地看待男女的地位。「文人愛情的作品的模式基本上還局限在女子思慕男子甚至女子向男子『乞憐』的習套裡面，而隱伏在其背後的則是大男子主義的思想觀念」〔註119〕。文人多站在一個觀賞者的角度出發，希望從女子的溫柔多情中得到享受，卻沒有平等的感情交流，且對女性情思的抒發流於抽象化與類型化，即將女性複雜多樣的情感概括爲單一的綺怨情緒。

男性理想的女性美，包括兩個方面，一是指外在的具有愉悅男性的美的容貌；二是指內在的具有服務於男性的好的品質。在男性社會的慣用的語言來概括，即「女色」與「婦德」。葉紹袁在《午夢堂全集·序》中說：「丈夫有三不朽：立德、立功、立言；而婦人亦有三焉：德也、才與色。」德、才、色是封建男性社會界定女性生命價值的全部內容。從排列順序上看，「德」雖被置於首位，然所指稱的範圍卻是「婦德」，是依存於男權家長制爲其服務的女性規範。

至於次位的「才」，也不過是獲得男性青睞的能力，大抵指針線

〔註118〕 約翰・柏格（John Berger）認爲：「在傳統的觀看過程中，觀看者、鏡頭、男演員的觀看、女演員的被觀看，設立了一個序列性的下意識心理機制，使得觀看成了性別研究中相當不可忽視的領域，總有個『男性在看』的假設、女演員意識到男性在觀看促發的透過肉眼和鏡頭形成一個詮釋圈，男性觀者也牽涉兩個並行機制：對男演員自戀式的認同和對女演員的客體化，把尋常的觀看轉化爲具有情慾和性意味的凝視。」。
參見約翰・柏格（John Berger）著，陳志梧譯：《看的方法——繪畫與社會關係七講》（Way of Seeing）（臺北：明文書局，1991年），頁4或58。

〔註119〕 楊海明：〈觀念的演進與手法的變更——溫、柳戀情詞的比較〉，收錄於氏著：《唐宋詞主體探索》（高雄：麗文文化公司，1995年），頁140。

女紅等實務與琴棋書畫等藝能。李漁以爲：「技藝以翰墨爲上，絲竹次之，歌舞又次之，女紅則其分內事，不必道也。」〔註120〕故知女子習女紅乃分內之事，而翰墨、絲竹與歌舞方能增添女性於男性心中之價值，而這些才藝實是爲了服務男性而設。李漁又道：「以閨秀自命者，書畫琴棋四藝，均不可少。」

以保留漢魏六朝詩人歌詠閨情之作的《玉臺新詠》觀之，從中可看出當時詩人對女性形象的敘寫：

> 夜聞長嘆息。知君心有憶。果自閨闥開。魂交覿顏色。
> 既薦巫山枕。又奉齊眉食。立望復橫陳。忽覺非在側。
> 那知神傷者。潺湲淚沾臆。（沈約〈夢見美人〉）

> 恃愛如欲進，含羞未肯前。朱口發豔歌，玉指弄嬌絃。
> 朝日照綺窗，光風動紈羅。巧笑蒨兩犀，美目揚雙蛾。
>
> （梁武帝〈子夜歌二首〉）

女子除了脂粉裝扮，還需以歌聲絲竹來獲取男性的寵幸，由詩中可看出男性作家對於美色的生理感官需求。在北宋詞的閨閣書寫中，琴樂詩茶等風雅舉措貫穿其中多所可見〔註121〕，實可以證。

不僅閨秀需習書畫琴棋，委身青樓者，絲竹歌舞亦不可免，「昔人教女子以歌舞，非教歌舞、習聲容也。欲其聲音婉轉，則必使之學歌；學歌既成，則隨口發聲，皆有燕聲鶯啼之致，不必歌而歌在其中矣。欲其體態輕盈，則必使之學舞，學舞既熟，則回身舉步，悉帶柳翻花笑之容，不必舞而舞在其中矣。」可見歌舞技藝原也是爲了服務男性而習。舒紅霞以爲：

> 封建的男權中心社會所提倡的女性「書畫琴棋」等才藝，
> 不是爲了增加女性自身生存的價值，而是增加了女性服務
> 於男性的功能與價值，其立足點完全是從男性的需要出
> 發，而將女性置於被觀賞與被奴役的客體地位。〔註122〕

〔註120〕　〔清〕李漁：《閒情偶寄・聲容部・習技第四》。
〔註121〕　參見本書第四章。
〔註122〕　舒紅霞：《女性審美文化——宋代女性文學研究》（北京：人民出版

不僅如此,女性外貌更是歷來文人著意描寫的部分。《詩經‧周南‧關雎》:「窈窕淑女,君子好逑。」窈窕,幽靜美好的樣子,指女性幽嫻深婉的美麗形象;淑,善良美好貌。窈窕淑女可解釋爲體態美好又有德性的女子,是男子擇偶的理想對象。另篇《詩經‧衛風‧碩人》:「手如柔荑,膚如凝脂,領如蝤蠐,齒如瓠犀,螓首蛾眉。巧笑倩兮,美目盼兮。」更是將女性的美由整體化作細項部位的仔細書寫,將每個部位都寫得如斯傳神,細雕了在男子眼中的女性美好形象,前五句的描形,與末兩句的傳神寫意,實是形神俱美的表現。曹植〈洛神賦〉中的洛神形象,更將女子的美發皇極致〔註123〕,

〔註123〕 〔魏〕曹植〈洛神賦〉:「其形也,翩若驚鴻,婉若遊龍。邊讓章華臺賦曰:體迅輕鴻,榮曜春華。〈神女賦〉曰:婉若遊龍乘雲翔。翩翩然若鴻鴈之驚,婉婉然如遊龍之升。榮曜秋菊,華茂春松。朱穆鬱〈金賦〉曰:比光榮於秋菊,齊英茂於春松。髣髴兮若輕雲之蔽月,飄颻兮若流風之迴雪。遠而望之,皎若太陽升朝霞;〈正歷〉曰:太陽,日也。迫而察之,灼若芙蕖出淥波。襛纖得衷,脩短合度。〈神女賦〉曰:襛不短,纖不長。肩若削成,腰如約素。削成,已見〈魏都賦〉。〈登徒子好色賦〉曰:腰如束素。束素,約素,謂圓也。延頸秀項,皓質呈露。《楚辭》曰:小腰秀項若鮮卑。《說文》曰:項,頸也。司馬相如〈美人賦〉曰:皓質呈露。呈,見也。延、秀,皆長也。芳澤無加,鉛華弗御。《楚辭》曰:粉白黛黑施芳澤。鉛華,粉也。《博物志》曰:燒鉛成胡粉。張平子〈定情賦〉曰:思在面爲鉛華兮,患離塵而無光。雲髻峨峨,脩眉聯娟。《毛詩》曰:鬒髮如雲。〈神女賦〉曰:眉聯娟以蛾揚。峨峨,高如雲也。脩,長曲而細也。丹脣外朗,皓齒內鮮。明眸善睞,靨輔承權。〈神女賦〉曰:眸子炯其精朗。〈離騷〉曰:靨輔奇牙宜笑嫣。王逸曰:美人頰有靨輔也。權,兩頰。睞,旁視也。瑰姿豔逸,儀靜體閑。〈神女賦〉曰:瑰姿瑋態。又曰:志解泰而體閑。儀靜,安靜也。體閑,謂膚體閑暇也。柔情綽態,媚於語言。奇服曠世,骨像應圖。柔,弱也。綽,寬也。〈神女賦〉曰:骨法多奇,應君之相。應圖,應畫圖也。披羅衣之璀粲兮,珥瑤碧之華琚。璀粲,衣聲。《山海經》曰:沃人之國爰有璿瑰瑤碧。郭璞曰:名玉也。又曰:和山其上多瑤碧。《毛詩》曰:投我以木瓜,報之以瓊瑤。毛萇曰:琚,佩玉名,音居。戴金翠之首飾,綴明珠以耀軀。司馬彪《續漢書》曰,太皇后花勝上爲金鳳,以翡翠爲毛羽,步搖貫白珠八。劉駒駼

曹植在《詩經》明眸皓齒、冰肌玉膚的美人基礎上，加之屈原〈離騷〉和宋玉〈神女賦〉的美人形象，雖被以羅衣金翠，卻仍保有原始嫻靜溫婉的特質。可見女性的外貌實爲引起男子注意的要件，女子需有滿足感官愉悅的外在形象；即使《世說新語》中的許允婦以言語喚醒只重美色的許允〔註124〕，不過更突顯男性對美貌的看重。

以本文所設定之宋三家詞中的兩位男性詞人來說，於其作品中對女性的外貌，甚或姿態、身形及裝扮，多有細緻的描寫：

1、外 貌

男性詞家的作品，自然是由男性的眼裡去交代出女性的相貌與性格，即以男性的眼光去看待女性（女體），並無經由女性的眼睛去敘述男性的方式；詞中僅書寫女性相貌，男性相貌幾乎付之闕如。由「女爲悅己者容」一語，可知女子對自己容貌的重視，古時男子既不重視女性的能力才情，女性在第一時間能吸引男子的只有自身的容貌，爲投合男子脾胃因而修飾自己儀容，成了女性努力的目標。劉惠英以爲：「將女人的容貌作爲取悅於男人的本錢，自然是爲封建社會以男權爲中心的性質所決定。」〔註125〕女性，這個被觀看者的角色，需由從男性的眼中得到自身的肯定，男性的眼指的亦爲是男性世界的標準。

（1）膚

在「膚如凝脂」（《詩經・碩人》）的既有基礎上，又加上了紅粉緋緋的潤飾，使得女性的白皙肌膚如玉般更顯瑩潤。

> 如削肌膚紅玉瑩。舉措有、許多端正。（柳永〈紅窗聽〉）

〈玄根賦〉曰：戴金翠，珥珠璣。劉熙釋名曰：皇后首飾曰副。踐遠遊之文履，曳霧綃之輕裾。繁欽定情詩曰：何以消滯憂，足下雙遠遊。有此言，未詳其本。〈神女賦〉曰：動霧縠以徐步。綃，輕縠也。微幽蘭之芳藹兮，步踟躕於山隅。」

〔註124〕 徐震堮：《世說新語校箋・賢媛第十九》（臺北：文史哲出版社，1989年），頁334～335。

〔註125〕 劉惠英：《走出男權傳統的藩籬——文學中男權意識的批評》（北京：三聯書店，1996年），頁18。

香靨凝羞一笑開。(秦觀〈浣溪沙其二〉)

層波細翦明眸,膩玉圓搓素頸。(柳永〈晝夜樂其二〉)

輕紅膩白。步步薰蘭澤。約腕金環重,宜裝飾。(秦觀〈促拍滿路花〉)

(2)眉

「蓁首蛾眉」(《詩經‧衛風‧碩人》)是周時的美女標準,比喻女子的額頭如蓁首般,廣而方正,眉毛如蛾的觸鬚,長而纖細,後用以形容女子貌美。蛾眉,彎曲細長的眉毛。淡掃蛾眉,指淡雅的妝扮。唐代張祜有詩云:「卻嫌脂粉汙顏色,淡掃蛾眉朝至尊。」(〈靈臺詩二首之二〉)又女子以黛色畫眉,亦可以此比喻爲美女。黛,婦女的眉毛,畫黛彎蛾形容眉毛畫的像蠶蛾一樣的彎細。下引詞中可得見詞人筆下女性的眉形仍多以蛾喻之,以顯彎細。

素臉紅眉,時揭蓋頭微見。(柳永〈荔枝香〉)

嫩臉修蛾,淡勻輕掃。(柳永〈兩同心其一〉)

天然嫩臉修蛾,不假施朱描翠。(柳永〈尉遲杯〉)

修眉斂黛,遙山橫翠,相對結春愁。(柳永〈少年遊其九〉)

愛淺畫雙蛾。(柳永〈西施其二〉)

翠眉開、嬌橫遠岫。(柳永〈玉蝴蝶其四〉)

碧天如水月如眉。(秦觀〈醉桃源〉)

香墨彎彎畫,燕脂淡淡勻。(秦觀〈南歌子其三〉)

恨眉醉眼,甚輕輕覷著,神魂迷亂。(秦觀〈河傳其二〉)

(3)眼　眸

劉鶚曾用「如秋水,如寒星,如寶珠,如白水銀裡頭養著兩丸黑水銀。」(《老殘遊記》)的博喻手法描寫過女性的雙眼,喻依的使用更顯生動鮮活;「秋水」清澈,「寒星」熠熠,「寶珠」明亮,而「白水銀裡頭養著兩丸黑水銀」一句,則取其「黑白分明」之意。下引詞中的「眼」也有柔媚醉人的呈現:如盈盈秋水,形容女子眼

晴明亮美麗。《老殘遊記·第九回》載:「(女子)愈顯得眉似春山,眼如秋水。」盈盈眼波中透露出嬌媚無限,亦可形容女子眼淚盈眶的眼神。

> 一點芳心在嬌眼。(柳永〈荔枝香〉)

> 別有眼長腰搦。(柳永〈兩同心其二〉)

> 層波細翦明眸,膩玉圓搓素頸。(柳永〈晝夜樂其二〉)

> 盈盈秋水。(柳永〈尉遲杯〉)

> 恣雅態、明眸回美盼。(柳永〈洞仙歌〉)

> 愁鬢香雲墜,嬌眸水玉裁。(秦觀〈南歌子其二〉)

> 眼兒失睡微重。尋思模樣早心忪。(秦觀〈臨江仙其二〉)

> 恨眉醉眼,甚輕輕覷著,神魂迷亂。(秦觀〈河傳其二〉)

> 嬌眸水玉裁。(秦觀〈南歌子〉)

(4)臉

韶容、玉顏、如花面,均指女子之容顏美麗,靨,面頰上的微渦,俗稱「酒渦」。漢朝班婕妤的〈擣素賦〉:「兩靨如點,雙眉如張,積肌柔液,音性閑良。」唐代陳述詩云:「插花枝共動,含笑靨俱生。」(〈歎美人照鏡〉)均可見美人言笑晏晏的美姿。

> 香靨融春雪,翠鬢嚲秋煙。(柳永〈促拍滿路花〉)

> 素臉紅眉,時揭蓋頭微見。(柳永〈荔枝香〉)

> 傾城巧笑如花面。(柳永〈洞仙歌〉)

> 有天然、蕙質蘭心。美韶容、何啻值千金。(柳永〈離別難〉)

> 咫尺玉顏,和淚鎖春閨。(秦觀〈江城子其三〉)

> 香靨凝羞一笑開。(秦觀〈浣溪沙其二〉)

> 又記得臨歧,淚眼濕、蓮臉盈盈。(柳永〈引駕行〉)

(5)髮

雲鬢,捲曲如雲的鬢髮。白居易詩云:「雲鬢花顏金步搖,芙蓉帳暖度春宵。」(〈長恨歌〉)李商隱詩載:「曉鏡但愁雲鬢改,夜吟應

覺月光寒。」（〈無題〉鬢髮蓬鬆不整齊反襯出嬌慵的美感。

香靨融春雪，翠鬟彈秋煙。（柳永〈促拍滿路花〉）

日高花榭懶梳頭。無語倚妝樓。（柳永〈少年遊其九〉）

剛被風流沾惹，與合垂楊雙髻。（柳永〈鬪百花其三〉）

翠眉開、嬌橫遠岫，綠鬢彈、濃染春煙。（柳永〈玉蝴蝶其四〉）

髻子偎人嬌不整。（秦觀〈臨江仙其二〉）

鬢雲鬆、羅襪剗。（秦觀〈河傳其二〉）

照水有情聊整鬢。（秦觀〈浣溪沙其二〉）

宮腰裊裊翠鬟鬆。（秦觀〈阮郎歸其二〉）

愁鬢香雲墜。（秦觀〈南歌子其二〉）

雲鬟整罷卻回頭，屏上依稀描楚峽。（秦觀〈玉樓春其二〉）

簪髻亂拋，偎人不起，彈淚唱新詞。（秦觀〈一叢花〉）

拂拭菱花看寶鏡，玉指纖纖，撚唾撩雲鬢。（秦觀〈蝶戀花其一〉）

（6）腰

女性腰細嫋娜自有嬌媚之處。古時楚靈王喜歡腰細的女子，所以國人多餓其身，以求細腰。後世之審美觀亦多喜女子細腰。杜牧〈遣懷詩〉：「落魄江南載酒行，楚腰腸斷掌中輕。」可見楚腰纖細之美向爲文人所喜。

滿搦宮腰纖細。年紀方當笄歲。（柳永〈鬪百花其三〉）

別有眼長腰搦。（柳永〈兩同心其二〉）

柳腰花態嬌無力。（柳永〈法曲獻仙音〉）

楚腰纖細正笄年。（柳永〈促拍滿路花〉）

柳腰如醉肯相挨。（秦觀〈浣溪沙其二〉）

宮腰裊裊翠鬟鬆。（秦觀〈阮郎歸其二〉）

（7）身材體態

宋代，苗條美取代唐朝所推崇的豐腴美，這也帶來了人們審美觀上的改變，詞人筆下的美人多有著纖細或勻稱的身材。

遙認，眾裡盈盈好身段。(柳永〈荔枝香〉)

柳腰花態嬌無力。(柳永〈法曲獻仙音〉)

恣雅態、明眸回美盼。(柳永〈洞仙歌〉)

恣雅態、欲語先嬌媚。(柳永〈尉遲杯〉)

如描似削身材，怯雨羞雲情意。舉措多嬌媚。(柳永〈闋百花
其三〉)

有天然、蕙質蘭心。美韶容、何啻值千金。便因甚、翠弱
紅衰，纏綿香體，都不勝任。(柳永〈離別難〉)

柳街燈市好花多。盡讓美瓊娥。萬嬌千媚，的的在層波。
取次梳妝，自有天然態，愛淺畫雙蛾。(柳永〈西施其二〉)

（8）妝

除了五官的書寫，男性詞家也十分在意女子臉上的妝，為符合宋
代清雅的審美意趣，女子臉上的妝多以清新淡雅為主。另外，在書寫
妝容的同時常混著淚珠而來，因此也有不少美人殘妝的書寫：

香幃睡起，發妝酒釅，紅臉杏花春。(柳永〈少年遊其四〉)

嫩臉修蛾，淡勻輕掃。最愛學、宮體梳妝。(柳永〈兩同心其一〉)

鳳幃夜短，偏愛日高眠。起來貪顒耍，只恁殘卻黛眉，不
整花鈿。(柳永〈促拍滿路花〉)

初學嚴妝。(柳永〈闋百花其三〉)

天然嫩臉修蛾，不假施朱描翠。(柳永〈尉遲杯〉)

有箇人人可意。解嚴妝巧笑，取次言談成嬌媚。(柳永〈長壽樂〉)

取次梳妝，自有天然態，愛淺畫雙蛾。(柳永〈西施其二〉)

清淚斑斑，揮斷柔腸寸。嗔人問，背燈偷搵，拭盡殘粧粉。
(秦觀〈點絳唇其二〉)

對鏡時時淚落，總無心、淡妝濃抹。(秦觀〈水龍吟其一〉)

幽夢忽忽破後，妝粉亂痕霑袖。(秦觀〈如夢令其三〉)

臂上粧猶在，襟間淚尚盈。(秦觀〈南歌子其一〉)

燕脂淡淡勻。(秦觀〈南歌子其三〉)

杏花零落燕泥香，睡損紅粧。(秦觀〈畫堂春〉)

淚沿紅粉濕羅巾，怨入青塵愁錦瑟。(秦觀〈玉樓春其三〉)

比較有趣之處，男性詞家筆下較少對女子之唇做出書寫，僅如秦觀於〈南歌子其三〉中「獨倚玉闌，無語點檀唇」一處，淡筆以女子紅唇寫出無語獨倚闌干之態。可以說唇部是男性詞家較忽略的部位。

2、姿態神情

除了面貌美麗，身材勻稱，姿態還要千嬌百媚，方能惹人憐愛，引人動心。姿態神情方面大抵可分爲二：

（1）嬌　媚

男性詞家作品中多喜以「嬌」和「媚」等語詞來表現女子容態之嬝娜可喜，配搭著女子其他部位的細寫，更能將儀態言笑的美發揮極致：

一點芳心在嬌眼。(柳永〈荔枝香〉)

舉措多嬌媚。(柳永〈鬬百花其三〉)

如何媚容艷態，抵死孤歡偶。(柳永〈傾杯樂〉)

想嬌媚。(柳永〈夢還京〉)

嬌多愛把齊紈扇。(柳永〈少年遊其四〉)

恣雅態、欲語先嬌媚。(柳永〈尉遲杯〉)

柳腰花態嬌無力。(柳永〈法曲獻仙音〉)

有箇人人可意。解嚴妝巧笑，取次言談成嬌媚。(柳永〈長壽樂〉)

最是嬌癡處，尤殢檀郎，未教拆了鞦韆。(柳永〈促拍滿路花〉)

萬嬌千媚，的的在層波。(柳永〈西施其二〉)

翠眉開、嬌橫遠岫。(柳永〈玉蝴蝶其四〉)

愁鬢香雲墜，嬌眸水玉裁。(秦觀〈南歌子其二〉)

髻子偎人嬌不整。(秦觀〈臨江仙其二〉)

丁香笑吐嬌無限，語軟聲低，道我何曾慣。（秦觀〈河傳其二〉）

愁鬢香雲墜，嬌眸水玉裁。（秦觀〈南歌子〉）

綠波風動畫船移，嬌羞初見時。（秦觀〈醉桃源〉）

（2）溫柔

對男子而言，溫文嫻雅也是另一要件：

心性溫柔，品流詳雅，不稱在風塵。（柳永〈少年遊其四〉）

溫柔情態盡人憐。（柳永〈促拍滿路花〉）

二年三歲同鴛寢。表溫柔心性。（柳永〈紅窗聽〉）

有趣的是，女子的嬌媚慵懶，或是溫柔可人，完全符合男子對女子的設想期待。以柳永〈少年遊其四〉一詞觀之：

世間尤物意中人。輕細好腰身。香幃睡起，發妝酒釅，紅
臉杏花春。　　嬌多愛把齊紈扇，和笑掩朱脣。心性溫柔，
品流詳雅，不稱在風塵。

此詞既寫女子面貌之姣好，連身材、音容笑貌等項盡皆入詞，再者，既溫柔又嬌媚，直是一朵善體人意的解語花，無怪乎末句讚曰「不稱在風塵」，實有出淤泥而不染之意味。

3、衣物裝束

（1）衣

宋代女子著裝除了沿襲五代以來的華麗奢靡風格外，服裝色彩則以明淨素雅為主格調。由於宋代紡織業非常發達，因此泥金、印金、貼金、彩繪、刺繡在服裝上被廣泛運用。宋代女子服裝樣式繁多，做工精細，顏色以淡雅為主，又配以各類圖案、碎花織錦、刺繡裝飾，面料也選擇穿著舒適的絲絹、薄紗、綢緞等等。

欲解羅裳，盈盈背立銀釭，卻道你但先睡。（柳永〈鬪百花
其三〉）

酒力全輕，醉魂易醒，風揭簾櫳，夢斷披衣重起。（柳永〈夢
還京〉）

冷浸書帷夢斷，卻披衣重起。臨軒砌。（柳永〈佳人醉〉）

欲夢還驚斷。和衣擁被不成眠，一枕萬回千轉。（柳永〈御街行其二〉）

衣帶漸寬終不悔。爲伊消得人憔悴。（柳永〈鳳棲梧其二（一名蝶戀花）〉）

昨宵裏、恁和衣睡。今宵裏、又恁和衣睡。（柳永〈婆羅門令〉）

覺新來憔悴，金縷衣寬。（柳永〈錦堂春〉）

美人愁悶，不管羅衣褪。（秦觀〈點絳唇其二〉）

朱簾半卷，單衣初試，清明時候。（秦觀〈水龍吟〉）

夜寒微透薄衣裳，無限思量。（秦觀〈畫堂春〉）

羞見枕衾鴛鳳，悶則和衣擁。（秦觀〈桃源憶故人〉）

悲秋自覺羅衣薄。曉鏡空懸，懶把青絲掠。（秦觀〈一斛珠——秋閨〉）

（2）襪

「韈劃」，即未穿鞋，著襪而走之意。李煜〈菩薩蠻〉中亦有：「劃襪下香階，手提金縷鞋。」句。躡手躡腳，輕盈曼妙，看出女子嬌羞輕靈貌。

緩步羅韈生塵，來繞瓊筵看。（柳永〈荔枝香〉）

鬢雲鬆、羅襪劃。（秦觀〈河傳其二〉）

（3）釵、鈿

《太平廣記》卷一百五十九引《續幽怪錄》載：「韋固之妻，三歲時爲人所刺，眉間有刀痕，常以花鈿覆之。」鈿，金花也，乃頭面上之妝飾品，可掩眉間刀痕。

玉釵亂橫，任散盡高陽，這歡娛、甚時重恁。（柳永〈宣清〉）

起來貪顛耍，只恁殘卻黛眉，不整花鈿。（柳永〈促拍滿路花〉）

多情，行樂處，珠鈿翠蓋，玉轡紅纓。（秦觀〈滿庭芳其二〉）

另外，還有如扇子之類的小配件，「嬌多愛把齊紈扇，和笑掩朱脣」（柳永〈少年遊其四〉），可經由把玩等舉措表現女子的嬌俏可人。

以少游〈南歌子〉一詞觀之，此詞寫女子盛妝待人不至的失望心

情：

> 香墨彎彎畫,燕脂淡淡勻。揉藍衫子杏黃裙。獨倚玉闌無語、
> 點檀唇。　　　人去空流水,花飛半掩門。亂山何處覓行雲？
> 又是一鉤新月、照黃昏。

「獨倚玉闌無語、點檀唇」之句使這幅美人圖充滿意態,既然是「獨倚玉闌」,卻仍悉心裝扮,以「女為悅己者容」的心態來看,畫外（女子心中）分明另有一名男子在觀望。「無語」二字意味深長,佳人雖然盛妝卻掩飾不住內心的期待、焦慮與失望。此段描寫非完全如實描摹,可能多出自作者的臆想,這並不必然是為了忠實地反應美人的體驗,倒是為了成就觀者的設身模擬；而當美人可以引發觀者在膚觸上的渴望並自我滿足,她就由原本僅可遠觀變成彷彿可以褻玩的如實擁有物了。有趣的是,男子在字裡行間並未正式現身,只是女子一人彷彿在空盪盪的大舞台上扮獨角戲,等待著被愛憐、祈求著被眷顧,舉手投足都在召喚著男人的行動,給予欣然承受一切處置的暗示。約翰・柏格（John Berger）認為男人注視女人,而女人注意自己被男人注視。即便眼前並無傳情的特定對象,可是卻仍然顧盼自憐、搔首弄姿,彷彿隨時隨地都有人（男人）在觀看一般；這份自我疑慮,就好像是再女人身上移植入另一個男人,成為體內檢查者；心中以男人的眼光為標準,讓她不由自主地時時注意著自己是在被品頭論足,也就是反覆地檢查自己是否已經符合或滿足男人的要求〔註126〕。

另外,以此詞來說,還可以看出文人對色彩美學其實也是極為講究的。「香墨彎彎畫,燕脂淡淡勻」,雖未直說是畫眉、搽臉,但可以從「畫」且「彎彎」,和「勻」與「燕脂」中體會得出。「畫」與「勻」都運用得精當,而「彎彎」與「淡淡」疊字從音情、形色又配合恰好。由於口紅只是圓圓地塗在唇上,只消著一「點」字便妙。只有「揉藍

〔註126〕 約翰・柏格（John Berger）以為：「男人注視女人,而女人注意自己被男人注視。……女人自身內的檢查者是男性,而被檢查者是女性。」參見約翰・柏格（John Berger）著,陳志梧譯：《看的方法》（Ways of Seeing）（臺北：明文書局,1991 年）,頁 41。

衫子杏黃裙」一句不用一個動詞，不僅省煉，而且還能傳達一種仔細上下打量的神情。這裡運用了一連串的顏色：「香墨」（墨）、「燕脂」（紅）、「揉藍」、「杏黃」、「檀」（赭紅）等，將畫面渲染得穠麗鮮妍。

　　整體說來，耆卿和少游在書寫女性時，雖不若五代花間詞人「鬢雲欲度香腮雪」般穠豔，但對外貌之美的書寫仍是相當重視的。不過可喜的是，他們也十分重視情感的抒發和心靈的刻劃，在書寫女子身體容貌的同時也加上了不少女子的心緒情意，這與花間之作有顯著的分別。《花間詞》在寫豔詞時大多視女子爲物，以旁觀者的角度去描繪女子的容貌和體態。耆卿和少游帶有情的眼光，以充滿情意的筆法書寫，筆下的女子自然是有血有肉的形象。

二、書寫表現

　　此處要探究的是在男性書寫女性的背後意義，何以男子要作閨音，以及在觀看女體的同時其表達之意爲何等議題。

（一）比興寄託

　　追溯比興寄託現象的文化淵源，從純粹的文學文本來看，不能否認屈原以香草美人自比的象徵手法、以男女關係象徵君臣關係的達情方式，對後此詩歌的抒情模式有著奠基意義。

1、「男子作閨音」之溯源及發展

　　北宋詞中確實普遍存在著「男子而作閨音」的現象，對於男性作者好發「婦人語」、好作「妮子態」，其創作動機爲何，值得深思。

（1）「男子作閨音」之溯源

　　葉嘉瑩以爲：「中國文學中本來就有一種以美女及愛情爲託喻的悠久傳統。」〔註127〕早自楚辭始，屈原即以豐富的香草美人意象，隱喻自己不被重用的憤懣。文本呈現的是巫神——男女關係；如果把它當做抒情言志的文學語言來讀的話，文本呈現的則是君臣——

〔註127〕　葉嘉瑩：〈從中國詞學之傳統看詞之特質〉，收錄於氏著：《中國詞學的現代觀》（臺北：大安出版社，1999 年），頁 7。

男女關係。換句話說，作者呈現出的感情內涵，是臣（屈原）對君
（楚懷王）說話；而當作者「隱身」時，突顯的就是楚文化的祭祀
儀式語言，是巫（女）對神（男）說話。

　　〈離騷〉中「眾女嫉余之蛾眉兮，謠諑謂余以善淫」，讀者們多
會直覺認為「余」字是美女自稱；然「吾令豐隆乘雲兮，求宓妃之所
在」中求女的「吾」又顯然是男子；屈原忽而自比為美人，忽而又變
成追尋神女的男性，對此，錢鍾書認為〈離騷〉：「亦雌亦雄，忽男忽
女，真堪連類也。」〔註128〕自屈宋以來，一系列以神女追尋為題的
辭賦，連同賦寫情、色的相關作品，形成中國辭賦史上極為重要的「神
女論述」〔註129〕傳統。如此書寫典式，興起於漢代的楚辭學〔註130〕，
早就揭示辭賦乃「惻隱古詩之義」〔註131〕，意在諷諫美刺〔註132〕的
評論原則，因此或是以〈離騷〉中「多稱崑崙冥婚宓妃虛無之語」，
不合風雅；或是反過來認為屈原用「靈修美人以媲余君，宓妃佚女以

〔註128〕　錢鍾書：《管錐篇》（臺北：書林出版社，1990年），冊二，針對楚
　　　　　辭洪興祖補註的第二則。
〔註129〕　張淑香於〈邂逅神女——解《老殘遊記二編》逸雲說法〉一文中說
　　　　　到：「邂逅神女的原型主題，在早期的辭賦中即以形成一種顯著的
　　　　　論述模式」，比如〈九歌〉、〈離騷〉、〈高唐賦〉、〈神女賦〉到曹植
　　　　　〈洛神賦〉，加上相關的〈登徒子好色賦〉、司馬相如〈美人賦〉等。
　　　　　參見張淑香：〈邂逅神女——解《老殘遊記二編》逸雲說法〉，收錄
　　　　　於《中國文學的多層面探討——語文、情性、義理國際學術會議論
　　　　　文集》（臺北：臺大中文系發行，1996年），頁441～442。
〔註130〕　關於漢代楚辭學興起的原因和批評的目的等，參見顏崑陽：〈漢代
　　　　　「漢辭學」在中國文學批評史上的意義〉，收錄於《第二屆中國詩
　　　　　學會議論文集》（彰化：國立彰化師範大學編印，1994年）。
〔註131〕　班固《漢書·藝文志》云：「大儒孫卿及楚臣屈原離讒憂國，皆作
　　　　　賦以諷，咸有惻隱古詩之義。」轉引自柯慶明、曾永義編：《兩漢
　　　　　魏晉南北朝文學批評資料彙編》（臺北：成文出版社，1978年），頁
　　　　　97。
〔註132〕　班固〈兩都賦序〉中以漢賦「或以抒下而通諷諭，或以宣上德而盡
　　　　　忠孝」；王逸〈楚辭章句敘〉提及「屈原履忠被譖，憂悲愁思，獨
　　　　　依詩人之義而作離騷，上以諷諫，以下自慰」，轉引自柯慶明、曾
　　　　　永義編：《兩漢魏晉南北朝文學批評資料彙編》（臺北：成文出版社，
　　　　　1978年），頁93、134。

譬賢臣」，乃依經立義〔註133〕，始終不出將神女或美人視同「比興」的符碼，而不賦予這些稱謂實際的性別指涉〔註134〕。直到晚近學者借助民俗學及神話學的研究方法，推求神女論述中所蘊含的聖婚儀式、母神崇拜〔註135〕，乃至提舉出英雄冒險的啓蒙模式，顯露男性在父／母、情／禮兩極間掙扎與回歸的集體經驗〔註136〕，方能較扣緊情色議題，而正視環繞神女所牽引出的性別議題。

據韓嬰的《韓詩外傳》記載：

> 宋玉因其友以見於楚襄王，襄王待之無以異。宋玉讓其友。
> 其友曰：「夫薑桂因地而生，不因地而辛；婦人因媒而嫁，
> 不因媒而親。子之事王未耳，何怨於我？」

有人以女喻臣，女不因媒而得幸於夫君，臣也不因薦者而得幸於君主。不管所記宋玉之事是否屬實，但可以肯定的是，把臣子比爲「婦人」，君王比爲「丈夫」，將引薦者比爲媒人這一「比興」方式，在當時的時代背景下尋常可見。屈、宋與楚王就性別來說皆爲男性，歷來評論者將男女比君臣，其實是一開始就站在實際效應上來接受臣屬被刻意矮化爲女性的下場〔註137〕，而蔑視了賦家在書寫策略中可能存

〔註133〕　分別出自班固〈離騷序〉與王逸〈離騷經序〉，轉引自柯慶明、曾永義編：《兩漢魏晉南北朝文學批評資料彙編》（臺北：成文出版社，1978年），頁93、134。頁94、136。

〔註134〕　鄭毓瑜：〈神女論述與性別演義——以屈原、宋玉賦爲主的討論〉，收錄於：性別／文學研究會主編：《古典文學與性別研究》（臺北：里仁書局，1997年），頁29。

〔註135〕　參見聞一多：〈高唐神女傳說之分析〉，收錄於氏著：《神話與詩》（臺中：藍燈出版社，1975年）、施淑：《九歌天問二招的成立背景與楚辭文學精神的探討》（臺北：國立臺灣大學文史叢刊，1969年）及魯瑞菁：《高唐賦的民俗神化底蘊研究》（臺北：國立臺灣大學中國文學研究所博士論文，1996年）等著述。

〔註136〕　張淑香：〈邂逅神女——解《老殘遊記二編》逸雲說法〉，《中國文學的多層面探討——語文、情性、義理國際學術會議論文集》（臺北：臺大中文系發行，1996年），頁460。

〔註137〕　游國恩認爲屈原以女人象徵他自己，是因爲中國自古以來，「臣子的地位與妻妾相同。周易『坤文言』說『坤，地道也；妻道也；臣道也。』是夠證明的了。所以屈原以女子自比是很有道理的。」游

在的對同性關係的訴求。換言之，女性化意象在辭賦中，也許就成爲同是男性的君臣雙方，彼此交涉對應的身分籌碼；賦家如何出場，君王又是如何觀看，性別的模擬與轉換，生動地刻劃了政治場中的角力網絡〔註138〕。

　　追溯比興寄託現象的文化淵源，從純粹的文學文本來看，不能否認屈原以香草美人自比的象徵手法、以男女關係象徵君臣關係的達情方式，對後此詩歌的抒情模式有著奠基意義。游國恩曾說：「屈原楚辭中最重要的『比興』材料，是『女人』，而這『女人』是象徵他自己」〔註139〕；又因爲「女人最愛的就是花」，所以楚辭中常常裝飾著各種香花；換言之，因爲篇中自敘者喜愛穿戴花草，這通常是女性行爲，所以以屈原是假借女人的口吻舉止來喻示自己的芳潔與美善。

（2）「男子作閨音」在北宋詞中之發展

　　長久以來的中國文化傳統，均以男性爲主體，在詩文中亦以男性思維爲其主體表現，強調男性建功立業、兼濟天下的社會思想。在文學作品內容應呈現出作者的內心世界前提下，詞的創作本應也以詞人獨特的創作個性與視野，來體現自我存在的價值，故詞中的主人翁應爲自己；然而，「詞卻是文學史上抒情主體的一次轉變，以女性形象作爲抒情主體，也就意味著詞將突破詩文男性的審美追求和思維方式，從而建立了女性化的視角。這一變化標誌著詩、文男性化審美傾向的暫告終結。」〔註140〕對此，王兆鵬以爲：

　　　　抒情詩中的抒情主人公一般就是詩人自我。但是，孕育、

　　　　國恩：〈楚辭女性中心說〉，參見氏著：《楚辭論文集》（臺北：九思出版社，1977 年），頁 192。
〔註138〕　鄭毓瑜：〈神女論述與性別主義——以屈原、宋玉賦爲主的討論〉，收錄於：《古典文學與性別研究》（臺北：里仁書局，1997 年），頁33～34。
〔註139〕　游國恩：〈楚辭女性中心說〉，參見氏著：《楚辭論文集》（臺北：九思出版社，1977 年），頁 192～194。
〔註140〕　黃雅莉：《宋詞雅化的發展與嬗變——以柳、周、姜、吳爲探究中心》（臺北：文津出版社，2002 年），頁 93。

脫胎於音樂的唐宋詞，作爲抒情詩的一個獨特類型，又有
其特殊性。詞作中抒情主人公並不總是詞人自我，即使詞
中的情感是詞人自我的人生體驗和感受，他有時也要變換
身分予以抒發。詞中主人公與詞人自我的對應關係有一個
變化過程，二者是逐步從錯位分離走向同一對應的。〔註141〕

所謂的「變換身分」意指詞的創作具有兩個主體，即詞人與歌妓。
「二者是逐步從錯位分離走向同一對應的」，說明了詞體從「代歌
妓立言」到「抒發詞人自我的感情」的演變發展。

詞的產生與宋代的右文的政治背景、繁榮的社會背景、多元的文
化背景以及歌妓制度有著密切的關係。《花間集・序》中言：

則有綺筵公子，繡幌佳人，遞葉葉之花箋，文抽麗錦；舉
纖纖之玉指，拍案香檀，不無清絕之詞，用助嬌嬈之態。

由「纖纖玉指」和「拍案香檀」之句，已宣示詞誕生於女性化的環境
中，乃綺筵公子寫給繡幌佳人欣賞和演唱的。爲滿足歌唱者（歌妓）
所關注之其人其事，文人創作出爲歌妓代言的婦人之語亦當合情合
理，歌妓既是詞人的合作者，又是詞人在作品中欲表現的主體，於是
在詞人的創作過程中，歌妓的外貌與心理狀態自然是詞人考量的首要
因素。對此，李劍亮說：

詞是一種音樂文藝，它具有文學與音樂的雙重藝術特性。
因此，從創作的實踐過程來看，他既需要以語言文字爲表
達手段，又要求用音樂符號作表現方式。因此，他就擁有
兩個創作主體。即使有些詞人集文學修養於一身，但他所
創作的詞，還是需要一個演唱者。故而，歌妓是不可缺少
的。而歌妓對詞的演唱，無疑也是詞的創作一部份。所以
說，歌妓是詞的第二創作者。〔註142〕

於是，詞之內容偏於閨情，因爲如此方符合歌妓的身分及心理，情調

〔註141〕 王兆鵬：〈從審美層次看來唐宋詞的流變〉，收錄於氏著：《唐宋詞
史論》（北京：人民文學出版社，2000 年），頁 55。
〔註142〕 李劍亮著：〈詞的主體兩重性與詞風特徵〉，收錄於氏著：《唐宋詞
與唐宋歌妓制度》（杭州：杭州大學出版社，1999 年 5 月），頁 180。

趨向綺靡柔媚，因為這樣方有助於展現歌妓的嬌媚之態，也造成了婉約之風及閨閣書寫大盛的情況。

　　詞人以「主角轉移」之法，在創作過程中代言擬作，仿女子之口吻和身分，隱去自我，此即田同之所指出「男子而作閨音」〔註143〕的現象。大多數的詞人性別上是男性，身份上則為文人才子或士大夫，卻刻意淡化自身的主體意識，強化表現對象的主體意識，楊海明認為：「正是某種共同時代心理和審美趣味暗暗地驅使這些詞人，使他們『不約而同』、『習慣成自然』地寫上了這些為女性『代言』其心聲作品。」〔註144〕

　　不過，如此「男子而作閨音」實有其困難度，因為性別及角色的不同，男性詞人需要更貼近女性的思想與生活，才能有真實的體驗，而非空有想像之作，耆卿和少游在歷練與女性的交遊上浸濡甚深，在「男子而作閨音」上確能深得箇中三味。

2、秦、柳詞中之比興寄託

　　西方女性主義認為，男性筆下的女性都是不可相信的，也都非真實生活中的女性，因為他們是「以男性的臆造來認識和再現女性的現象」〔註145〕，寫的是自己心目中的女性，不論是理想美好的女性或醜陋可憎的女性，都代表了他們對女性兩極化的態度，而前者更是「將男性的審美理想寄託在女性的形象上」〔註146〕。因此詞人筆下的女子多貌美體貼，既主動且癡情，這些看似為女性描摹寫真

〔註143〕〔清〕田同之：《西圃詞說・詩詞之辨》，收錄於唐圭璋：《詞話叢編》，冊二，頁1449。

〔註144〕楊梅明：〈「男子而作閨音——唐宋詞中一個奇特的文學現象」〉，收錄於氏著：《唐宋詞主題探索》（高雄：麗文文化公司，1995年），頁5。

〔註145〕劉涓：〈從邊緣走向中心：美法女性主義文學批評與理論〉，收錄於鮑曉蘭主編：《西方女性主義研究評介》（北京：三聯書店，1995年），頁101。

〔註146〕張岩冰：《女權主義文論》（濟南：山東教育出版社，2002年），頁66。

之詞，其中有他的凝視，他的認同，或者說其實他的書寫是向女性世界披露了自我，無意流瀉了他欲望與觀看的角度。

　　詞，這種以書寫美女與愛情爲主的內容，居然具有一種可供人們細細吟味深求的幽微意蘊，其實其中隱藏了詞人心志的比興寄託。而中國詩美學以比興爲源頭，比興的喻體、興體和本體（修辭學概念）之間是一種模糊關係，無法在所有點上發生精確的重合和對應。同時，比興的喻體、興體本身就是形象，《文心雕龍・比興》曰：「楚襄信讒。而三閭中烈，依《詩》製《騷》，諷兼比興。」〔註147〕陳沆《詩比興箋》具體解釋道：「夫放臣棄婦，自古同情；守至貞後，君子所託。『兄弟』謂同朝之人，『高官』爲勳戚之屬，『如玉』喻新進之猖狂，『山泉』明出處之清濁。摘花不插，膏沐誰容；竹柏天眞，衡門招隱。此非寄託，未之前聞。」當然，經過這樣明確瑣細的闡釋，詩意由模糊走向明朗，但闡釋是否準確，恐難說。中國比興詩，表層意象往往事明朗的，但深層面裏和在表面意象中，對於接受者的「第一印象」來說，則是模糊的。

　　這種模糊美不僅表現在語言及其形式結構上，而且表現爲意象及其意象群的塑造，它和同林中霏煙、江上霧雨、山間嵐氣，淒迷而朦朧，無法確切指明其狀貌和形態，顯得籠統而模糊。自《詩經》始，中國詩歌賦、比、興的表現手法。賦，直接敘述；比，比喻，借助具體形象之事物，來說明事理；興分爲起興（聯想）和寄託兩種，興在表現上比「比」更曲折幽隱，所表達的思想感情也更爲深遠，耐人回味。興和比常常合一，一首作品中既可有興又亦可兼有比，即「興中有比」。而先寫一個事物（如寫景）用來引起某種思想感情，放在開頭，具有發端的作用，就是「起興」；用這個事物寄託某種思想感情，便是「寄託」。黃雅莉以爲：

　　　　二者是不同層次的問題，「比興」是寫作方法、表現技巧的

〔註147〕　〔南朝〕劉勰撰，周振甫注：《文心雕龍注釋》（臺北：里仁書局，
　　　　　　1998年），頁677。

層次,「寄託」則是情感內涵的層次。寄託源於比興,作者在作品中有寓意和寄託,必須透過比興手法方能達成,但在作品中運用比興手法,卻未必具有寄託。〔註148〕

在〈試論國古典詞論與詩論的變異及趨同〉一文中更進一步指出:

「寄託」和「比興」都需依附於物或觸物有感,然「比興」多從客體出發,依賴客體以引起主體的感慨,而「寄託」主要是從主體出發,先有主體感情蘊於胸中,然後尋找相應寄寓之物(客體)吐之。如此,寄託多半具有廣大、深遠的社會政治意義。〔註149〕

除了清楚說明兩者之別,更彰顯了比興寄託手法在詞作上的重要性。比興手法在詞中被廣泛使用,或寓情於景,或托物言志,舉凡夕陽秋風、雲山霧水、香草美人、花鳥樹木、淡月疏星之儔,皆為詞人感情和心志的寄託。因此表面看來是寫風花雪月、閨房兒女之情,其深層含義卻可以是身世感慨,甚或君臣大義、家國興廢、人格操守,這就形成了詞的婉曲風格,就中另有一番深刻意涵。

書寫閨閣愁怨之流的作品,早從《詩經》即已出現。王國瓔以為:

爰及唐宋歌壇,女子的離情相思,亦成為市井坊曲及文人筆下最常出現,最容易搖蕩人心的主題情調。民間歌者,多從女子口中直接傾訴獨守空閨的寂寞,文人擬作,或以第三人稱客觀描述,或以女子代言,表達思婦或棄婦的處境和心情。惟兩相比照,文人作詞,情意通常較為婉曲,有時或隱或顯,有意無意間,會將自己在現實人生某些情趣感受,或個人身世某些經驗遭遇,寄寓於女主人公的言辭情懷中。因而令閨怨主題,可以突破單純兒女私情的狹

〔註148〕 黃雅莉:《宋代詞學批評專題探究》(臺北:文津出版社,2008 年),頁 575。

〔註149〕 萬文斌、黎瑛:〈試論國古典詞論與詩論的變異及趨同〉,《江西社會科學》2005 年第 1 期,頁 83～86。

> 小格局，引起文人讀者，尤其是懷才不遇者，感同身受，
> 乃至生發出超越男女艷情之外的聯想。這樣的作品，在詞
> 論者心目中，屬於有比興寄託，有高遠旨趣之歌，屬雅正
> 之音，符合儒家詩教的傳統。〔註150〕

由詞體本身特質觀之，貴乎含蓄蘊藉，的確十分適合以柔媚委婉的
方式去言情敘志。

在〈離騷〉中，作者表面上視爲美人哀嘆，而實際上是借「美人」
來寫自己，「我」在爲「她」說話，「她」也在爲「我」說話，文本同
時負載了「美人」與作者兩個人的感情，表面的「男女情」與深層的
「君臣意」使語言成爲「雙聲語言」（double-voiced discourse），文本
成爲「對話」文本。對屈原來說，他當然希望能夠獲楚王垂青，尤其
是透過弱勢而美麗的景觀來召喚同情共感；而這份認同感又特別是指
向君臣間的同性身分。在〈離騷〉當中，「求女」與「求君」的相續
爲文，正明白表示出屈原對同性／異性、政治／情愛的相對態度；自
「世溷濁而嫉賢」以下，探討了君臣遇合的問題，歷來不論將前半段
的「求女」解釋成「求賢」或是「求君」，皆藉男女失遇比喻後半段
的君臣不合；但其實君臣雙方本來都是男性，「求女」的男／女關係
與「求君」的男／男關係正可以同時並置，交互比對，而反過來在消
極煩憂的現實曲調中，突出「求君」（同性相求）的積極想望〔註151〕。

楊海明〈「男子而做閨音」——唐宋詞中一個奇特文學現象〉一
文中提到：

> 爲「應歌」而導致「男子而作閨音」的現象如可稱之爲「被
> 動型」的話，那末「比興」、「寄託」的情況就可視作「主
> 動型」了。……宋代某些詞人就曾有意識地採用此種比興

〔註150〕 王國瓔：〈柳永詞之世俗情味〉，漢學研究第 19 卷第 2 期（民國 90
年 12 月），頁 289。

〔註151〕 陳世驤以爲三段求女是屈原將原本政治愛情複合情意結解開，分清
對女性的愛情與對國家的忠心是兩回事，並決定戰事將對政治的關
心轉而付諸愛情的追求。參見陳世驤著、古添洪譯：〈論時：屈賦
發微〉，《幼獅月刊》，第 45 卷第 3 期，頁 18～19。

手法，來寄托自己不便直言的感情。〔註152〕

在耆卿和少游詞作中，我們也可作如斯解讀。耆卿和少游都是政治上抑鬱不得志者，以二人如此高才，卻仕途蹭蹬，有志難伸。因此若以此理解，若以女性為代言體，他們寄寓自己心志於思婦之中，以己身託言思婦，那麼「求君」（遊子）亦是「求君」（君王）。而若以男性為代言體，「求女」（佳人）與「求君」（君王）則是相同的追求想望。因此，在兩人的閨閣書寫中，無論其作中之代言體為何，其實多有比興寄託之意。下引一闋少游詞觀之：

> 水邊沙外，城郭春寒退。花影亂，鶯聲碎。飄零疏酒盞，
> 離別寬衣帶。人不見，碧雲暮合空相對。　　憶昔西池會，
> 鵷鷺同飛蓋。攜手處，今誰在？日邊清夢斷，鏡裏朱顏改。
> 春去也，飛紅萬點愁如海。（〈千秋歲〉）

看來似在懷念舊侶之作，其實其中蘊藏了許多少游宦途上不遂之慨嘆。元祐年間（一○八六至一○九三）正是舊派之時，元豐八年（一○八五）三月，神宗崩逝。皇太子年幼，由太皇太后高氏臨朝聽政，重用了司馬光、蘇軾等一班朝臣。少游政治主張偏向舊派，此時亦正是他準備大展拳腳之際，雖然當時的他不過一名太學博士兼國史館編修官，但史官讚美他「強志盛氣，好大而見奇，讀兵家書，與己意合」，足見他是個有勇有謀也有抱負的人。可惜的是，好景不常，太后崩後，哲宗親政，大加延攬新派諸臣，舊檔於是受到排斥打壓，蘇、黃與少游均紛紛被逐出京，少游出被貶為杭州通判，再為監處州酒稅，當年在汴京一同計畫要成就一番大業的友好，霎時風流雲散了，少游此詞正作於處州擔任監酒稅官時所寫。

此詞一開頭寫城郊春日風光，少游對著如斯佳景，卻湧現今昔相異之感，此情此景雖是眼前處州實景，卻也是他回憶中的汴京美景，水邊沙外，鶯聲花影，當年同一班友好詩酒流連，縱情玩賞，如今卻

〔註152〕楊海明〈「男子而作閨音」——唐宋詞中一個奇特的文學現象〉，收錄於氏著：《唐宋詞主題探索》（高雄：麗文文化公司，1995年），頁5。

只能徒嘆「飄零疏酒盞，離別寬衣帶」！飄零異地的少游無法再和友同歡，只有「碧雲暮合空相對」，「人不見」！當年和朋友豪興遊賞金明池，而今「攜手處，今誰在」？日邊，一說是皇帝身邊，一說是白日。若以皇帝身邊之意觀之，只有執掌權力的人臣才有靠近「日邊」的希望，而元祐黨人的「日邊」美夢，顯然早已斷絕。再看看鏡中自己的容顏也逐漸衰老，頗有「廉頗老矣，尚能飯否」之嘆。春天，指的既是實際之春景，亦爲人事的光景，「飛紅萬點」一句，似在訴說那群被斥逐的元祐黨人各自飄零的命運。舊黨勢力的崩解，就像滿樹繁英霎時化作飛紅片片，令人觸目驚心，最後的「愁如海」更是少游無可排解的心情寫照。

另外，〈水龍吟〉一詞雖言爲贈妓詞，卻也可解讀爲自己心情的寫照。詞之上片從女子著筆，寫她在樓上看到戀人身騎駿馬而去，此時的她正穿著春衫，捲起朱簾，凝望著遠去的情郎，「賣花聲過盡，斜陽院落」可見女子綿綿不盡的幽思。女子獨自在樓上一直等到紅日西斜。輕風送來賣花聲，女子欲買一枝插在鬢邊，然而，雖有鮮花，誰適爲容？於是就讓賣花聲遠去，直到過盡；從「過盡」二字可想見女子諦聽的神態以及欲買不買的之情。仕途蹭蹬的少游等待著一展才華的時刻，那種韜光養晦或該當出仕爲民的抉擇，儒道觀之間的擺盪，不正如詞中那位等待賣花聲過盡的女子嗎？因此，王國維以爲：「詞之雅、鄭，在神不在貌。永叔、少游雖作艷語，終有品格。方之美成，便有淑女與倡伎之別。」（篇三十二）乃因王氏認爲永叔、少游二家之詞，自外貌上觀之，其所寫雖同是閨閣兒女相思離別之情，但就其作品所呈現之富於感發的的境界而言，更可以引起人精神上一種高遠的聯想。〔註153〕

不過，吳梅對柳詞評價不高，於《詞學通論》中載：「柳詞皆是直寫，無比興，亦無寄托。見眼中景色，即說意中人物，便覺直率無

〔註153〕 葉嘉瑩：《詞學新銓》（臺北：桂冠出版社，2000年），頁28。

味。況時時有俚俗語。」〔註154〕筆者並不贊同吳氏說法，耆卿詞雖多為直寫，不過曲折婉轉者亦多，即便其中可見俚俗語，卻無礙其真美，而比興存焉。王國維對這種直率評之為「真」：

> 五代北宋之大詞人亦然。非無淫詞，讀之者但覺其親切動
> 人。非無鄙詞，但覺其精力彌滿。可知淫詞與鄙詞之病，
> 非淫與鄙之病，而游詞之病也。〔註155〕

吳梅應是因襲前人的觀點，從士大夫的眼光看待耆卿，方抹殺柳詞在真實與寄託上並存著表現。

以耆卿的〈鳳棲梧其二〉來說，此為「卒章顯志」之作，結尾時將感情的波瀾推向高潮，使愛情得到了昇華：

> 獨倚危樓風細細。望極春愁，黯黯生天際。草色煙光殘照
> 裡。無言誰會憑闌意。　　擬把疏狂圖一醉。對酒當歌，
> 強樂還無味。衣帶漸寬終不悔。為伊消得人憔悴。

「衣帶漸寬終不悔」之語，出自古詩十九首中的「相去日已遠，衣帶日已緩」中，但其殉情無悔的精神卻來自〈離騷〉中所謂「亦於心之所善兮，雖九死其猶未悔」。在這基礎點上，屈賦與柳詞除了追求政治理想與愛情理想的差別外，精神是完全可以相通的，因此王國維將耆卿這兩句詞用來作為「古今之成大事業、大學問者」所必須經歷的第二等境界〔註156〕，即對事業與學問的執著追求。

文人以色藝超群卻淪落風塵的薄命佳人為代言體，由「女為悅己者容，士為知己者死」的基礎上觀之：女子美色在被人賞愛中實現自己的人生價值，因此樂意為之容飾打扮；士大夫在為賞識獎拔自己者的重用中實現自我的人生價值，因而願意為其鞠躬盡瘁、竭盡其才。這種願望自然產生於女之「悅己者」與士之「知己者」的慧眼獨具，人生若能得一知己，實為大幸，雖死而無憾。但是，以

〔註154〕 吳梅：《詞學通論》（北京：中國書籍出版社，2006年）。
〔註155〕 〔清〕王國維著、徐調孚校注：《校注人間詞話》（臺北：頂淵文化，2001年），頁36。
〔註156〕 〔清〕王國維著、徐調孚校注：《校注人間詞話》（臺北：頂淵文化，2001年），頁15。

爲他人而「容」，被他人而「用」作爲自身審視的依據，卻造成主體性的失落，在此基礎上，士大夫產生與女子的角色認同。其實看似並列的排比句「女爲悅己者容，士爲知己者用」，實乃「比而興也」，以女子之尋求悅己者比擬士之尋求知己者，由女子尋求悅己者而不得興起士大夫知己難遇之感慨，亦即士大夫借女子之酒杯澆自己胸中之塊壘，因而藉女子之口發聲，以女性爲代言體寫自己心事，託寓詞中。

　　有趣的是，男性詞家一方面將女子視爲美麗的物化對象，另一方面又自身轉化爲女子的角色，即在對異性的觀照中又隱含著對自身的觀照。於是出現了體現男性意識的對女性美豔的欣賞，以及體現男性深層意識的兩性相通的女性化愁怨情思，因爲這種女性愁怨情思與封建社會男子的仕途被棄感和人生失落感有相通之處。男子的這種感受往往自己難以言說，卻在道女子心聲的同時無意識地暴露出自己內心的隱密。不過這種情緒的指向是相當模糊的，具體喻意並不明確〔註 157〕。

（二）同情或關懷女性

　　楊海明在〈「男子而作閨音──唐宋詞中一個奇特的文學現象」〉一文中曾指出：

> 到了唐宋詞中，很多士大夫作者不惜「徹底」放下其架子，「設身處地」、「體貼入微」地去體味女性的內心世界，並且不怕失丟自己的「身分」而爲那些低微的歌妓侍妾「寫心」、「立言」，這種舉動自可視爲思想的進一步解放。……因而不少詞人對於女性也就抱有了更多的同情與關心，甚至還與他們結下了深摯的友情和戀情。〔註 158〕

〔註 157〕　趙澤洪：〈婉約詞派女性形象的審美嬗變〉，《重慶師院學報》（哲社版），1994 年 1 月，頁 31。

〔註 158〕　楊梅明：〈「男子而作閨音──唐宋詞中一個奇特的文學現象」〉，收錄於氏著：《唐宋詞主題探索》（高雄：麗文化公司，1995 年），頁 9。

詞人在長期與娼妓相處之下，對於娼妓生活亦更加瞭解，除了心疼她們對人歡笑背人愁的辛酸，更憐惜她們的青春美貌在送往迎來的生涯中葬送。霍然說：

> 宋代婉約詞中那纏綿、幽婉、傷感的基調，那對愛情的嚮往和追求，其主要和眞正的來源，與其模糊地說是在於五代的《花間》詞，毋寧確切地說，是在柳永哀感頑豔、骩骳從俗的長調慢詞中肇始。柳七詞在北宋詞初興之際風靡一時並非偶然：正是柳永率先將詞人對女子的態度由一般化的欣賞讚美推進到憐香惜玉、惺惺相惜的情感深度，將理解尊重婦女的人格和尊嚴這一嚴肅的世俗文學精神帶進了美的創造之中。宋代婉約詞以抒寫男女情愛見長，那種感人至深的對眞摯愛情的追求，那種對愛情受到壓抑的纏綿、深婉的體會，如果不建築在對女子內在心靈的眞誠感應之上，是無法展示的。而這一線的開山不能不推到以纏綿悱惻的愛情詞著稱的柳永。〔註159〕

的確，耆卿詞中多此類之作，或憐娼妓之年華老去、寵愛不再，或傷過往恩情已逝、淚濕青樓玉枕。

　　雖然豢養歌伎與親狎娼女是宋代社會普遍的現象，但是耆卿和其他文人士大夫的心態大不相同，葉嘉瑩以爲：

> 那些已經得到科第祿位的士大夫們，既可以在自己家中畜養著大批家妓，更可以在與朋儕歡宴之際，隨意呼召一些侍奉貴仕的歌舞女來助興侑酒，然後飲酣命筆，偶寫歌詞，付之吟唱，自以爲是一種風流雅事。而柳永則是未得一第之前，以一個微賤的少年，就已經先以喜愛譜寫樂工歌伎的俗曲並與樂工歌伎往來而名噪一時。這種情況，當然也與那些士大夫們的情況有所不同。〔註160〕

這就是柳詞與晏、歐詞不同的原因所在。柳詞衝破《花間》詞以來的士大夫詞的藩籬，而創造出一種俚俗之體，直接抒發市井小民的心

〔註159〕霍然：《宋代美學思潮》（長春：長春出版社，1997年），頁107。
〔註160〕葉嘉瑩：《靈谿詞說・論柳永詞》（臺北：正中書局，1993年），頁143。

情，而以情感的眞率取勝。

耆卿性格狂放不羈、不拘小節，是個不修邊幅的風流才子，因屢試不第，輾轉於社會下層，充滿坎坷和壓抑的生活，使其更加放浪自遣，誠如其詞所言「才子詞人，自是白衣卿相」（〈鶴沖天〉），是自嘲，更是自傷。因經常流連於教坊青樓，娼妓嬌慵無力懶梳妝的情態，可說是耆卿詞中司空見慣的場景，也因此使他對女子有更多且深刻的瞭解，作品中自有不少描寫女性姿態情貌之作，表現出妓女溫情對落魄士子的安慰，這是柳詞思想中閃爍出來的光芒，也正是這種生命感受使耆卿全心投入於情感的體驗之中。張炎《詞源》載：「柳永亦自批風抹月中來」〔註161〕劉少雄亦謂：

> 情眞意切，這也是柳永豔詞的一大特色。他之所以能那麼眞切，深刻的揣摩出女孩子的喜怒哀嗔，固然由於才情，筆力與環境所致，但不可忽視的是其中眞誠相待的因素。柳永一生部份時間流連於歌臺舞榭，作品多寫於淺斟低唱之時，他描述的對象是歌妓舞姬，而宛轉唱出他詞中的情意、眞正讚嘆他的才華的，也是這些歌妓舞姬，她們與柳永之間不只是一般文人妓女的逢場作戲，更多了一份相知相憐的情意。這份情意表現在客觀的描述裏，就是細密妥溜的體會，流注到主觀的敘述時，就成濃烈的迷戀。〔註162〕

而耆卿筆下的女性，不僅僅是描寫其外貌或形態，不同於齊梁宮體詩的表現處，是寫出了她們的心聲，反應出內在的精神面貌，耆卿在青樓裡目睹了娼妓的不幸，筆端自然流瀉出關切與同情。潘碧華在〈陰陽變調中的女性角色——談唐宋男詞人的女性書寫〉一文中，認爲：

> 文人和歌妓交往時產生了或深或淺的感情，當他們賦予女性的思婦形象時，同時也帶有自己的情緒。這些傷春悲秋

〔註161〕 〔清〕張炎：《詞源·卷下》，收錄於唐圭璋編：《詞話叢編》，冊一，頁267。

〔註162〕 劉少雄：〈論柳永的豔詞〉，《中國文哲研究集刊》第九期（中央研究院文中國文哲研究所，1996年9月），頁175。

的女子形象，在男性詞中出現，基本上是男性代言和想像
的產物。從表達效果上來說，男性詞人將女子的思愁寫得
越真實，所傳遞詞人的思念就越深切。〔註163〕

以耆卿詞觀之，柳詞中較多以男性觀女性的作法，以一個第三者
的角度，觀看身處在綺紅巷陌的娼女送往迎來的生涯，耆卿心中是充
滿同情的。但是，他又不僅僅只是冷眼旁觀，還能推心置地為娼妓發
言，對此，過常寶以為：「文人通過欣賞甚至同情，而把自己和閨情
之怨隔開一段距離，保持著一種優雅的姿態。但柳永不同，他總是直
接進入閨情之中，體會或承擔那種種的喜怒哀樂，從而用自己的心喊
出閨閣的聲音。」〔註164〕

不僅多情如耆卿者，少游的詞作中也有不少贈妓詞或特為歌妓
撰寫的作品。如〈南歌子〉一詞：

> 玉漏迢迢盡，銀潢淡淡橫。夢回宿酒未全醒，已被鄰雞催
> 起怕天明。　　臂上妝猶在，襟間淚尚盈。水邊燈火漸人
> 行，天外一鉤殘月帶三星。

此為贈蔡州伎陶心兒而作，除了「臂上妝」和「襟間淚」兩句，全詞
幾乎看不出對女子的直接形容，僅用了「玉漏」、「銀潢」、「燈火」、「殘
月」等景語烘托出害怕天明離別之意，但其實兩人的濃情密意早已
不言而喻。少游在描寫女子的情感姿態方面，不似五代宋初以來專
門描繪女子閨房或樣貌的重筆，而是輕輕帶過，神重於形，著重自
己與女子間心有靈犀的相繫相惜，更令人牽縈。無怪乎王國維於《人
間詞話》中云：「詞之雅鄭，在神不在貌。永叔、少游雖作艷語，
終有品格。」王氏所謂的「在神不在貌」，的確點出少游詞的特色，
此闋〈南歌子〉結尾「天外一鉤殘月帶三星」所描繪的天上星月殘
留景致，便顯出與歌妓之間難捨難離的關係，那似留非留、欲語還

〔註163〕　潘碧華：〈陰陽變調中的女性角色———談唐宋男詞人的女性書
　　　　　寫〉，《河南科技大學學報》，2004.2.2，頁81。
〔註164〕　過常寶：〈柳永的文化角色與生存悲劇〉，《中國古代、近代文學研
　　　　　究》，1999年第一期，頁161。

止的不捨之情，含蓄地盡顯詞中。

　　胡仔《苕溪漁隱叢話》引《高齋詩話》對少游〈水龍吟〉之由來云：「少游在蔡州，與營妓婁琬字東玉者甚密，贈之詞曰『小樓連苑橫空』，又雲『玉佩丁東別後』者是也。」宋元祐元年至五年（1086～1090年）少游任蔡州教授，與青樓歌妓過從甚密，婁東玉正是其中一位，而〈水龍吟〉正是爲婁東玉所作。少游從同情和愛憐出發，透過娼妓們日逐笙歌、強作歡樂的生活，看到她們寂寞淒苦和空耗韶華的悲苦命運。如〈木蘭花〉一詞：

> 秋容老盡芙蓉院，草上霜花勻似剪。西樓促坐酒杯深，風壓繡簾香不卷。　　玉纖慵整銀箏雁。紅袖時籠金鴨暖。歲華一任委西風，獨有春紅留醉臉。

宋洪邁《夷堅志》記載：「長沙義妓者，不知其姓名，善謳。尤喜秦少游樂府，得一篇，輒手筆口哦不置。久之，少遊坐鉤黨南遷，道經長沙，訪潭土風俗、妓籍中可與言者。或舉妓，遂往訪媼出設位，坐少遊於堂。妓冠帔立堂下，北面拜。少遊起且避，媼掖之坐以受拜。已，乃張筵飲，虛左席，示不敢抗。母子左右侍。觴酒一行，率歌少遊詞一闋以侑之。飲卒甚歡，比夜乃罷。」〈木蘭花〉一詞所寫之時間、景物和情境內容，都與當時的情景頗爲相符。這首詞描寫爲他彈琴哦詞的義妓。「歲華一任委西風」一句含意深刻，秋季一到，萬物枯萎凋零。醉紅雙頰的義妓將歲華委於西風，暗示此妓花容已老。將這種感觸與因爲酒醉而泛起的春紅相映襯，寓有美人遲暮之感，頗有「同是天涯淪落人，相逢何必曾相識」之慨。若不是對歌妓基於平等的情感基礎，實無法生出如此感受。對於這些歌妓，少游能平等視之，自身的不幸使他對於她們更多了理解和同情。少游不僅在贈妓詞中可見對娼妓的眞心，在一些謳歌戀情的詞中也可得見民間女子的形象，以方言俗語寫怨情的〈滿園花〉一詞觀之，看似出自下層婦女的口吻，卻能將一位癡情又剛毅的女性形象淋漓寫出，可見少游能著力於關注女性遭遇。

參　北宋詞閨閣書寫中「性別越界」現象的幾點觀察

　　阿尼瑪，是容格所提出的一種組成人類心理和人格的原型概念，用來指男性內心的陰性靈魂象，也就是男性心靈女性化的一面，換言之，女性心靈也有男性靈魂象，稱爲阿尼姆斯〔註 165〕。人類的心靈含有陰陽兩性，因此我們通常都有被反映內在自我特性的異性吸引的傾向。

　　因此在男性詞人作品中，我們看得到柔美的影子，在女性詞人作品中，我們也能見到英氣颯颯的風姿；可以說性別差異呈現出來的書寫異同，在細微表現處上有所差別，不過仍須參酌詞人之性格經歷，非一味以性別論之。

一、於女性形象敘寫上

　　男性詞人因從「外」觀看女人，所以詞中充滿對於女性外觀的描述；女性詞人則從「內」體悟自我，對自身外貌描述反而不多，以易安來說，其詞對自身眉眼等細部感官部位的書寫較少，不過，有趣的是，女性對外在裝飾物品上有較男性詞家更深入細微的描寫。

　　長久以來，男性詞家之作中的女性，整體而言多是柔弱、嬌羞而溫柔的，大多不屬獨立的個體，如花間詞中「男子做閨音」之現象看來，全然是男性視角與男性審美體驗的產物，不論是外表形象與內心世界，對女性的刻劃都有不足與扭曲。其中反映了男性觀賞女人的特殊角度〔註 166〕，男性作者透過虛構的女聲來發言，卻還是充滿了男

〔註165〕 根據容格的分析心理學，阿尼瑪（anima）是男人無意識中的女人性格與形象；相對於女人無意識中的多個阿尼瑪斯（animus），男人夢中通常只有一個阿尼瑪。參見卡爾·榮格（Carl G. Jung）主編，龔卓軍譯：《人及其象徵：榮格思想精華的總結》（臺北：立緒出版社，1999 年）。

〔註166〕 關於男性觀看女性的角度，盧建榮認爲中古男性文化菁英透過性別意識、國家意識形態等文化偏見去觀看女性。爲婦女立傳時，這類由男性書寫婦女傳記文本其實是一種文化想像（cultural imagination）的結果。參見盧建榮〈從男性書寫材料看三至七世紀女性的社會形象塑模〉，收錄於《臺灣師大歷史學報》26 期，1998 年 6 月，頁 1。

性意識，表面上雖然置女性於主體位置，但女子實際上卻是一受觀看、遐想與憐憫的客體而已﹝註 167﹞。一般男性對美人或佳麗的書寫，不過都是男人對女人的「命名」﹝註 168﹞手段，爲了藉助語言來構造符合男人目的的女人；當男性詩人設定這可以感覺、甚至撫觸的女性身體作爲描寫焦點的時候，顯然就已經是再建立一種以觀者—男性（作家）的嗜慾爲導向的女性形象﹝註 169﹞；這當中既沒有女性說話的機會、施爲的空間，當然也就沒有女性個人的親身經驗可言。

　　和花間相較之下，耆卿和少游的詞作中，女性雖仍是被觀看的客體，但形象已較豐滿生動。以花間鼻祖溫飛卿來說，飛卿詞中女性形象明顯有著「距離」，這種「距離」乃指溫飛卿一方面要滿足男性身份追求感官刺激，極寫女性之美，另一方面也不敢超越封建道德觀念去寫愛情的具體內容，這就使他在女性形象的創作上始終保持了與現實若即若離的距離，所以溫氏等《花間》詞人的女性形象及女性情思幾是千人一律的主調。楊海明以爲：

　　　　溫詞所欲描摹的，實是一種士大夫文人認爲『應該如此』
　　　　的女性形象和女性心態。基於此種審美標準觀念和審美標
　　　　準，他就努力地把她們塑造成華麗富貴卻又哀怨無端的

﹝註 167﹞　西蒙・波娃（Simone de Beauvoir）著，歐陽子、楊美惠、楊翠屏譯：《第二性》（臺北：志文出版社，1994 年）。

﹝註 168﹞　克莉絲・維登（Chris Weedon）認爲：「意識型態藉以作用於個人的方式是『命名』（interpellating）她爲一個主體，也就是說，在語言中爲她建構她的主體性。主體性對個人明顯的呈現，而它是意識形態的一種效用」，同前註，頁 35。參見克莉絲・維登（Chris Weedon）著、白曉紅譯：《女性主義實踐與後結構主義理論》（Feminist Practice & Poststructuralist Theory）（臺北：桂冠圖書公司，1994 年），頁 26～27。

﹝註 169﹞　克莉絲・維登（Chris Weedon）認爲：「後結構主義的所有形式假定，意義是在語言之內被建構的，並且不是被說話主體保證的，例如色情業和許多廣告業，提供給我們女性特質的模式，……在其中女性完全將自身導向男生視覺、男性幻覺與男性慾望之滿足，並從中獲得一種被虐待狂式的快樂」。參見克莉絲・維登（Chris Weedon）著、白曉紅譯：《女性主義實踐與後結構主義理論》（Feminist Practice & Poststructuralist Theory）（臺北：桂冠圖書公司，1994 年），頁 26～27。

　　『仕女』形象。所以他在寫作手法方面，一是常用靜態的
　　畫面，以此來襯托她們的片斷的心緒或心態。……二是主
　　要以物語和景語的聯綴與堆垛來組合詞境，然後再以一二
　　句情語稍加挑明或半挑明，這樣形成了一種暗示的抒情手
　　法。〔註170〕

相較之下耆卿和少游的女性形象便經營得生動豐碩，不但有對話，有
情節，形象的靈活度更是大勝以往。

　　耆卿詞中書寫妓女豔情的作品，或出以客觀觀點，或爲女性代
言，也有部分是抒情男主人翁的自白。這種以男情爲抒情主體的觀點
寫作，使得柳詞（尤其是豔情詞）有了相當的拓展，趙曉蘭以爲：

　　由於抒情男主人公的出現，詞有可能超越女性意識表現生
　　活，這種抒情角度的轉換，大大拓展了詞的疆域，並促進
　　了詞的雅化。游冶作爲士大夫的日常生活的一部分被納入
　　詞中，爲其後以詞抒寫文士的日常生活開出了無限廣大的
　　法門。這確是男子作閨音的閨情詞不可望其項背的。〔註171〕

此種論點和王兆鵬所謂的「花間範式」相仿，皆由非我化、類型化
的普通性、共同性、以假托他人聲吻的抒情方式，轉向「東坡範式」
的自我化、具體化、特殊化、以作者自我口吻的方式抒發個體的感
情〔註172〕。

二、於詞作風格表現上

　　《周易》關於宇宙和諧之美的觀念，是通過陰陽對立統一的範
疇架構而成，在陰陽或剛柔對峙中追求均衡與和諧。《周易・說卦
傳》中載：「昔者聖人之作易也昔者聖人之作易也。幽贊於神明而

〔註170〕　楊海明：〈觀念的演進與手法的變更—溫、柳戀情詞的比較〉，收錄
　　　　　於氏著：《唐宋詞主體探索》（高雄：麗文文化公司，1995年），頁
　　　　　146。
〔註171〕　趙曉蘭：〈柳永與宋詞的雅化〉，《宋人雅詞原論》（成都：巴蜀書社，
　　　　　1999年9月），頁196。
〔註172〕　王兆鵬：〈從類型化走向個體化〉，《宋南渡詞人群體研究》（臺北：
　　　　　文津出版社，1992年3月），頁162。

生著。參天兩地而倚數。觀變於陰陽而立卦。發揮於剛柔而生爻。和順於道德而理於義。窮理盡性以至於命。」（第一章）又「昔者聖人之作易也。將以順性命之理。是以立天之道。曰陰與陽。立地之道。曰柔與剛。立人之道。曰仁與義。兼三才而兩之。故易六畫而成卦。分陰分陽。迭用柔剛。故易六位而成章。」（第二章）可見天地間通過一陰一陽，得以調和，進而入和諧之境。

　　三家詞中所呈現出的性別觀，正有著如此現象，男性詞家呈現陰柔表現，女性詞家卻反露矯健雄風，如此亦可視爲是「一陰一陽之謂道」的生命表現，以迂迴的方式達到書寫目的，在自然生命中體現其道德生命。

（一）男性亦有陰柔表現

　　阿尼瑪的女性形象與男性心理的關係相當值得細究，每個男人心中的阿尼瑪並非全然相同〔註173〕，這關係著個人特質。在應用層面上，男人將活躍在自己心中的阿尼瑪形象投射到女人身上，亦即謂可於詞作中的女人形象，反窺男性創作者的阿尼瑪。在男性的文學中，女性成爲男性意義認同的象徵符號與自我表達的形式。女性是男性自我另一面的複製。」既然如此，我們只要觀察男性作品裡的「女性符號」，男性的心理面相便可探測，他的「第二自我」的內容、定義女性的方式即可顯現。因爲男性心理特質的差異，以及「自我」並非固定內涵，常隨文化時代而異，以符號的角度看待詩中「女人」意象，而非固定的隱喻系統，應較能區分各個詩人的異質性。

〔註173〕　阿尼瑪，男性在女性中所經驗的「靈魂的意義」，是他自身內在的女性特質和感情，是他自身的一種因素。但阿尼瑪部份的由男性本身所形成，同時也是由女性原型經驗所形成的，因此。男人的阿尼瑪形象，在一切時代的神話和藝術中都已發現了他的表現，是女性本性眞實經驗的產物，而不僅是男性對女人投射的表現。女人眞實形象的原型加上男人的內在個人特質，便組合成阿尼瑪。參見卡爾・榮格（Carl G. Jung）主編，龔卓軍譯：《人及其象徵：榮格思想精華的總結》（臺北：立緒出版社，1999 年）。

　　人是群體的動物，生活在社會中，群體所形成的生活方式，對生活在這個群體中的個人有所影響。文學反映時代的社會真相，換句話說，當時的社會型態也對文學造成深遠的影響。韋勒克與華倫在《文學論》中指出：

> 文學本身便是社會的一份子，也具有一種特定的社會地位，那就是說他接受某種程度的社會默許和報酬。文學的興起經常是和特定的社會行為有密切的關係。〔註174〕

程頤曾說：「今人都柔了，蓋自祖宗以來，多尚寬仁……由此人皆柔軟。」〔註175〕對此，楊海明也有類似的看法：「從宏觀的眼光看，則整個宋代士人的心理面目都是比較柔弱的。」〔註176〕從宏觀的角度看，宋人的普遍面目都是柔弱的；從微觀來看，耆卿和少游都是柔弱的詞人。

　　耆卿曾在詞中自述：「怎向心緒，近日厭厭長似病。」（〈過澗歇〉），這種多愁似病的心態在《樂章集》中俯拾皆是，其詞多偏「愁、怨、傷、悲、溫、柔、軟、纖」之類的字面，所出現的人物形象則是「多愁多病」之人（〈安公子〉），所表現的性格又是「溫柔」的「心性」（〈小鎮西〉）。懷著這樣一顆多愁善感的「柔心」，再去面對蕭索的秋景和人間的離別，自會發出「多情自古傷離別，更那堪冷落清秋節」（〈雨霖鈴〉）之儔的痛苦心聲。從柳詞中除可看到仕途失意的悲秋意緒外，亦可由柳氏的悲秋情結，典型地體現了宋代文人脆弱柔軟的感情世界和心理性格。

　　而少游的柔情柔心，於詞中更是盡顯無遺。葉嘉瑩即曾評曰：

> 秦少游的柔婉纖細是得之於心的，他有一種「詞心」。……
> 所謂「詞心」者，就是說，他內心的感受與詞的柔婉纖細

〔註174〕〔德〕韋勒克（Wellek Rene）、華倫（Warren Austin）著，王夢鷗、許國衡譯：《文學論文學論：文學研究方法論》（臺北：志文出版社，1992年），頁103。

〔註175〕見《朱子語錄》卷一三二引。

〔註176〕楊海明：〈「太平盛世」的幸運兒與失意人〉，收錄於氏著：《唐宋詞主題探索》（高雄：麗文文化，1995年），頁155。

特別接近，這是天生如此的。而且，他這種「詞心」的感
受可以分爲外在的與內在的兩方面：當他觀賞景物的時
候，他有柔婉纖細的感受；當他書寫他自己感情的時候，
他也有柔婉纖細的感受。〔註177〕

少游以細膩含蓄的筆法，淺語淡語自在詞中產生清麗婉美的風格，使
得意境與語言自然雅潔，不雕琢、不穠艷，有一種自然渾成的美。無
論是寫景或抒情，均展現出柔婉纖細的特質，以〈浣溪沙〉來說：

漠漠輕寒上小樓，曉陰無賴似窮秋，淡煙流水畫屏幽。

自在飛花輕似夢，無邊絲雨細如愁，寶簾閒挂小銀鉤。

詞中所寫的春愁，是那麼輕微幽渺，難以捉摸，甚至其愁從何而來、
欲向何去也未可知，意蘊含蓄不盡，正是少游詞柔媚蘊藉的最佳寫
照。

少游措詞用語，往往選用輕、細、微、軟等字，合以詞中所寫之
情、愁、思、戀，給人纏綿卻又含蓄的感受〔註178〕。少游絕少重筆，
在平淡中蘊藏了極爲纖細敏銳的心靈，從細微輕柔的文字中，表現出
獨樹一幟的美感。

李春青在《宋學與宋代文學觀念》中提出：「宋代士人的主體精
神具有三方面的價值維度：一是尋求人生存在的最高價值依據，即
探索人何以爲人、如何爲人的問題；二是關心世事，力求憑自己的
努力來重新安排社會秩序；三是對個體生命價值的高度重視，嚮往
著心靈自由的境界。」〔註179〕對此，黃雅莉認爲：

在歷時一百六十餘年的北宋詞壇，繁華奢侈的都市生活和
人們普遍的審美情趣，加之四十幾年不識干戈的國情使豔
情婉約詞泛濫一時。然而北宋的婉約詞畢竟不同於《花間》

〔註177〕 葉嘉瑩：《唐宋名家詞賞析》（臺北：大安出版社，1988年），冊二，
頁88。

〔註178〕 楊海明：《淮海詞箋注·前言》（成都：四川人民出版社，1984年），
頁16。

〔註179〕 李春青：《宋學與宋代文學觀念》（北京：北京師範大學出版社書局，
2001年），頁30。

詞，此時文人們面對的不是朝不保夕的前途，他們在北宋
太平富貴的環境中享受生活的愉快，蘊育出一種細膩、柔
弱、敏銳的特質，往往無意間流露出文人的修養與操守，
他們面對富貴則能夠不陷於醉生夢死，面對坎坷又通過外
物的賞玩來排遣，無意中提高著詞的品格。〔註180〕

詩文創作自先秦以來始終有兩種解讀，時而偏重治教政令，時而偏重
吟詠情性。而宋代文人多具有一種「能夠將現實關懷與個體精神享受
融爲一體的新型文化人格」〔註181〕。

　　宋代以儒立國，隨著科舉取士的改變和右文政策的推行，宋代
文人莫不以閒適文雅、謙謙有容的姿態行世，李春青以爲：

宋代士人既承擔了士人階層已經承擔了千百年的歷史責
任，又充分享受了作爲知識份子所應具有的精神生活之樂
趣；既盡到了自己對君王、對蒼生的義務又對得起作爲個
體生命存在的自己；既承擔了一體化國家意識型態的建
構，又創造了生動活潑的個體精神烏托邦。他們平和閒適、
從容不迫，立朝爲官則剛正切直、義正辭嚴，退而還家則
溫文爾雅、瀟灑風流。是傳了上千年的精神文化以及可
遇不可求的歷史情境使宋代士人得以成就如此豐富的人格
結構與精神世界。他們可以說是比較全面發展的人，比較
完整的人。〔註182〕

因此詞作中莫不瀰漫著一股纖細柔美之風，即使男性詞家，其作品中
所表現出來的氣息仍是陰柔纖美的。

　　長期受儒家學說制約的士人，一直強調「文以載道」和「詩言志」
的傳統原則，總以嚴肅正經的態度示人。然而「人秉七情」，自然會
有一些哀怨、憤懣，甚或任性、煽情等不同情緒，其中自然也包括了

〔註180〕　黃雅莉：《宋詞雅化的發展與嬗變──以柳、周、姜、吳爲探究中
　　　　　心》（臺北：文津出版社，2002年），頁28～29。
〔註181〕　李春青：《宋學與宋代文學觀念》（北京：北京師範大學出版社書局，
　　　　　2001年），頁276。
〔註182〕　李春青：《宋學與宋代文學觀念》（北京：北京師範大學出版社書局，
　　　　　2001年），頁30。

豔情（戀情）以及「以豔爲美」和「以柔爲美」的審美心理。但是，由於孔孟學說與封建倫理向來「崇剛黜柔」和排斥人們正常的戀情意識，所以儘管從《詩經》、《楚辭》以來，文學創作中描寫豔情或柔情的作品源源不絕，但始終屈於支流地位。這種情況得以全面改變，實由宋詞始，北宋詞中舉目可見愁、怨、傷、悲之流和溫、柔、軟、纖之儔者；以耆卿而言，他所著力表現的，是千種兒女風情和一片「厭厭似病」的柔軟心態。值得深思的是，如此狹隘的題材內容，配以側重豔軟柔媚的風格，已幾近至病態的地步，然而詞卻在當代廣受歡迎，甚至到凡有井水處，皆能歌唱（柳詞）的地步。此足以證明「以豔爲美」和「以柔爲美」的審美心理爲多數人懷有，是一種普遍存在於社會和詞壇的思想潮流。

而「男子而作閨音」的詞篇，正投合當代讀者和聽眾們的迫切需要，也正是他們爲實現「以豔爲美」和「以柔爲美」的審美理想而尋覓到的一種頗爲得意和滿意的創作手法。

（二）閨閣亦能作雄音

在易安的閨閣之作中，仍不時見到她巾幗不讓鬚眉的豪放表現，絲毫不因其身爲女子之身，便只能純作相思別怨的表現。

1、愛　國

愛國之情感應不分男女，應同樣皆具有愛國情懷，甚至有時女性的情感表達較男性更坦率直接。清代李調元評論李清照：「不徒俯視中國，直欲壓倒鬚眉。」〔註 183〕她的作品中沒有一般封建社會中婦女的自卑感，反而以巾幗不讓鬚眉之態來表達她特有的愛國之情。面對靖康之亂給國家和人民帶來的災難，易安寫出千古絕唱的愛國詩篇：「生當作人傑，死亦爲鬼雄，至今思項羽，不肯過江東。」明白地昭示人必須有氣節，並以項羽之典讚美他「無顏見江東父老」的自愧心理，以及不圖一己苟存和偏安一隅的豪氣，諷刺當時只圖

〔註 183〕　〔清〕李調元：《雨村詞話》，參見唐圭璋編：《詞話叢編》，冊二，頁 1431。

苟安的無氣節之人。而對於南宋的投敵賣國，醉生夢死，易安更是猛烈抨擊，直指君王：「南渡衣冠少王導，北來消息欠劉琨」，以及「南來尚怯吳江冷，北狩應悲易水寒」，表現出極其強烈的愛國之志。

　　易安詩作對北宋末南宋初這一時期動亂不安的社會現實有深刻的描寫，無論是人民的苦難、國家的命運、民族的安危，她都能加以個人之遭遇，作沈痛雄鬱的反映。相對一般女性對政治的漠然，仍有「隔江猶唱後庭花」之舉，易安以敏銳的眼光，擅借詠史直刺朝政，直陳得失。此外，易安面對南宋強敵屢犯、社稷危急的形勢，久處深閨的易安特意提倡博弈遊戲，她親自撰寫規則，令兒輩繪圖，作《打馬圖經》，通過打馬博弈培養爭先精神和戰爭智慧，以及抗惡殺敵的雄心豪情。《打馬賦》引用大量典故，熱烈讚揚了桓溫、謝安等名臣良將的忠勇和將才，極力發揮打馬博弈的深層寓意，這不僅在賦史上相當罕見，也可看出易安身為女性報國方式的特殊性。

　　雖然易安愛國情懷濃厚之作多展現於其詩中，不過其詞作中對於亡國之痛仍有深切的體認：「故鄉何處是，忘了除非醉」（〈菩薩蠻〉），「傷心枕上三更雨，點滴霖霪，愁損北人，不慣起來聽」（〈添字采桑子〉），均表達出南渡初期許多離鄉背井之人的共同感受，具有強烈的現實意義，也從抒情角度表現了身為女性的愛國情懷。

2、正直果敢

　　傳統的封建社會男尊女卑，女性社會地位低下，但是易安絲毫不受傳統的壓抑禁錮，節操勁拔，她不媚權貴、果敢堅毅的表現，眞實地反映出自己的思想感情。

　　易安性格獨立，見解獨到，這與自古以來逆來順受的多數女性截然不同。中國「紅顏禍水」的傳統思維，總將亡國的原因歸咎於女性身上，或歸罪於天未降福祉於人民身上，人民多不能細思己過。易安以敏銳聰慧的思維角度縱觀歷史，得出了「五十年功如電掃，華清花柳咸陽草」，是因爲君臣們「五坊供奉鬥雞兒，酒肉堆中不知老」（〈浯溪中興頌碑和張文潛韻二首〉之一）的結論，可謂是眞知灼見。

再者，易安亦敢於批評時政、主持正義，堪稱是敢作敢爲的巾幗英雄。眾所周知，貫穿北宋一朝的是新舊兩黨的激烈鬥爭。易安之父李格非，曾爲蘇軾門下，隸屬舊黨，因此被列入「黨人」遭流放；而其公公趙挺之屬新黨，善阿諛，官運亨通。易安犯險上詩救父，有「何況人間父子情」及「炙手可熱心可寒」句，諷刺官高勢大的公公是個冷血冷面的僞善者，其置若未聞之狀令人心寒，可見易安的膽識與性格，在封建禮教森嚴的古代是十分罕見的。

除此之外，在她的文學觀念上也表現出剛烈強韌的一面。她的詩歌創作胸懷博大，情感渾厚，在她的詞論中，更是以「詞別是一家」的觀點「歷評諸公歌詞，皆摘其短，無一免者」。但鋒芒畢露的易安，卻遭清人裴揚對其評價爲「自恃其才，藐視一切」，語句不無貶義，不過，縱觀我國古代婦女生活史，易安的傲氣與與堅韌實在可貴，它展現了女性自信、自強、自尊與自愛的個性。

身爲女性的易安，兼婉約與豪逸共冶一爐，在詞作上既可曲折委婉、含蓄隱約，寓意深遠地娓娓道出女子情懷，將女性特有的生活環境和性格氣質細膩地描寫出來。如〈鳳凰臺上憶吹簫〉一詞以女性特有的深婉而細膩的文筆，極其含蓄曲折地抒發了詞人的別後相思之苦。分明有滿腔的「離懷別苦」卻並不直說，而是採用曲筆，以旁敲側擊、反襯、烘托等間接手法來寫，因而寫得低迴往復，婉曲動人；而在〈漁家傲〉中，卻藉夢境大膽馳騁自己高遠幻想，更增添了浪漫的色彩，全詞意境壯闊、瑰偉雄奇，氣魄豪邁。而「我極路長嗟日暮，學詩漫有驚人句」更表現出易安對當時女性不能參政、空有才華的感歎，豪放之中也體現了作者作爲女性的彷徨與苦悶，卻也表現出對自我努力不懈的堅持。

小　結

早自《詩經》始，即有閨閣書寫之作，然而其中表現的內容主題，多爲相思情愛之作，較單一而缺乏變化。不過，經由歷朝積澱所成的

成果，到了宋詞後即開出璀璨的花朵，北宋三家詞的閨閣書寫，形式完整、藝術技巧亦高，最重要的是於閨閣相思中摻進多元化的主題，使其顯得更豐厚多彩。

　　王國維於《人間詞語》中云：「四言敝而有楚辭；楚辭敝而有五言；五言敝而有七言。古詩敝有絕、律；絕、律而有詞。蓋文體通行既久，染指遂多，自成習套，豪傑之士亦難於其中自出新意，故遁而作他體，以自解脫。一切文體所以始盛而終衰，皆由於此。」除了詞體本身自然演進的因素之外，宋代帝王的獎掖與右文政策的推行，的確是詞體流行的一大因素，再加上社會上瀰漫著一股享樂主義的氛圍，詞源起於「綺筵公子，繡幌佳人，遞葉之花箋，文抽麗錦；舉纖纖之玉指，拍按香檀。不無清絕之詞，用助嬌嬈之態」，更奠定了「詞本豔科」的特質。

　　而在第二節和第三節中，討論男女詞人因性別差異所呈現出來的書寫差異。女詞人受限於先天條件的不允許，社會積俗對女性書寫的排斥，能為文為詩者實在是少數，女性在書寫之路上困難重重。不過，在書寫女性上，女性詞家有較男性詞人更為細膩生動的描寫，這也正是以自身感受撰寫之故。相對於女性詞家的風格與內容，男性詞家的書寫重點仍著重在女子的美貌及其細部描寫，可見女性的外表仍是男子觀看及關注的重點，而男子的書寫方式一是以自己的角度觀看，另一則是使自己代女性發言，即「男子作閨音」的方式，這些寫法所表現出來的意圖不外乎是比興寄託或對女性表現關愛。

　　綜而言之，性別書寫的確有差異性，不過男女詞家的差別，不能全由性別的觀點來評述，除了時代風習，其實更與文人自己本身的情性意志有關，男子能夠陰柔，女子自然也可瀟灑豪逸。

第三章　北宋詞閨閣書寫之意象表現

　　意象（image），指心理學上的表象、心象、映象，或語言上的喻象、象徵，主要是想像的產物〔註1〕。《文學理論》一書中對它的定義是：

> 「意象」一詞是指過去的感覺或已被知解的經驗在心靈上再生或記憶，雖不一定是屬於視覺的。……然而意象不祇是視覺的。心理學者和美學家都有著各式各樣的分類，其中不但有味覺的、嗅覺的，且還有熱的、壓力的（筋肉感覺的、平面輪廓的、感情移入的）等等。最重要的區別，則為靜和動的（亦即力學的）意象。〔註2〕

由此可知，所謂的意象並非單為視覺可見的靜態事物，而是一種過去的感受上或知覺上的經驗在腦海中的一種重演或記憶。曹明海在《文體鑒賞藝術論》——書中更進一步指出：「意象是文學作品藝術構造的形象元件。」又云：「我們對作品組合營構的意象解析，不能作孤立的、靜態的、平面的、單一的機械推敲，而必須首先以整體的觀照

〔註1〕汪裕雄：《意象探源》（安徽：安徽教育，1996年），頁328。

〔註2〕〔德〕韋勒克（René Wellek）、華倫（Austin Warren）著，王夢鷗、許國衡譯：《文學論：文學研究方法論》（臺北：志文出版社，1992年），頁303。

形式，進行系統的、動態的、多層的、立體的藝術把握。」〔註3〕點明了意象間見有相互的連接關係，若能把握意象的意義，方能觀照全文。

　　首先，筆者將先說明意與象的意義。由中國文化來看，遠自《周易‧繫辭》始，已可見意與象之間的關係：

> 子曰：「書不盡言，言不盡意，然則聖人之意，其不可見乎？」
> 子曰：「聖人立象以盡意，設卦以盡情僞，繫辭焉以盡言，
> 變而通之以盡利，鼓之舞之以盡神。」〔註4〕

關於「象」之意，《周易‧繫辭下》云：「易者象也，象也者像也。」又「古者庖羲氏之王天下也，仰則觀象於天，俯則觀法於地，觀鳥獸之文與地之宜，近取諸身，遠取諸物，於是始作八卦，以通神明之德，以類萬物之情。」〔註5〕古代聖人取「象」原則，可知「象」是外界客觀的形象，是具體而顯露的，所以聖人設立卦象，又加以文辭說明，以充份表達其意；「意」則是聖人主觀的思想，「意」是抽象且幽微的，以文字語言無法全部表達。在「立象以盡意」句中，可知卦象是聖人「客觀外象」和「主觀情意」之結合。

　　魏晉王弼以玄言方式注《周易》，於《周易略例‧明象》中，詳細闡述了「言」、「象」、「意」之意以及彼此間的關係，其《周易略例‧明象》中云：

> 夫象者，出意者也。言者，明象者也。盡意莫若象，盡象
> 莫若言。言出於象，故可尋言以觀象；象生於意，故可尋
> 象以觀意。意以象盡，象以言著。故言者所以明象，得象
> 而忘言；象者所以存意，得意而忘象。〔註6〕

王弼提出「得象忘言」和「得意忘象」的兩「忘」過程，以得聖人內

〔註3〕　曹明海：《文體鑒賞藝術論》（濟南：山東文藝出版社，1992年），頁89～91。

〔註4〕　《十三經注疏‧周易》，（臺北：藝文印書館，1997年），頁157～158。

〔註5〕　《十三經注疏‧周易》，頁166。

〔註6〕　〔晉〕王弼《周易略例》，收錄於嚴靈峰：《易經集成》（臺北：志文出版社，1976年），第149集，頁21～22。

心之意。「象」為外界形象（客觀）、「意」乃聖人思想（主觀）、「言」則是語言文字（媒介），三者之間的關係，係以語言文字規模外界客觀形象，而以外界客觀形象盡聖人內心主觀情意。而「言」（語言文字）乃形而下的表達，「象」處於中介，「意」則是形而上的層面，欲推究聖人之意，其過程是由「語言文字」、「客觀形象」到「主觀情意」之順序，由形而下到形而上層層逆推，不執著於「言」和「象」，方能得聖人內心真正之「意」。

　　劉勰的《文心雕龍・神思》跳脫先秦與漢代哲學思考的層面，以文藝式的審美觀照對「意象」做出詮釋：

> 故思理為妙，神與物遊。神居胸臆，而志氣統其關鍵；物沿耳目，而辭令管其樞機。……是以陶鈞文思，貴在虛靜，疏瀹五臟，澡雪精神；積學以儲寶，酌理以富才，研閱以窮照，馴致以懌辭。然後使玄解之宰，尋聲律而定墨；獨照之匠，窺意象而運斤：此蓋馭文之首術，謀篇之大端。〔註7〕

「意象」不再只分為形而上與形而下的理性哲學思考，而是一種文藝的審美情感，也是一種藝術形象。詩人運用語言文字（「言」）將「意象」表現出來，詩人心中的「主觀情意」與「外在客觀」形象的交融契合，即是「神與物遊」，方能創造出「意象」。在運轉文思過程中，心必須排除所有雜念，達到如老莊所謂的「虛靜」狀態，進入神化之境的心理狀態時，便能使外界客觀形象與內心主觀情意交相融合，創造出美好的意象，即達到「神與物遊」之境。劉氏又云：「夫神思萬運，萬塗竟萌，……意翻空而意奇，言徵實而難巧。」〔註8〕當詩人感到語言文字已難言盡內心情意，只得借助外在物象來表達難以言喻的情意，足見意象運用之重要性。

　　詩歌是由許多意象群的組合串連而成的，而意象可說是詩歌中

〔註7〕　〔南朝〕劉勰撰，周振甫注：《文心雕龍注釋・神思》（臺北：里仁書局，1998年），頁515。

〔註8〕　〔南朝〕劉勰撰，周振甫注：《文心雕龍注釋・神思》，頁515。

的最小單位。文字是平面的,意象卻是立體的,透過意象群的組合,可使詩歌由二度空間的平面文字,變成三度空間的立體圖象。童慶炳在《中國古代心理詩學與美學》中說:

> 美國著名美學家蘇珊‧朗格說:「那些只能粗略標示出某種情感的字眼,如『歡樂』、『悲哀』、『恐懼』等等,很少能夠把人們親身感受到的生動經驗傳達出來。」(《藝術問題》)因爲在這種情況下,只是運用了語言的指稱功能,無法喚起人的感知和想像。然而,當人們打算較爲準確地把情感表現出來時,往往是通過對那些可以把某種感情暗示出來的情景描寫出來,如秋夜的景象,節日的氣氛等等。〔註9〕

無論是秋夜的景象或是節日的氣氛,以具有暗示情感場景物象,的確比純粹以語言指稱還能更準確地表現出情感。可以說「意象」是由情與景這兩個元素構成,情與景相契合而生意象;景中含情或情中寓景,詩的意象就會自然呈現出來。〔註10〕而詩歌能比其它敘事文學在更短的時間引起讀者共鳴,即在「意象」之運用與「意象群」之組合。

　　張仲謀以爲:「當某種自然物象在長期的文學創作與欣賞過程中,與某種特定的人文內涵建立了穩定的對應關係的時候,這種形象就被視爲意象。」〔註11〕中國詩詞作者歷來極爲重視意象的塑造,以至於「一首詩歌藝術性的高低,取決於語言意象化的程度如何。」〔註12〕意象的選擇和意境的營造與詞家風格關係密切。詞中佳作的意境總是個性化的,詞人經由意象的選擇,表現出獨特的觀察事物之角度,以及獨特的情趣與性格。

　　任何一首詩詞,並非由單一意象構成,因爲單個意象既有明顯的

〔註9〕　童慶炳:《中國古代心理詩學與美學》(臺北:萬卷樓出版社,1994年),頁92。

〔註10〕童慶炳:《中國古代心理詩學與美學》,頁58。

〔註11〕張仲謀:《宋詞欣賞教程》(南京:南京大學出版社,2007年),頁314。

〔註12〕陳植鍔:《詩歌意象論》(北京:中國社會科學出版社,1990年),頁64。

局限性與非獨立性，又有客觀上的多義性和不可確定性，它無法展現
情感的複雜變化進程，也無法將事件的前因後果和發展趨勢表述清
楚，詩詞皆是通過意象組合與展開來表情達意的。

　　本章擬就北宋詞中閨閣書寫之意象表現，依時間、閨閣物品與閨
閣舉措分節述之。

第一節　時　序

　　日本學者松浦友久曾說：「時間意識普遍存在於所有的人間事象
中。」〔註13〕春秋推移、風雨陰晴、花謝鳥鳴、日落月昇都是天地
間的自然變化。人面對這些景色的變化，內心往往起相應的興發感
動。《毛詩・序》載：「詩者，志之所之也，在心為志，發言為詩。
情動於中而形於言，言之不足故嗟嘆之，嗟嘆之不足，故詠歌之，
詠歌之不足，不知手之舞之，足之蹈之。」文人墨客受到外在環境
改變的影響，方能「在心為志，發言為詩」。故《淮南子》載：「喜
怒哀樂，有感而自然者也。」又「情發於中而應於外。」說的正是
這種自然而然由衷而發的表現，正如劉勰於《文心雕龍・明詩》載：
「人秉七情，應物斯感。感物吟志，莫非自然。」〔註14〕人秉七情，
受到外物環境影響，誘發而出自身心聲的表現，份屬自然。這正似
況周頤所說的：「吾觀風雨，吾覽江山，常覺風雨江山進入眼簾之外，
別有動吾心者。」〔註15〕觀覽景色，除了可見風雨江山之外，心中
別有一種特殊的情感被觸動，而面對時間推移的這種自然變遷，看
似平凡不過的文學襯景，卻無聲無息地在作品中穿針引線，引出人
們的心緒情意。

〔註13〕〔日〕松浦友久：《中國詩歌原理》（臺北：洪葉文化，1990年），第
　　　　一篇〈詩與時間〉，頁3。
〔註14〕〔南朝〕劉勰撰，周振甫注：《文心雕龍注釋・明詩》，頁83。
〔註15〕〔清〕況周頤：《蕙風詞話》，收錄於唐圭璋編：《詞話叢編》（臺北：
　　　　新文豐出版社，1988年），冊五，頁4411。

壹 以季節言：傷春悲秋

在北宋詞中，季節是襯托主題的最佳背景，尤其是三家詞，幾乎都能從中找到季節的線索。而季節感的表達常是必須假借物色來完成的，所謂的物色，指的是自然景物的容貌與姿態，而作家創作的動機，正來自於四時的自然景物，對詩人內在情感的激盪與觸發。陸機〈思歸賦〉云：「節運代序，四時相推。」劉勰《文心雕龍‧物色》載：「春秋代序，陰陽慘舒。物色之動，心亦搖焉。」又「歲有其物，物有其容；情以物遷，辭以情發。一葉且或迎意，蟲聲有足引心，況清風與明月同夜，白日與春林共朝哉！」〔註16〕大自然之物色因季節遞嬗而產生變化，貫穿其間者即氣。故鍾嶸《詩品‧序》中云：「氣之動物，物之感人。故搖蕩性情，形諸舞詠。」〔註17〕詞人受到外在季節氣候物象轉換之影響，心中情感心緒有所波動，因而「感物吟志」。

日本學者松浦友久曾說：「詩詞中的季節向來是中國古典詩歌中十分重要的素材之一。」〔註18〕綜觀三家詞中的季節表現，幾乎是以春秋兩季作爲主要呈現的舞台背景，其實不僅三家詞如此，傷春與悲秋可說是中國文學的兩大主題。鍾嶸《詩品‧序》中云：「春風春鳥，秋月秋蟬，夏雲暑雨，冬月祁寒，斯四時之感諸詩者也。嘉會寄詩以親，離群託詩以怨。」又云：「凡斯種種，感蕩心靈，非陳詩何以展其義，非長歌何以騁其情。」〔註19〕

四時推移，是大自然運轉之現象，而文人「喜春悲秋」的心態，表現在春季百物甦醒萌發，爲之歡欣鼓舞；亦因秋季萬物蕭條，爲之感傷低迴。陸機〈文賦〉：「遵四時以嘆逝，瞻萬物而思紛。喜柔條於芳春，悲落葉於勁秋。」又「慨投篇而援筆，聊宣之乎斯文。」對此

〔註16〕〔南朝〕劉勰撰，周振甫注：《文心雕龍‧物色》，頁845。
〔註17〕〔南朝梁〕鍾嶸《詩品‧序》，收錄於〔清〕何文煥訂：《歷代詩話》（北京：中華書局出版，1981年），頁7。
〔註18〕〔日〕松浦友久：《中國詩歌原理》，第一篇〈詩與時間〉，頁4。
〔註19〕〔南朝梁〕鍾嶸《詩品‧序》，收錄於〔清〕何文煥訂：《歷代詩話》，頁7。

景此情，發之爲文，訴諸文字。

　　除了在春爲喜，於秋爲悲的心情外，文人有時亦會因季節更迭，而產生歲月流逝的悲歡。陸機〈感時賦〉中云：「矧余情之含瘁，恆睹物而增酸。歷四時之迭感，悲此歲之已寒。」多情的詞人在面對春秋代謝，花開花謝的時序流轉，易激發出濃厚深細的惜時心理。詞人既傷悼春光的逝去，又悲嘆秋肅的降臨，而因爲失意傷感，則所見之物均沾上了一層傷感的色彩，本來美好的事物，看來都不再美好。正如杜子美詩云：「感時花濺淚，恨別鳥驚心。」都是由我之眼觀之，以個人之心眼給了身邊之物靈魂與情感，此即王國維所言：「以我觀物，故物皆著我之色彩。」〔註20〕之意。

一、春

　　《說文解字》：「春，推也。春，推也。從艸屯，從日，艸春時生也。會意，屯亦聲。今隸作春字，亦作萅。」〔註21〕即指陽氣持續上推，催生艸木。在造字的六書法則中，屬於形聲字，形指陽氣的升起「日」，加上草木的生長聲「屯」字，也就是「春」的發聲。

　　朱芳圃引葉玉森之說釋「春」爲：當象方春之木，枝條抽發阿儺無力之狀。〔註22〕高田忠周亦謂：春之從屯形聲而會意也。屯下日，象艸木之初生屯然而難，難者難出也。〔註23〕草木春時生長，中間是「屯」，似草木破土而出，土上臃腫部分，即剛破土的胚芽形，表示春季萬木生長之狀，「屯」亦兼作聲符，春字從屯或言從艸、木皆象春天草木欣欣向榮之狀。草木在春天開始繁茂生長，春字取慣常見之景造出，顯示春義。

〔註20〕〔清〕王國維著、徐調孚校注：《校注人間詞話》，頁 1～2。
〔註21〕〔漢〕許慎撰，〔清〕段玉裁注：《說文解字注》（臺北：天工書局，1996 年），頁 47。
〔註22〕朱芳圃：《甲骨學・文字編・第一卷》（香港：香港書店，1972 年），頁 10。
〔註23〕周法高等編：《金文詁林・卷一》（香港：中文大學出版，1975 年），頁 409。

《爾雅・釋天》云：「春爲青陽。」又云：「春爲發生。」〔註24〕《春秋繁露》載：「春者，天之和也。又春，喜氣也，故生。」《公羊傳・隱公元年》載：「春者何，歲之始也。」說明了春爲四季之初，一年之始。孟浩然〈春曉〉詩云：「春眠不覺曉，處處聞啼鳥。」王維〈相思〉：「紅豆生南國，春來發幾枝。」點出春生萬物的欣欣向榮。而春回大地，不但喚醒了蟄伏的春雷，更攪亂了詞人思婦心中的一池春水。

（一）春之意象

北宋三家詞中的「春」字，以各種面相，穿梭於詞作之中，讀者可以看到不同的「春」之書寫，本小結將綜觀三家詞中「春」之書寫，以統整方式分點敘述，見其共相與殊相。

其中，有以單字型態出現者：「好夢隨春遠」（秦觀〈鼓笛慢〉）、「聞說雙溪春尚好，也擬泛輕舟。」（李清照〈武陵春〉）、「自春來，慘綠愁紅，芳心是事可可。」（柳永〈定風波〉）、「無語對春閒」（秦觀〈眼兒媚〉）、「池上春歸何處」（秦觀〈如夢令其五〉）……等作品；也可以和他字組合爲詞：

「春風」：「春風十里柔情」（秦觀〈八六子〉）

「春山」：「淡淡春山」（秦觀〈眼兒媚〉）

「春雨」：「梨花春雨餘」（秦觀〈阮郎歸〉）

「春光」：「淡蕩春光寒食天」（李清照〈浣溪沙〉）

「春態」：「靄靄凝春態」（秦觀〈南歌子其二〉）

「春心」：「已覺春心動」（李清照〈蝶戀花〉）

「春情」：「多少春情意」（李清照〈孤雁兒〉）

「春意」：「春意看花難」（李清照〈菩薩蠻〉）、「春意知幾許」（李清照〈永遇樂〉）

「春思」：「春思如中酒」（秦觀〈促拍滿路花〉）、「酒力漸濃春思

〔註24〕〔晉〕郭璞：《爾雅》（北京：中華書局，1985 年），頁 70。

蕩」（柳永〈鳳棲梧其三〉）

「春色」：「門外鴉啼楊柳，春色著人如酒。」（秦觀〈如夢令其
　　　　　一〉）、「惱人春色」（秦觀〈風流子〉）、「況值闌珊春色
　　　　　暮」（柳永〈晝夜樂〉）、「小院閒窗春色深」

「春睡」：「春睡厭厭難覺」（柳永〈西江月〉）

「春愁」：「望極春愁」（柳永〈鳳棲梧其二〉）、「鶗鴂啼破春愁」
　　　　　（秦觀〈夢揚州〉）、「幾日春愁廢管弦。」（柳永〈減
　　　　　字木蘭花〉）

　　其他尚有「獨有春紅留醉臉」（秦觀〈木蘭花〉）、「西城楊柳弄
春柔」（秦觀〈江城子〉）、「買得一枝春欲放」（李清照〈減字木蘭
花〉）、「一江春浪醉醒中」（李清照〈賣花聲〉）……等不同「春」
之書寫。

　　由季節的選擇可看出詞人的偏好，秦觀與李清照之詞多選春天
爲背景。落花飄飛的春日，精心梳妝卻苦無人欣賞的寂寞思婦，倚
闌所見亦爲暮春景致，以亂花飛絮風雨送春的景色襯托離人愁苦。

　　春的最初內涵是溫暖、生命、興盛，後來昇華出富有人事哲理色
彩的象徵意義，如青春年華、男女情愛、美好理想等；對女性而言，
寄寓的具體情感大抵嘆惜紅顏難駐，青春易逝。以下將分項析論北宋
三家詞中所言「春」之意象。

1、情愛相思

　　花間詞人孫光憲〈生查子〉詞曰：「春病與春愁，何事年年有？
半爲枕前人，半爲花間酒。」說出了這種「傷春病」的根由，多半是
爲了愛情而來，而枕前月下的氛圍最容易撩撥人們的心緒。

　　其實早自《詩經》始，即有女子懷春的書寫：

　　　野有死麕，白茅包之。有女懷春，吉士誘之。林有樸樕，
　　　野有死鹿。白茅純束，有女如玉。舒而脫脫兮，無感我帨
　　　兮。無使尨也吠。（《詩經・召南・野有死麕》）

　　　七月流火，九月授衣；春日載陽，有鳴倉庚，女執懿筐，

> 遵彼微行，爰求柔桑。春日遲遲，採蘩祁祁；女心傷悲，
> 殆及公子同歸。七月流火，八月萑葦；蠶月條桑，取彼斧
> 斨，以伐遠揚，猗彼女桑。七月鳴鵙，八月載績；載玄載
> 黃，我朱孔揚，爲公子裳。（《詩經・豳風・七月》）

足見春情撩動女子心弦，早有詩歌可循。北宋詞中書寫「春」之篇
章，愛情實爲書寫主題之首。

> 日高花榭嬾梳頭。無語倚妝樓。修眉斂黛，遠山橫翠，相
> 對結春愁。　　王孫走馬長楸陌，貪迷戀、少年遊。似恁
> 疏狂，費人拘管。爭似不風流。（柳永〈少年遊其九〉）

> 蕭條庭院，又斜風細雨、重門須閉。寵柳嬌花寒食近，種
> 種惱人天氣。險韻詩成，扶頭酒醒，別是閒滋味。征鴻過
> 盡、萬千心事難寄。　　樓上幾日春寒，簾垂四面，玉闌
> 干慵倚。被冷香消新夢覺，不許愁人不起。清露晨流，新
> 桐初引，多少游春意。日高烟斂，更看今日晴未。（李清照
> 〈念奴嬌〉）

「閨中少婦不知愁，春日凝妝上翠樓。忽見陌頭楊柳色，悔教夫婿覓
封侯。」（王昌齡〈閨怨〉）寫出了女子懷春的心情。春色撩人，閨中
少婦愁怨難遣，成了文人筆下常見的書寫主題，如此之習至北宋更是
蔚爲風尚，因此，女子傷春或懷春的篇章舉目可見。

2、青春、生機勃發

青春，因春天草木繁茂呈現青綠色，故稱爲「青春」。《楚辭・屈
原・大招》：「青春受謝，白日昭只。」杜甫〈聞官軍收河南河北〉詩：
「青春作伴好還鄉。」《文選・江淹・雜體詩・謝法曹》：「幸及風雪
霽，青春滿江皋。」後喻年輕。《三國演義・第四十三回》：「青春作
賦，皓首窮經，筆下雖有千言，胸中實無一策。」春天草木生長、百
花開放，萬物都充滿了生機。如春眼形容柳葉初生之芽、春梢是春條
的末稍，而春叢則是春日叢生的花木。詞中所言「春」之意象，有欣
欣向榮、生機勃發之意：

> 東風吹柳日初長，雨餘芳草斜陽。（秦觀〈畫堂春〉）

宿靄迷空，膩雲籠日，晝景漸長。正蘭皋泥潤，誰家燕喜，蜜脾香少，觸處蜂忙。盡日無人簾幕掛，更風遞游絲時過牆。微雨後，有桃愁杏怨，紅淚淋浪。（秦觀〈沁園春〉）

小欄外、東風軟，透繡幃、花蜜香稠。（秦觀〈夢揚州〉）

煦色韶光明媚，輕靄低籠芳樹。池塘淺蘸煙蕪，簾幕閒垂風絮。（柳永〈鬭百花其二〉）

春到長門春草青，江梅些子破，未開勻。（李清照〈小重山〉）

暖雨晴風初破凍，柳眼梅腮，已覺春心動。（李清照〈蝶戀花〉）

柳梢梅萼漸分明。春歸秣陵樹，人客建安城。（李清照〈臨江仙〉）

海燕未來人鬭草，江梅已過柳生綿。（李清照〈浣溪沙〉）

上列詞中所見，明媚春景中透露出蓬勃生機，大地回春，無處不是綠意盎然貌。以秦觀來說，其善寫春景，以細膩傳神的刻畫，使春容春狀在筆端熠熠生輝、灼灼照人。〈沁園春〉一詞寫春思，上片從霧靄、雲朵到銜泥燕子、采蜜蜂兒，至遊絲和桃愁杏怨，一派宜人春色，十分賞心悅目。

3、美好事物或短暫姻緣

春花秋月，係指人間最美好的時光和景色。李煜〈虞美人〉詞云：「春花秋月何時了，往事知多少。」而春夢和春風，喻轉瞬即逝的好景，也比喻不能實現的願望。羅隱〈江南行〉：「細絲搖柳凝曉空，吳王台榭春夢中。」下詞中所言之「春」實代表了對美好場景的追想：

花光媚、春醉瓊樓，蟾彩迥、夜游香陌。憶當時、酒戀花迷，役損詞客。（柳永〈兩同心其二〉）

花隔銅壺，露晞金掌，都門十二清曉。帝里風光爛漫，偏愛春杪。煙輕晝永，引鶯囀上林，魚游靈沼。巷陌乍晴，香塵染惹，垂楊芳草。（柳永〈滿朝歡〉）

無端天與娉婷，夜月一簾幽夢，春風十里柔情。（秦觀〈八

六子〉）

　　亂花叢裏曾攜手，窮艷景，迷歡賞。到如今，誰把雕鞍鎖
　　定，阻遊人來往？好夢隨春遠，從前事、不堪思想。（秦觀
　　〈鼓笛慢〉）

上引詞中所寫多爲流連平康巷陌，與歌女娼妓的露水姻緣，既追憶往
日相處的美好時光，也點出不過是轉眼即逝的海市蜃樓。

（二）春之情意

　　杜牧〈贈別〉詩：「春風十里揚州路，卷上珠簾總不如。」孟郊
〈登科後〉：「春風得意馬蹄疾，一日看盡長安花。」考取進士後春風
得意，心情歡暢、洋洋自得，這些在唐詩中的喜氣表現，到了北宋詞
裡，全成了悲傷惆悵。北宋詞中「喜春」的情緒極少，明明是春光明
媚的時刻，入人眼簾，卻是滿目淒涼，滿腔愁怨。甚至一闋詞中，上
片寫出好心情，下片仍帶有淡淡的哀愁。以易安的〈菩薩蠻〉一詞來
看：

　　風柔日薄春猶早，夾衫乍著心情好。睡起覺微寒，梅花鬢
　　上殘。　　故鄉何處是？忘了除非醉。沈水臥時燒，香消
　　酒未消。

上片前兩句寫出風和日麗，乍著羅衫的女子，感受到春意盎然之美，
本來心情愉悅，卻又念及家已非家、國更非國，不禁帶著哀傷，焚香
飲酒。詞人以有情之眼觀世界，則萬事萬物無一不著我之色彩。本小
節擬將春詞書寫中之情意蘊含，試析如下。

1、傷　春

　　見春之景色，不禁自傷己身境遇。「傷春」可以說是在春季書寫
中最常見的情意表現，如晏殊〈浣溪沙〉中「滿目山河空念遠，落花
風雨更傷春」和歐陽脩〈玉樓春〉中「直須看盡洛城花，始共春風容
易別」均爲傷春之作。在以悲爲美的氛圍下，北宋詞中的「傷春病」
蔚爲風行，見到春光明媚，對照起自身淒涼無依，自是感懷萬千。有
些詞作中直接言明「傷春」之情：

> 鬢子傷春慵更梳，晚風庭院落梅初，淡雲來往月疏疏。（李
> 清照〈浣溪沙〉）
> 素約小腰身，不奈傷春。（李清照〈浪淘沙〉）
> 長記海棠開後，正傷春時節。（李清照〈好事近〉）
> 傷春人瘦，倚闌半餉延佇。（秦觀〈念奴嬌〉）

詞作中言「傷春」，正是最直接地寫出春季給人的感受，下引易安〈好事近〉一詞觀之：

> 風定落花深，簾外擁紅堆雪。長記海棠開後，正傷春時節。
>
> 　酒闌歌罷玉尊空，青缸暗明滅。魂夢不堪幽怨，更一
> 聲啼鴃。

此詞寫於易安晚年之時。易安以「風定落花深，簾外擁紅堆雪」寫出暮春時海棠凋零的模樣。「簾外擁紅堆雪」一句形容海棠開時的顏色，見到海棠凋落，而興起惜春憐花之情，此即易安對年華老去的慨嘆，故言「長記海棠開後，正是傷春時節。」傷春，其實亦是自傷；春逝、花落，以及自己青春不再的傷感。

　　傷春的情緒，使得愁人思婦不與外界接觸，除了緊閉心扉，也杜絕出遊機會。由「多少游春意」（李清照〈念奴嬌〉）與「金縷霞衣輕褪，似覺春遊倦。」（柳永〈荔枝香〉）等句，讀者可以感受到在爛漫春光下，心中自然容易泛起春遊之興。而易安〈武陵春〉詞中的「聞說雙溪春尚好，也擬泛輕舟」，更點出了春天正是適合踏青泛舟的遊賞之時，但是對著明媚的春光，卻「唯恐雙溪舴艋舟，載不動許多愁。」明明是「春到長門春草青」（李清照〈小重山〉）的大好春光，卻因心中鬱結難解，而閉門深鎖，不出閨閣。

　　在北宋詞中，因思春、懷春而困倦，慵困閨閣之中，無心春遊，無所事事，似乎都成了女子不出閨閣之原因：

> 香靨凝羞一笑開，柳腰如醉肯相挨，日長春困下樓臺。
>
> 　照水有情聊整鬢，倚欄無緒更兜鞋，眼邊牽繫懶歸
> 來。（秦觀〈浣溪沙〉）
> 煦色韶光明媚，輕靄低籠芳樹。池塘淺蘸煙蕪，簾幕閒垂

風絮。春困厭厭，拋擲鬥草工夫，冷落踏青心緒。終日扃
朱戶。　　遠恨綿綿，淑景遲遲難度。年少傅粉，依前醉
眠何處。深院無人，黃昏乍拆鞦韆，空鎖滿庭花雨。（柳永
〈鬥百花其二〉）

況周頤《蕙風詞話》評少游〈浣溪沙〉一詞云：「直是初日芙蓉，曉
日楊柳，倩麗之桃李，容猶當之有愧色焉。」〔註25〕詞中寫出女子含
羞帶怯卻又笑逐顏開，隨著男子下樓台的慵懶情狀。而耆卿〈鬥百花
其二〉中，更是用了不少筆墨去書寫春日景色的明媚，和煦的陽光溫
暖地照著大地，淡薄的煙霧低低籠罩著蔥蘢的樹木，池塘淡淡地倒映
著草地，柳絮迎風飛揚，簾幕悠然低垂。詞中前四句寫明了春光的旖
旎，但卻令這主人公感到厭倦，這不是外在景物令其不適，而是心緒
影響所致。因此整日關著朱紅門戶，連鬥草玩樂，踏青遊賞的興致也
提不起勁。從春景勾起春愁，總提春光，層層推進由遠至近的景色，
帶入下片心情不佳之因。實是因為懷念遠人，這綿綿不盡的愁恨，更
顯出白晝之漫長，春光之可恨。可恨良人無蹤，不知又往何處尋歡風
流。寂靜的深院無人，鞦韆剛拆下，只有滿園的落花如雨點飄落，更
顯得思婦身世淒涼。周美成有詞云：「弄夜色，空餘滿地梨花雪。」
實脫胎自此詞，足見柳詞影響之深遠。而俯拾皆是的「傷春」情緒，
穿引於不同的詞作之中：

落紅鋪徑水平池，弄晴小雨霏霏。杏園憔悴杜鵑啼，無奈
春歸。　　柳外畫樓獨上，憑欄手撚花枝，放花無語對斜
暉，此恨誰知。（秦觀〈畫堂春〉）

晚雲收。正柳塘、煙雨初休。燕子未歸，惻惻輕寒如秋。
小欄外、東風軟，透繡幃、花蜜香稠。江南遠，人何處？
鷓鴣啼破春愁。　　長記曾陪燕遊。酬妙舞清歌，麗錦纏
頭。殢酒為花，十載因誰淹留？醉鞭拂面歸來晚，望翠樓、
簾捲金鉤。佳會阻，離情正亂，頻夢揚州。（秦觀〈夢揚州〉）

〔註25〕〔清〕況周頤：《蕙風詞話》，收錄於唐圭璋編：《詞話叢編》，冊五，
　　　　頁4427。

> 褪花新綠漸圍枝，撲人風絮飛。鞦韆未拆水準堤，落紅成
> 地衣。　　遊蝶困，乳鶯啼，怨春春怎知？日長早被酒禁
> 持，那堪更別離。（秦觀〈阮郎歸其一〉）

場景多是面對著春色，身旁杜鵑輕啼、飛燕翩翩，手拈花枝或是任由
花雨灑滿庭園，這樣一幅美麗的畫面，卻偏能勾人愁思；無論是思念
遠方情人，或未言明輕愁為何，均可見愁悶已極的無奈。女性的活動
範圍多在室內，每逢春季，東風拂柳，萬物競發，天地之勃發自然引
發春心蠢蠢，目睹百花爭豔，鶯燕成雙，不免感懷佳年獨處，無伴相
依，韶華易逝，美人遲暮，糾結於心的鬱悶轉變成傷春之情，無以排
遣。

　　另外，臺灣俗諺云：「春天後母面。」春天氣候多變，宛如繼母
面孔般，令人難以捉摸，時而放晴時而陰鬱成雨，有時又有些料峭微
寒，和女性纖細柔媚的多變心理頗為相似。易安詞中曾言秋季是「乍
暖還寒時候，最難將息」，其實春寒料峭更令人難安：

> 可堪孤館閉春寒，杜鵑聲裡斜陽暮。（秦觀〈踏莎行〉）
>
> 水邊沙外，城郭春寒退。（秦觀〈千秋歲〉）
>
> 樓上幾日春寒，簾垂四面，玉闌干慵倚。（李清照〈念奴嬌〉）
>
> 眉黛遠山殘，新柳開青眼。樓閣斷霞明，羅幕春寒淺。（秦
> 觀〈生查子〉）

春去春回，往往引起古代詞人的詠嘆。王觀〈卜算子〉云：「若到
江南趕上春，千萬和春住。」黃庭堅〈清平樂〉有詞曰：「春無蹤
跡誰知，除非問取黃鸝。」春天的蹤跡其實不難看得明白：「水邊
沙外，城郭春寒退。」（秦觀〈千秋歲〉）淺淺春寒，從溪水邊、城
郭旁，悄悄地退卻了。二月春尚帶寒，「春寒退」即三月矣。又「樓
閣斷霞明，羅幕春寒淺。」（秦觀〈生查子〉）透過簾幕，仍能感到
微微春寒。正因春寒擾人，人之心緒為之心煩不安，秦觀〈風流子〉
云：「見梅吐舊英，柳搖新綠，惱人春色，還上枝頭。」對此，楊
海明以為：

> 大致「常見多發」於多情而又失意的婦女的身上。因此，
> 唐宋詞中的這類「佳人傷春」之作，可謂集中表現了詞人
> 感情世界中「柔性」的那一側面。〔註26〕

這些以男女相思離別而發的傷春愁怨，心思纖柔細膩的佳人，多會表現出失眠、流淚等憂鬱症狀。

2、惜　春

除了「傷春」的情緒，隨著春天將逝，感嘆美好事物不復見之心緒油然而生，故「惜春」詞之背景多爲暮春時分，而北宋詞的「春」之書寫最常出現的時間背景正是暮春，如：「就中獨佔殘春」（李清照〈慶清朝慢〉）或「帝里春晚」（李清照〈怨王孫〉）……等作。下列幾闋惜春之詞，明確地點出在春季將過的暮春時節，飛花滿天，引人愁緒：

> 況值闌珊春色暮。對滿目、亂花狂絮。直恐好風光，盡隨伊歸去。（柳永〈晝夜樂其一〉）
>
> 畫堂春過，悄悄落花天。最是嬌癡處，尤殢檀郎，未教拆了鞦韆。（柳永〈促拍滿路花〉）
>
> 水邊沙外，城郭春寒退。花影亂，鶯聲碎。飄零疏酒盞，離別寬衣帶。人不見，碧雲暮合空相對。　　憶昔西池會，鵷鷺同飛蓋。攜手處，今誰在？日邊清夢斷，鏡裏朱顏改。春去也，飛紅萬點愁如海。（秦觀〈千秋歲〉）
>
> 曉日窺軒雙燕語，似與佳人，共惜春將暮。屈指艷陽都幾許，可無時霎閒風雨。　　流水落花無問處，只有飛雲，冉冉來還去。持酒勸雲雲且住，憑君礙斷春歸路。（秦觀〈蝶戀花〉）

暮春者，乃指陰曆三月，春季之末，亦可稱爲莫春、季春、或晚春。王羲之〈蘭亭集序〉：「永和九年，歲在癸丑，暮春之初，會於會稽山陰之蘭亭，修禊事也。」梁元帝〈纂要〉載：「一日之計在於晨，一

〔註26〕楊海明：〈傷春與悲秋：唐宋詞中流行的季節病——談詞中的『佳人傷春』和『男士悲秋』〉，收錄於氏著：《唐宋詞主題探索》，頁85。

年之計在於春，一生之計在於勤。」春是一年之始，可視為奮發之始，生機之初，向來是人們最珍視的季節，而暮春既在春季之尾聲，隨著春季即將結束，詞人心中莫不燃起不捨的情緒。

　　暮春時節，想留住春的腳步，不捨春走得匆匆，而這「惜春」的情緒，可從「惜花」這個舉動中透露出來：

　　　寂寞深閨、柔腸一寸愁千縷。惜春春去，幾點催花雨。

　　　　倚遍闌干，祇是無情緒。人何處，連天芳草，望斷歸
　　來路。（李清照〈點絳唇〉）

上片抒惜春之情，下片敘傷別之情。惜春與傷別，融為揉斷寸腸的千縷濃愁。明代陸雲龍在《詞菁》中稱道此詞「淚盡箇中」〔註27〕。「惜春春去，幾點催花雨」句雖未直言其愁，但是卻在「惜春春去」的矛盾中展現女子的心理活動，陳廷焯於《雲韶集》中讚其：「情詞並勝，神韻悠然。」〔註28〕淅瀝的雨聲催逼著落紅，也催著春天歸去的腳步。唯一能給深閨女子一點慰藉的春花也凋落了，那催花的雨滴只能在女子心中留下幾響空洞的回音。人的青春隨著時間不斷流逝，因此惜春惜花，亦正是珍惜青春、珍視年華的寫照，因此，「惜春春去」這樣看似矛盾的句子，其實正醞釀著更為沉鬱淒愴的哀愁。再引易安著名的〈如夢令〉，一窺女子由惜花舉措中流露出的惜春之情：

　　　昨夜雨疏風驟。濃睡不消殘酒。試問捲簾人，卻道海棠依
　　舊。知否、知否？應是綠肥紅瘦。

春花正開，風雨卻偏來逼迫催折。女子心緒如潮，無法入睡，藉酒消憂，用以助眠。一覺醒來，天已大亮，但昨夜心情，未為夢隔，擁衾未起，便欲詢問心中懸念之事。此詞畫面生動，歷歷在目，而神情口吻，又畫所難到。詞人惜花，為花悲喜，為花醉醒，為花憎

〔註27〕〔明〕陸雲龍語轉引自褚斌傑、孫崇恩、榮憲賓編：《李清照資料彙編》（北京：中華書局，2003年），頁58。

〔註28〕〔清〕陳廷焯語轉引自褚斌傑、孫崇恩、榮憲賓編：《李清照資料彙編》，頁173。

風恨雨，所以者何？風雨葬花，如葬美人，如葬芳春，凡一切美好
的事物年華，都在此一痛惜情懷之內。易安以「綠肥紅瘦」生動描
繪出海棠葉因雨的滋潤而豐潤，海棠花卻因雨疏風驟而凋零消瘦之
狀，其對窗前海棠的憐惜之情不言可喻。易安於〈如夢令〉中擔心
窗外海棠經過風吹雨打後的狀況，在〈浣溪沙〉中則掛念梨花在暮
春傍晚，受到「細風吹雨」後，可能出現「梨花欲謝恐難禁」的凋
零情景，想留住春天卻徒歎奈何，只能藉惜花之舉表現惜春之心。
少游的〈海棠春〉〔註29〕亦有相同情調，由「試問海棠花，昨夜開
多少？」之句，表現出惜花的護花者心態。另外，下再引數闋惜春
之作：

> 池上春歸何處？滿目落花飛絮。孤館悄無人，夢斷月堤歸
> 路。無緒，無緒，簾外五更風雨。（秦觀〈如夢令其五〉）

> 風起雲間，雁橫天末，嚴城畫角，梅花三奏。塞草西風，
> 凍雲籠月，窗外曉寒輕透。人去香猶在，孤衾長閒餘繡。
> 恨與宵長，一夜熏爐，添盡香歇。　　前事空勞回首。雖
> 夢斷春歸，相思依舊。湘瑟聲沈，庾梅信斷，誰念畫眉人
> 瘦？一句難忘處，怎忍辜、耳邊輕咒。任人攀折，可憐又
> 學，章臺楊柳。（秦觀〈青門引〉）

感慨韶光易逝，青春不再，面對明媚春光及暮春落花，自然會衍生出
難以言喻的愁緒。

　　對女性而言，惜春的情感體驗多是嘆惜花紅易衰，紅顏難再。宋
代女性詞人對暮春的感受比對初春和仲春敏感而強烈，而對春季的感
受更遠比對夏秋冬三季要深刻，原因即在於女子在傷春和惜春中的情
緒中，常帶著悼惜愛情失落的意味。

二、秋

西方浪漫詩人濟慈（John Keats，1795～1821）曾以抒情的筆法

〔註29〕全詞錄後：「流鶯窗外啼聲巧，睡未足、把人驚覺。翠被曉寒輕，寶
　　　篆沈烟裊。　　宿醒未解宮娥報，道別院，笙歌會早。試問海棠花，
　　　昨夜開多少？」

描繪過四季，他眼光裡的秋季，是幽靜的靈魂蔭蔽所，讓一切美好的
事物輕輕流過，是如此地慵懶而適足：

> 一年之中，有四季來而復往；
> 人的心靈中，也有春夏秋冬：
> 他有蓬勃的春天，讓天真的幻想
> 把天下美好的事物全抓到手中。
>
> 到了夏天，他喜歡對那初春
> 年華的甜蜜思維仔細地追念；
> 沈湎在其中，這種夢使他緊緊
> 靠近了天國：他的靈魂在秋季
>
> 有寧靜的小灣，這時候他把翅膀
> 收攏了起來；他十分滿足、自在，
> 醉眼朦朧，盡讓美麗的景象
> 像門前小河般流過，不去理睬。
>
> 他也有冬天，蒼白，變了面形；
> 不然，他就超越了人的本性。〔註30〕

這是西方的浪漫解讀，而在我國傳統的解釋中，春生、夏長、秋收、
冬藏，秋天正是豐收的時節。

秋，象形字，或言象一狀枝條初生，一狀禾穀成熟並繫〔註31〕，

〔註30〕濟慈（John Keats）人的四季（The human seasons-Keats）原詩如下：
Four Seasons fill the measure of the year; There are four seasons in the
mind of man. He has his lusty Spring, when fancy clear. Takes in all
beauty with an easy span. He hath his Summer, when luxuriously .
Spring's honied cud of youthful thought he loves. To ruminate, and by
such dreaming high. Is nearest unto heaven: quiet coves. His soul has in
its Autumn, when his wings. He furleth close; contented so to look. On
mists in idleness--to let fair things. Pass by unheeded as a threshold
brook. He has his Winter too of pale misfeature, Or else he would forego
his mortal nature. 參見〔英〕濟慈（John Keats）著，屠岸譯：《濟慈
詩選》（臺北：光復書局，1998 年），頁 64。
〔註31〕朱芳圃：《甲骨學・文字編・卷七》，頁 9。

爲蟋蟀形下加「火」字，表示秋天禾穀熟，似火灼。籀文又添加「禾」旁，其本義爲收成、成熟的莊稼。或以爲象昆蟲之有角者，即蟋蟀之類，以秋季鳴，其聲啾啾然，故古人造字，文以象其形，聲以肖其音，更借以名其所鳴之季節爲秋。〔註32〕藉其時之物狀以明其節令。

《說文解字》對「秋」的解釋爲：「禾穀熟也。」〔註33〕其時萬物皆老，而莫貴於禾穀，故從禾。秋者，掫也，物於此而掫斂，陰意出地，始沙萬物，故以秋爲節。《爾雅·釋天》：「秋爲白藏。」又「秋爲收成。」〔註34〕《春秋繁露·官制象無篇》：「秋者，少陰之選也。」《月令章句》：「百谷名以其初生爲春，熟爲秋，故麥以孟夏爲秋。」龔鵬程以爲：「在慘淡的氣氛之中，詩人不禁產生許多感慨和憂傷，於遍野秋色中，昇起悲秋的情懷，這情懷延伸的表現，不僅可以看出一種時間流轉中個人存在的意識，更伴隨著強烈的歷史情感，與詩人自我生命之感緊密地連融爲一。」〔註35〕即《文心雕龍·物色》中所云：「天高氣清，陰沈之志遠。」〔註36〕之意。

（一）秋之意象

北宋三家詞中的「秋」字，以單獨一字出現之句，如：「惻惻輕寒如秋」（秦觀〈夢揚州〉）、「人去秋來宮漏永」（秦觀〈搗練子〉）、「訪鄰休問杜家秋」（秦觀〈臨江仙其二〉）、「幽蛩切切秋吟苦」（柳永〈女冠子〉）、「紅藕香殘玉簟秋」（李清照〈一翦梅〉）以及「猶自怨鄰雞，道秋宵不永」（柳永〈晝夜樂其二〉）……等作。

〔註32〕高鴻縉：《中國字例·第二編象形》（臺北：三民書局，1984年），頁227。

〔註33〕〔漢〕許愼撰，〔清〕段玉裁注：《說文解字注》（臺北：天工書局，1996年），頁327。

〔註34〕〔晉〕郭璞：《爾雅》（北京：中華書局，1985年），頁70。

〔註35〕龔鵬程：《春夏秋冬——中國古典詩歌中的季節》（臺北：故鄉出版社，1980年），頁140。

〔註36〕〔南朝〕劉勰撰，周振甫注：《文心雕龍·物色》，頁845。

　　「秋」雖然出現次數也非常頻繁，但是和「春」相較之下，春較能和不同語彙串連，較有變化度；而秋則較固定地和某些字詞相連：

「秋光」：「秋光老盡」（柳永〈訴衷情近〉）、「西郊又送秋光」（柳永〈臨江仙引其一〉）、「喜秋光清絕」（秦觀〈碧芙蓉〉）、「目送秋光」（柳永〈玉蝴蝶〉）

「秋色」：「分明畫出秋色」（柳永〈傾杯〉）、「無奈供愁秋色」（秦觀〈何滿子〉）、「又還秋色，又還寂寞」（李清照〈憶秦娥〉）、「又還對秋色嗟咨」（秦觀〈一叢花〉）

「秋容」：「秋容老盡芙蓉院」（秦觀〈木蘭花〉）

「秋聲」：「秋聲敗葉狂飄」（柳永〈臨江仙〉）、「一派秋聲」（秦觀〈滿江紅其一〉）

「秋煙」：「香靨融春雪，翠鬢嚲秋煙」（柳永〈促拍滿路花〉）

「秋杪」：「客館更堪秋杪」（柳永〈傾杯〉）、「更自言秋杪」（秦觀〈望海潮其四〉）

「秋水」：「紅板橋頭秋光暮」（柳永〈迷神引〉）、「盈盈秋水。恣雅態」（柳永〈尉遲杯〉）、「盈盈秋水，澹澹春山」（秦觀〈眼兒媚〉）

「秋風」：「秋風蕭條何以度」（李清照〈青玉案〉）、「無端銀燭殞秋風」（秦觀〈阮郎歸其二〉）

「秋枕」：「蟲聲泣露驚秋枕，羅幃淚濕鴛鴦錦」（秦觀〈菩薩蠻〉）

「秋闌」：「漸秋闌、雪清玉瘦，向人無限依依」（李清照〈多麗（詠白菊）〉）

「秋雁」：「春鴻秋雁輕離別」（秦觀〈蘭陵王〉）

　　有些詞作不直寫「秋」，如易安的〈南歌子〉「翠貼蓮蓬小，金銷藕葉稀」以「蓮蓬小」和「藕葉稀」，描繪出秋季凋敗的景象。此外，亦可用「霜」來說明秋至的氣息：

　　霜天冷，風細細。（柳永〈婆羅門令〉）

窗涵月影，瓦冷霜華，深院重門悄。(秦觀〈解語花〉)

好箇霜天堪把盞，芳樽，一榻凝塵空掩門。(秦觀〈南鄉子〉)

窗外月華霜重，聽徹梅花弄。(秦觀〈桃源憶故人〉)

夜永清寒，翠瓦霜凝。(柳永〈過澗歇近〉)

或是以「西風」、「金風」等借代字，寫出秋季，如「漸西風緊」（柳永〈塞孤〉）、「塞草西風」（秦觀〈青門飲〉）、「簾捲西風」（李清照〈醉花陰〉）、「金風簌簌驚黃葉」（秦觀〈菩薩蠻〉）與「金風淡蕩」（柳永〈傾杯〉）……等作。

1、事物衰敗、衰老

秋季，乃四季中的第三季，即農曆七月、八月和九月。時近歲末，萬物開始衰敗，花葉凋落，草木枯黃，《禮記‧月令》曰：「行秋令，則草木零落。」〔註37〕於人身上，白眉曰秋眉、白髮曰秋鬢、衰老的容顏則爲秋顏。《禮記‧月令》又云：「蟄蟲坏戶，殺氣浸盛，陽氣日衰，水始涸。」〔註38〕秋天肅殺之氣逐漸加深，陽氣一天天減少，於是蟄蟲開始添土準備過多，草木也零落，水也凝結成冰；且由於秋主肅殺之氣，古因稱與律令刑獄有關之事爲秋。

何處得秋霜。(李白〈秋浦歌〉)

但恐光景晚，宿昔成秋顏。(李白〈春日獨酌〉)

春容舍我去，秋發已衰改。(李白〈古詩五十九首〉)

胡未滅，鬢先秋。(陸游〈訴衷情〉)

秋霜，秋天的霜，比喻白髮，上述諸例，皆以秋字表衰老，下引少游之詞觀之：

秋容老盡芙蓉院。草上霜花勻似翦。西樓促坐酒杯深，風壓繡簾香不捲。

玉纖慵整銀箏雁，紅袖時籠金鴨暖。歲華一任委西風，獨

〔註37〕〔漢〕鄭元注，〔唐〕孔穎達等正義，田博元分段標點：《禮記注疏‧月令》，收錄於《十三經注疏》，頁 792。

〔註38〕〔漢〕鄭元注，〔唐〕孔穎達等正義，田博元分段標點：《禮記注疏‧月令》，收錄於《十三經注疏》，頁 827。

有春紅留醉臉。（秦觀〈木蘭花〉）

詞中女子雖雲鬢霜染，容顏衰老，亦不免於歲華西風之歎，但玉手彈箏，紅袖時籠，醉臉留春，全詞情調卻不悲觀。《詞則・閒情集・卷一》即謂其：「頑豔中有及時行樂之感。」另歐陽脩〈秋聲賦〉云：「蓋夫秋之爲狀也，其色慘淡，煙飛雲斂；其容清明，天高日晶；其氣慄冽，砭人肌骨；其意蕭條，山川寂寥。故其爲聲也淒淒切切，呼號憤發。」盡顯秋季蕭條慘淡之貌，可以說，秋季是生機勃發走向衰微零落的演變過程。在四季中，秋由夏之蔥翠繁盛演變爲蕭索凋敗，大自然的變幻給人以警示，驀然喚起自身的反省與寂寞。

　　2、愁

　　愁者，心上秋也。中國傳統詩文中，「秋」是個具特定意義的意象。《禮記・鄉飲酒禮》云：「秋之爲言愁也。」愁士或不得意的士子可稱爲秋士。再以「天人合一」的文化傳統上來說，以五方論，秋屬西方；以五行論，秋屬於金，秋氣的降臨使深受傳統文化薰染的文人興起難以名狀的憂思。秋所代表的悲愁，早自《詩經・小雅・大東》云：「秋日淒淒，百卉具腓。」即有淒愁之意。

　　由秋風蕭瑟、草木搖落等零落景象，寫到遠行之人因氣之動人而感懷生悲的名篇，當屬宋玉的〈九辯〉：「悲哉！秋之爲氣也，蕭瑟兮，草木搖落而變衰。」〔註39〕宋玉選取暮秋時節最富感傷特質的事物敘寫，並抒發羈旅之感，將四季之秋與人生之秋作了極佳的串連，形成士子悲秋的審美境界。張軍以爲：

> 詩人在那裡表達了自己的孤獨感以及動人肺腑的悲哀，並把它們「轉嫁」給自然。起句「悲哉！秋之爲氣也」突出了自然與個人感受的對立。……這種「轉嫁」以作爲季節的秋的感受爲前提。〈九辯〉所以對後世文學產生過重大影響，正因爲它是第一篇明確而直接表現了「秋乃悲之化身」

〔註39〕參見〔周〕宋玉：〈九辯〉，收錄於〔漢〕劉向編集，〔漢〕王逸章句：《楚辭》（北京：中華書局，1985 年）。

的辭賦。〔註40〕

秋不只是一種自然景致，而是複雜的心理層面，能引起人們之哀傷悲憫。另有不少名篇，也有相同的效果：

日月忽其不淹兮，春與秋其代序，惟草木之零落兮，恐美人之遲暮。（〈離騷〉）〔註41〕

帝子降兮北渚，目眇眇兮愁予。嫋嫋兮秋風，洞庭波兮木葉下。（〈九歌・湘夫人〉）〔註42〕

悲秋風之動容兮，何回極之浮浮！數惟蓀之多怒兮，傷余心之慢慢。（〈九章・抽思〉）〔註43〕

悲回風之搖蕙兮，心冤結而內傷。物有微而隕性兮，聲有隱而先倡。（〈九章・悲回風〉）〔註44〕

胡應麟以爲「嫋嫋兮秋風，洞庭波兮木葉下句」（〈湘夫人〉）一句，乃「形容秋景入畫，悲哉。秋之爲氣也僚慄兮，若遠行登山臨水兮，送將歸模寫秋意入神，皆千古言秋之祖。六代、唐人詩賦靡不自此出者。」〔註45〕而王夫之《楚辭通釋》評〈悲回風〉曰：「風之初起，生於蘋末，已而狂飆震蕩，芳草爲之摧折。讒人之在君側，一倡百和，交蕩君心，則國是顛倒，誅逐無忌，貞篤之士，更無可自全之理，故追原禍始，而知己之不可復生也。」〔註46〕以秋風催折搖蕙、凋傷草木來寫「心冤結而內傷」的愁苦。可以說自《詩經》和《楚

〔註40〕 張軍語，參見趙明主編：《先秦大文學史》（長春：吉林大學出版社，1993 年）頁 525。

〔註41〕 〔周〕屈原：〈離騷〉，收錄於〔漢〕劉向編集，〔漢〕王逸章句：《楚辭》，頁 3。

〔註42〕 〔周〕屈原：〈九歌・湘夫人〉，收錄於〔漢〕劉向編集，〔漢〕王逸章句：《楚辭》，頁 28。

〔註43〕 〔周〕屈原：〈九章・抽思〉，收錄於〔漢〕劉向編集，〔漢〕王逸章句：《楚辭》（北京：中華書局，1985 年），頁 63。

〔註44〕 〔周〕屈原：〈九章・悲回風〉，收錄於〔漢〕劉向編集，〔漢〕王逸章句：《楚辭》（北京：中華書局，1985 年），頁 74。

〔註45〕 〔明〕胡應麟《詩藪・內篇卷一》收錄於《續修四庫全書》（：出版社，年）冊一六九六，頁 60～61。

〔註46〕 〔明〕王夫之：《楚辭通釋》（臺北：廣文書局，1966 年），頁 94。

辭》之後，「悲秋」幾爲傳統抒情文學的基本母題，誠如庾信〈小園賦〉言：「非夏日之可畏，異秋天之可悲。」信然。以唐代來說悲秋主題視野較開闊，側重於感悟宇宙人生之大道，晚唐及北宋時代之悲秋意緒則更趨於凄涼哀切，有朝向自我復歸之途徑。雖則具體內涵不一，但卻成爲中國文人藉以抒慨的一種特定表現方式。錢鍾書以爲：

> 凡與秋可相繫著之物態人事，莫非慼而成悲，紛至沓來，匯合「一途」。寫秋而悲，即同氣一體，舉凡遠行、送歸、失職、羈旅者，以人當秋則感其事更深，亦人當其事而悲秋益甚。〔註47〕

足見悲秋之慨由來已久，後世文人亦多以秋爲悲，感切甚深。

（二）秋之情緒

1、素冷淡雅

秋天的清調清冷微涼，以「清秋」入詞者有：

> 立望關河蕭索，千里清秋。忍凝眸。（柳永〈曲玉管〉）
>
> 對瀟瀟暮雨灑江天，一番洗清秋。漸霜風凄緊，關河冷落，殘照當樓。（柳永〈八聲甘州〉）
>
> 更那堪冷落清秋節。（柳永〈雨霖鈴〉）

而以「素秋」入詞者則有：

> 漸亭皋葉下，隴首雲飛，素秋新霽。（柳永〈醉蓬萊〉）

無論言清秋或是素秋，皆取其清爽涼適意。而李清照〈一翦梅〉中的「紅藕香殘玉簟秋」，則是以玉般的觸感，點出秋的微寒清滑、潤澤如玉的觸覺，既富形象化又頗具新意。

以春季敘寫的部分來看，時間點多集中於暮春，和春季書寫相同的部分是，詞人寫秋，要不就未言明爲孟秋、仲秋或是暮秋，若寫出時段，則多以暮秋作爲書寫背景：

> 晚秋天。一霎微雨灑庭軒。（柳永〈戚氏〉）

〔註47〕錢鍾書：《管錐篇》（臺北：書林出版社，1990 年），冊二，頁 628。

> 秋漸老、蛩聲正苦，夜將闌、燈花旋落。(柳永〈尾犯〉)
>
> 秋暮。亂灑衰荷，顆顆眞珠雨。(柳永〈甘草子其一〉)
>
> 秋盡。葉翦紅綃，砌菊遺金粉。(柳永〈甘草子其二〉)
>
> 秋已盡，日猶長，仲宣懷遠更淒涼。(李清照〈鷓鴣天〉)

易安〈鷓鴣天〉寫秋日鄉愁，為晚年流寓越中所作。上片的「寒日蕭蕭上鎖窗，梧桐應恨夜來霜」和宋玉的「皇天平分四時兮，竊獨悲此凜秋。白露既下百草兮，奄離披此梧楸。」(〈九辯〉)氣象相似，對於心情愁苦的人來說，蕭殺的秋天，眞是觸目成悲。以暮秋為書寫背景，可顯示時光流逝，一年又近尾聲；再者，靠近冬季，更能顯出孤冷淒寒的味道。

2、悲傷淒冷

秋天淒冷的氣候，令人從身體感受卻從心裡冒出，身處於微寒的氣候中，自傷傷人的愁緒容易出現，且由於寫悲秋的風習由來已久，詞中隨處可見「悲秋」的篇章：

> 空遺悲秋念遠，寸腸萬恨縈紆。(柳永〈木蘭花慢其一〉)
>
> 幸于飛、鴛鴦未老，不應同是悲秋。(秦觀〈長相思〉)
>
> 悲秋自覺羅衣薄。曉鏡空懸，懶把青絲掠。(秦觀〈一斛珠〉)
>
> 新來瘦，非干病酒，不是悲秋。(李清照〈鳳凰臺上憶吹簫〉)

另也可以「驚秋」或「窮秋」寫出令人傷悲的情調：

> 碧水驚秋，黃雲凝暮，敗葉零亂空堦。(秦觀〈滿庭芳其三〉)
>
> 漠漠輕寒上小樓，曉陰無賴似窮秋，淡煙流水畫屏幽。(秦觀〈浣溪沙其一〉)

三家詞人中，尤以耆卿最喜愛創作以悲秋為基調的詞作，他繼承了自古以來的悲秋傳統，卻以獨特的生活歷練，賦予了悲秋系統新的變化。耆卿的許多悲秋詞寫出了浪跡江湖的羈旅行役之悲，下引最著名的一首〈戚氏〉，一窺耆卿如蕭蕭之秋的心緒：

> 晚秋天。一霎微雨灑庭軒。檻菊蕭疏，井梧零亂惹殘煙。
>
> 淒然。望江關。飛雲黯淡夕陽間。當時宋玉悲感，向此臨

水與登山。遠道迢遞，行人淒楚，倦聽隴水潺湲。正蟬吟
敗葉，蛩響衰草，相應喧喧。　　孤館度日如年。風露漸
變，悄悄至更闌。長天淨，絳河清淺，皓月嬋娟。思綿綿。
夜永對景，那堪屈指，暗想從前。未名未祿，綺陌紅樓，
往往經歲遷延。　　帝里風光好，當年少日，暮宴朝歡。
況有狂朋怪侶，遇當歌、對酒競留連。別來迅景如梭，舊
遊似夢，煙水程何限。念利名、憔悴長縈絆。追往事、空
慘愁顏。漏箭移、稍覺輕寒。漸嗚咽、畫角數聲殘。對閒
窗畔，停燈向曉，抱影無眠。

暮雨過後，傍晚的江邊寒風漸冷，秋季蕭殺凋零之氣已濃，草木零
落，思鄉懷人的悲傷淒冷湧上心頭。江天、關河、秋風、冷雨同集
一處，紅衰翠減的平遠之景與無語東流的長江水，傳達出宇宙不變
而生命無常之感。詞中的秋風、秋雨、秋山、秋空、秋江、秋陽、
秋花、秋葉，滿目盡是晚秋日暮之景，淒涼清冷的氛圍更顯「秋士
易感」情懷，蘊含深沉的悲秋思鄉之情。當時耆卿遠離汴京，身在
驛站，面對蕭疏的晚秋殘景，不禁大興「臨水與登山」的「宋玉悲
感」。這並不僅只是風流才子相思無依之慨，更是一個失意文人有才
無處施展之嘆，而這悲秋的情緒，只能和楚之宋玉遙遙共嗟，發相
同之鳴。葉嘉瑩以為：

> 他（柳永）的用世意志跟浪漫的性情及他的音樂的才能互
> 相矛盾，造成了他人生的悲劇。而他所寫的悲慨與過去五
> 代的小詞不同，因為他從春女善懷轉變成了秋士易感。他
> 寫的是秋日的季節，是斜陽日暮的景色。在中國不但有一
> 個以美女為寄託的傳統。……還有一個秋士易感的傳統。
> 宋玉所寫的，柳永所寫的，都是秋士易感的感情。而悲
> 秋……是因為草木的搖落想到生命的短暫，想到自己的才
> 華志意不能夠有所完成……這是有才有志的人一個共同的
> 悲哀……一個貧苦失意的落拓的讀書人，不能找到他能施
> 展才華的職位……這正是柳永的詞何以常常寫到秋天，何
> 以常常寫到日暮，何以常常寫到宋玉的一個主要的原因。

〔註48〕

王灼《碧雞漫志・卷二》中亦載：「前輩云：『〈離騷〉寂寞千載後，〈戚氏〉淒涼一曲終。』〈戚氏〉，柳所作也。柳何敢知世間有〈離騷〉，惟賀方回、周美成時時得之。」〔註49〕足見此詞中的悲秋情結影響後世之深遠。

貳　以時間言：風月無邊

「樓頭殘夢五更鐘」，夜晚，正是懷人最切時候。由附錄所引之作品，可見閨閣書寫的時間點，一日之中，夜晚是最常被書寫到的時間。

就地點來說，閨閣是人們休憩睡覺之所，更是個人的私密空間，而待在閨閣中的時間，自然以夜晚爲多。此外，夜晚較易引起負面低落的情緒，更易使人感傷。以花間詞人溫庭筠〈更漏子〉的「夜長衾枕寒」及宋初范仲淹〈御街行〉的「諳盡孤眠滋味」來看，寫的均是空閨女子和失眠的遷客騷人，而李煜〈烏夜啼〉的「夜來風兼雨」則一抒遷客騷人的感慨，顧敻〈訴衷情〉一詞道：「永夜拋人何處去，絕來音。香閣掩，眉斂，月將沉。爭忍不相尋。怨孤衾。換我心、爲你心，始知相憶深。」更是訴盡空閨女子心聲。一到夜晚，寂寞難挨的心緒，惹得失眠者詞性大作，感性大發。因此，由附錄一中可得知，三家詞的閨閣書寫在一日時序的選擇點上，夜晚明顯多於白晝。

一、月之意象

《山海經・大荒西經》中的記載：「大荒之中，有山名曰日月山，天樞也。吳姖天門，日月所入。……有女子方浴月，帝俊妻常羲，生月十有二，此始浴之。」〔註50〕在此創世神話之中，月亮來自於

〔註48〕葉嘉瑩：《唐宋詞十七講》（北京：北京大學出版社，2007 年），頁314～321。
〔註49〕〔宋〕王灼：《碧雞漫志・卷二》，收入於《全宋筆記　第四編　二》，頁 180。
〔註50〕袁珂譯注：《山海經》（臺北：臺灣古籍出版社，1998 年），頁 415。

帝王之妻，並有人格化的形象。古人對於月亮的存在與陰晴圓缺始終有探索並詮釋的興趣，如屈原〈天問〉有這一段話：「夜光何德，死則又育？厥利維何，而顧菟在腹？」夜光即月光，月亮的盈虧如生死反覆，而月中之影則是傳說中的玉兔。在《淮南子‧覽冥訓》我們則看到月亮與傳說人物結合，進而有了寄託之意：「羿請不死之藥於西王母，恒娥竊以奔月」，高誘注：「姮娥，羿妻。羿請不死之藥於西王母，未及服食之，姮娥盜食之，得仙，奔入月中為月精也」。月亮等同於嫦娥的化身，而嫦娥的故事不斷流傳演變，使她具有創生、繁殖、長生不老之內涵。

　　《詩經‧陳風‧月出》可以說是最早寫出，夜晚時分引人傷情之詩：

>　　月出皎兮，佼人僚兮，舒窈糾兮，勞心悄兮。
>　　月出皓兮，佼人懰兮，舒懮受兮，勞心慅兮。
>　　月出照兮，佼人燎兮，舒夭紹兮，勞心慘兮。

從皎潔的月光起興，兼用賦比筆法。碧空如洗，月色皎潔美麗，詩人被明月撩起幽思，在這光與色的交織中，彷彿出現心上人美麗如皎潔明月的面容，以及美妙動人的姿態。詩中的美人形象，似真若幻，夢幻迷離，分不清究竟是詩人的幻覺還是現實中真實所見？其實此詩乃對月懷人之情，用虛實相生之筆，宕開浩渺迷離的情境。

　　以明月起興，勾勒出空靈深邃而又動人的境界。以月光襯托美人，可謂人月雙清，明月的光暈給美人平添了無限美妙的風韻和情致，從而更深刻地展示詩人的內心世界：愛之深，憂之切。它成功地開拓了我國古典詩歌中詠月詩的先河。月，成了世間男女寄託心事的出口。做為中國古典詩歌的素材，早自《詩經》即現端倪。《詩經‧陳風》有兩首精彩優美的抒情詩，即星月兩篇，月篇是上引之〈月出〉，而星篇則是〈東門之楊〉：

>　　東門之楊，其葉牂牂；昏以為期，明星煌煌。東門之楊，
>　　其葉肺肺；昏以為期，明星晢晢。

寫男女雙方相約在東門白楊林，以黃昏爲期，等到天邊星星「煌煌」、「晢晢」，卻不見相約的人，詩意含蓄生動。後世詠月作品不少，張九齡〈望月懷遠〉：「海上生明月，天涯共此時。情人怨遙夜，竟夕起相思。滅燭憐光滿，披衣覺露滋。不堪盈手贈，還寢夢佳期。」把酒問月，月下花前，風光明媚。李商隱〈春日寄懷〉：「縱使有花兼有月，可堪無酒更無人。」李白作品中亦多有月之書寫：如〈靜夜思〉：「舉頭望明月，低頭思故鄉。」寫出異鄉遊子思鄉之情、〈關山月〉表現戰地征人與空閨思婦相隔兩地望月興嘆、〈長相思〉則是有情人相隔兩地的無奈。其〈把酒問月〉詩云：

> 青天有月來幾時？我今停酒一問之。人攀明月不可得，月影卻與人相隨。皎如飛鏡臨丹闕，綠煙來盡清輝發。但見宵從海上來，寧知曉向雲間沒。白兔搗藥秋復春，嫦娥孤棲與誰鄰？今人不見古時月，今月曾經照古人。古人今人若流水，共看明月皆如此。唯願當歌對酒時，月光常照金樽裡。

通過對外在景象的描繪，引出對世事變遷、人生如寄的慨歎，表現出李白曠達胸襟和飄逸瀟灑的性格，是一首應請託而作的詠月抒懷詩。在詩中，李白以縱橫恣肆的筆觸，多面向又有層次地描繪出孤高的明月形象。以「飛鏡」爲喻，「丹闕」、「綠煙」爲襯，突顯月光之皎潔，並藉明月的夜出曉沒以慨歎時光流逝之速，既表現出明月蹤跡之難測，也隱含對人們不知珍惜美好時光的歡惋。

明月長存，人生卻短暫，這一自然定律既無法被改變，更因珍惜光陰，結句雖隱含及時行樂之意，但整體精神仍積極向上，展現李白曠達自適的寬廣胸懷。而在句法上，頗有屈原的〈天問〉的味道，下啓蘇軾的〈水調歌頭〉，對照明月與人生，在時間和空間的主觀感受中，表達對宇宙和人生哲理的深層思索。

蘇軾〈水調歌頭〉亦是如此，藉水與月盈虛乏滿交相更替的定律，其〈前赤壁賦〉言：「清風徐來，水波不興。舉酒屬客，誦明岳之詩，歌窈窕之章。」然後在「月出於東山之上」後，歌曰：「桂櫂兮蘭槳，

擊空明兮泝流光。渺渺兮予懷，望美人兮天一方。」因誦月之篇而望美人，以純粹審美的角度，來欣賞〈月出〉篇。又云：「客亦知夫水與月乎？逝者如斯，而未嘗往也。盈虛者如後，而卒莫消長也。……爲江上之清風，與山間之明月，耳得之而爲聲，目遇之而成色，取之無禁，用之不竭，是造物者之無禁藏也，而吾與子之所共適。」由明月清風的永久長存，悟得「自其變者而觀之，則天地曾不能以一瞬，自其不變者而觀之，則物與我皆無盡也。而又何羨乎？且夫天地之間，物各有主，苟非吾之所有，雖一毫而莫取。」的人生哲思，明月意象融入恆常不變的大化中，和人的精神世界結合爲一體。

二、夜之情意

夜晚易撩人情思，自古有之，其來有自。夜晚是人們辛勤工作一天後可以休息放鬆的時間，另外，夜晚時分，天色昏暗，別有一番朦朧未明的美感：

> 那人人，昨夜分明，許伊偕老。（柳永〈兩同心其一〉）
>
> 願常恁、好天良夜。（柳永〈洞仙歌〉）
>
> 年時今夜見師師，雙頰酒紅滋。（秦觀〈一叢花〉）
>
> 麗譙吹罷小單于，迢迢清夜徂。（秦觀〈阮郎歸其四〉）
>
> 夜寒微透薄羅裳，無限思量。（秦觀〈畫堂春〉）
>
> 玉樓深鎖多情種，清夜悠悠誰共？（秦觀〈桃源憶故人〉）
>
> 永夜厭厭歡意少。李清照（〈蝶戀花上巳召親族〉）
>
> 笑語檀郎，今夜紗廚枕簟涼。（李清照〈醜奴兒〉）

三家詞中閨閣書寫之場景爲夜者，直接以「夜」字書寫的篇章眾多，純爲點明時間之用者，如「夜將闌」（柳永〈尾犯〉）、「吹破殘煙入夜風」（柳永〈鷓鴣天〉）、「遙夜沈沈如水，風緊驛亭深閉」（秦觀〈如夢令其二〉）、「永夜嬋娟未滿」（秦觀〈鼓笛慢〉）、「小樓寒，夜長簾幕低垂」（李清照〈多麗〉）……等作。

有些詞作則以時間搭配明確寫出詞人當時的舉動，或言夜遊之

舉，如「夜游香陌」（柳永〈兩同心其二〉）；或飲酒或醉酒的情狀，如「那堪酒醒，又聞空階，夜雨頻滴。（柳永〈浪淘沙〉）、「夜來恩恩飲散，敧枕背燈睡」（柳永〈夢還京〉）、「歸來中夜酒醺醺，惹起舊愁無限」（柳永〈御街行其二〉）；或夜深難眠，如「斷不成眠，此夜厭厭，就中難曉」（柳永〈傾杯〉）、「閒窗燭暗，孤幃夜永，敧枕難成寐」（柳永〈慢卷紬〉）、「展轉數寒更，起了還重睡。畢竟不成眠，一夜長如歲」（柳永〈憶帝京〉）、「夜來酒醒清無夢，愁倚闌干」（秦觀〈醜奴兒〉）、「獨抱濃愁無好夢，夜闌猶剪燈花弄」（李清照〈蝶戀花〉）……等均是。

　　而夜間除了是睡眠之際，也可以是共赴巫山之時，以耆卿來說，詞中便有不少如此之作：「好天良夜，深屏香被」（〈少年遊其八〉）、「鳳幃夜短，偏愛日高眠」（〈促拍滿路花〉）、「想鴛衾今夜，共他誰暖」（〈滿江紅其四〉）、「昨夜裡、方把舊歡重繼」（〈彌人嬌〉）、「昨夜杯闌，洞房深處，特地快逢迎」（〈少年遊其三〉）、「算得伊、鴛衾鳳枕，夜永爭不思量」（〈彩雲歸〉）、「洞房悄悄，繡被重重，夜永歡餘」（〈洞仙歌〉）、「長是夜深，不肯便入鴛被」（〈鬭百花其三〉）……等作。此類作品在易安詞中並不得見，應是易安身爲女兒身，不好作如此艷語所致；而少游此類之作較少，如「宮腰裊裊翠鬌鬆，夜堂深處逢」（〈阮郎歸其二〉）　之作，而且，也因少游「雖作艷語，多有品格」，所以用語較文雅隱晦，沒有太過彰顯地大書特書，所以此類作品仍以耆卿書寫最多。

　　特別值得注意的是，在三家詞中，耆卿是最常使用「夜」爲其時間場景者，如「夜永清寒，翠瓦霜凝」（〈過澗歇近〉）、「千里清光又依舊，奈夜永、厭厭人絕」（〈望漢月〉）、「別後無非良夜永。如何向、名牽利役，歸期未定」（〈紅窗聽〉）、「迢迢良夜，自家只恁摧挫」（〈鶴沖天〉）、「江鄉夜夜，數寒更思憶」（〈浪淘沙〉）、「良夜永、牽情無計奈」（〈迎春樂〉）、「夜厭厭、憑何消遣」（〈陽臺路〉）、「夜永對景，那堪屈指，暗想從前」（〈戚氏〉）、「人悄悄，夜沉沉」（〈離別難〉）……

等作。耆卿易由外在時序直接連接到自身情思,前一句在點出時間之後,下一句隨即言明自身情思或舉動,此種連接法較為直接,可視為直陳式「賦」的筆法;相較之下,少游和易安的連接法較為迂迴,屬聯想式起「興」的作法,多先寫外在景物,再輾轉連結到自身情思,如「紅蓼花繁,黃蘆葉亂,夜深玉露初零」(秦觀〈滿庭芳其二〉)、「春風昨夜來深院,春色依然人不見」(秦觀〈調笑令(盼盼)〉)、「鶯夢春風錦幄,蛩聲夜雨蓬窗。(秦觀」〈何滿子〉)、「寒日蕭蕭上鎖窗,梧桐應恨夜來霜」(李清照〈鷓鴣天〉)、「門外誰掃殘紅?夜來風」(李清照〈怨王孫〉)……等作。

　　再者,以二元對立的符碼觀之,埃萊娜·西佐斯(Helene Cixous)認為父權制的二元思想在社會價值觀念體系中形成了一系列的對立面,她將二元性對立分列如下:

> 活動性／被動性;太陽／月亮;文化／自然;白日／黑夜;
> 父親／母親;理智／感情;理解的／感覺的;理念／感傷
> 力。〔註51〕

夜晚時分屬陰,黑夜(月亮)所代表的感性,實可說明何以人們在夜晚時特別容易感到感傷。

　　另外,三家詞中有些詞作不寫「夜」字,而以「月」入詞,同樣點出時間,卻有不同效果:

> 悤悤縱得鄰香雪。窗隔殘煙簾映月。(柳永〈玉樓春其五〉)
>
> 何人月下臨風處,起一聲羌笛。(柳永〈傾杯〉)
>
> 月轉烏啼,畫堂宮徵生離恨。(秦觀〈點絳唇其二〉)
>
> 洞房人靜,斜月照徘徊。(秦觀〈滿庭芳其三〉)
>
> 開尊待月,掩箔披風,依然燈火揚州。(秦觀〈長相思〉)
>
> 點上紗籠畫燭,花驄弄、月影當軒。(秦觀〈滿庭芳其三〉)
>
> 月幔風幌為誰開?天外不知音耗百般猜。(秦觀〈南歌子其二〉)

〔註51〕Toril Moi(托里·莫伊)著,陳潔詩譯:《性別／文本政治:女性主義文學理論》(Sexual/Textual Politics),頁95〜96。

愁黛顰成月淺，啼粧印得花殘。(秦觀〈西江月〉)

窗涵月影，瓦冷霜華，深院重門悄。(秦觀〈解語花〉)

人悄悄，月依依，翠簾垂。(李清照〈訴衷情〉)

悵望瑤臺清夜月。(李清照〈浪淘沙〉)

寫出月之光華者，如「雨過月華生」(柳永〈甘草子其一〉)、「正月華如水」(柳永〈佳人醉〉)和「窗外月華霜重」(秦觀〈桃源憶故人〉)等，以水（或霜或雨）譬喻或突顯出月華之光亮，亦有以「皓」、「皎」、「明」等字，形容月之明亮，如「皓月清風」(柳永〈玉女搖仙佩〉)、「皓月初圓，暮雲飄散，分明夜色如晴晝」(柳永〈傾杯樂〉)、「當時皓月，向人依舊」(秦觀〈水龍吟〉)、「一輪皓月」(秦觀〈念奴嬌其七〉)、「皎月初斜，浸梨花」(李清照〈怨王孫（春暮）〉)、「一軒明月上簾櫳」(柳永〈鷓鴣天（瑞鷓鴣）〉)、「月明風細」(柳永〈醉蓬萊〉)、「只餘明月照孤眠」(秦觀〈調笑令（盼盼）〉)、「夢斷繡簾垂，月明烏鵲飛」(秦觀〈菩薩蠻〉)……等作。

　　以「月」入詞，除了更明確地以「月」此物點出時間，更能表現出月的狀態，更添詩情畫意。因此，三家詞中的「月」多和風、花等物連結，別具一番風雅情致。以「對月臨風，空恁無眠耿耿，暗想舊日牽情處」(柳永〈女冠子〉)和「遇佳景、臨風對月，事須時恁相憶」(柳永〈法曲獻仙音〉)兩例來看，臨風對月，思憶往事，更牽情衷；而由「月夕花朝」(柳永〈尉遲杯〉)、「花朝月夕，最苦冷落銀屏」(柳永〈引駕行〉)、「露顆添花色？月彩投窗隙」(秦觀〈促拍滿路花〉)、「月色忽飛來，花影和簾捲」(秦觀〈生查子〉)、「月色滿湖村，楓葉蘆花共斷魂」(秦觀〈南鄉子〉)、「晚風庭院落梅初，淡雲來往月疏疏」(李清照〈浣溪沙〉)、「月移花影約重來」(李清照〈浣溪沙〉)和「花光月影宜相照」(李清照〈蝶戀花上巳召親族〉)等例觀之，花與月直是密不可分之物，月下花前，浪漫旖旎，最易引人遐思。

　　詞人以月之型態著手勾勒詞作的背景，同樣是夜景，卻能因月之

型態不同，而有時間點的差異，如「玉砌雕闌新月上」（柳永〈鳳棲梧其三〉）、「又是一鉤新月照黃昏」（秦觀〈南歌子其三〉）中的「新月」，即陰曆每月初所見的形細而彎的月牙。而「微月戶庭」（秦觀〈望海潮其四〉）和「殘月朦朧」（柳永〈宣清〉）、「天外一鉤殘月帶三星」（秦觀〈南歌子其一〉）、「臥看殘月上窗紗」（李清照〈攤破浣溪沙〉）則是月亮將落之時。而「淡月映煙方煦」（柳永〈迷神引〉）、「紗窗月淡，影雙人隻」（秦觀〈憶秦娥〉）、「湖頭月淡」（秦觀〈滿庭芳——賞梅〉）、「簾捲一鉤淡月」（秦觀〈蘭陵王〉）和「良宵淡月」（李清照〈滿庭芳〉）等作，則別有一番清疏淡雅，雲淡風清之感。

「人生自是有情癡，此事無關風與月。」雖然歐陽脩認為情思繚繞與風月無關，不過，綜觀上列之詞，卻能得到一共通之處，即是夜晚的確會使人或對月飲酒，如「月下瓊卮，花前金盞，與誰斟酌」（秦觀〈水龍吟其一〉）、「月下金罍，花間玉珮，都化相思一寸灰」（秦觀〈沁園春其一〉），或愁思不寐，如「瑞腦香消魂夢斷，感月吟風多少事，如今老去無成」（李清照〈臨江仙〉）、「孤館悄無人，夢斷月堤歸路」（秦觀〈如夢令其五〉），或對月興嘆，無人共此懷抱，如「無端天與娉婷，夜月一簾幽夢，春風十里柔情」（秦觀〈八六子〉）、「雁字回時，月滿西樓」（李清照〈一翦梅〉）⋯⋯等作，全因情緒難遣所致。

以秦觀〈桃源憶故人〉一詞觀之，既寫「夜」又寫「月」，全詞以夜景貫穿。「清夜」兩字寫夜間的清冷岑寂，「悠悠」兩字則是表夜晚的漫長，悠悠長夜，閨人獨處，倍感淒涼；而詞末的「月華霜重」的一片銀白世界，更顯淒清。〈如夢令〉的長夜書寫更是歷歷在目，以「沈沈」兩字顯出「遙夜」的漫長難盡。而「如水」兩字，更是用的極佳，與東坡〈永遇樂〉中的「明月如霜，好風如水，清景無限」有異曲同工之妙。既是夜涼如水，也是深沈如水，更是夜長如水，一字多意，盡蘊其中，足見其妙處。再以「風緊」兩字，看出重門緊閉仍聽得風聲呼嘯而過，更顯孤寂之感。

　　另外，三家詞中以「星」入詞之例有：「望河漢，幾點疏星，冉冉纖雲度林樾」（秦觀〈蘭陵王〉）、「天上星河轉，人間簾幕垂」（李清照〈南歌子〉），與「月」相較之下，三家詞中較少以星作爲夜景的書寫重點，星字的作用除了點出夜晚的到臨，僅能作爲月兒的陪襯，並無以星星爲主體的敘寫。

　　而以「晚」字入詞之例有：「竚立長隄，淡蕩晚風起」（柳永〈定風波〉）、「向晚孤煙起」（柳永〈訴衷情近〉）和「看取晚來風勢，故應難看梅花」（李清照〈清平樂〉）⋯⋯等作，「晚」字的使用率同樣不高，除了表明時序，多爲陪襯敘述主體之用。

　　再者，以「宵」入詞者有：

　　猶自怨鄰雞，道秋宵不永。（柳永〈晝夜樂其二〉）

　　昨宵裏、恁和衣睡。今宵裏、又恁和衣睡。（柳永〈婆羅門令〉）

　　今宵又、依前寄宿，甚處葦村山館。（柳永〈陽臺路〉）

　　幾回飲散良宵永，鴛衾暖、鳳枕香濃。（柳永〈集賢賓〉）

　　夢覺清宵半。（柳永〈安公子其二〉）

　　無端處，是繡衾鴛枕，閒過清宵。（柳永〈臨江仙〉）

　　自從回步百花橋。便獨處清宵。（柳永〈西施其三〉）

　　金風淡蕩，漸秋光老、清宵永。（柳永〈傾杯〉）

　　連宵雨，更那堪，聞杜宇！（秦觀〈夜遊宮〉）

　　恨與宵長，一夜熏爐，添盡香獸。（秦觀〈青門飲〉）

「宵」字的使用多有點出相思難捱，心情點滴到天明的作用，或是概言一夜歷程，言夜已盡。另外也有即將天亮的場景描寫：

　　玉漏迢迢盡，銀潢淡淡橫。夢迴宿酒未全醒，已被鄰雞催起怕天明。（秦觀〈南歌子其一〉）

　　一聲雞，又報殘更歇。秣馬巾車催發。草草主人燈下別。（柳永〈塞孤〉）

　　夢覺紗窗曉。殘燈掩然空照。（柳永〈梁州令〉）

　　角聲催曉漏。曙色回牛斗。（李清照〈菩薩蠻〉）

以秦觀〈南歌子其一〉觀之,「玉漏迢迢盡,銀潢淡淡橫」,寫出夜漏
將盡,即將天亮,點出別離的時間。「迢迢」兩字,表示在人心中感
到夜晚竟如斯漫長,而天亮前銀河逐漸黯淡西斜,故云「淡淡橫」。
別離時刻將至,顯現出離人對長夜將盡,別離在即,依依不捨的心理
感受;看似淡筆,卻情意深遠。在夜晚這段時間中,有些詞作甚至更
明確地點出時間:

> 傷心枕上三更雨,點滴霖霪。(李清照〈添字醜奴兒〉)
>
> 簾外五更風,吹夢無蹤。(李清照〈浪淘沙〉)
>
> 無緒,無緒,簾外五更風雨。(秦觀〈如夢令其五〉)

由上引諸詞中可知「夜」與「月」確為主要書寫背景,而其中尤以
「月」為最多。詞人在書寫夜晚的選擇中,月下是最長出現的場景,
其書寫比例遠高於星與銀河,乃因月為夜空中最明亮、特出之物事,
亦為令人感觸最深的物象。黃永武以為:

> 月是詩人靈感的泉源,望著月亮,自然會懷人、懷鄉、懷
> 古,甚至懷念那宇宙洪荒的神話時代。那遙遠時空中的一
> 切都浮現到朦朧的月光下來。〔註52〕

月下懷人,自古已有此文學抒情傳統,或託心事於明月,或於月下更
襯離情依依,月,穿針引線於詞作中思懷撫緒。從月夜意象分析,圓
月的圓滿意象固然引發人的美好意念,但是月孤懸空中的寂寞形象,
使其常成為詩人孤獨寂寞心境的呈現。月升月落、月圓月缺;月,引
起了古人對生命與歲月流逝的感歎,因此月往往帶有愁緒的意象。

三、黃　昏

　　除了夜晚之外,黃昏也是詞人喜愛寫成背景的時間。「暮」也是
能明確顯意的意象,且「暮」在時間觀點上來說,已近一天的尾聲,
和「秋」之意象所指的「事物衰敗」頗有異曲同工之妙,因「秋」
和「暮」皆意味美好時光即將消逝。王粲〈登樓賦〉云:「步棲遲以
徙倚兮,白日忽其將匿。風蕭瑟而並興兮,天慘慘而無色。獸狂顧

〔註52〕黃永武:《詩與美》(臺北:洪範書店,1987 年),頁 293。

以求群兮，鳥悲鳴而舉翼。原野闃其無人兮，征夫行而未息。心悽愴以感發兮，意忉怛而慘惻。」戴叔倫〈題三閭大夫廟〉云：「方丈蕭蕭落葉中，暮天深巷起悲風。」李紳〈回望館娃故宮〉云：「雀愁化水喧斜日，鴻怨驚風叫暮天。」皆表現出驚惶悲傷的情緒。

由文人的作品看來，黃昏似乎較易帶來負面情緒：歐陽脩〈蝶戀花〉中「門掩黃昏，無計留春住」的無可奈何、朱淑眞〈蝶戀花〉中「黃昏卻下蕭蕭雨」的蕭瑟凄清、蘇軾〈蝶戀花〉中「小院黃昏人憶別」的無奈悵惘、陸游〈卜算子〉中「已是黃昏獨自愁」的獨箇落寞、李之儀〈踏莎行〉「斷腸最是黃昏後」的斷腸愁緒，在在均可看出黃昏孤單寂寥的情調。下引詞中出現「黃昏」之作：

> 黃昏乍拆鞦韆，空鎖滿庭花雨。（柳永〈鬥百花其二〉）
>
> 望斜日西照，漸沈山半。（柳永〈滿江紅其四〉）
>
> 縱凝望處，但斜陽暮靄滿平蕪。（柳永〈木蘭花慢其一〉）
>
> 凝情望斷淚眼，盡日獨立斜陽。（柳永〈臨江仙引其一〉）
>
> 柔腸斷、還是黃昏，那更滿庭風雨。（柳永〈祭天神〉）
>
> 思心欲碎，愁淚難收，又是黃昏。（柳永〈訴衷情〉）
>
> 幾聲殘角起譙門，撩亂栖鴉飛舞弄黃昏。（秦觀〈南歌子其二〉）
>
> 鐘送黃昏雞報曉。昏曉相催，世事何時了？（秦觀〈蝶戀花〉）
>
> 樓上黃昏杏花寒，斜月小闌干。（秦觀〈眼兒媚〉）
>
> 無一語，對芳尊，安排腸斷到黃昏。（秦觀〈鷓鴣天〉）
>
> 黃昏疏雨濕秋千。（李清照〈浣溪沙〉）
>
> 花影壓重門，疏簾鋪淡月，好黃昏。（李清照〈小重山〉）
>
> 東籬把酒黃昏後，有暗香盈袖。（李清照〈醉花陰〉）
>
> 梧桐更兼細雨，到黃昏、點點滴滴。（李清照〈聲聲慢〉）
>
> 金尊倒，拚了盡燭，不管黃昏。（李清照〈慶清朝慢〉）

以「暮」、「落日」或「殘照」入詞者有：

> 遠岫出山催薄暮，細風吹雨弄輕陰。（李清照〈浣溪沙〉）

人不見，碧雲暮合空相對。(秦觀〈千秋歲〉)

碧水驚秋，黃雲凝暮，敗葉零亂空堦。(秦觀〈滿庭芳〉)

秋暮。亂灑衰荷，顆顆真珠雨。(柳永〈甘草子其一〉)

落日熔金，暮雲合璧，人在何處。(李清照〈永遇樂〉)

對落日，因凝思此意。(秦觀〈沁園春其一〉)

草色煙光殘照裡。(柳永〈鳳棲梧其二〉)

以日西斜之景象入詞者有：

隔葉乳鴉聲軟，啼斷日斜音轉。(秦觀〈昭君怨——春日寓意〉)

斜日半山，暝煙兩岸。(秦觀〈風流子〉)

放花無語對斜暉，此恨誰知？(秦觀〈畫堂春〉)

枕上夢魂飛不去，覺來紅日又西斜。(秦觀〈浣溪沙其五〉)

小池寒綠欲生漪，雨晴還日西。(秦觀〈阮郎歸〉)

以「夕陽」、「斜陽」、「殘陽」入詞者有：

夕陽流水，紅滿淚痕中。(秦觀〈臨江仙其二〉)

金鳳花開紅滿砌，簾捲斜陽，雨後涼風細。(秦觀〈蝶戀花其四〉)

可堪孤館閉春寒，杜鵑聲裡斜陽暮。(秦觀〈踏莎行〉)

行人一棹天涯，酒醒處，殘陽亂鴉。(秦觀〈柳梢青〉)

「可堪孤館閉春寒，杜鵑聲裡斜陽暮」(秦觀〈踏莎行〉)殘陽如血，更顯孤寂。由黃昏到夜晚，更可見時間的推移，「碧水驚秋，黃雲凝暮，敗葉零亂空堦。洞房人靜，斜月照徘徊。」(秦觀〈滿庭芳〉)由黃昏景色起筆，天上黃雲凝聚，掩沒了微弱的陽光，大地呈現蒼茫的暮色，臺階上凌亂的落葉，和黃昏之景相應和，引出景物衰敗的氣象，濃厚的衰颯氣氛，亦是詞人此刻的心情。再接下來，時間推移至夜晚，在斜月映照之下，外在環境的「人靜」更顯出徘徊的「心不靜」。

第二節　以物品言

　　宋代女子閨房文化，因受內外商品經濟發達、物質交易頻繁的影響，呈現出一片錦繡華麗的盛世局面。然而宋朝內憂外患頻繁，又使閨房文化在此基礎上加入了若干不和諧的因素。這現象反映在女子裝飾及用品上，顯現出內質雖奢靡，外觀卻清潔典雅的風尚。家居用品，形式多內斂嚴謹，沒有疏闊寬舒之感，浪漫程度也較前朝有所不同。由於宋代國勢始終處於保守、退讓與示弱，所以家居用品在形制上自然沖淡平和，女子閨房脂粉文化，亦崇尚嬌弱含蓄。袁行霈以爲：「中國詩歌藝術的發展，從一個側面看來就是自然景物不斷意象化的過程。」〔註53〕

　　宋代民居大多灰瓦粉牆，飛檐翹角，錯落有致。小巷穿來穿去，曲曲折折，門前屋後搭有瓜棚，環境恬靜，幽雅舒適。閨房在二樓，俗稱「繡樓」，外有欄杆、面窗。閨房設計比較獨特，以含蓄內斂爲特點，表現出傳統的理性與保守、規範與雅緻，因此宋代女子閨房之門都比較窄。而閨房爲女性生活的重心，乃私人生活的隱密空間，由居室的擺設可展現女性柔美的一面。

　　以下將對閨房物事方面的書寫，依其範圍屬性，分爲對整體外觀總稱的閨閣庭樓類、樓閣院落內之建物以及閨房內之擺設三部分，來分項敘述之：

壹　閨閣庭樓

一、閨〔註54〕

　　閨，婦女居住之所。閨門，內室的門。《禮記‧樂記》：「在閨門之內，父子兄弟同聽之，則莫不和親。」亦可爲城門。《左傳‧昭公元年》：「私盟于閨門之外，實薰隧。」杜預注曰：「閨門，鄭城門。」此作內室之門解：

〔註53〕袁行霈：《中國詩歌藝術研究》（北京：北京大學出版社，1996 年）。
〔註54〕有關「閨」字的相關義界，參見首章。下一小節「閣」字亦同。

　　　　中州盛日，閨門多暇，記得偏重三五。（李清照〈永遇樂〉）

門戶是連接室內外，是從狹小空間到闊大的外界的唯一通道。但是，
由於封建社會人爲的制約，宋代女作家被限定了走出門戶進入自然
大空間的自由，只有在幾個特別節日才得以暫時走出閨門。金閨，
可指朝廷。江淹〈別賦〉：「金閨之諸彥，蘭臺之群英。」謝朓〈始
出尙書省〉：「惟昔逢休明，十載朝雲陛。既通金閨籍，復酌瓊筵醴。」
唐李善注：「金閨，即金門也。《解嘲》曰：『歷金門，上玉堂。』應
劭《漢書注》曰：『籍者，爲二尺竹牒，記其年紀、名字、物色，懸
之宮門，案省相應，乃得入也。』」〈從軍行七首其一〉：「烽火城西
百尺樓，黃昏獨坐海風秋。更吹羌笛關山月，無那金閨萬里愁。」
金閨另一義爲婦女閨閣的美稱。唐盧綸〈七夕詩〉：「何事金閨子，
空傳得網絲。」唐趙嘏〈長垂雙玉啼〉：「向燈垂玉枕，對月灑金閨。」

　　　　斷腸最是金閨客，空憐愛、奈伊何。（柳永〈西施其二〉）

言幽閨或深閨可見其獨處之幽深。唐白居易〈長恨歌〉：「楊家有女初
長成，養在深閨人未識。」深閨，婦女所居住的內室。

　　　　寂寞深閨，柔腸一寸愁千縷。（李清照〈點絳唇〉）

　　　　甚時向，幽閨深處，按新詞，流霞共酌。（柳永〈尾犯〉）

　　　香閨，對女子居室的美稱。唐陶翰〈柳陌聽早鶯〉：「乍使香閨
靜，偏傷遠客情。」

　　　　念香閨正杳，佳歡未偶，難留戀，空惆悵。（秦觀〈鼓笛慢〉）

　　　　人悄悄，夜沉沉。閉香閨、永棄鴛衾。（柳永〈離別難〉）

　　　　香閨別來無信息，雲愁雨恨難忘。（柳永〈臨江仙引其一〉）

　　　春閨，言春閨則是帶入了季節爲背景，唐陳陶〈隴西行四首之
二〉：「可憐無定河邊骨，猶是春閨夢裡人。」指女子的臥房。

　　　　咫尺玉顏，和淚鎖春閨。（秦觀〈江城子其三〉）

詞句中聯用「閨閣」兩字者有：

　　　　閨閣幽人千里思，江湖旅客經年別。（秦觀〈滿江紅其一〉）

由上述之例，可見「閨」之意象，代表了女性深鎖其中，均帶有寂寞

企望之感。

二、閣

兩層之建物曰「閣」，考閣字最初，原爲置於高處一片之木材。《爾雅·釋宮》：「樴謂之杙，在牆者謂之楎，在地者謂之臬，大者謂之栱，長者謂之閣。閍者謂之台，有木者謂之榭。」〔註55〕

閨閣幽人千里思，江湖旅客經年別。（秦觀〈滿江紅其一〉）

望天涯、萬疊關山，烟草連天，遠憑高閣。（秦觀〈水龍吟其二〉）

樓閣斷霞明，羅幕春寒淺。（秦觀〈生查子〉）

庭院深深深幾許？雲窗霧閣常扃。（李清照〈臨江仙〉）

易安〈臨江仙〉「雲窗霧閣常扃」句，出自韓愈〈華山女〉詩：「雲窗霧閣事恍惚，重重翠幔鎖金屏。」

繡閣，修飾華美的樓閣，多指女子的內室，即對女子居室的美稱，香閣、春閣之意亦同：

須信畫堂繡閣，皓月清風，忍把光陰輕棄。（柳永〈玉女搖仙佩——佳人〉）

追悔當初，繡閣話別太容易。（柳永〈夢還京〉）

繡閣輕拋，錦字難逢，等閒度歲。（柳永〈定風波〉）

到此因念，繡閣輕拋，浪萍難駐。（柳永〈夜半樂〉）

想繡閣深沈，爭知憔悴損、天涯行客。（柳永〈傾杯〉）

繡閣輕煙，剪燈時候，青旗殘雪，賣酒人家。（秦觀〈風流子〉）

幾時得歸來，春閣深關。（柳永〈錦堂春〉）

怎忘得、香閣共伊時，嫌更短。（柳永〈滿江紅其四〉）

朱閣，紅色的樓閣。一般指婦女的閨閣。蘇軾〈水調歌頭〉：「轉朱閣，低綺戶，照無眠。」

倚闌干、瘦損無人問，重重綠樹圍朱閣。（秦觀〈水龍吟其一〉）

〔註55〕〔晉〕郭璞注，陳趙鵠重校：《爾雅·釋宮》（北京：中華書局，1985年），頁40～41。

　　小閣，小小的閨閣，乃婦女的內寢。唐宋時富貴之家的內寢往往與廳堂相連接，小閣在畫堂裡側：

　　　　夢纔覺，小閣香炭成煤，洞戶銀蟾移影。（柳永〈過澗歇近〉）

　　　　小閣藏春，閒窗鎖晝，畫堂無限深幽。（李清照〈滿庭芳〉）

　　另外，「謝閣」一詞，出於溫庭筠〈更漏子〉：「柳絲長，春雨細。花外漏聲迢遞。驚塞雁，起城烏。畫屛金鷓鴣。香霧薄。透簾幕。惆悵謝家池閣。紅燭背，繡帷垂。夢長君不知。」溫庭筠〈浣溪沙〉：「惆悵夢餘山月斜，小樓高閣謝娘家。」而其原典之意係從謝靈運〈登池上樓〉一詩來，詩中所云「謝娘家」乃指女子所居。另唐李德裕鎮浙日，悼亡妓謝秋娘，用隋煬帝所作望江南詞，撰謝秋娘曲。故其後詞人遂以謝娘、謝家諸稱爲妓女妓館之別名：

　　　　幾許，秦樓永晝，謝閣連宵奇遇。（柳永〈引駕行〉）

「閣」字之意，也多以深鎖、幽居之狀態來呈現女子居於其中。

三、庭　院

　　庭，本義爲廳堂。《說文》：「庭，宮中也。」〔註56〕《荀子・儒效》：「是君子之所以騁志意于壇宇宮庭也。」劉向《楚辭・九歎・思古》：「藜棘樹於中庭。」注文：「堂下謂之庭。」〔註57〕因此，庭可說是堂階前的地坪。《玉臺新詠・古詩爲焦仲卿妻作》：「徘徊庭樹下。」晉代陶淵明〈歸去來分辭〉：「眄庭柯以怡顏。」

　　　　枕上夢魂飛不去，覺來紅日又西斜，滿庭芳草襯殘花。（秦
　　　　觀〈浣溪沙其五〉）

　　　　深院無人，黃昏乍拆鞦韆，空鎖滿庭花雨。（柳永〈鬪百花
　　　　其二〉）

　　　　玉露沾庭砌，金鳳動琯灰。（秦觀〈南歌子其二〉）

〔註56〕〔漢〕許慎撰，〔清〕段玉裁注：《說文解字注》（臺北：天工書局，1996年），頁443。

〔註57〕〔漢〕劉向編集，〔漢〕王逸章句：《楚辭・九歎・思古》（北京：中華書局，1985年），頁185。

　　早又是、半天驚籟，滿庭鳴葉。（秦觀〈滿江紅其一〉）

　　動清籟，蕭蕭庭樹。（柳永〈女冠子〉）

　　柔腸斷、還是黃昏，那更滿庭風雨。（柳永〈祭天神〉）

　　雁字一行來，還有邊庭信。（柳永〈甘草子其二〉）

戶庭，乃指門戶或門庭，而庭軒指的是庭院中的小室：

　　微月戶庭，殘燈簾幕，忽忽共惜佳期。（秦觀〈望海潮其四〉）

　　晚秋天。一霎微雨灑庭軒。（柳永〈戚氏〉）

　　院，房屋前後用牆或柵欄圍起來的空地。《廣雅》：「院，垣也。」〔註58〕《玉篇》：「院，周垣也。」《增韻》：「有垣牆者曰院。」漢朝司馬光〈西江月〉：「深院月明人靜。」

　　畫長深院，夢回孤枕，風吹鈴索。（秦觀〈水龍吟其一〉）

　　紫燕雙飛深院靜，簟枕紗廚，睡起嬌如病。（秦觀〈蝶戀花其一〉）

　　庭院，正房前面的寬闊地帶，即堂階前的院子。清代紀昀《閱微草堂筆記》中有：「庭院納涼」句。中國建築常利用外部的自然空間，加以組織安排，使之成爲內部空間的一種自然延伸，而「庭院空間」便是最常見的內部延伸空間，其特色在：它「是內部空間的自然延續，同時又是內部空間之間的中介環節。」〔註59〕庭院是古典詞描寫內外空間常見的場景，它讓居家建築成爲一開放又不失隱密性的空間：因其頂部是開放的，能夠看見不同時節的天氣、陽光；而庭院圍牆並不高，人的視野能夠透過圍牆伸展到戶外，不構成阻隔；另外庭院與房屋內部是流通貫連的，所以它能夠延伸屋內人的活動，並提供人與外界的聯繫〔註60〕。

　　湘天風雨破寒初。深沈庭院虛。（秦觀〈阮郎歸其四〉）

〔註58〕〔魏〕張揖：《廣雅·卷七·釋宮》（北京：中華書局，1985年），頁83。

〔註59〕余東升：《中西建築美學比較研究》（武漢：華中理工大學出版社，1992年），頁57～58。

〔註60〕余東升：《中西建築美學比較研究》，頁58。

闌杆閒倚，庭院無人，顛倒飄黃葉。（秦觀〈碧芙蓉〉）

庭院餘寒，簾櫳清曉，東風初破丹苞。（秦觀〈滿庭芳──賞梅〉）

芳草池塘，綠陰庭院，晚晴寒透窗紗。（李清照〈轉調滿庭芳〉）

蕭條庭院，又斜風細雨，重門需閉。（李清照〈念奴嬌〉）

髻子傷春懶更梳，晚風庭院落梅初。淡雲來往月疏疏。（李清照〈浣溪沙〉）

前時小飲春庭院。悔放笙歌散。（柳永〈御街行其二〉）

有笙歌巷陌，綺羅庭院。（柳永〈洞仙歌〉）

夢覺小庭院，冷風淅淅，疏雨瀟瀟。（柳永〈臨江仙〉）

閒居小曲深坊，庭院沈沈未戶閉。（柳永〈郭郎兒近〉）

庭院深深深幾許？雲窗霧閣常扃。（李清照〈臨江仙〉）

連階碧草、院落飛花，寫出閨閣空間─庭院裏的春色，也是閨房主人所能夠擁有的空間範圍。

四、樓

樓者，臺上建物也，本名為榭或觀。有臺以供登眺，又思於登眺之時，不受炎日與風雨來襲。《爾雅・釋宮》：「四方而高曰臺，陝而修曰樓。」〔註61〕所謂樓者，乃臺上及梯級上之廊也。漢朝之後，榭、觀兩字皆廢不用，而代以「樓」字。「榭」字以名他種建物，用「觀」字以名道士祠神之處，而臺上之建築物，乃專用樓矣。

「樓」亦是在不斷意象化的過程中演進，它不獨是人們棲身生活的建築空間，更是中國文人及女性最流連忘返的詩意處所，登樓成了中國文人及女性的一種生命情結。〔註62〕可以說樓是詞人們生活的發生處，更是情感的發源處：

〔註61〕〔晉〕郭璞注，陳趙鵠重校：《爾雅・釋宮》（北京：中華書局，1985年），頁43。

〔註62〕古光亮：〈唐宋詞中的樓欄意象和詞人的藝術感覺〉，《雲南師範大學學報》29期，1997，頁26。

> 樓閣斷霞明，羅幕春寒淺。（秦觀〈生查子〉）
>
> 手種江梅漸好，又何必，臨水登樓。（李清照〈滿庭芳〉）
>
> 倚樓聽徹單于弄，卻憶舊歡空有夢。（秦觀〈玉樓春其一〉）
>
> 日長春困下樓臺。（秦觀〈浣溪沙其二〉）
>
> 霧失樓臺，月迷津渡，桃源望斷無尋處。（秦觀〈踏莎行〉）
>
> 樓上黃昏杏花寒，斜月小闌干。（秦觀〈眼兒媚〉）
>
> 樓迴迷雲日，谿深漲曉沙。年來憔悴費鉛華，樓上一天春
> 思浩無涯。（秦觀〈南歌子其三〉）

玉樓，指華麗的樓臺，樓閣的美稱，亦爲歌樓妓院的別稱。古代女子藏於深閨之中，與外界極少接觸，若值夫婿外出，自有深鎖玉樓之感：

> 玉樓深鎖薄情種，清夜悠悠誰共？（秦觀〈桃源憶故人〉）
>
> 樓上幾日春寒，簾垂四面，玉闌干慵倚。（李清照〈念奴嬌〉）
>
> 永夜嬋娟未滿，嘆玉樓、幾時重上？（秦觀〈鼓笛慢〉）
>
> 吹簫人去玉樓空，腸斷與誰同倚？（李清照〈孤雁兒〉）

以末闋觀之，所謂「吹簫人去玉樓空」，正如李商隱〈代應〉詩中云：「離鸞別鳳今何在，十二玉樓空更空。」除了仍暗用弄玉蕭史的典故之外，實意指其夫趙明誠已去世。

「樓」亦可以是女子居住之所，倚樓臨風，因視眺萬里，思接千載，而有懷古傷今之思，引發人們的審美體驗：

> 漠漠輕寒上小樓，曉陰無賴似窮秋。（秦觀〈浣溪沙其一〉）
>
> 孤棹煙波，小樓風月，兩處一般心。（柳永〈少年遊其十〉）
>
> 小樓憑檻處，正是去年時節。（柳永〈望漢月〉）
>
> 最是人間佳景致，小樓可惜人孤倚。（秦觀〈蝶戀花其四〉）
>
> 獨上小樓雲杳杳，天涯一點青山小。（秦觀〈蝶戀花〉）

比較特別的是秦觀〈水龍吟〉中「小樓連苑橫空，下窺繡轂雕鞍驟」中的「小樓」是連接著花苑，橫聳在空中，可窺見華麗馬車在下邊縱橫馳驟。

綵樓，裝飾華美的樓房或結綵的樓臺。孟元老《東京夢華錄‧卷八‧七夕》：「至初六日七夕晚，貴家多結綵樓於庭，謂之『乞巧樓』。」妝樓，婦人的閨房。唐朝沈佺期〈侍宴安樂公主新宅應制詩〉：「妝樓翠幌教春住，舞閣金鋪借日懸。」即婦女梳妝打扮的樓房。翠樓，華麗的樓閣，多指女子的閨房。唐王昌齡〈閨怨詩〉：「閨中少婦不知愁，春日凝妝上翠樓。」三者均指女子居住之所。

　　綵樓天遠，夜夜襟袖染啼血。(秦觀〈蘭陵王〉)

　　日高花榭懶梳頭。無語倚妝樓。(柳永〈少年遊其九〉)

　　醉鞭拂面歸來晚，望翠樓、簾捲金鉤。(秦觀〈夢揚州〉)

可見「樓」作為一種建築實體，為人們提供棲身之所，亦為婦女們活動的僅存空間。據孟元老《東京夢華錄》載，北宋都城汴京「舉目則青樓畫閣，繡戶朱簾。」良家女子的居樓與青樓女子的歌樓遍佈全國。而詞人喜與妓交遊，詞中多可見娼妓住所的描寫，妓館可稱「青樓」或「紅樓」。漢魏六朝詩中常用以指女子居住的地方。曹植〈美女篇〉：「借問女安居，乃在城南端；青樓臨大路，高門結重關。」庾信〈春日觀早朝〉詩云：「繡衣年少朝欲歸，美人猶在青樓夢。」後用以代稱妓院。杜牧〈遣懷〉詩：「十年一覺揚州夢，贏得青樓薄倖名。」紅樓，本為女子的居處。白居易〈秦中吟〉：「紅樓富家女，金縷繡羅襦。」也可稱朱色的樓臺。李白〈侍從宜春苑奉詔賦龍池柳色初青聽新鶯百囀歌〉：「東風已綠瀛洲草，紫殿紅樓覺春好。」後來也可泛指妓院。清代李天馥〈憶王孫〉：「花外紅樓卷絳綃，極目香塵舊板橋。」

　　柳下相將遊冶處，便回首、青樓成異鄉。(秦觀〈沁園春〉)

　　未名未祿，綺陌紅樓，往往經歲遷延。(柳永〈戚氏〉)

　　十里紅樓依綠水，當年多少風流。高樓重上使人愁。(秦觀〈臨江仙其二〉)

　　明月無端，已過紅樓十二間。(秦觀〈醜奴兒〉)

　　秦穆公之女弄玉之樓曰秦樓，亦曰鳳樓。《列仙傳》：「蕭史者，秦穆公時人，善吹簫，能致孔雀、白鵠。穆公有女字弄玉，好之。

公以妻焉，遂教弄玉作鳳鳴，居數十年，吹似鳳聲，鳳凰來止其屋。爲作鳳臺，夫婦止其上，數年，皆隨鳳飛去。秦爲作鳳女祠於雍宮，時有簫聲焉。」《太平廣記‧卷四》亦載：「蕭史不知得道年代，貌如二十許人，善吹簫作鸞鳳之響，而瓊姿煒爍，風神超邁，眞天人也。混跡於世，時莫能知之。秦穆公有女弄玉，善吹簫，公以弄玉妻之。遂教弄玉作鳳鳴，居十數年，吹簫似鳳聲，鳳凰來止其屋。公爲作鳳臺，夫婦止其上，不飲不食，不下數年，一旦，弄玉乘鳳，蕭史乘龍，昇天而去。秦爲作鳳女祠，時聞簫聲。」後遂爲歌舞場所或妓館的別名。唐李商隱〈當句有對〉詩云：「秦樓鴛瓦漢宮盤。」另首〈無題〉詩云：「豈知一夜秦樓客。」《樂府詩集‧卷五十一》亦引：「弄玉秦家女。簫史仙處童。來時兔月滿。去後鳳樓空。密笑開還歛。浮聲咽更通。相期紅粉色。飛向紫煙中。」

追想秦樓心事，當年便約，于飛比翼。（柳永〈法曲獻仙音〉）

因念秦樓彩鳳，楚觀朝雲，往昔曾迷歌笑。（柳永〈滿朝歡〉）

知幾度、密約秦樓盡醉。（柳永〈長壽樂〉）

幾許，秦樓永晝，謝閣連宵奇遇。（柳永〈引駕行〉）

暮煙寒雨。望秦樓何處。（柳永〈鵲橋仙〉）

每每秦樓相見，見了無門憐惜。（秦觀〈品令其二〉）

豈知一夕秦樓客，烟樹重重芳信隔。倚樓無語欲銷魂，柳外飛來雙羽玉。（秦觀〈玉樓春其三〉）

鳳樓咫尺，佳期杳無定。（柳永〈過澗歇近〉）

藻井凝塵，金梯鋪蘚，寂寞鳳樓十二。（柳永〈望遠行〉）

以上所指皆爲娼妓之房。秦樓，妓館的別名。元朝李邦祐〈轉調淘金令　思情〉：「花衢柳陌，恨他去胡沾惹；秦樓謝館，怪他去閑遊冶。」謝館和楚館，均爲歌榭妓院的別名，楚館秦樓泛指供人尋歡作樂的場所，多用來指妓院，亦可作「楚館秦樓」。關漢卿《謝天香》中的楔子：「這裡是官府黃堂，又不是秦樓楚館。」《初刻拍案驚奇‧卷十五》

亦載：「官人何不去花街柳巷，楚館秦樓，暢飲酣歌？」

不過，「秦樓」不完全只是娼樓妓館之意。梁沈約〈修竹彈甘焦文〉云：「巫岫斂雲、秦樓開照。」此秦樓乃古詩〈陌上桑〉：「日出西南隅，照我秦氏樓。」之樓，日照與開照相應，殆用「秦氏樓」之意。

> 念武陵人遠，煙鎖秦樓。惟有樓前流水，應念我，終日凝眸。（李清照〈鳳凰台上憶吹簫〉）

危樓，高樓也。登高樓者，可有遠眺企盼之意，於是思婦或癡倚闌干角，或遠眺黯黯天際，相思欲寄無從寄，只得一「愁」字耳：

> 斜日高樓明錦幕，樓上佳人，癡倚闌干角。（秦觀〈蝶戀花其三〉）
>
> 幾處搗殘深院日，誰家敲落高樓月。（秦觀〈滿江紅其一〉）
>
> 金風簌簌驚黃葉，高樓影轉銀蟾匝。（秦觀〈菩薩蠻〉）
>
> 困倚危樓。過盡飛鴻字字愁。（秦觀〈減字木蘭花〉）
>
> 竚倚危樓風細細。望極春愁，黯黯生天際。（柳永〈鳳樓梧其二〉）

獨處高樓，極目騁望，情懷殷切，充滿著「過盡千帆皆不是，斜暉脈脈水悠悠，腸斷白蘋洲」的氛圍。憑鴻雁傳書，主人翁引頸期盼卻失落音信，在困倚危樓的閨人眼中，自然觸目皆愁。

畫樓指的是裝飾華美的樓房，李義山〈無題〉詩云：「昨夜星辰昨夜風，畫樓西畔桂堂東。」瓊樓也是形容精美華麗的樓閣，亦用以指月宮或神仙住的地方。蘇軾〈水調歌頭〉：「我欲乘風歸去，又恐瓊樓玉宇，高處不勝寒。」

> 王孫若擬贈千金，只在畫樓東畔住。（柳永〈木蘭花其一〉）
>
> 柳外畫樓獨上，憑欄手撚花枝。（秦觀〈畫堂春〉）
>
> 惟有畫樓，當時明月，兩處照相思。（秦觀〈一叢花〉）
>
> 畫樓雪杪，誰家笛、弄徹梅花新調。（秦觀〈解語花〉）
>
> 楊柳小腰枝，畫樓西。（秦觀〈昭君怨——春日寓意〉）

> 花光媚、春醉瓊樓，蟾彩迥、夜游香陌。（柳永〈兩同心其二〉）

另外，「樓」可以是樓閣，並非專指女子住所。樓閣能夠拾級而上，王之渙〈登鸛鵲樓〉中「欲窮千里目，更上一層樓」說明了文人登樓而上，望遠而生之情，或緬懷往事、或追思前人、或寄望未來。登臨者神與物遊，思與境偕：

> 每登山臨水，惹起平生心事，一場消黯，永日無言，卻下層樓。（柳永〈曲玉管〉）

> 戀戀，樓中燕，燕子樓空春日晚。將軍一去音容遠，空鎖樓中深怨。春風重到人不見，十二闌干倚遍。（秦觀〈調笑令（盼盼）〉）

> 鐵甕城高，蒜山渡闊，干雲十二層樓。（秦觀〈長相思〉）

> 萋萋芳草憶王孫，柳外樓高空斷魂。（秦觀〈憶王孫〉）

當然，此所言之樓，自非閨閣繡樓之屬，而有廣闊遼寬之意。

在中國古典詩詞中，「西樓」被廣泛使用的頻率遠高於「東樓」、「南樓」和「北樓」。以本意觀之，西爲一方位詞，「西樓」最初應是方位上的實指，按中國傳統爲房屋建築命名的原則，西樓當是建在主體建築西邊而樓梯向東的小樓。以詩詞內容來看，西樓也常和月的意象連在一起，如李煜「無言獨上西樓，月如鉤」之句，因爲在西方位容易看到月亮，尤其是下沉的深夜之月。在周易文化中，西方爲兌卦，兌爲少女，古人故而常按風水的原理，安排年輕女性住在西樓，使得詞中出現望月興懷者多爲女性，如易安詞「雁字回時，月滿西樓」之句。月在中國文學中可視爲相思的意象，因西樓多半和閨思有關，而在西樓方便見到的又是深夜之月，以此可見睹月之人思念之深，無法入眠。

另有一說認爲西在五行中爲金，於季節爲秋，金主肅殺，秋者爲愁。在古詩詞中，類如「西出陽關無故人」表淒愁的詩十分常見，自有蒼涼之感。不過，也有觀點認爲所謂的西樓並非實指，就像古人以「南畝」來泛指田地，係因南坡向陽，利於農作物生長。

整體來說，西樓一詞原為實指，因其便於見到深夜之月，加之「西」在中國文化中的種種獨特意蘊，故常用「西樓」表達相思之情和離愁別緒：

　　雲中誰寄錦書來？雁字回時，月滿西樓。（李清照〈一翦梅〉）

　　西樓促坐酒杯深，風壓繡簾香不捲。（秦觀〈木蘭花〉）

　　誰念斷腸南陌，回首西樓。（秦觀〈風流子〉）

上引之三詞亦以西樓為場景，頗有淒清意味，足見「西樓」一詞常挾帶著相思與愁緒，成為文人的一種審美選擇。

五、畫　堂

畫堂，彩畫美麗的房子或華麗的廳堂，指女子所處之屋宅富麗。崔顥〈王家少婦〉詩云：「十五嫁王昌，盈盈入畫堂。」溫庭筠〈更漏子〉詞云：「玉爐香，紅蠟淚，偏照畫堂秋思。」裝飾華麗的廳堂。李煜〈菩薩蠻〉：「畫堂南畔見，一向偎人顫。」

　　小閣藏春，閒窗鎖晝，畫堂無限深幽。（李清照〈滿庭芳〉）

　　須信畫堂繡閣，皓月清風，忍把光陰輕棄。（柳永〈玉女搖仙佩——佳人〉）

　　月轉烏啼，畫堂宮徵生離恨。（秦觀〈點絳唇其二〉）

　　畫堂歌管深深處，難忘酒琖花枝。（柳永〈看花回〉）

　　畫堂春過，悄悄落花天。（柳永〈促拍滿路花〉）

　　拚卻明朝永日，畫堂一枕春醒。（柳永〈木蘭花其二〉）

閣樓內，閒窗輕鎖，畫堂的白晝猶如黑夜般深幽，鎖住人兒淡淡憂愁，落花時節，難忘過往，偏生離愁別恨。

六、館

館，本義為客舍賓館。《說文》：「館，客舍也。」《周禮·遺人》：「五十里有市，市有候館。候館有積。」《詩經·鄭風·緇衣》：「適子之館兮。」《詩經·大雅·公劉》：「於豳斯館。」亦可泛指房屋。

　　孤館度日如年。風露漸變，悄悄至更闌。（柳永〈戚氏〉）

客館更堪秋杪。(柳永〈傾杯〉)

夜雨滴空階,孤館夢回,情緒蕭索。(柳永〈尾犯〉)

可堪孤館閉春寒,杜鵑聲裡斜陽暮。(秦觀〈踏莎行〉)

背銀釭、孤館乍眠,擁重衾、醉魄猶噤。(柳永〈宣清〉)

上引詞中的「館」,多半指詞人旅居他地,借住之所,是時詞人孤身在外,多有孤凄之感,故多言「孤館」。

七、洞　房

洞房,深邃的內室。後以稱新婚夫婦的臥室。朱慶餘〈近試上張水部〉詩:「洞房昨夜停紅燭,待曉堂前拜舅姑。」在此所言之「洞房」,則指娼妓居所。

洞房記得初相遇。便只合、長相聚。(柳永〈晝夜樂其一〉)

洞房飲散簾幃靜。擁香衾、歡心稱。(柳永〈晝夜樂其二〉)

洞房杳杳。強語笑。逞如簧、再三輕巧。(柳永〈隔簾聽〉)

昨夜杯闌,洞房深處,特地快逢迎。(柳永〈少年遊其三〉)

恰如年少洞房人,暫歡會、依前離別。(柳永〈望漢月〉)

洞房咫尺,無計枉朝珂。(柳永〈西施其二〉)

每祇向、洞房深處,痛憐極寵。(柳永〈洞仙歌〉)

洞房閒掩,小屏空、無心覷。(柳永〈迷神引〉)

洞房悄悄,繡被重重,夜永歡餘,共有海約山盟,記得翠雲偷剪。(柳永〈洞仙歌〉)

洞房悄悄。錦帳裡、低語偏濃,銀燭下、細看俱好。(柳永〈兩同心其一〉)

洞房咫尺,曾寄青鸞翼。(秦觀〈促拍滿路花〉)

洞房人靜,斜月照徘徊。(秦觀〈滿庭芳其三〉)

洞房之內,盡是歡愉之情,值得注意的是,幾乎盡爲耆卿之作,少游僅只兩首,而易安因性別之異,並無此類之作,可看出實與詞人之生平及交遊有關。

貳　樓閣院落內之建物

一、欄　杆

《說文》：「闌，門遮也。从門柬聲。」〔註63〕欄杆，竹木或金屬條編成的柵欄，常置於陽臺前或通道間。金王特起〈喜遷鶯——登山臨水詞〉：「千里關塞遠，雁陣不來，猶把闌干倚。」李白〈清平調三首之三〉：「解釋春風無限恨，沈香亭北倚欄杆。」亦作「闌干」或「欄干」，是院落中常見之物，庭院內的「臺基」既然修的很高，人上去自然擔心掉下來，用縱橫幾根木杆欄起，就是最原始的欄杆。才子佳人生活的書齋畫閣環境裡，所產生許多膾炙人口的詩章中，不止一次地出現「欄杆」這個詞，並非偶然。〔註64〕

　　常記那回，小曲闌干西畔。鬢雲鬆、羅襪剗。(秦觀〈河傳其二〉)

　　小欄外、東風軟，透繡幃、花蜜香稠。(秦觀〈夢揚州〉)

　　玉砌雕闌新月上。朱扉半掩人相望。(柳永〈鳳棲梧其三〉)

　　夜闌人靜曲屏深，借寶瑟、輕輕招手。(秦觀〈御街行〉)

　　樓上黃昏杏花寒，斜月小闌干。(秦觀〈眼兒媚〉)

　　禁幄低張，彤欄巧護，就中獨佔殘春。(李清照〈慶清朝慢〉)

末例所言之「彤欄」，紅欄也。在中國古典詩詞中，常用「倚闌」表示人物心情挹鬱無聊。如溫庭筠〈更漏子〉詞：「虛閣上，倚闌望，還似去年惆悵。」即是如此。「倚闌」這個動作將深閨女子百無聊賴的煩悶，清楚地點染出來。由下引詞中可看出在酒醒時分，或輾轉反側、不能成寐之際，多倚欄佇立以消磨愁思：

　　倚遍闌杆，只是無情緒。(李清照〈點絳唇〉)

　　夜來酒醒清無夢，愁倚闌杆。(秦觀〈醜奴兒〉)

〔註63〕〔漢〕許慎撰，〔清〕段玉裁注：《說文解字注》(臺北：天工書局，1996年)，頁589。

〔註64〕見樂祿章等撰·《中國古建築美術博覽》，〈第十五章　欄杆〉，頁二九一，瀋陽市：遼寧美術出版社，西元一九九二年十月初版。

儘凝睇，厭厭無寐，漸曉雕闌獨倚。（柳永〈佳人醉〉）

闌杆閒倚，庭院無人，顛倒飄黃葉。（秦觀〈碧芙蓉〉）

倚闌干、瘦損無人問，重重綠樹圍朱閣。（秦觀〈水龍吟其一〉）

柳外畫樓獨上，憑欄手撚花枝。（秦觀〈畫堂春〉）

池上憑闌愁無侶，奈此箇單棲情緒！（柳永〈甘草子其一〉）

像這種情景，多是獨自一人，無人相伴更感孤清。而倚欄之時，多半慵懶無力或愁悶無語：

道人憔悴春窗底，悶損闌干愁不倚。（李清照〈玉樓春〉）

樓上幾日春寒，簾垂四面，玉闌干慵倚。（李清照〈念奴嬌〉）

獨倚玉闌無語，點檀唇。（秦觀〈南歌子其三〉）

殘陽裡。脈脈朱闌靜倚。（柳永〈訴衷情近〉）

此意與誰論？獨倚闌干看雁群。（秦觀〈南鄉子〉）

碧雲寥廓，倚闌悵望情離索。（秦觀〈一斛珠——秋閨〉）

斜日高樓明錦幕，樓上佳人，癡倚闌干角。（秦觀〈蝶戀花其三〉）

當此時、寂寞倚闌干，成愁結。（秦觀〈滿江紅其一〉）

照水有情聊整鬢，倚闌無緒更兜鞋，眼邊牽繫懶歸來。（秦觀〈浣溪沙其二〉）

草色煙光殘照裡。無言誰會憑闌意。（柳永〈鳳棲梧其二〉）

以易安〈玉樓春〉中的「春窗」和「闌干」物品來看，女子時困頓窗下，愁悶煞人，連闌干都懶得去倚，直是一幅名門閨婦的春愁圖。憑靠著欄杆出神，多會佇立良久，渾忘時間流逝：

憑闌久，疏煙淡日，寂寞下蕪城。（秦觀〈滿庭芳其二〉）

憑欄久，金波漸轉，白露點蒼苔。（秦觀〈滿庭芳其三〉）

憑闌久，巡簷索笑，冷蕊向青袍。（秦觀〈滿庭芳——賞梅〉）

追舊事、一餉憑闌久。（柳永〈傾杯樂〉）

隴首雲飛，江邊日晚，煙波滿目憑闌久。（柳永〈曲玉管〉）

登樓憑欄可以「憑欄靜立，懷想世事，籲嘘獨語。」〔註65〕詞人最易從樓欄處獲得藝術感受，並引起書寫羈旅、閨怨、愁情、哀傷的動機。

二、鞦韆

鞦韆，一種繩戲，也作秋千。是靠一人在遊戲者的背後，推動遊戲者，或自己，利用繩索的前後擺動，讓遊戲者的身體隨鞦韆上下起落的一種遊戲。通常繩索上都繫一塊木板，人坐上去會比較舒服。多人玩時，會相互比誰擺動的幅度大。鞦韆在晉時已開始流行，進入唐宋時期成爲一種非常普及的遊戲活動。《荊楚歲時記》載：「春時懸長繩於高木，仕女綵衣服坐其上而推引之，名曰打鞦韆。」

> 蹴罷鞦韆，起來慵整纖纖手。（李清照〈點絳唇〉）
>
> 海燕未來人鬥草，江梅已過柳生綿。黃昏疏雨濕鞦韆。（李清照〈浣溪沙〉）
>
> 舞困榆錢自落，鞦韆外，綠水橋平。（秦觀〈滿庭芳其二〉）
>
> 深院無人，黃昏乍拆鞦韆，空鎖滿庭花雨。（柳永〈鬥百花其二〉）
>
> 最是嬌癡處，尤殢檀郎，未教拆了鞦韆。（柳永〈促拍滿路花〉）
>
> 鞦韆未拆水準堤，落紅成地衣。（秦觀〈阮郎歸其一〉）
>
> 門外鞦韆，牆頭紅粉，深院誰家？（秦觀〈柳梢青〉）

三家詞中的鞦韆寫出了仕女生活的悠閒，在「嬌癡」「紅粉」等字詞的連綴之下，使得詞中盡顯嬌慵情味。

參　閨閣內之物

《紅樓夢》中對於女性的閨房有以下一段細緻的描寫：

> 大家來至秦氏房中。剛至房門，便有一股細細的甜香襲了人來。寶玉便覺得眼餳骨軟，連說：「好香！」入房向壁上看時，有唐伯虎畫的《海棠春睡圖》，兩邊有宋學士秦太虛寫的一副對聯，其聯云：

〔註65〕〔宋〕王闢之：《澠水燕談錄》（北京：中華書局，1981 年），頁 126。

嫩寒鎖夢因春冷，芳氣籠人是酒香。

案上設著武則天當日鏡室中設的寶鏡，一邊擺著飛燕立著
舞過的金盤，盤內盛著安祿山擲過傷了太眞乳的木瓜。上
面設著壽昌公主於含章殿下臥的榻，懸的是同昌公主製的
連珠帳。寶玉含笑連說：「這裏好！」秦氏笑道：「我這屋
子大約神仙也可以住得了。」說著親自展開了西子浣過的
紗衾，移了紅娘抱過的鴛枕。〔註66〕

將秦可卿的閨房內的陳設寫得活色生香，揭開了女性深閨神秘的面
紗。詞作中出現鏡、花、簾、燭、枕、衾之類的閨房陳設，建構出一
種旖旎馥郁的氛圍，給讀者一種溫馨感受以及和愛情相思有關的比興
暗示。北宋詞中對於閨房內的描寫更是多不勝數，在閨閣這樣一個幽
深空間裏生活的女性，其文學表現的空間結構呈現出以閨房爲軸心向
外輻射的模式。即誠如蔡英俊所言：

藝術家，他所關切的就是他置身的形相世界，他所追尋的
不是絕對眞理的呈現與描繪，而是情感上的描繪與默許，
藝術創造活動所關切的問題是描繪與表現。因此，在藝術
的領域當中，生命不會是孤絕、抽象的事物，而是展現在
情致紛披的各種生命景象當中。〔註67〕

一、屋內擺設

（一）窗

在女性幽閉的生存空間中，只能通過唯一與外界相連的管道——
門窗，將自己的視線由室內伸展到有限的室外空間，閨中門窗可說是
女性的心靈之窗。

閨房窗子一般比較封閉，可上下開合，窗花與雕飾櫺格間刻有傾
斜的槽，僅能露出些許光線。一來可防他人偷窺，二來是突出「藏」

〔註66〕〔清〕曹寅、高鶚原著，馮其庸等校注：《紅樓夢校注》（臺北：里
仁書局，1995 年），第五回，冊一，頁 82～83。
〔註67〕蔡英俊：《中國古典詩歌中的生命——愛恨生死》（臺北：故鄉出版
社，1980 年）。

字，因此，日間女子閨房的窗子多是開著的，只有在不便或夜間寢時才關起來。

　　瑣窗睡起門重閉，無奈楊花輕薄。（秦觀〈水龍吟其二〉）

　　窗涵月影，瓦冷霜華，深院重門悄。（秦觀〈解語花〉）

　　鶯夢春風錦幄，蛩聲夜雨蓬窗。（秦觀〈何滿子〉）

　　午窗睡起香銷鴨，斜倚粧台開鏡匣。（秦觀〈玉樓春其二〉）

　　喚起一聲人悄，衾冷夢寒窗曉。（秦觀〈醉鄉春〉）

　　塞草西風，凍雲籠月，窗外曉寒輕透。（秦觀〈青門飲〉）

　　空相憶，紗窗月淡，影雙人隻。（秦觀〈憶秦娥〉）

　　流鶯窗外啼聲巧，睡未足、把人驚覺。（秦觀〈海棠春〉）

　　綺窗人在東風裡，無語對春閒。（秦觀〈眼兒媚〉）

　　心耿耿，淚雙雙，皎月清風冷透窗。（秦觀〈搗練子〉）

　　窗外月華霜重，聽徹梅花弄。（秦觀〈桃源憶故人〉）

　　西窗下，風搖翠竹，疑是故人來。（秦觀〈滿庭芳其三〉）

　　露顆添花色？月彩投窗隙。（秦觀〈促拍滿路花〉）

　　病起蕭蕭兩鬢華，臥看殘月上窗紗。（李清照〈攤破浣溪沙〉）

　　守著窗兒，獨自怎生得黑！（李清照〈聲聲慢〉）

　　寒日蕭蕭上瑣窗，梧桐應恨夜來霜。（李清照〈鷓鴣天〉）

　　庭院深深深幾許？雲窗霧閣常扃。（李清照〈臨江仙〉）

　　歸鴻聲斷殘雲碧，背窗雪落爐煙直。（李清照〈菩薩蠻〉）

　　道人憔悴春窗底，悶損闌干愁不倚。（李清照〈玉樓春〉）

　　小閣藏春，閒窗鎖晝，畫堂無限深幽。（李清照〈滿庭芳〉）

　　西窗下，風搖翠竹，疑是故人來。（秦觀〈滿庭芳〉）

　　窗外月華霜重，聽徹梅花弄。（秦觀〈桃源憶故人〉）

　　窗隔殘煙簾映月。（柳永〈玉樓春其五〉）

　　霜天冷，風細細，觸疏窗，閃閃燈搖曳。（柳永〈婆羅門令〉）

　　青燈未滅，紅窗閒臥，魂夢去迢迢。（柳永〈少年遊其七〉）

想初襞苔牋，旋揮翠管紅窗畔。（柳永〈鳳銜杯其一〉）

閒窗燭暗，孤幃夜永，欹枕難成寐。（柳永〈慢卷紬〉）

觸疏窗、閃閃燈搖曳。（柳永〈婆羅門令〉）

夢覺透窗風一線，寒燈吹息。（柳永〈浪淘沙〉）

向雞窗、只與蠻箋象管，拘束教吟課。（柳永〈定風波〉）

對閒窗畔，停燈向曉，抱影無眠。（柳永〈戚氏〉）

綺窗外，秋聲敗葉狂飄。（柳永〈臨江仙〉）

有時攜手閒坐，偎倚綠窗前。（柳永〈促拍滿路花〉）

綠鎖窗前。幾日春愁廢管弦。（柳永〈減字木蘭花〉）

蛩響幽窗，鼠窺寒硯，一點銀釭閒照。（柳永〈傾杯〉）

閒窗漏永，月冷霜華墮。（柳永〈鶴沖天〉）

夢覺紗窗曉。殘燈掩然空照。（柳永〈梁州令〉）

張淑香認爲：「沒有掩蔽，就沒有偷窺的樂趣；沒有障防，就沒有征服的快感。……其實以窗來框裝女性，目的就是爲了窺視快感。」〔註68〕除了滿足窺視的快感，窗字的意象，和門一樣是連接室內室外的通道，既可以是報知時間的使者，更象徵了希望的來臨。

（二）簾

簾，本義爲門簾，遮蔽門窗的用具。《說文》：「簾，堂簾也。」〔註69〕《聲類》：「簾，戶蔽也。」劉禹錫〈陋室銘〉：「草色入簾青。」簾幕上如果掛有簾鉤，便能以拉動的方式移動：

太液波翻，披香簾捲，月明風細。（柳永〈醉蓬萊〉）

隔簾聽，贏得斷腸多少。（柳永〈隔簾聽〉）

簾垂深院冷蕭蕭。花外漏聲遙。（柳永〈少年遊其七〉）

疏簾風動，漏聲隱隱，飄來轉愁聽。（柳永〈過澗歇近〉）

〔註68〕張淑香：〈男性情色幻想的美典──溫庭筠詞的女性再現〉，《中國文哲研究集刊》第17期，2000.09，頁83。

〔註69〕〔漢〕許愼撰，〔清〕段玉裁注：《說文解字注》（臺北：天工書局，1996年），頁191。

窗隔殘煙簾映月。（柳永〈玉樓春其五〉）

鳳額繡簾高卷，獸鐶朱戶頻搖。（柳永〈西江月〉）

雨初歇。簾捲一鉤淡月。（秦觀〈蘭陵王〉）

朱簾半捲，單衣初試，清明時候。（秦觀〈水龍吟〉）

驟雨隔簾時一作，餘寒猶泥羅衫薄。（秦觀〈蝶戀花其三〉）

柔腸斷盡少人知，閒看花簾雙蝶狎。（秦觀〈玉樓春其二〉）

參差簾影晨光動，露桃雨柳矜新寵。（秦觀〈玉樓春其一〉）

簾半捲，燕雙歸，諱愁無奈眉。（秦觀〈阮郎歸〉）

斷繡簾垂，月明烏鵲飛。（秦觀〈菩薩蠻〉）

簾兒下、時把鞋兒踢，語低低、笑咭咭。（秦觀〈品令其二〉）

無緒，無緒，簾外五更風雨。（秦觀〈如夢令其五〉）

銀燭暗，翠簾垂。芳心兩自知。（秦觀〈醉桃源〉）

西樓促坐酒杯深，風壓繡簾香不捲。（秦觀〈木蘭花〉）

疏簾半捲微燈外，露華上、烟裊涼颭。（秦觀〈一叢花〉）

醉鞭拂面歸來晚，望翠樓、簾捲金鉤。（秦觀〈夢揚州〉）

無奈天與娉婷，夜月一簾幽夢，春風十里柔情。（秦觀〈八六子〉）

西樓促坐酒杯深，風壓繡簾香不捲。（秦觀〈木蘭花〉）

寶簾閒掛小銀鉤。（秦觀〈浣溪沙其一〉）

遠山將落日，依舊上簾鉤。（秦觀〈臨江仙其二〉）

任寶奩塵滿，日上簾鉤。（李清照〈鳳凰台上憶吹簫〉）

篆香燒盡，日影下簾鉤。（李清照〈滿庭芳〉）

不如向、簾兒底下，聽人笑語。（李清照〈永遇樂〉）

花影壓重門，疏簾鋪淡月，好黃昏。（李清照〈小重山〉）

昨夜雨疏風驟，濃睡不消殘酒。試問捲簾人，卻道海棠依舊。（李清照〈如夢令〉）

莫道不消魂，簾捲西風，人比黃花瘦。（李清照〈醉花陰〉）

樓上幾日春寒，簾垂四面，玉闌干慵倚。(李清照〈念奴嬌〉)

以易安「日上簾鉤」(〈滿庭芳〉)一句來看，乃脫胎自杜甫〈落日〉詩：「落日在簾鉤，溪邊春事幽。」易安反而用之，用於日上，別有新意。而「朱簾半捲，單衣初試，清明時候」(秦觀〈水龍吟〉)則暗用到杜牧〈贈別〉詩：「春風十里揚州路，捲上朱簾總不如。」寫出女子半捲上朱簾，初著單衣，當戶臨風，風姿綽約的姿態，更易引人遐思。

簾櫳，指的是竹簾與窗牖，或窗牖上的竹簾。歐陽脩〈采桑子〉：「垂下簾櫳，雙燕歸來細雨中。」《三國演義‧第八回》載：「允教放下簾櫳，笙簧繚繞，簇捧貂蟬舞於簾外。」

庭院餘寒，簾櫳清曉，東風初破丹苞。(秦觀〈滿庭芳──賞梅〉)

酒力全輕，醉魂易醒，風揭簾櫳，夢斷披衣重起。(柳永〈夢還京〉)

一軒明月上簾櫳。(柳永〈鷓鴣天〉)

羅幕或簾幕，是遮蔽門窗用的大塊帷幕，即窗簾布幕：

樓閣斷霞明，羅幕春寒淺。(秦觀〈生查子〉)

悄悄下簾幕，殘燈火。(柳永〈鶴沖天〉)

薰風簾幕無人，永晝厭厭如度歲。(柳永〈郭郎兒近〉)

池塘淺蘸煙蕪，簾幕閒垂風絮。(柳永〈鬥百花其二〉)

盡日無人簾幕掛，更風遞游絲時過牆。(秦觀〈沁園春〉)

正歸鴻簾幕，樓鴉城闕。(秦觀〈滿江紅其一〉)

別巢燕子辭簾幕。有意東君，故把紅絲縛。(秦觀〈一斛珠──秋閨〉)

微月戶庭，殘燈簾幕，忽忽共惜佳期。(秦觀〈望海潮其四〉)

天上星河轉，人間簾幕垂。(李清照〈南歌子〉)

以末例觀之，句中的「星河轉」即銀河轉動，也點出了時間的流逝，人因失眠無寐方能知曉這樣一段不算短的時光流逝。由「簾幕垂」句，可看出閨房中密簾遮護。和上句並看，變成了「天上、人間」

對舉，即有「天人遠隔」的含意。

　　另一與「簾」意相當者爲「幌」。幌，窗簾、帷幔。《集韻》：「幌，帷也。」杜甫〈月夜〉：「何時倚虛幌，雙照淚痕乾。」

　　　新陽上簾幌，東風轉，又是一年華。(秦觀〈風流子〉)

簾，有遮蔽意，更顯室內與室外的阻隔，既表現出女性的嬌羞和與外隔絕意，更能營造出迷離曲折的意境，含蓄且悠遠。

（三）紗廚、斗帳

　　天氣熱時，床上罩著透氣的紙帳（即紗廚）；高濂《遵生八牋‧卷八》載：

　　　用藤皮繭紙纏於木上，以索緊勒，作皺紋；不用糊，以線
　　　拆縫縫之。頂不用紙，以稀布爲頂，取其透氣。或畫以梅
　　　花、或畫以蝴蝶，自是分外清致。〔註70〕

當天氣冷時，便罩著保暖的斗帳〔註71〕。斗帳的顏色是華麗的朱櫻色，綴有流蘇，由此可見床鋪之溫馨華美。

　　　紫燕雙飛深院靜，罩枕紗廚，睡起嬌如病。(秦觀〈蝶戀花
　　　其一〉)

　　　佳節又重陽，玉枕紗廚，半夜涼初透。(李清照〈醉花陰〉)

唐王建〈贈王處士〉詩云：「青山掩障碧紗廚。」周邦彥〈浣溪沙〉：「薄薄紗廚望似空。」紗廚即爲方頂的紗帳。

　　古時女子閨房至少有兩重帳。一爲由門及內，位於通向臥室門兩側。另一道即爲床架上的覆帳，其制式與堂中帳略同。只是相比之下低垂勢微，類似今天的蚊帳。既可防蚊避塵，又有屏障作用，以應女子就寢之需。

〔註70〕〔明〕高濂：《遵生八牋‧卷八》，收錄於王雲五主編：《四庫全書珍
　　　　本九集》，頁12。
〔註71〕楊泓：〈漫談斗帳〉「張設在床上的帳，它具有保暖、避蟲、擋風、
　　　　防塵等多種用途，同時在用各種色澤鮮明的絲織品精工製造的帳
　　　　上，還可以加施華美的紋飾，懸垂流蘇，起著豐富室內裝飾的作用。」
　　　　收錄在楊村等著：《古代禮制風俗漫談》(台北：萬卷樓出版社，1998
　　　　年)，頁55～56。

　　　玉鴨熏爐閒瑞腦，朱櫻斗帳掩流蘇。通犀還解辟寒無？（李清照〈浣溪沙〉）

　　　雲散無蹤跡。羅帳薰殘，夢回無處尋覓。（秦觀〈促拍滿路花〉）

　　　錦帳重重捲暮霞，屏風曲曲鬭紅牙，恨人何事苦離家。（秦觀〈浣溪沙其五〉）

　　　繡帳香銷，畫屏燭冷，此意憑誰說。（秦觀〈念奴嬌其七〉）

　　　寒燈凝照，貝錦帳、雙鴛翔遶。（秦觀〈解語花〉）

　　　晨窗夜帳，幾番誤喜，燈花詹鵲。（秦觀〈水龍吟其一〉）

　　幬，帳子、幔幕。《說文》：「幬，囊也。」形聲字，從巾，壽聲。「巾」與絲織品有關，本義爲佩帶的香囊。《楚辭》：「蘇糞壤以充幬兮，謂申椒其不芳。」《廣韻》：「幬，一說單帳也。」幬幔、簾幬及羅幬，皆帳幕也。

　　　擬回首，又竚立簾幬畔。（柳永〈荔枝香〉）

　　　洞房飲散簾幬靜。擁香衾、歡心稱。（柳永〈晝夜樂其二〉）

　　　旋暖熏爐溫斗幬。（柳永〈鳳棲梧其三〉）

　　　願低幬昵枕，輕輕細說與。（柳永〈浪淘沙〉）

　　　念對酒當歌，低幬竝枕，翻恁輕孤。（柳永〈木蘭花慢其一〉）

　　　留取幬前燈，時時待、看伊嬌面。（柳永〈菊花新〉）

　　　蟲聲泣露驚秋枕，羅幬淚濕鴛鴦錦。（秦觀〈菩薩蠻〉）

　　言錦幬、鳳幬或鴛幬，探其鳳凰于飛、鴛鴦同心之意，多爲旖旎纏綿之景：

　　　錦幬裡、低語偏濃，銀燭下、細看俱好。（柳永〈兩同心其一〉）

　　　困極歡餘，芙蓉幬暖，別是惱人情味。（柳永〈尉遲杯〉）

　　　咫尺鳳衾鴛幬，欲去無因到。（柳永〈隔簾聽〉）

　　　那裡獨守鴛幬靜，永漏迢迢，也應暗同此意。（柳永〈夢還京〉）

　　　金鑪麝裊青煙，鳳幬燭搖紅影。（柳永〈晝夜樂其二〉）

　　　更相將、鳳幬鴛寢。（柳永〈宣清〉）

鳳幃夜短，偏愛日高眠。(柳永〈促拍滿路花〉)

追念少年時，正恁鳳幃，倚香偎暖。(柳永〈陽臺路〉)

言繡幃、香幃或翠幃，則可見爲女子居所：

香幃睡起，發妝酒釀，紅臉杏花春。(柳永〈少年遊其四〉)

欲掩香幃論繾綣。先斂雙蛾愁夜短。(柳永〈菊花新〉)

繡幃睡起，殘妝淺、無緒勻紅補翠。(柳永〈望遠行〉)

向繡幃、深處竝枕，說如此牽情。(柳永〈引駕行〉)

小欄外、東風軟，透繡幃、花蜜香稠。(秦觀〈夢揚州〉)

翠幃輕別兩依依。(秦觀〈望海潮其四〉)

《古詩十九首・明月何皎皎》：「明月何皎皎，照我羅床幃。」
這樣的場景多是燭光黯淡，躺在羅帳中，一個人斜靠著枕頭，難以
成眠：

閒窗燭暗，孤幃夜永，欹枕難成寐。(柳永〈慢卷紬〉)

奈寒漏永，孤幃悄，淚燭空燒。(柳永〈臨江仙〉)

帷，帷幕也，即圍在四周的布幕。帷幕，懸掛起來用於遮擋的大
塊布、綢、絲絨等。《資治通鑑》：「裹以帷幕。」《說文》：「帷，在旁
曰帷。」〔註72〕《說文通訓定聲》：「在旁曰帷，在上曰幕。」

鳳枕鴛帷。(柳永〈駐馬聽〉)

冷浸書帷夢斷，卻披衣重起。臨軒砌。(柳永〈佳人醉〉)

鴛帷寂寞，算得也應暗相憶。(柳永〈六幺令〉)

幔，絲麻織品。本義爲帳幕。《說文》：「幔，幕也。蔽在上曰幔，
在旁曰帷。」〔註73〕《墨子・非攻》：「幔幕帷蓋，三軍之用。」即
以布帛製成，遮蔽門窗等用的簾子。幄，帷幕也。「禁幄」，密張之
幄。

陰風翻翠幔，雨澀燈花暗。(秦觀〈菩薩蠻〉)

<hr>

〔註72〕〔漢〕許慎撰，〔清〕段玉裁注：《說文解字注》(臺北：天工書局，
　　　　1996年)，頁360。
〔註73〕〔漢〕許慎撰，〔清〕段玉裁注：《說文解字注》，頁358。

禁幄低張，彤欄巧護，就中獨佔殘春。（李清照〈慶清朝慢〉）
以紗廚、斗帳等帳幕帷幔，既有柔性調，更顯迷濛飄逸之感，而若綴以鴛鴦鳳凰等物，則有纏綿旖旎之意。

（四）燈、燭、釭

燈光使人有明亮溫馨的感覺，畫面往往因光線的投射，而更加鮮明，且光影的變化，還能引人諸多想像，並可利用燈的明暗，來表達作者心情的起伏。銀燭，明燭也，指的是白色的蠟燭。杜牧〈秋夕〉：「銀燭秋光冷畫屏。」

銀燭生花如紅豆。（秦觀〈御街行〉）

銀燭暗，翠簾垂。（秦觀〈醉桃源〉）

無端銀燭殞秋風，靈犀得暗通。（秦觀〈阮郎歸其二〉）

錦帳裡、低語偏濃，銀燭下、細看俱好。（柳永〈兩同心其一〉）

金鑪麝裊青煙，鳳帳燭搖紅影。（柳永〈晝夜樂其二〉）

閒窗燭暗，孤幃夜永，敧枕難成寐。（柳永〈慢卷紬〉）

奈寒漏永，孤幃悄，淚燭空燒。（柳永〈臨江仙〉）

惟有牀前殘淚燭，啼紅相伴。（柳永〈安公子其二〉）

點上紗籠畫燭，花驄弄、月影當軒。（秦觀〈滿庭芳其三〉）

杯嫌玉漏遲，燭厭金刀翦。（秦觀〈生查子〉）

繡帳香銷，畫屏燭冷，此意憑誰說。（秦觀〈念奴嬌其七〉）

燭底鳳釵明，釵頭人勝輕。（李清照〈菩薩蠻〉）

釭，燈也。江淹〈別賦〉：「夏簟清兮晝不暮，冬釭凝兮夜何長。」王實甫《西廂記·第三本·第二折》：「絳臺高，金荷小，銀釭猶燦。」銀釭，即銀燈。晏幾道〈鷓鴣天〉詞：「今宵賸把銀釭照，猶恐相逢是夢中。」青釭，即青燈。李白〈夜坐吟〉：「青釭凝明照悲啼。」

蛩響幽窗，鼠窺寒硯，一點銀釭閒照。（柳永〈傾杯〉）

背銀釭、孤館乍眠，擁重衾、醉魄猶噤。（柳永〈宣清〉）

與解羅裳，盈盈背立銀釭，卻道你先睡。（柳永〈鬪百花其三〉）

酒闌歌罷玉尊空，青缸暗明滅。（李清照〈好事近〉）

通常寫「燈」，場景即為夜晚時分，燈亮之時，愁悶煩苦，淚對孤燈；燈暗之時，輾轉反側亦難成眠：

夢覺紗窗曉。殘燈掩然空照。（柳永〈梁州令〉）

草草主人燈下別。（柳永〈塞孤〉）

惟有枕前相思淚，背燈彈了依前滿。（柳永〈滿江紅其四〉）

留取帳前燈，時時待、看伊嬌面。（柳永〈菊花新〉）

對閒窗畔，停燈向曉，抱影無眠。（柳永〈戚氏〉）

幾回飲散，燈殘香暖，好事盡鴛衾。（柳永〈少年遊其十〉）

青燈未滅，紅窗閒臥，魂夢去迢迢。（柳永〈少年遊其七〉）

怎得依前燈下，恣意憐嬌態。（柳永〈迎春樂〉）

寒燈畔。夜厭厭、憑何消遣。（柳永〈陽臺路〉）

夢覺透窗風一線，寒燈吹息。（柳永〈浪淘沙〉）

觸疏窗、閃閃燈搖曳。（柳永〈婆羅門令〉）

秋漸老，蛩聲正苦，夜將闌，燈花旋落。（柳永〈尾犯〉）

夢覺紗窗曉。殘燈掩然空照。（柳永〈梁州令〉）

夜來怎怎飲散，敧枕背燈睡。（柳永〈夢還京〉）

悄悄下簾幕，殘燈火。（柳永〈鶴沖天〉）

獨抱濃愁無好夢，夜闌猶剪燈花弄。（李清照〈蝶戀花〉）

另外，易安〈臨江仙〉中的「試燈無意思，踏雪沒心情。」及柳永〈西施其二〉「柳街燈市好花多」之句，指的是燈會，非燈火也。以燈、燭、缸等物，當然可見時間發生於夜晚，無寐之夜，獨對燈燭，自有淒涼之感。

（五）熏 香

宋朝進口了大量香藥，「宋之經費，茶鹽礬之外，惟香之為利博，故以官為市焉。」〔註74〕《宋史・卷一八六・食貨志下八》記

〔註74〕〔元〕脫脫等：《宋史・卷一八五・食貨志下七》，頁 2204。

錄了香料從外國進口的情形。從《陳氏香譜》中可看出宋人日常生活使用香藥的普遍性，無論是佩帶香囊，或是焚香薰衣，甚或置於香爐中或茶飲中，都添入了琳瑯滿目的不同香藥〔註75〕。

至於香料的使用方法，除了可將之製成香囊，隨時攜帶身上之外，還有焚香及薰香兩種。焚香可保持室內香氣馥郁，焚香方法爲「焚香必於深房曲室，矮桌置爐與人膝平，火上設銀葉或雲母製如盤形以之襯香。香不及火，自然舒慢無煙燥氣。」薰香可使服飾充滿香氣：

> 東籬把酒黃昏後，有暗香盈袖。(李清照〈醉花陰〉)

> 別來最苦，襟袖依約，尚有餘香。(柳永〈彩雲歸〉)

薰香方法爲「凡欲薰衣置熱湯於籠下，衣覆其上，使之沾潤，取去，別以爐熱香薰畢，疊衣入篋笥。隔宿，衣之餘香，數日不歇。」〔註76〕薰籠，一般多以竹片編成，覆罩在爐上，供薰香、烘物或取暖的竹籠。白居易〈後宮詞〉云：「紅顏未老恩先斷，斜倚薰籠坐到明。」

除了薰衣，古人還喜歡以薰籠薰被，牛嶠〈菩薩蠻〉中的「薰爐蒙翠被，繡帳鴛鴦睡。」及周邦彥詞中的「寶香薰被成孤宿」均可看出詞人有薰被的習慣。臨睡前，在薰籠上薰香被子，乃富貴人家臥室裡之常景。將被子放置薰籠上薰烤，還可以在寒冷的天氣裡也能夠保有溫暖的感覺：

> 天共高城遠，香餘繡被溫。(秦觀〈南歌子其二〉)

> 擁香衾、歡心稱。金鑪麝裊青煙，鳳帳燭搖紅影。(柳永〈晝夜樂其二〉)

> 洞庭深處，幾度飲散歌闌，香暖鴛鴦被。(柳永〈浪淘沙〉)

> 日上花梢，鶯穿柳帶，猶壓香衾臥。(柳永〈定風波〉)

> 薄情漫有歸消息，鴛鴦被、半香消。(柳永〈少年遊其七〉)

〔註75〕〔宋〕陳敬《陳氏香譜》，收錄於王雲五主編：《四庫全書珍本四集》。

〔註76〕〔宋〕陳敬《陳氏香譜‧卷四》，收錄於王雲五主編：《四庫全書珍本四集》。

幾回飲散良宵永，鴛衾暖、鳳枕香濃。（柳永〈集賢賓〉）

幾回飲散，燈殘香暖，好事盡鴛衾。（柳永〈少年遊其十〉）

仍攜手，眷戀香衾繡被。（柳永〈長壽樂〉）

遙夜香衾暖，算誰與。（柳永〈迷神引〉）

　　在《陳氏香譜》卷三提到使用到的香品器有香爐、香盛、香盤、香匙、香箸、香壺、香罌等器具。而在本文界定之閨閣書寫中，主要熏香的器具有香爐和香獸兩種：

歸鴻聲斷殘雲碧，背窗雪落爐煙直。（李清照〈菩薩蠻〉）

飲散玉爐煙裊。洞房悄悄。（柳永〈兩同心其一〉）

便是仙禁春深，御爐香裊，臨軒親試。（柳永〈長壽樂〉）

旋暖熏爐溫斗帳。（柳永〈鳳棲梧其三〉）

屏山掩、紅蠟長明，金獸盛熏蘭炷。（柳永〈祭天神〉）

恨與宵長，一夜熏爐，添盡香獸。（秦觀〈青門飲〉）

除了傳統的香爐，還有不同的獸型熏香器具，可將香爐做成動物的造型，洪芻《香譜》卷下載：「香獸，以塗金為狻猊、麒麟、鳧鴨之狀，空中以燃香，使煙自口出，以為玩好，復有雕木埏土為之者。」〔註77〕這些動物造型的香爐通稱為香獸，一般來說都是銅、銀材質，外表鎏金，也有木雕或陶瓷製品，內部空膛，作燃香之用。而動物口部均有開口，與內膛相通，乃吐煙口。一旦焚香，煙縷便自獸口或禽喙中輕輕溢出。大抵說來，蓋因狻猊或麒麟這一類的獸爐，看來甚有氣派，因此常作為大型宮廷儀式上之擺設，乃取傳說中龍生九子，其中狻猊性好煙火。陸游《老學庵筆記》中載：「紫宸殿有二金狻猊，蓋香獸也。」詞人房中亦有如斯擺設：

香冷金猊，被翻紅浪，起來慵自梳頭。（李清照〈鳳凰台上憶吹簫〉）

另宋徐伸的〈轉調二郎神〉亦有「薰徹金猊燼冷」之句，可見宋人有以金猊熏香之習。而宮殿上擺設香獸，自是為了顯示皇家氣派，

〔註77〕〔宋〕洪芻：《香譜》（北京：中華書局，1985年），頁22。

然此並非香獸的主要用途。以動物爲造型，乃爲富意趣，以爲玩好，因此，通常在女性閨房內所出現的香獸造型，多爲小巧可愛的金鴨或玉鴨居多，冰潤可愛，體積不大，北宋青白瓷香鴨通常高不足二十釐米，小巧玲瓏，置於屋內角落或帳中，不佔空間：

> 玉鴨熏爐閒瑞腦，朱櫻斗帳掩流蘇。通犀還解辟寒無？（李清照〈浣溪沙〉）
>
> 午窗睡起香銷鴨，斜倚粧台開鏡匣。（秦觀〈玉樓春其二〉）
>
> 玉纖慵整銀箏雁，紅袖時籠金鴨暖。（秦觀〈木蘭花〉）

於是，就寢前，在帳中小香爐內燃香，成了詞人例行之事：

> 沈水臥時燒，香消酒未消。（李清照〈菩薩蠻〉）

經過漫漫長夜或白晝，爐內燃盡，僅剩香灰，殘香亦悄悄隱沒於空氣之間：

> 夢纔覺，小閣香炭成煤，洞戶銀蟾移影。（柳永〈過澗歇近〉）
>
> 沈香斷續玉爐寒，伴我情懷如水。（李清照〈孤雁兒〉）
>
> 斷香殘酒情懷惡，西風催襯梧桐落。（李清照〈憶秦娥〉）

以「沉香斷緒玉爐寒」一句來看，著一「寒」字，實突顯出思婦情懷和身處環境一般淒冷。此時室內再無他人，唯有斷續的煙，以及香滅後的玉爐陪相伴，「伴我情懷如水」，使悲苦之情頓成具體可感的形象，由此亦可見焚香乃閨閣中尋常可見之事。

由《香譜》卷上可知宋代所使用香品種類繁多，有龍腦香等四十二種香品〔註78〕。後陳敬集十一家香譜彙成一書，作《陳氏香譜》四卷〔註79〕，可見宋人對使用香品的重視。本文所言及閨閣書寫中香的種類有三：

1、沈香

沈香，一名沈水，是一種香氣很濃的香料，其功用爲治療風水

〔註78〕 宋朝洪芻的《香譜·卷上》「香之品」介紹「龍腦香、麝香、沉水香、白檀香……」等四十二種香品。參見〔宋〕洪芻：《香譜》（北京：中華書局，1985年），頁1～15。

〔註79〕 〔宋〕陳敬：《陳氏香譜》，收錄於王雲五主編：《四庫全書珍本四集》。

毒腫，可去惡臭。《太平御覽・卷九百八十二》引《南州異物志》曰：「沈水香出日南。欲取，當先斫壞樹著地。積久，外皮朽爛。其心至堅者，置水則沈，名沈香。」〔註80〕

　　木之心節置水則沈，故名沈水。亦曰水沈。〔註81〕

　　沈水臥時燒，香消酒未消。（李清照〈菩薩蠻〉）

　　淡盪春光寒食天，玉爐沈水裊殘煙。（李清照〈浣溪沙〉）

　　沈香斷續玉爐寒，伴我情懷如水。（李清照〈孤雁兒〉）

　　玉籠金斗，時熨沈香。（秦觀〈沁園春〉）

　　翠被曉寒輕，寶篆沈烟裊。（秦觀〈海棠春〉）

　　睡起熨沈香，玉腕不勝金斗。（秦觀〈如夢令其一〉）

　　念小奩瑤鑒，重勻絳蠟；玉籠金斗，時熨沈香。（秦觀〈沁園春〉）

2、瑞　腦

　　瑞腦，是一種香料，一稱龍瑞腦或龍腦，以龍腦木蒸餾而成。「龍腦香是從龍腦樹的樹幹中蒐集的天然白色結晶體，在古代只生長自赤道至北緯五度的地區。」〔註82〕，具有明目鎮心的功用〔註83〕。段成式《酉陽雜俎・前集卷一》：「天寶末，交趾貢龍腦，如蟬蠶形。波斯言老龍腦樹節方有。禁中呼爲瑞龍腦。上唯賜貴妃十枚，香氣徹十餘步。上夏日嘗與親王棋，令賀懷智獨彈琵琶，貴妃立於局前觀之。上數枰子將輸，貴妃放康國猧子於坐側，猧子乃上局，局子亂，上大悅。時風吹貴妃領巾於賀懷智巾良久，回身方落。賀懷智歸，覺滿身香氣非常，乃卸幞頭貯於錦囊中。及上皇復宮闕，追思貴妃不已。懷智乃進所貯幞頭，具奏他日事，上皇發囊，泣曰：此

〔註80〕〔宋〕李昉：《太平御覽・卷九百八十二》。
〔註81〕〔明〕周嘉冑：《香乘・卷一》，收錄於王雲五主編：《四庫全書珍本九集》，頁1。
〔註82〕《故宮歷代香具圖錄》（台北：國立故宮博物館，1994年），頁9。
〔註83〕〔宋〕洪芻：《香譜》（北京：中華書局，1985年），頁1。

瑞龍腦香也。」〔註84〕足見瑞腦有香氣馥郁，久久不散之特質。在房內燃起香氛，香爐裡的瑞腦香煙裊裊而升，芬芳滿室：

酒闌更喜團茶苦，夢斷偏宜瑞腦香。（李清照〈鷓鴣天〉）

薄霧濃雲愁永晝，瑞腦消金獸。（李清照〈醉花陰〉）

玉鴨薰爐閒瑞腦，朱櫻斗帳掩流蘇。通犀還解辟寒無？（李清照〈浣溪沙〉）

3、篆　香

篆香，中古時期的高級盤香。《香譜・卷下》云：「香篆，鏤木以爲之，以範香塵爲篆文，然於飲席或佛像前，往往有至二、三尺徑者。」〔註85〕高濂《遵生八牋・卷八》有印香，云俱作篆文，疑即一物。後世廟宇中之盤香，燃於佛前，其徑亦有二、三尺，或即香篆也〔註86〕。明朝周嘉冑的《香乘》中提到製作香篆的方法，將各類香品揉和磨碎，和滴水作如桐子大小的丸子。焚香煙起時，可以用銅製筷子引煙寫字畫人物，皆能不散〔註87〕。爲了使用方便，可將粉末以模子壓成固定字型或花樣，還能作爲計算時辰的工具。

篆香燒盡，日影下簾鉤。（李清照〈滿庭芳〉）

斷盡金爐小篆香。（秦觀〈減字木蘭花〉）

寶篆煙銷龍鳳，畫屛雲鎖瀟湘。（秦觀〈畫堂春〉）

翠被曉寒輕，寶篆沈烟裊。（秦觀〈海棠春〉）

篆香，盤香，因其形狀如環如篆。盤香的形狀恰如人的愁腸百轉，就近取譬，觸物興感，顯得自然渾成，不露痕跡，以秦觀〈減字木

〔註84〕〔唐〕段成式：《酉陽雜俎・前集卷一》（北京：中華書局，1985年），頁2～3。

〔註85〕〔宋〕洪芻：《香譜》（北京：中華書局，1985年），頁22。亦可參見〔宋〕陳敬《陳氏香譜・卷四》收錄於王雲五主編：《四庫全書珍本九集》，頁7。

〔註86〕〔明〕高濂：《遵生八牋・卷八》，收錄於王雲五主編：《四庫全書珍本九集》，頁21～23。

〔註87〕〔明〕周嘉冑：《香乘・卷二十二》，收錄於王雲五主編：《四庫全書珍本九集》。

蘭花〉中「斷盡」二字來看，盡顯女子柔腸寸斷，一寸相思一寸灰的情感。

（六）寶奩、菱花鏡

奩，可作匳或匲，古代盛梳妝用品的匣子，亦可稱爲「妝奩」、「香奩」或「脂粉奩」。《世說新語·巧藝》：「彈棋始自魏宮內用妝奩戲。」李商隱〈驕兒詩〉：「凝走弄香奩，拔脫金屈戌。」奩在各朝形制不同，其製作選材從現存文物看，有紫砂、彩陶、瓷制、竹制、金屬（金銀銅）、玻璃、琺瑯、景泰藍、玉石等，形狀設計多精巧別緻。寶奩，指的是貴重的鏡匣：

　　任寶奩塵滿，日上簾鉤。（李清照〈鳳凰台上憶吹簫〉）

　　念小奩瑤鑒，重勻絳蠟；玉籠金斗，時熨沈香。（秦觀〈沁園春〉）

　　午窗睡起香銷鴨，斜倚粧台開鏡匣。（秦觀〈玉樓春其二〉）

河南鄭州宋墓的壁畫中曾發現畫有鏡臺。由此可見，鏡臺在宋時運用已很普遍。

菱，本爲柳葉菜科，菱屬植物的泛稱。一年生水生草本，葉子略呈三角形，葉柄有氣囊，夏天開花，白色。果實有硬殼，有角，可供食用。古代常以菱花爲銅鏡背面的圖案，故稱鏡子爲「菱花」。明湯顯祖《牡丹亭》：「沒揣菱花，偷人半面，迤逗的彩雲偏。」清孔尙任《桃花扇》：「兩個在那裡交扣丁香，並照菱花。」

　　理罷笙簧，卻對菱花淡淡妝。（李清照〈醜奴兒〉）

　　拂拭菱花看寶鏡，玉指纖纖，撚唾撩雲鬢。（秦觀〈蝶戀花其一〉）

　　閒把菱花自照，笑春山、爲誰塗抹。（秦觀〈水龍吟其二〉）

可見宋詞中所指菱花並非眞的花朵，而是菱花鏡。

（七）屛　風

畫屛，以畫裝飾的屛風。唐人韋莊〈奉和觀察郎中春暮憶花言懷見寄四韻之什〉：「落花帶雪埋芳草，春雨和風溼畫屛。」

繡帳香銷，畫屏燭冷，此意憑誰說。（秦觀〈念奴嬌其七〉）

雲鬟整罷卻回頭，屏上依稀描楚峽。（秦觀〈玉樓春其二〉）

淡煙流水畫屏幽。（秦觀〈浣溪沙其一〉）

繡帳香銷，畫屏燭冷，此意憑誰說。（秦觀〈念奴嬌其七〉）

即使不以畫裝飾屏風，屏風也多是充滿富麗貴質：

夜闌人靜曲屏深，借寶瑟、輕輕招手。（秦觀〈御街行〉）

錦帳重重捲暮霞，屏風曲曲鬪紅牙，恨人何事苦離家。（秦觀〈浣溪沙其五〉）

好天良夜，深屏香被。爭忍便相忘。（柳永〈少年遊其八〉）

花朝月夕，最苦冷落銀屏。（柳永〈引駕行〉）

金絲帳暖銀屏亞。（柳永〈洞仙歌〉）

屏山，繪有山巒圖形的屏風。歐陽脩〈蝶戀花〉詞云：「枕畔屏山圍碧浪，翠被華燈，夜夜空相向。」

屏山掩、紅蠟長明，金獸盛熏蘭炷。（柳永〈祭天神〉）

二、寢　飾

（一）枕

今日所見之如意頭形枕或葉形枕，其枕面下低上高，外型輪廓下闊上尖，並且往往帶有波形起伏，造型有山巒之意。歐陽脩〈蝶戀花〉一詞中亦有：「暗覺金釵，磔磔聲相扣」之句，這似山樣的枕一旦與金釵類的金屬物碰撞，便會發出清脆的聲響，此乃瓷器的特點。《磁州窰瓷枕》〔註88〕一書中所介紹的磁州窰瓷枕中有兩件元代「長方形白地黑花人物故事枕」，一件墨書題記「古相張家造，艾山枕用功」〔註89〕，另一則題記爲「相地張家造，艾山枕用功」〔註90〕，意指艾姓匠人，因其山枕作得特別好，以致被眾人呼爲「艾山枕」，他本人亦欣然接受此號。此正說明瓷質的「如意頭形枕」或「葉形

〔註88〕張子英編：《磁州窰瓷枕》（天津：人民美術出版社，2000年。）

〔註89〕張子英編：《磁州窰瓷枕》，頁125。

〔註90〕張子英編：《磁州窰瓷枕》，頁145。

枕」，即爲詩詞中常提及的「山枕」：

> 乍試夾衫金縷縫，山枕斜敧，枕損釵頭鳳。(李清照〈蝶戀花〉)
>
> 淡蕩春光寒食天，玉爐沈水裊殘煙，夢回山枕隱花鈿。(李清照〈浣溪沙〉)

山枕多採用「如意頭形枕」此固定造型，外輪廓近山巒之狀，魏承班〈訴衷情〉中言：「春深花簇小樓台，風飄錦繡開。新睡覺，步香階，山枕印紅腮。　　鬢亂墜金釵，語檀偎。臨行執手重重囑，幾千回。」詞中描寫一位剛從床上起身的女子，忙與意中人依依不捨道別，因而顧不得儀容不整，而「山枕印紅腮」正是她未及梳洗打扮的明證。因爲山枕的枕面用劃花方式，刻畫出花紋，所謂的劃花，正是唐宋陶瓷製作中常用的裝飾手法，即以特殊的尖頭工具，在陶瓷表面上劃出各種圖案的陰線淺紋，如此枕面自不光滑平整，女子睡覺時將面頰貼於枕面上，睡醒後面頰自會印上圖案紋路。

易安〈浣溪沙〉中「夢回山枕隱花鈿」之語，意指女子一覺醒來，山枕在腮頰上「隱起」花鈿，此之「隱」字，有「浮起」之意。〔註91〕花鈿本爲女子貼於臉上的小朵花飾，此則指枕面上有小朵雕刻花紋，印在臉上彷彿花鈿般美麗。而周邦彥〈滿江紅〉中提及「枕痕一線紅生肉」，也是女性睡於山枕上睡醒後所留下之痕跡。

另外，瓷枕的另一美稱爲「玉枕」。最著名的例子則爲易安〈醉花陰〉中「佳節又重陽，玉枕紗廚，半夜涼初透」之句，時逢重陽之秋，夜半露重微寒，斜敧枕上，頗令人頗有清涼如玉的感受。枕上加以鴛鴦鳳凰之圖，即稱「鳳枕」或「鴛枕」，取其雙雙對對、兩兩同心之意頭，而言「竝枕」，則可看出爲兩個並排之枕，有共眠之意：

> 只消鴛枕夜來閒，曉鏡心情便懶。(秦觀〈西江月〉)
>
> 鳳衾鴛枕，何事等閒拋。(柳永〈西施其三〉)

〔註91〕《新唐書》載：「起梁帶之制：三品以上，玉梁寶鈿；五品以上，金梁寶鈿；六品以下，金飾隱起而已。」另呂大臨《考古圖》載：「其文皆隱起，作獸面，亦饕餮象。」

　　無端處，是繡衾鴛枕，閒過清宵。(柳永〈臨江仙〉)

　　苦留連。鳳衾鴛枕，忍負良天。(柳永〈玉蝴蝶其四〉)

　　鳳枕鸞帷。二三載，如魚似水相知。(柳永〈駐馬聽〉)

　　算得伊、鴛衾鳳枕，夜永爭不思量。(柳永〈彩雲歸〉)

　　綢繆鳳枕鴛被。深深處、瓊枝玉樹相倚。(柳永〈尉遲杯〉)

　　幾回飲散良宵永，鴛衾暖、鳳枕香濃。(柳永〈集賢賓〉)

　　羞見枕衾鴛鳳，悶則和衣擁。(秦觀〈桃源憶故人〉)

　　念對酒當歌，低幃竝枕，翻恁輕孤。(柳永〈木蘭花慢其一〉)

　　向繡幃、深處竝枕，說如此牽情。(柳永〈引駕行〉)

上述之例多有追憶昔日恩情歡好時，以鴛鳳作爲象徵意。而言「夢枕」，則可見夢魂縈繞，孤清難遣：

　　夢枕頻驚，愁衾半擁，萬里歸心悄悄。(柳永〈傾杯〉)

　　枕上夢魂飛不去，覺來紅日又西斜，滿庭芳草襯殘花。(秦觀〈浣溪沙其五〉)

　　枕上忽收疑是夢，燈前重看不成眠，又還一段惡因緣。(秦觀〈浣溪沙其三〉)

　　晝長深院，夢回孤枕，風吹鈴索。(秦觀〈水龍吟其一〉)

言「粲枕」則可看出閨人寢具之華麗簇新：

　　竝粲枕、輕偎輕倚，綠嬌紅妵。(柳永〈洞仙歌〉)

　　展轉無眠，粲枕冰冷。(柳永〈過澗歇近〉)

另外，詞句中的「枕」書寫尚有：

　　紫燕雙飛深院靜，簟枕紗廚，睡起嬌如病。(秦觀〈蝶戀花其一〉)

　　枕簟微涼，睡久輾轉慵起。(柳永〈郭郎兒近〉)

　　涼生枕簟淚痕滋，起解羅衣，聊問夜何其？(李清照〈南歌子〉)

　　蟲聲泣露驚秋枕，羅幃淚濕鴛鴦錦。(秦觀〈菩薩蠻〉)

　　昨夜扁舟泊處，枕底當灘磧。(柳永〈六幺令〉)

　　薄衾小枕涼天氣。乍覺別離滋味。(柳永〈憶帝京〉)

　　拚卻明朝永日，畫堂一枕春醒。(柳永〈木蘭花慢其二〉)

　　永漏頻傳，前歡已去，離愁一枕。(柳永〈宣清〉)

　　和衣擁被不成眠，一枕萬回千轉。(柳永〈御街行其二〉)

　　江風靜，日高未起，枕上酒微醒。(秦觀〈滿庭芳其二〉)

　　枕上詩書閒處好，門前風景雨來佳。(李清照〈攤破浣溪沙〉)

　　願嬭嬭，蘭心蕙性，枕前言下，表余深意。(柳永〈玉女搖仙佩〉)

　　惟有枕前相思淚，背燈彈了依前滿。(柳永〈滿江紅其四〉)

　　省同衾枕，便輕許相將，平生歡笑。(柳永〈法曲第二〉)

　　願低幃昵枕，輕輕細說與，江鄉夜夜，數寒更思憶。(柳永〈浪淘沙〉)

　　空牀展轉重追想，雲雨夢、任敧枕難繼。(柳永〈婆羅門令〉)

　　閒窗燭暗，孤幃夜永，敧枕難成寐。(柳永〈慢卷紬〉)

　　夜來恩恩飲散，敧枕背燈睡。(柳永〈夢還京〉)

可見「枕」確為閨閣書寫中的常見物品。其所代表之意，除了功能性能供人們睡覺外，也是情慾的表徵。

　　（二）牀

　　牀是人們休憩之具，更是閨房中不可或缺之物。女子平日不穿之衣物需洗淨疊好，放於箱收藏，或置枕邊以備用，因此古代女子的牀是不能輕易示人的。三家詞作中言及牀鋪擺設的詞句有：

　　空牀輾轉重追想，雲雨夢，任敧枕難繼。(柳永〈婆羅門令〉)

　　惟有牀前殘淚燭，啼紅相伴。(柳永〈安公子其二〉)

　　覺傾倒，急投牀，醉鄉廣大人間小。(秦觀〈醉鄉春〉)

　　藤牀紙帳朝眠起，說不盡無佳思。(李清照〈孤雁兒〉)

藤牀，藤製之牀也。宋無名氏〈春光好〉詞：「小藤牀，隨意橫。」朱敦儒〈念奴嬌〉：「照我藤牀涼似水。」明高濂《遵生八牋・卷八》有敧牀：「高尺二寸，長六尺五寸，用藤竹編之，勿用板，輕則童子易抬。上置椅圈靠背如鏡架，後有撐放活動，以通高低。如醉臥偃仰

觀書並花下臥賞，俱妙。」〔註92〕此攲牀以藤（或竹）編之，疑或即藤牀也。

（三）簟

藤製之床上所鋪有光潔的玉簟。簟，竹席也。玉簟，則是光澤如玉的竹席。

> 紫燕雙飛深院靜，簟枕紗廚，睡起嬌如病。（秦觀〈蝶戀花其一〉）

> 紅藕香殘玉簟秋，輕解羅裳，獨上蘭舟。（李清照〈一翦梅〉）

> 涼生枕簟淚痕滋，起解羅衣，聊問夜何其？（李清照〈南歌子〉）

> 枕簟微涼，睡久輾轉慵起。（柳永〈郭郎兒近〉）

（四）被、衾

1、被

在閨閣書寫中，被隨著「枕」字出現的，自然是同爲床上之寢具「被」：

> 和衣擁被不成眠，一枕萬回千轉。（柳永〈御街行其二〉）

> 夢破鼠窺燈，霜送曉寒侵被。（秦觀〈如夢令其二〉）

> 被冷香消新夢覺，不許愁人不起。（李清照〈念奴嬌〉）

「繡被」和「香被」可見爲女子閨房之物；而「翠被」與「錦被」的使用，則可見該主人翁之家境富裕，被質昂貴：

> 洞房悄悄，繡被重重，夜永歡餘，共有海約山盟，記得翠
> 雲偷翦。（柳永〈洞仙歌〉）

> 仍攜手，眷戀香衾繡被。（柳永〈長壽樂〉）

> 天共高城遠，香餘繡被溫。（秦觀〈南歌子其二〉）

> 好天良夜，深屏香被。爭忍便相忘。（柳永〈少年遊其八〉）

> 翠被曉寒輕，寶篆沈烟裊。（秦觀〈海棠春〉）

> 紅茵翠被，當時事，一一堪垂淚。（柳永〈慢卷紬〉）

〔註92〕〔明〕高濂：《遵生八牋·卷八》，收錄於王雲五主編：《四庫全書珍本九集》，頁12。

　　錦被裡、餘香猶在。（柳永〈迎春樂〉）

　　鴛鴦被是常見之物。〈古詩十九首〉：「文綵雙鴛鴦，裁爲合歡被。」濟注：「綺上文綵爲鴛鴦文，合歡被以取同歡之意。」

　　長是夜深，不肯便入鴛被。（柳永〈鬬百花其三〉）

　　爲盟誓。今生斷不孤鴛被。（柳永〈玉女搖仙佩——佳人〉）

　　恁數重鴛被，怎向孤眠不暖。（柳永〈安公子其二〉）

　　薄情漫有歸消息，鴛鴦被、半香消。（柳永〈少年遊其七〉）

　　愁極，再三追思，洞房深處，幾度飲散歌闌，相暖鴛鴦被。（柳永〈浪淘沙〉）

　　酒力漸濃春思蕩。鴛鴦繡被翻紅浪。（柳永〈鳳棲梧其三〉）

　　綢繆鳳枕鴛被。深深處、瓊枝玉樹相倚。困極歡餘，芙蓉帳暖，別是惱人情味。（柳永〈尉遲杯〉）

　　歌筵罷、偶同鴛被。別來光景，看看經歲。（柳永〈殢人嬌〉）

2、衾

　　衾，大被子。《詩經・召南・小星》：「肅肅宵征，抱衾同裯。」白居易〈長恨歌〉也有詩云：「鴛鴦瓦冷霜華重，翡翠衾寒誰與共？」

　　人去香猶在，孤衾長閑餘繡。（秦觀〈青門飲〉）

　　喚起一聲人悄，衾冷夢寒窗曉。（秦觀〈醉鄉春〉）

衾枕，被子與枕頭。溫庭筠〈更漏子〉：「眉翠薄，鬢雲殘，夜長衾枕寒。」多比喻爲夫妻。

　　羞見枕衾鴛鳳，悶則和衣擁。（秦觀〈桃源憶故人〉）

　　鳳衾鴛枕，何事等閒拋。（柳永〈西施其三〉）

　　無端處，是繡衾鴛枕，閒過清宵。（柳永〈臨江仙〉）

　　苦留連。鳳衾鴛枕，忍負良天。（柳永〈玉蝴蝶其四〉）

　　夢枕頻驚，愁衾半擁，萬里歸心悄悄。（柳永〈傾杯〉）

　　算得伊、鴛衾鳳枕，夜永爭不思量。（柳永〈彩雲歸〉）

　　薄衾小枕涼天氣。（柳永〈憶帝京〉）

幾回飲散良宵永，鴛衾暖，鳳枕香濃。(柳永〈集賢賓〉)

省同衾枕，便輕許相將，平生歡笑。(柳永〈法曲第二〉)

衾枕聯用有同床共枕，象徵夫妻之意或顯出燕好之景。上引詞例，幾
乎多出現在柳永詞中。而「鳳衾」和「鴛衾」則意指夫婦共寢的被衾，
杜牧〈爲人題贈二首之一〉：「和簪拋鳳髻，將淚入鴛衾。」

咫尺鳳衾鴛帳，欲去無因到。(柳永〈隔簾聽〉)

催促少年郎，先去睡、鴛衾圖暖。(柳永〈菊花新〉)

幾回飲散，燈殘香暖，好事盡鴛衾。(柳永〈少年遊其十〉)

免鴛衾、兩恁虛設。(柳永〈塞孤〉)

想鴛衾今夜，共他誰暖。(柳永〈滿江紅其四〉)

斷不等閒輕捨。鴛衾下。願常恁、好天良夜。(柳永〈洞仙歌〉)

孤衾獨枕，指一個人單獨枕被而眠，多喻閨怨中的女子。又繡衾，繡
花被子。香衾，被有餘香，可視爲女子之物：

日上花梢，鶯穿柳帶，猶壓香衾臥。(柳永〈定風波〉)

遙夜香衾暖，算誰與。(柳永〈迷神引〉)

擁香衾、歡心稱。(柳永〈晝夜樂其二〉)

憶繡衾相向輕輕語。(柳永〈祭天神〉)

待伊要、尤雲殢雨，纏繡衾，不與同歡。(柳永〈錦堂春〉)

香蚪煙斷，是誰與把重衾整。(柳永〈過澗歇近〉)

背銀釭、孤館乍眠，擁重衾、醉魄猶噤。(柳永〈宣清〉)

漫漫長夜，閨人獨處，倍感淒涼，床上有繡著鴛鴦鳳凰的錦被和枕
頭，更讓人感到形單影隻。鴛鴦和鳳凰，皆爲偶禽，鳥禽尚且成雙
成對，人卻單棲獨眠，豈不諷刺？故「羞見枕衾鴛鳳，悶則和衣擁。」
(秦觀〈桃源憶故人〉)中的「羞見」兩字，可說傳神至極，可想
見獨守空閨的寂寞。

第三節　舉　動

宋朝是群體崇雅的文化時代〔註93〕，其發展背景與宋代的右文政策及經濟發展有相當大的關係。以右文政策來看，文人受到重用，生活變得優渥許多，宋室帝王也多屬重視文化之人，在上行下效之下，風雅成了人民重視的一項生活指標。另外，以經濟方面來看，著名的宋代畫作張擇端的《清明上河圖》，具體地反映出宋代經濟發達的狀況，圖中茶坊、酒肆、廟宇鱗次櫛比，街市行人川流不息，商店中有珠寶香料、綾羅綢緞等專門經營，形形色色，熱鬧繽紛，描繪了北宋京城開封的繁榮經濟。因為經濟繁榮，使得人們更有餘力去營造生活美學。以歐陽脩為例，他自號「六一居士」，因其家中藏書一萬卷、集錄三代以來金石遺文一千卷、琴一張、棋一局、置酒一壺，以及自己這樣一位垂垂老翁〔註94〕，足可見其風雅意致。

人們崇尚風雅的精神，於外除了可表現於外出活動，如踏青賞花、避暑泛舟、登高賞月、戲雪尋梅之外，於內的家居表現更可體現出風雅的生活美學，或與花為伍的風雅蘊藉、或倚馬立就的詩情畫意、或彈琴聽曲的音樂饗宴、或品茗飲酒的杯底風光，在在表現出閨閣之內別有一番飄逸風情，以下將北宋三家詞中之閨閣舉措羅列如下：

壹　「簾捲西風，人比黃花瘦」——談與「花」有關的舉動

蘇涵在〈人格象喻與命運變奏的詠歎〉一文中說：「花與卓異的人格精神的交融，構成一系列外柔內剛的特殊意象，在氣骨『雌

〔註93〕參見趙曉蘭：《宋人雅詞原論》（成都：巴蜀書社，1999 年）。龐德新：《宋代兩京市民文化——從話本及擬話本所見之》（香港：龍門出版社，1974 年）。

〔註94〕〔清〕王弈清等：《歷代詞話》卷 4 引《樂府紀聞》：「歐陽永叔中歲居潁日，自以集古一千卷，藏書一萬卷，琴一張，棋一局，酒一壺，公以一翁老於五物間，稱『六一居士』。」收錄於唐圭璋編：《詞話叢編》，冊二，頁 1148。

化』的時代氛圍裡，顯示了別樣的價值。」〔註95〕的確，在宋代以柔爲美的時代氛圍中，花的意象常與人之氣格精神產生比賦，或詠花以顯風雅，或寓已於花以證嶔崎，花的書寫有看似柔性，卻蘊含深遠的意義。

在有關觀花或詠花的描寫上，由花的品種可窺知詞人的審美取向，並得見女性的風雅飄逸：

一、花之品種

吟詠自然花事本是自古以來承載生命內焰的外在抒寫方式，是人對自身遮蔽性存在的一種安撫，以花姿意象的多種面相來收托人生的許多迷惑〔註96〕。早自《詩經》始，即有「桃之夭夭，灼灼其華」的桃花意象，爾後，漢樂府中〈長歌行〉的「青青園中葵，朝露待日晞」的向日葵、陶淵明〈飲酒其七〉「秋菊有佳色，裛露掇其英」的菊花以及北周庾信〈梅花〉「樹動懸冰落，枝高出手寒」中的臘梅等作，文人墨客多將花視爲良朋知己，甚或是自身的投射。以易安來說，她便創作了大量的詠花詞，郭慧英以爲：

> 清照作了大量詠花詞，用自己的筆描繪了一個獨特的女性眼中的百花王國。花是她少女生活的重要內容，也是她少婦情腸，深情相思的寄托，花是她晚年孤苦，歷盡創傷心靈的外化，花更是她女性意識和獨立人格的真實寫照。〔註97〕

可見詠花詞是表現詞人生活的一大憑據。據黃傑《宋詞與民俗》統計《全宋詞》和《全宋詞補輯》中專詠花卉之作，居前三位者分別爲：詠梅詞（1157 首）、詠荷詞（173 首）以及詠桂詞（172 首）。〔註98〕宋詞中以詠梅者居多，在閨閣書寫的花類中，梅也是獨占鰲

〔註95〕蘇函：〈人格象喻與命運變奏的詠歎〉，《山西師範大學學報》（社會科學版）第 4 期，1992，頁 44。

〔註96〕張煒：〈博雅玄遠自成玉璧——關於李清照詞作花姿意象的卓異別趣〉，《唐山學院學報》第 18 卷第 3 期，2005・09，頁 29。

〔註97〕郭慧英：〈論李清照詠花詞中的女性意識〉《船山學刊》第 3 期，2007，頁 168。

〔註98〕黃傑：《宋詞與民俗》（北京：商務印書館，2005 年），頁 96。

頭地一枝獨秀。

（一）梅　花

人們對梅花的喜愛之情，可追溯至先秦談起。《詩經・小雅・四月》：「山有佳卉，侯栗侯梅。」《詩經・召南・摽有梅》：「摽有梅，其實七兮。」《詩經・秦風・終南》：「有條有梅。」《詩經・陳風・墓門》：「墓門有梅。」《山海經・中山經》：「靈山其木多桃李梅杏。」《山海經・中山經》：「其木多梅梓。」西漢劉向《說苑》亦載：春秋時，趙國的使節諸發出使梁國，在曾國見梁王時，他手執一枝梅花作爲見面禮贈與梁王。可見當時長江南岸的趙國人民，已深諳梅花之美，業已形成以餽贈梅花爲表達友誼的風俗。南朝劉宋時的太守陸凱，與著名的史學家范曄交情甚深，陸凱從江南給當時在長安的范曄寄去梅花一枝，並附〈贈范蔚宗〉詩云：「折花逢驛使，寄與隴頭人；江南無所有，聊贈一枝春。」又隋・侯夫人〈春日看梅〉句：「砌雪無消日，卷簾時自颦。庭梅對我有憐意，先露枝頭一枝春。」隋朝的侯夫人將梅稱爲「一枝春」，由於梅先天下而春，被視爲報春的使者，甚或是春天的象徵，長久以來贏得人們的歡心。

梅花花色以白色和淡紅色爲主，於古典詩文中，文人較喜愛以白梅入詩，也許因爲白梅能給人較多美好的聯想。在萬木蕭瑟的暮冬早春，梅花冒著嚴寒綻放，看似違反植物喜暖厭寒的品性，卻展現了它的本色：傲雪凌霜、冰清玉潔、飄逸優雅、幽香清麗。

> 香中別有韻，清極不知寒。（唐・崔道融〈梅花〉）
>
> 凍白雪爲伴，寒香風是媒。（唐・韓偓〈早玩雪梅有懷親屬〉）
>
> 遙知不是雪，爲有暗香來。（宋・王安石〈梅〉）
>
> 疏影橫斜水清淺，暗香浮動月黃昏。（宋・林逋〈山園小梅〉）
>
> 舊時月色，算幾番照我，梅邊吹笛。（宋・姜夔〈暗香〉）
>
> 梅雪爭春未肯降，騷人擱筆費評章。梅須遜雪三分白，雪却輸梅一段香。（宋・盧梅坡〈雪梅〉）

無意苦爭春，一任群芳妒。零落成泥碾作塵，只有香如故。
（宋・陸游〈卜算子〉）

更無花態度，全是雪精神。（宋・辛棄疾〈臨江仙・探梅〉）

半點不煩春刻畫，一分猶仗雪精神。（元・呂誠〈雙清詩二首〉）

瓊姿只合在瑤台，誰向江南處處栽。雪滿山中高士臥，月
明林下美人來。（明・高啓〈梅花詩〉）

詠梅作品常描繪梅花的姿態、稱頌梅花的神韻，並藉梅之花落香消，
抒發傷春惜花之情。在詠梅詞作中詞人常藉詠梅寫己心情，如王安石
〈梅〉道盡梅花形貌韻味、姜夔〈暗香〉藉「梅笛」透露心中哀愁、
林逋的〈山園小梅〉寄託「梅妻鶴子」的雅趣、陸游的〈卜算子〉藉
梅花的品格自比高風亮節。辛棄疾〈臨江仙〉藉梅之精神態度寄託情
懷。而古人讚賞梅花，除了形色與芳香之外，還特別注重枝枒的姿態
與就中韻味，「梅以曲爲美，直則無姿；以欹爲上，正則無景；以疏
爲貴，密則無態。」（清・龔自珍）疏影參差橫斜，梅姿的風骨神韻，
已於「疏影橫斜」四字中道盡矣，不僅傳神地描繪出梅花的姿態，並
營造出高逸雅致的審美意境。

　「萬花敢向雪中出，一樹獨開天下春。」梅因有獨步早春的氣
概，蘇東坡遂將梅花與瘦竹、文石譽爲益人心志的「三益之友」。
自宋以後，人又稱松、竹、梅爲「歲寒三友」，又以梅、蘭、竹、
菊爲花中「四君子」，足見梅花於文人心中之地位。榮斌於〈一代
詠梅成正聲——論宋代詠梅詩詞創作熱〉一文中云：

宋代詠梅詩詞大興，形成了空前的詠梅熱。宋代詠梅詩詞
的總量，是此前歷代詠梅詩詞總量的 47.6 倍。宋人熱衷詠
梅，原因大致有四：一是宋朝國勢不振，生活於憂患中的
人們從梅花那裡找到了自己的精神寄托；二是宋代理學的
振興和士大夫追求道德的完善，梅花成爲比德的最高境
界；三是宋代園林的興盛和藝梅時尚的風行，梅成爲人們
心目中的至尊之花；四是湧現了像林逋、蘇軾、陸游這樣
的詠梅大家，對詠梅起了示範作用。宋代的詠梅熱是一種

不可忽視的文化現象，不僅在中國文學史上，而且在中國
美學史、中國梅文化史上都有重要意義。〔註99〕

宋人對梅花的喜愛與欣賞，幾近癡迷的地步，詠梅花之作數量龐大，
相當可觀。據張彩霞、宋世勇〈論李清照詞花意象〉一文中，對宋代
著名詞人花意象的統計表〔註100〕：

	蘇軾	秦觀	朱淑真	辛棄疾	陸游	姜夔	范成大	總數
梅	10	15	11	65	10	25	15	141
菊	9	3	1	40	0	0	2	55

足見梅花為宋人心中花卉類書寫的首選；而在北宋三家詞之閨閣
書寫中，梅花依然是花卉中出現次數最多者：

柳梢梅萼漸分明。春歸秣陵樹，人客建安城。(李清照〈臨
江仙〉)

暖雨晴風初破凍，柳眼梅腮，已覺春心動。(李清照〈蝶戀花〉)

夜來沈醉卸妝遲，梅萼插殘枝。(李清照〈訴衷情〉)

玉瘦香濃，檀深雪散，今年恨、探梅又晚。(李清照〈孤雁兒〉)

睡起覺微寒，梅花鬢上殘。(李清照〈菩薩蠻〉)

年年雪裏，常插梅花醉。挼盡梅花無好意，贏得滿衣清淚。
(李清照〈清平樂〉)

看取晚來風勢，故應難看梅花。(李清照〈清平樂〉)

驛寄梅花，魚傳尺素，砌成此恨無重數。(秦觀〈踏莎行〉)

見梅吐舊英，柳搖新綠，惱人春色。(秦觀〈風流子〉)

由上述所引詞作，可看出三家詞人鍾情於梅花的程度，以易安為最。
梅花是易安最喜愛的花卉，〈清平樂〉中「年年雪裏，常插梅花醉。
挼盡梅花無好意，贏得滿衣清淚」之詞，再現了詞人早年賞梅的情景

〔註99〕 榮斌：〈一代詠梅成正聲——論宋代詠梅詩詞創作熱〉，《東嶽論叢》
第 24 卷第 1 期，2003 年，頁 113。

〔註100〕 張彩霞、宋世勇：〈論李清照詞花意象〉，《惠州學院學報》第 22 卷
第 4 期，2002 年 8 月，頁 34。

和興致，表現出當時少女的純眞和生活的歡愉閒適，不禁令人聯想起她早年新婚時所作的〈漁家傲〉詞云：「雪裡已知春信至，寒梅點綴瓊枝膩。　　共賞金樽沉綠蟻，莫詞醉，此花不與群花比。」同樣歌詠了梅花美好的外形，並藉以透露新婚愉悅之情。易安對梅花的外形觀察入微，花開嬌嫩正是年輕的易安寫照，表現了當時青春的自信，亦可做爲「年年雪裡，常插梅花醉」的註解。接下來「挼盡梅花無好意，贏得滿衣清淚」，則流露出一梅在手，卻無心賞玩的心緒，今昔之別，迥然不同。

　　唐人特別喜愛富貴雍容的牡丹，宋人則尤爲崇尙清瘦高雅的梅花，尤以南宋之後，梅花居尊，萬花莫敵。南宋時期隨著政治中心南移，梅花成爲「天下尤物，無問智賢愚不肖，莫敢有異議。學圃之士，必先種梅，且不厭多。他花有無多少，皆不繫重輕。」人們開始稱它爲「花魁」，取其「向暖南枝最是他瀟灑，先帶春回」，有先天地而春，管領群芳之意。從此，梅花的地位居高不下，流風所被，延至如今。南宋初年蜀人黃大輿曾輯詠梅之詞爲《梅苑》〔註 101〕十卷收錄詠梅詞，足見宋人詠梅之盛。南宋陳景沂《全芳備祖》〔註 102〕、明王象晉《群芳譜》〔註 103〕、清康熙欽定《廣群芳譜》〔註 104〕，均序梅花爲第一，實可見詠梅者之眾；然而，寫梅花詞者既多，能脫穎而出則難。易安亦曾在〈孤雁兒〉詞調下之「小序」言：「世人作梅詞，下筆便俗。予試作一篇，乃知前言不妄耳。」易安作品中的梅花詞作，不與流俗同耳，頗爲清麗別緻，其中並摻入個人遭遇情思，以〈滿庭芳〉一詞來說，後人將此詞補題爲「殘梅」，乃易安詠物詞中之佳作：

　　小閣藏春，閒窗鎖畫，畫堂無限深幽。篆香燒盡，日影下

〔註 101〕　〔宋〕黃大輿《梅苑》，見《文淵閣四庫全書・集部・詞曲類・詞選之屬》。

〔註 102〕　〔宋〕陳景沂撰《全芳備祖》。見《文淵閣四庫全書・子部十一・類書類》。

〔註 103〕　〔明〕王象晉：《群芳譜》。

〔註 104〕　〔清〕汪灝等撰：《廣群芳譜》（臺北：新文豐出版社，1980 年）。

簾鉤。手種江梅更好，又何必、臨水登樓。無人到，寂寥
渾似，何遜在揚州。　　從來，知韻勝，難堪雨藉，不耐
風揉。更誰家橫笛，吹動濃愁。莫恨香消雪減，須信道、
掃跡情留。難言處、良宵淡月，疏影尚風流。

「韻」，即神韻、風韻，梅花向以「韻勝」贏得世人讚譽，然堅毅若
梅者，雖不畏霜雪，卻不耐風雨摧殘，不過，就算凋零飄落，其格調
仍高、逸風仍雅。由落花偎地之景象，作者也結合了自身情志，張煒
於〈博雅玄遠自成玉璧──關於李清照詞作花姿意象的卓異別趣〉中
言：

> 李清照以花入詞，且成為其詞作的主要文學意象，這種沉
> 潛在宋代詞作上應該說是不多見的，而且李清照以花入詞
> 不是慣常意義上的借景抒情、以景陳情，而是猶若鄉遙心
> 懶之士，實在無意於眼前的「庭院深深」，或體現為汙緩
> 澄澈的文化承傳，或體現為寵絕自我的文學個性，或體現
> 為妖嬈嫣潤的女性文才，或體現為花容人貌的相合相隨。
> 〔註105〕

再引〈玉樓春〉一詞觀之，此詞大抵作於易安晚年流落江南之後，雖
然心情不佳，但仍堅持賞梅：

> 紅酥肯放瓊苞碎，探著南枝開遍未。不知醞藉幾多時，但
> 見包藏無限意。　　道人憔悴春窗底，悶損闌干愁不倚。
> 要來小酌便來休，未必明朝風不起。

朱彝尊的《靜志居詩話》中言：「詠物詩最難工，而梅尤不易。」但
易安的這闋詞卻受到朱氏的讚美：「朱希真詞『橫枝清瘦只如無，但
空裡、疏花幾點』，李易安詞『要來小酌便來休，未必明朝風不起』，
皆得此花之神。」以「紅酥」比梅花花瓣的鮮紅如凝脂，「肯放瓊苞
碎瓊苞」形容梅花含苞待放時的美好，描繪甚巧。此詞寫賞梅，兼
言思婦自己的憔悴愁悶。不寫梅花的盛開，卻由含苞直跳到花兒將

〔註105〕　張煒：〈博雅玄遠自成玉璧──關於李清照詞作花姿意象的卓異別
　　　　　趣〉收錄於《唐山學院學報》第 18 卷第 3 期，2005.09，頁 29。

敗，乃奇特之筆。

（二）菊　花

菊，多年生草本植物。葉子卵形有柄，邊緣有缺刻或鋸齒，秋季開花。陶淵明詩云:「秋菊有佳色，浥露掇其英」和「芳菊開林耀，青松冠岩列。懷此貞秀姿，卓爲霜下傑。」均爲歌詠菊花的名句。陶淵明愛菊，頌菊，還親自種菊，菊癖天下聞，遂被後世民間奉爲菊花花神；而菊花一經陶詩品題後，名聲大振，重陽賞菊之風，由此愈熾:

擢秀三秋晚，開芳十步中。分黃俱笑日，含翠共搖風。碎
影涵流動，浮香隔岸通。金翹徒可泛，玉斝竟誰同？（駱賓
王〈秋菊〉）

身寄東籬心傲霜，不與群紫竟春芳。粉蝶輕薄休沾蕊，一
枕黃花夜夜香。（唐琬〈菊花〉）

錦爛重陽節到時，繁花夢裡傲霜枝。晚香帶冷凝丹粒，秋
色封寒點絳蕤。淡映殘紅迷老圃，農拖斜照落東籬。靈砂
換卻淵明骨，倦倚西風不自知。（謝宗可〈紅菊〉）

不隨群草出，能後百花榮。氣爲凌秋健，香緣飲露清。細
開宜避世，獨立每含情。可到蓬蒿地，東籬萬代名。（李夢
陽〈菊花〉）

屈原在〈離騷〉中十分讚賞菊花，在他筆下，菊花的芳郁即是高潔人格的象徵。周敦頤的〈愛蓮說〉中亦載:「陶淵明獨愛菊」、「菊，花之隱逸者也」，更直言「菊之愛，陶後鮮有聞」，這些均爲古來頌菊之著名篇章。歸隱詩人陶淵明自采菊東籬，具有高雅神韻的菊花成了曠達的隱士，和卓然不群、堅守晚節的君子代表。

1、黃　菊

菊花原產我國，早自《禮記·月令》曰:「季秋之月，菊有黃華。」即有關於菊之書寫，暮秋九月，百花凋零時，惟菊綻放光華。《山海經》曰:「女几之山，其草多菊。」屈原有「夕餐秋菊之落英」之語，

陶淵明亦有「采菊東籬下，悠然見南山」之句。宋陸佃在《埤雅》中釋云：「菊本作蘜，從鞠，窮也。」意指一年花事到了菊花開後，也就窮盡了。魏人鍾會第一篇以菊花為獨立主題的〈菊花賦〉中誦揚了秋菊一芳獨秀的姿容：「何秋菊之奇兮，獨華茂乎凝霜？挺葳蕤於蒼春兮，表壯觀乎金商。延蔓蓊鬱，緣坂被崗。縹乾綠葉，青柯紅芒。芳實離離，暉藻惶惶；微風扇動，照耀垂光。」又云：「於是季秋初九，日數將並。置酒華堂，高會娛情。百卉雕瘁，芳菊始榮，芬葩韡曄，或黃或青。」均標示了菊除了為應節應景之物外，更有其審美意趣。它正直高潔、不畏強權外力，仍堅持到底的精神，向為文人學士所稱道，也受到人們的景仰與歌頌。

> 不如隨分尊前醉，莫負東籬菊蕊黃。（李清照〈鷓鴣天〉）

> 葉翦紅綃，砌菊遺金粉。（柳永〈甘草子其二〉）

> 嫩菊黃深，拒霜紅淺，近寶階香砌。（柳永〈醉蓬萊〉）

> 檻菊蕭疏，井梧零亂惹殘煙。（柳永〈戚氏〉）

> 問籬邊黃菊，知為誰開？（秦觀〈滿庭芳其三〉）

菊花，亦可稱為黃花：

> 簾捲西風，人比黃花瘦。（李清照〈醉花陰〉）

> 滿地黃花堆積，憔悴損，如今有誰堪摘。（李清照〈聲聲慢〉）

> 籬下黃花開遍了，東君，一向天涯信不聞。（秦觀〈南鄉子〉）

〈醉花陰〉一詞下片寫菊，並以菊喻人，但全篇卻不見一「菊」字。首句本引陶淵明「采菊東籬下」之詩，卻隱去「采菊」；再者，因古人九月九日有飲菊花酒之習，但「把酒黃昏後」一句，卻不特別提及酒乃菊花酒。最後兩句終點出「黃花」，來呼應先前所言之「有暗香盈袖」，全詞至此，「菊」的顏色、芳香、應節功用與暗用歷來名句，多所合一，可見詞人筆力之深。陸榮麗在〈解語李清照的「人比黃花」〉一文中也提到：

> 詞中的人與「黃花」之比，有這兩層涵義：一寫相思之情，借人比花瘦的形象描寫來表達自己「為伊消得人憔悴」的

濃濃思念；一是表達這種非俗，求淡之意，自己是一個堪
與芬芳高潔相媲美之佳人，而自我追求的只是一種簡單而
寧靜的平淡生活。這，才是眞正的「人比花瘦」的李清照。
〔註106〕

易安的菊花詞受到後世高度的讚美，且易安以菊自況，寄托深濃哀
思，不僅富社會意義，於藝術上也獨具特色。整體來說，人們讚嘆菊
花的美，欣賞那遺世而獨立的風姿，當萬木蕭疏、群芳凋謝的時節，
惟見它依然桀傲獨放，人們因而賦予菊人性化的崇高品節，讚其卓犖
不群、隱逸幽獨，在它身上寄託了人們美好的想望。

2、白　菊

白菊僅出現於易安〈多麗〉一詞中，易安以白菊自喻，言己之貌
雖稱不上冶豔麗絕，卻自有其清麗芳姿，望夫婿能珍惜自己：

小樓寒，夜長簾幕低垂。恨瀟瀟、無情風雨，夜來揉損瓊
肌。也不似、貴妃醉臉，也不似、孫壽愁眉。韓令偷香，
徐娘傅粉，莫將比擬未新奇。細看取，屈平陶令，風韻正
相宜。微風起，清芬醞藉，不減酴醾。漸秋闌，雪清玉瘦，
向人無限依依。似愁凝、漢皋解佩。似淚灑、紈扇題詩。
朗月清風，濃煙暗雨，天教憔悴度芳姿。縱愛惜，不知從
此，留得幾多時。人情好，何須更憶，澤畔東籬。

〈多麗〉中的白菊書寫，既是歌詠白菊，也是自身的寫照。無情風雨
交相催逼的夜晚，殘菊飽受摧殘，愈顯嬌弱，仍不畏風雨，綻放出飄
逸的風姿。易安將白菊比爲屈原與陶淵明，而不像楊貴妃醉酒後魅惑
唐玄宗的矯揉造作、也不像孫壽蹙起愁眉迷惑人們、亦不若韓令偷來
他人的奇香、也不如徐娘擦脂抹粉等經過裝飾的矯揉之美。

（三）杏　花

杏，一種落葉喬木，葉子寬卵形，花單性，白色或粉紅色，果
實圓形，成熟時黃紅色，味酸甜杏，杏果也。《管子》載：「五沃之

〔註106〕陸榮麗：〈解語李清照的「人比黃花」〉，《語文學刊》第 2 期，2006
年，頁 73。

土，其木宜杏。」《莊子》載：「孔子遊緇帷之林，坐杏壇之上。」
《禮記・內則》載：「桃李梅杏，楂梨姜桂。」仲春二月是杏花時節。
杏花和梅花、桃花、李花同屬薔薇科李屬的落葉喬木，因此外表有
幾分相似，先葉開花，花出五瓣，但開花時間，杏花介於它們之間，
晚於梅而早於桃李。中國最早的一部曆法書《夏小正》中有云：「梅、
杏、杝桃始華。」杝桃，即山桃。這裡雖未提李，但說到的梅、杏、
桃，其次序井然，正是花時的先後。

　　杏花開時，恰逢清明前後，多有濛濛細雨，因此人們一提及杏花，
便想到春雨，一遇上春雨，抬眼所見又是杏花。唐代戴叔倫春日游蘇
溪亭（在今浙江義烏縣），作七絕一首曰：「蘇溪亭上草浸浸，誰倚東
風十二闌？燕子不歸春事晚，一汀煙雨杏花寒。」杜牧〈清明〉詩亦
曰：「清明時節雨紛紛，路上行人欲斷魂。借問酒家何處有？牧童遙
指杏花村。」下為三家詞中杏花之書寫：

> 杏花零落燕泥香，睡損紅粧。（秦觀〈畫堂春〉）
>
> 樓上黃昏杏花寒，斜月小闌干。（秦觀〈眼兒媚〉）
>
> 微雨後，有桃愁杏怨，紅淚淋浪。（秦觀〈沁園春〉）
>
> 杏園憔悴杜鵑啼，無奈春歸。（秦觀〈畫堂春〉）
>
> 青杏園林煮酒香，佳人初試薄羅裳。（秦觀〈浣溪沙〉）
>
> 香幃睡起，發妝酒釅，紅臉杏花春。（柳永〈少年遊其四〉）

杏花含苞時，色純紅，隨著花苞漸開，紅暈逐漸退去，至大開時，為
純白色，此時便能見其落英繽紛的美景，如少游〈畫堂春〉中的「杏
花零落燕泥香」句。王安石在〈北陂杏花〉詩中道：「一陂春水繞花
身，身影妖嬈各占春。縱被東風吹作雪，絕勝南陌輾成塵。」即便為
東風吹落，但那似雪花瓣卻可在一陂春水上，順流而飄，芳潔不染。
託物見志，寓意深遠，從白花中獲得了人生的感悟。人們咸以為看杏
須看紅，所謂「杏花看紅不看白，十日忙殺游春車。」紅紅的杏花，
亦似美人的「紅臉杏花春」（柳永〈少年遊其四〉）。

　　宋代陸游〈馬上作〉：「楊柳不遮春色斷，一枝紅杏出牆頭」與葉

紹翁的〈游園不值〉:「春色滿園關不住,一枝紅杏出牆來」則可看出杏花開時的春光爛漫:

> 溪邊淺桃深杏,迤邐染春色。（柳永〈六幺令〉）

> 正艷杏燒林,緗桃繡野,芳景如屏。（柳永〈木蘭花慢其二〉）

杏花的盛放,正宣告春季已爛漫在人間,與桃李怒放共綴春色之意相仿。

（四）海 棠

海棠,植物名。薔薇科蘋果屬,落葉喬木。葉長卵形,春日開淡紅色花。種類很多,有單瓣或重瓣,果實球形,略帶酸味。海棠原產於中國,早自晉代經已著名,生活鋪張奢靡的荊州刺史石崇,曾對著盛開的海棠嘆道:「汝若能香,當以金屋貯汝!」此語用的是《漢武故事》中「金屋藏嬌」之典故,將海棠比作美女,可見其花色之豔麗動人。

明人王象晉《二如堂群芳譜》描寫道:「其花甚豐,其葉甚茂,其枝甚柔,望之綽約如處女,非若他花冶容不正者可比。蓋色之美者,惟海棠,視之如淺絳外,英英數點,如深胭脂,此詩家所以難為狀也。以其有色無香,故唐人賈耽著花譜,以為花中神仙。」〔註107〕海棠紅中泛白的顏色,猶如少女嬌柔的姿色,深受宋朝人的喜愛。宋人陳思〈海棠譜〉序言云:「世之花卉,種類不一,或以色而艷,或以香而妍,是皆鍾天地之秀,為人所欽羨也。梅花占於春前,牡丹殿於春後,騷人墨客特注意焉,獨海棠一種,風姿艷質固不在二花下。」〔註108〕唐宋時期,正值牡丹與梅花爭妍鬥豔,睥睨群芳之際,海棠雖未能與二者鼎足而立,卻別有一番風韻。而海棠所以能和二花一爭長短,乃因其有著國色天香的嬌美,花色明豔,雪白霞

〔註107〕 〔明〕王象晉:《二如堂群芳譜》,收錄在〔清〕汪灝等撰:《廣群芳譜》(台北:新文豐出版公司,1980 年),頁 2008。

〔註108〕 見《景印文淵閣四庫全書》,冊 845,頁 134。在《海棠譜》卷上又言:「嘗聞真宗皇帝御製後苑雜花十題,以海棠為首章,賜近臣唱和,則知海棠足與牡丹抗衡,而可獨步於西州矣。」見同書,頁 135。

紅，姿態婀娜，有如少女懷春的嬌媚，向來為人所稱道，也有不少
人認為海棠是花中絕色，為之心馳神迷：

> 淡淡微紅色不深，依依偏得似春心。（唐・劉兼〈海棠花〉）
>
> 東風用意施顏色，艷麗偏宜著雨時。（宋・趙悼〈觀海棠有成〉）
>
> 海棠不惜胭脂色，獨立濛濛細雨中。（宋・陳與義〈春寒〉）
>
> 春風用意勻顏色，銷得攜觴與賦詩。濃麗最宜新著雨，嬌
> 嬈全在欲開時。莫愁粉黛臨窗懶，梁廣丹青點筆遲。朝醉
> 暮吟看不足，羨他蝴蝶宿深枝。（宋・鄭谷〈海棠〉）

在唐代，海棠甚至有「花中神仙」的雅號。易安也十分喜愛海棠，甚
至在閨房旁種植海棠以便觀賞，在〈如夢令〉與〈好事近〉詞中，亦
透露出對海棠的殷切關心。

> 昨夜雨疏風驟。濃睡不消殘酒。試問捲簾人，卻道海棠依
> 舊。知否、知否？應是綠肥紅瘦。（李清照〈如夢令〉）
>
> 風定落花深，簾外擁紅堆雪。長記海棠開後，正傷春時節。
> （李清照〈好事近〉）

而少游與耆卿之作中亦有對海棠的描寫，可見眾詞人對它的欣喜之
情：

> 海棠開盡柳飛花，薄倖只知游蕩不思家。（秦觀〈南歌子其三〉）
>
> 試問海棠花，昨夜開多少？（秦觀〈海棠春〉）

（五）桃　花

桃之本義為果木名。《詩經・召南・何彼襛矣》：「華如桃李。」
桃花，即桃樹所開的花。因桃花於春天三月盛開，故農曆三月被稱為
「桃月」。桃花開於春天，所謂「占斷春光是此花」，人們視其為春天
的象徵，進而將之等同青春、愛情和婚姻的象徵。《周禮》曰：「仲春
令會男女，奔者不禁。」桃花時節，正是戀情萌芽的時光。《詩經・
周南・桃夭》曰：「桃之夭夭，灼灼其華。之子于歸，宜其室家。」
由桃花的艷麗盛開，來恭賀美貌的新娘與夫婿的美滿結合，可以說桃
花的盛開引人感到身處於一個「處處春芳動、春情處處多」的時節。

　　杜甫〈曲江對酒〉詩云：「桃花細逐楊花落，黃鳥時兼白鳥飛。」
唐孟棨《本事詩》曾載：唐德宗時，博陵（今河北定縣）人崔護，「資
質甚美，而孤潔寡合。」某次偶然經過一座莊園外，見到一位佳人，
她的美貌與莊園中粲然盛開的桃花一樣令人著迷。隔年清明崔護追憶
往事，舊地重遊。唯見門墻如故，桃花依舊，門上卻多了一把鎖，空
不見人。他悵惘之餘，揮筆題詩於門扉。詩云：「去年今日此門中，
人面桃花相映紅。人面不知何處去？桃花依舊笑春風。」這首著名的
桃花詩，寫出了桃花的美麗，也寫出物是人非的慨嘆。可見得桃花自
古以來，皆扮演著美麗的春使角色。

　　在三家詞的閨閣書寫中，桃花除了依舊扮演春來的信使，更可融
入一己之情，以桃杏含愁帶怨的擬人筆法，流露出舉目皆愁之慨：

　　　有桃愁杏怨，紅淚淋浪。（秦觀〈沁園春〉）

　　另外，晉時陶淵明曾寫過名篇〈桃花源記〉，建構了一個小國寡
民，純樸和樂的微型社會，自此桃花源成了人們心中的烏托邦：

　　　秀香家住桃花徑。算神仙、纔堪姃。（柳永〈晝夜樂其二〉）

　　　桃花深徑一通津。悵望瑤臺清夜月，還送歸輪。（李清照〈浪
　　　淘沙（閨情）〉）

詞人以桃花源地之典建構心中的理想境地，甚至是神仙居所，既引典
故，又具美感。

（六）梨　花

　　《說文》：「黎，梨果也。」〔註109〕《禮記・內則》：「楂黎姜桂。」
唐・岑參〈白雪歌送武判官歸京〉有詩云：「千樹萬樹梨花開。」《廣
群芳譜》載：「梨樹似杏高二三丈，葉亦似杏，微厚大而硬，色青光
膩有細齒，老則斑點。二月開花，開白色花，如雪六出。」〔註110〕

　　在三家詞中的梨花書寫，梨花除了顯出春季，更帶雨相伴，雨打

〔註109〕　〔漢〕許慎撰，〔清〕段玉裁注：《說文解字注》（臺北：天工書局，
　　　　　1996年），頁238。
〔註110〕　收錄於〔清〕汪灝等撰：《廣群芳譜》，頁1606。

梨花的美感盡現無遺：

> 細風吹雨弄輕陰，梨花欲謝恐難禁。（李清照〈浣溪沙（春景）〉）
>
> 秋千巷陌人靜，皎月初斜，浸梨花。（李清照〈怨王孫（春暮）〉）
>
> 雨後寒輕，風前香軟，春在梨花。（秦觀〈柳梢青〉）
>
> 欲黃昏，雨打梨花深閉門。（秦觀〈憶王孫〉）
>
> 甫能炙得燈兒了，雨打梨花深閉門。（秦觀〈鷓鴣天〉）

雨點輕敲在梨花上，形容暮春的景象，後人喻美人的遲暮。王實甫
《西廂記》中「風裊篆煙不捲簾，雨打梨花深閉門」之句，即脫胎
自少游之〈鷓鴣天〉。

（七）荷　花

　　荷花，簡稱荷，別名甚多，又可稱蓮、蓮花、芙蕖、芙蓉、菡
萏。《詩經·陳風》曰：「彼澤之陂，有蒲與荷。」《楚辭·離騷》曰：
「芙蓉始發雜芰荷，紫莖屏風文綠波」，說明秦以前，從南到北的水
鄉澤國，荷花已是處處可見。《彥周詩話》曰：「世間花卉無逾蓮花
者，蓋諸花皆藉喧風暖日，獨蓮花得意於水月，其清涼雖荷葉無花
時亦自香也。」值荷花開放之時，亭亭一莖，漱波而立，上托芳華，
下擁團葉，濯姿浣影，流馨洩香，文人們往往將它與對鏡的佳人、
出浴的美女、凌波的仙子作比，美妙而形象，生動而貼切。

　　李漁在《閑情偶記》中，曾作〈芙蕖〉一文，文中歷數荷花之「可
人」處：

> 群葩當令時，只在花開之數日，前此後此，皆屬過而不問
> 之秋矣。芙蕖則不然。自荷錢出水之日，便為點綴綠波，
> 及其勁葉既生，則又日高日上，日上日妍，有風即作飄飄
> 之態，無風亦成裊娜之姿，是我於花之未開，先享無窮逸
> 致矣。迨至菡萏成花，妖姿欲滴，後先相繼，自夏徂秋，
> 此時在花為分內之事，在人為應得之資者也。及花之既謝，
> 亦可告無罪於主人矣；乃復蒂下生蓬，蓬中結實，亭亭獨
> 立，猶似未開之花，與翠葉並擎，不至白露為霜，而能事
> 不已。此皆言其可目者也。可鼻則有荷葉之清香，荷花之

異馥，避暑而暑爲之退，納涼而涼逐之生。至其可人之口
者，則蓮實與藕，皆並列盤餐，而互芬齒頰者也。只有霜
中敗葉，零落難堪，似成棄物矣；乃摘而藏之，又備經年
裏物之用。是芙蕖也者，無一時一刻，不適耳目之觀；無
一物一絲，不備家常之用者也。有五穀之實，而不有其名；
兼百花之長，而各去其短。種植之利，有大於此者乎？

荷之姿態百出，意趣橫生，實爲詠荷之佳作。而下引詞中所言之荷，
爲「殘荷」或「衰荷」，即指夏日將盡，秋至之景：

亂灑衰荷，顆顆眞珠雨。(柳永〈甘草子其一〉)

敗荷零落，衰楊掩映，岸邊兩兩三三，浣紗遊女。(柳永〈夜
半樂〉)

三家詞中的荷花書寫，乃爲突顯其季節感，並無較深刻的詠荷書寫。

（八）桂花（木犀花）

桂花又名木犀、丹桂、岩桂、九里香、金粟，其中以木犀名最爲
人所知。

木犀，俗寫作木樨，其實木犀並非古時所謂桂，但久已混同。
而楊萬里〈木樨花賦〉云：「亦不知其名，而字之曰桂。」木犀所
以得名，孫少魏〈東雜錄〉云：『以其文理黑而潤，殊類犀角也。』
宋無名氏《愛日齋叢鈔》引楊萬里〈木犀詩〉「係從犀首名干木，
派別黃香字又金。」(以上各文俱見《茶香室四鈔・卷二十八》引)
詞末特提此花，表示作者的愛好，當爲紀實。木犀科木犀屬，灌木
或小喬木。葉橢圓形或長橢圓狀披針形，背面有網脈，先端尖或漸
尖。花白色或淡黃色，果實核果或漿果，呈藍色。因花蕊如金色的
粟點綴在枝頭，故亦稱爲「金粟」。專供觀賞，花可用爲香料及潤
髮。早自屈原之作〈遠遊〉中已有了對桂花的讚頌：「嘉南州之炎
德兮，麗桂樹之冬榮。」

宋人張邦基在《墨莊漫錄・卷八》中說：「木犀花，江、浙多有
之，清芬氳鬱，餘花所不及也。一種色黃深而花大者，香尤烈；一種
色白淺而花小者，香短。清曉朔風，香來鼻觀，眞天芬仙馥也。湖南

呼九里香，江東曰岩桂，浙人曰木犀，以木紋理如犀也。然古人殊無題詠，不知舊何名。故張芸叟詩云：『跨馬欲尋無路入，問僧曾折不知名。』蓋謂是也。」〔註111〕木犀原是浙地俗稱，尚未與桂花之名對上號，後來人們才知道當地人說的木犀就是桂花。而到張邦基時代，木犀已是桂花的通用別名。〔註112〕

　　在清風的吹拂下，香氣能傳得很遠，據說九里以外尚可襲人，故有「九里香」之稱。其香特異，歷來爲人所稱道。宋人鄧肅曾有〈木犀〉詩，將它同名貴的龍涎香作比：「清風一日來天闕，世上龍涎不敢香。」古人因此用它來合香〔註113〕，不僅如此，它還能佐以入酒和點茶，功用實多。而在北宋三家詞中的閨閣書寫中，僅見兩例，主要寫其花香和醞藉之姿：

　　　　終日向人多醞藉，木犀花。（李清照〈攤破浣溪沙〉）

　　　　桂花香滿蟾蜍窟。胡床興發霏談雪。（秦觀〈憶秦娥〉）

「醞藉」寫的是溫雅清淡的風度，木犀花小淡黃，芬芳徐吐，不像牡丹夭桃那樣只以穠艷媚人，用「醞藉」形容，亦極得神，且亦可指含蓄香氣。〈攤破浣溪沙〉一詞將木犀擬人化，本是自己終日看花，卻說花終日「向人」，如鄭愁予之〈寂寞的人坐著看花〉之詩般，究竟是人看花，亦或是花看人？雖然寂寞但幸而有花相伴，也顯得雋永有致了。易安將木犀寫得非常多情，彷彿它知道自己病中寂寞，有意來陪伴一般，同時也表達出對木犀的喜愛。

〔註111〕　〔宋〕張邦基：《墨莊漫錄・卷八》，收錄於《全宋筆記　第三編九》，頁103。

〔註112〕　又北宋時，黃庭堅與和尚有一個關於木犀香的故事。其事在李清照作詞以前，節錄備考。釋曉瑩《羅湖野錄》卷一：「太史黃公魯直，元祐間丁內艱，館黃龍山，從晦堂和尚遊。……晦堂因語次，舉『孔子謂弟子以我爲隱乎，吾無隱乎爾……』於是請公詮釋，而至於再，晦堂不然其說，公怒形於色，沈默久之。時當暑退涼生，秋香滿院。晦堂乃曰：『聞木犀香乎？』公曰：『聞。』晦堂曰：『吾無隱乎爾。』公所然領解。」

〔註113〕　《香乘》中載：「採花陰乾，以合香甚奇。」參見〔明〕周嘉胄：《香乘・卷九》，收錄在王雲五主編：《四庫全書眞本九編》，頁12。

（九）其他花卉

除了上述所列花卉之外，另有他種花卉在閨閣詞中出現，因其出現頻率較少，故綜錄於下：

1、楊花，柳絮。庾信〈春賦〉云：「新年鳥聲千種囀，二月楊花滿路飛。」

　　瑣窗睡起門重閉，無奈楊花輕薄。（秦觀〈水龍吟其二〉）

2、蓼花，蓼的花朵。唐·柳宗元〈田家詩三首之三〉：「蓼花被堤岸，陂水寒更綠。」

　　紅蓼花繁，黃蘆葉亂，夜深玉露初零。（秦觀〈滿庭芳其二〉）

3、桐花，桐樹所開之花。古書中多指梧桐科的梧桐，還有大戟科的油桐，玄參科的泡桐等。《說文》：「桐，榮也。」〔註114〕《爾雅·釋木》：「榮，桐木。」〔註115〕《詩經·小雅·湛露》：「其桐其椅。」《禮記·月令》：「桐始華。」

　　拆桐花爛漫，乍疏雨、洗清明。（柳永〈木蘭花慢其二〉）

沈義父於《樂府指迷》載：「近時詞人，多不詳看古曲下句命意處，但隨俗念過便了。如柳詞〈木蘭花慢〉云：『拆桐花爛漫。』此正是第一句，不用空頭字在上，故用拆字，言開了桐花爛漫也。有人不曉此意，乃云：此花名為拆桐，於詞中云開到拆桐花，開了又拆，此合意也。」說的正是桐花開得爛漫之意。

4、蘆花，蘆葦的花。花穗呈紫色，可以入藥。

　　月色滿湖村，楓葉蘆花共斷魂。（秦觀〈南鄉子〉）

5、蘋，本義為浮萍。《說文》：「蘋，無根浮水而生者。」蘋，植物名。一種蕨類的隱花植物。蘋科蘋屬。生在淺水中，葉有長柄，由四片小葉生在葉柄頂端形成一複葉，葉柄下部歧出的小枝上生有孢子囊，四片小葉形成的複葉彷彿田字。全草可入藥。草甘、寒滑，汁為

〔註114〕　〔漢〕許慎撰，〔清〕段玉裁注：《說文解字注》（臺北：天工書局，1996 年），頁 247。

〔註115〕　〔晉〕郭璞注，陳趙鶴重校：《爾雅·釋木》（北京：中華書局，1985年），頁 109。

清涼劑、利尿劑。或稱爲「白蘋」、「田字草」、「四葉菜」。

> 瀟湘人遠，空採蘋花。（秦觀〈風流子〉）

二、花之狀態

沈義父在《樂府指迷》一書中曾說：「作詞與詩不同，縱是花卉之類，亦須略用情意……如只直詠花卉，而不著些艷語，又不似詞家體例，所以爲難。」〔註116〕「花」正具備最典型的女性化意象，因此頗受宋代文人的青睞。〔註117〕閨閣詞作中出現花的比例實高，若不特別言明爲何種類之花，多以單獨一「花」字作泛稱，而花的使用頻率非常多，古人稱美好的場景會說「花前月下」或「春花秋月」，足見花已成爲詞中不可或缺的背景。單獨以「花」字入詞者有：

> 花隔銅壺，露晞金掌，都門十二清曉。（柳永〈滿朝歡〉）
>
> 簾垂深院冷蕭蕭。花外漏聲遙。（柳永〈少年遊其七〉）
>
> 玲瓏繡扇花藏語。宛轉香茵雲襯步。（柳永〈木蘭花其一〉）
>
> 帝里疏散，數載酒縈花繫，九陌狂遊。（柳永〈如魚水其二〉）
>
> 閒愁多仗酒驅除，春思不禁花從臾。（秦觀〈玉樓春其一〉）
>
> 殢酒爲花，十載因誰淹留？（秦觀〈夢揚州〉）
>
> 漸酒空金榼，花困蓬瀛。（秦觀〈滿庭芳其二〉）
>
> 金鳳花開紅滿砌，簾捲斜陽，雨後涼風細。（秦觀〈蝶戀花其四〉）
>
> 亂花叢裏曾攜手，窮艷景，迷歡賞。（秦觀〈鼓笛慢〉）
>
> 待得群花過後，一番風露曉妝新。（李清照〈慶清朝慢〉）
>
> 露濃花瘦，薄汗輕衣透。（李清照〈點絳脣（秋千）〉）
>
> 花自飄零水自流。一種相思，兩處閒愁。（李清照〈一翦梅〉）

結合其他字詞之例則有：

〔註116〕〔宋〕沈義父：《樂府指迷》，收錄於唐圭璋編：《詞話叢編》，冊一，頁281。

〔註117〕謝穉：〈試論宋詞「花」意象的女性特質〉，《湖湘論壇》第5期（總第116期），2007，頁103。

「花光」：「爲報今年春色好。花光月影宜相照」（李清照〈蝶戀花上巳召親族〉）、「花光媚、春醉瓊樓」（柳永〈兩同心其二〉）、「憶當時、酒戀花迷」（柳永〈兩同心其二〉）

「花色」：「露顆添花色？月彩投窗隙」（秦觀〈促拍滿路花〉）

「花陰」：「想花陰、誰繫蘭舟」（秦觀〈長相思〉）、「和鳴彩鳳于飛燕。間柳徑花陰攜手徧」（柳永〈洞仙歌〉）

「花情」：「何期到此，酒態花情頓孤負」（柳永〈祭天神〉）

「花心」：「花心柳眼。郎似遊絲常惹絆」（柳永〈減字木蘭花〉）

「花朝」：「每相逢、月夕花朝，自有憐才深意」（柳永〈尉遲杯〉）

「花柳」：「去歲迷藏花柳，恰恰如今時候」（秦觀〈宴桃源〉）、「向道我別來，爲伊牽繫，度歲經年，偷眼覷、也不忍覰花柳」（柳永〈傾杯樂〉）

「嬌花」：「寵柳嬌花寒食近，種種惱人天氣」（李清照〈念奴嬌〉）

「花香」：「綺陌花香，芳郊塵軟，正堪遊樂」（秦觀〈水龍吟其一〉）

「花枝」：「畫堂歌管深深處，難忘酒琖花枝」（柳永〈看花回〉）

「花梢」：「日上花梢，鶯穿柳帶，猶壓香衾臥」（柳永〈定風波〉）

「花簾」：「柔腸斷盡少人知，閒看花簾雙蝶狎」（秦觀〈玉樓春其二〉）

「花棚」：「兩竿紅日上花棚。春睡厭厭難覺」（柳永〈西江月〉）

「花橋」：「自從回步百花橋。便獨處清宵」（柳永〈西施其三〉）

「花村」：「望花村、路隱映，搖鞭時過長亭」（柳永〈引駕行〉）

「花闌」：「語燕飛來驚晝睡，起步花闌，更覺無情緒」。（秦觀〈蝶戀花其五〉）

「花蜜」：「小欄外、東風軟，透繡幃、花蜜香稠」（秦觀〈夢揚州〉）

由上援例可見花字出現次數之繁密，其與其他物象之結合，更顯詞人之詩情畫意，花語處處。

（一）美人如花

以花比人之文學傳統，早有所見。宋曉冬、毛水清在〈唐宋詩詞中女性筆下的「花」意象〉一文中說：「在唐宋兩代的女性作者筆下，『花』一個重要的意象，或借花抒情，或以花自喻，她們通過這一意象塑造出女子獨等的旖旎風姿，展示了感情豐富的內心世界。」〔註118〕一方面是花草樹木此種大自然沐浴下之美好之物，本就是文人墨客詩詞文章中尋常可見之物；另一方面，女子如花，花面交相映，或興起憐花惜春之意，藉以抒一己情思。李白〈長相思〉中有「美人如花隔雲端，上有青冥之高天，下有淥水之波瀾」之句，以花比擬女子的美貌，下引詞中亦有如此表現：

　　朦朧暗想如花面。欲夢還驚斷。（柳永〈御街行其二〉）

　　饒心性，鎮厭厭多病，柳腰花態嬌無力。（柳永〈法曲獻仙音〉）

　　傾城巧笑如花面，恣雅態、明眸回美盼。（柳永〈洞仙歌〉）

　　柳街燈市好花多。盡讓美瓊娥。（柳永〈西施其二〉）

　　夜來酒醒清無夢，愁倚闌干。露滴輕寒，雨打芙蓉淚不乾。

　　（秦觀〈醜奴兒〉）

「芙蓉如面柳如眉」，美人之貌猶如盛開之花，而「夜來酒醒清無夢，愁倚闌干。露滴輕寒，雨打芙蓉淚不乾。」看似寫雨景之觀，實則雨打芙蓉，更是美人淚濕嬌面的寫照。除了美貌，亦能以花來喻人姿態，最別警奇者當屬易安的〈醉花陰〉：「簾捲西風，人比黃花瘦。」以黃花即菊花來喻人消瘦，別有新意。黃花的美麗，可以用以象徵女子的美貌，而將如花的女子因相思而憔悴消瘦，比之為秋日西風中霜打寒襲的黃花，易使讀者對她產生特有的同情，從而使作品具有別致新穎的藝術魅力，這一點也受到世人的許多稱讚。《詩辨坻》卷四說：「黃花比瘦，可謂雅暢。」胡仔《苕溪漁隱叢話·前集卷六十》亦載：「『簾卷西風，人比黃花瘦』，此語亦婦人所難到也。」足

〔註118〕　宋曉冬、毛水清：〈唐宋詩詞中女性筆下的「花」意象〉，《廣西社會科學》第 3 期，2006，頁 125。

見此詞之擬人和對比手法的成功。

（二）落花飛絮

人生有死亦有死，生命的隕落，就像花的飄落和葉的凋零，滿是荒涼寂寞之感。詩詞中的「落花」意象，常作爲引發傷春或感懷的象徵物，落花代表著春將逝或春已逝，易令人發出對自身年華老去、青春不再的慨嘆。

風定落花深，簾外擁紅堆雪。（李清照〈好事近〉）

玉笙初度顫鸞篦，落花飛，爲誰吹？（秦觀〈江城子其三〉）

流水落花無問處，只有飛雲，冉冉來還去。（秦觀〈蝶戀花〉）

春風吹雨繞殘枝，落花無可飛。（秦觀〈阮郎歸〉）

畫堂春過，悄悄落花天。（柳永〈促拍滿路花〉）

風住塵香花已盡，日晚倦梳頭。（李清照〈武陵春〉）

賣花聲過盡、斜陽院落，紅成陣，飛鴛鴦。（秦觀〈水龍吟〉）

詞中處處可見以落花表現惜春之情，並由此抒發傷別閨怨之意。落紅遍地，花辭故枝，象徵行人遠去，更象徵紅顏老去，不禁令人傷懷。而落花意象的表現，正是營造出滿目惆悵，令人傷感的景致，將暮春時節，春將歸去而春人不歸的感懷融入其中。

另一種類似的用法是「殘花」。無論落在地面與否，花的凋殘，正象徵了好時光的過去或芳華已逝，其場景多伴著淒涼的情調：

不怕風狂雨驟，恰才稱、煮酒殘花。（李清照〈轉調滿庭芳〉）

覺來紅日又西斜，滿庭芳草襯殘花。（秦觀〈浣溪沙其五〉）

愁黛顰成月淺，啼粧印得花殘。（秦觀〈西江月〉）

消瘦，消瘦，還是褪花時候。（秦觀〈如夢令其一〉）

遙想酒醒來，無奈玉銷花瘦。（秦觀〈如夢令其三〉）

而飄零紛飛在風中的落花，較落在泥塵裡的花兒，更多了一種身世如寄、零丁飄盪的無常感。花的「落」與「殘」，甚至到「飛」，正象徵著人生的殘缺與飄零，此即「異質同構」。

褪花新綠漸園枝，撲人風絮飛。（秦觀〈阮郎歸其一〉）

> 對滿目、亂花狂絮。（柳永〈晝夜樂其一〉）
>
> 時覺春殘，漸漸飄花絮。（柳永〈迷神引〉）
>
> 池上春歸何處？滿目落花飛絮。（秦觀〈如夢令其五〉）
>
> 滿空院、落花飛絮。（秦觀〈夜遊宮〉）
>
> 花自飄零水自流。一種相思，兩處閒愁。（李清照〈一翦梅〉）

飛絮這類意象常用來自傷身世飄零，或暗指青樓女子送往迎來的生涯。整體說來，以落花或飛絮來作爲傷春的符號，哀悼美好事物的消逝，傳達一種感傷的情緒。從古時社會價值觀去追根溯源，女子最擔心之事無非紅顏老去，秋扇見捐；花謝表凋零，既可象徵情感已逝，亦可表示對歲月流逝的感歎和對美好家庭生活的嚮往。而「飛花」和「花雨」的效果，則呈現出一片迷離的美感：

> 那堪片片飛花弄晚，濛濛殘雨籠晴。（秦觀〈八六子〉）
>
> 自在飛花輕似夢，無邊絲雨細如愁。（秦觀〈浣溪沙其一〉）
>
> 人去空流水，花飛半掩門。（秦觀〈南歌子其三〉）
>
> 惜春春去，幾點催花雨。（李清照〈點絳脣閨思〉）
>
> 深院無人，黃昏乍拆鞦韆，空鎖滿庭花雨。（柳永〈鬥百花其二〉）

這些「落花」或「飛絮」的意象，在作品中常作爲傷春的符號，主要是哀悼美好事物的消逝，傳達一種感傷的情緒。青春易逝雖爲自然規律、但美人遲暮的哀傷卻是女性最不想面對之事，她們心裏有著對青春的眷戀、對歲月流逝的感歎。

（三）興、觀、群、怨

花，可以結合方位，除了可以是詞人吟詠的對象，也可以詞人詠物興懷時的背景：

> 月下瓊卮，花前金盞，與誰斟酌。（秦觀〈水龍吟其一〉）
>
> 月下金罍，花間玉珮，都化相思一寸灰。（秦觀〈沁園春其一〉）
>
> 蛺蝶飛來花上戲，對對飛來，對對還飛去。（秦觀〈蝶戀花其四〉）

憶花底相逢，親贈羅纈。（秦觀〈蘭陵王〉）

花下重門，柳邊深巷，不堪回首。（秦觀〈水龍吟〉）

簾垂深院冷蕭蕭。花外漏聲遙。（柳永〈少年遊其七〉）

清人李重華《貞一齊詩說》云：「詠物詩有兩法：一是將自身放頓在裡面，一是將自身站立在旁邊。」〔註119〕詩詞中的花之書寫，高明與否，即是看文人有無寓意寄託其中，既可以是旁觀者，也可以是自身的投射。

宋朝《陳輔之詩話》謂「花」爲詩人發抒或體現情感的最佳物色：「詩家之工，主在體物賦情，情之所用爲色，色之所比爲花。」花之爲物，大多以其姿態秀美、色彩鮮麗或香氣宜人而得到人們的欣賞，當其盛開時又多集中在萬物萌生的春天，使得代表希望的春季有了具體可見的形象。

柔腸斷盡少人知，閒看花簾雙蝶狒。（秦觀〈玉樓春其二〉）

心事不知緣底惡，對花珠淚雙雙落。（秦觀〈蝶戀花其三〉）

金鳳花開紅滿砌，簾捲斜陽，雨後涼風細。（秦觀〈蝶戀花其四〉）

心事不知緣底惡，對花珠淚雙雙落。（秦觀〈蝶戀花其三〉）

憑闌手撚花枝。放花無語對斜暉，此恨誰知？（秦觀〈畫堂春〉）

去歲迷藏花柳，恰恰如今時候。（秦觀〈宴桃源〉）

春意看花難，西風留舊寒。（李清照〈菩薩蠻〉）

醉莫插花花莫笑。可憐春似人將老。（李清照〈蝶戀花上巳召親族〉）

更接殘蕊，更撚餘香，更得些時。（李清照〈訴衷情〉）

接盡梅花無好意，贏得滿衣清淚。（李清照〈清平樂〉）

〔註119〕〔清〕李重華《貞一齊詩說》，收錄於〔清〕何文煥、丁福保編：《歷代詩話統編》（北京：北京圖書館出版社，2003年），冊伍，《清詩話》（二），頁493。

對著花兒，可觀賞之、可拈之、插之、嬉戲之，甚至是對之落淚；較特別的描寫是易安的〈訴衷情〉中的「更挼殘蕊」及〈清平樂〉：「挼盡梅花無好意」中的「挼」字之意爲搓揉、摩擦。韓愈〈讀東方朔雜事詩〉：「瞻相北斗柄，兩手自相挼。」亦可作撫玩、玩弄。薛昭蘊〈小重山〉：「不勝情，手挼裙帶遶花行。」表現出一種近乎病態的舉動，將梅花「挼殘蕊」並「撚餘香」，但這連續動作，其實不過是一種情感的宣洩，因獨守空閨，爲一腔無處訴的寂寞找個出口。而少游〈畫堂春〉中「憑闌手撚花枝」的「撚」，則是用手指捏取、夾取，如《聊齋志異‧卷二‧嬰寧》：「有女郎攜婢，撚梅花一枝。」相較於「挼」來說，「撚」是以輕微的動作，體現了少游細膩的情感。一般人寫到對花的愛賞多只不過是賞花、插花、折花、簪花，即使葬花，都是把對花的愛賞之情，變成帶有目的性的舉措。可是少游從「手撚花枝」到「放花無語」，卻是自然無意，看似不自覺、不自禁的舉動，其實出於內心一種敏銳深微的感動。當「撚」著花枝之時，愛花之情何深，當「放」卻花枝之際，惜花之意無奈。對比「花開堪折直須折」的動作，後者顯得庸俗魯莽，故「放花」之後，以「無語」收結，將這種深微細緻的幽微之情，寄於無聲的感動中。

貳　「獨抱濃愁無好夢」──談與「睡眠」有關的舉動

大部分的閨閣詞作，由於身處閨房之中，有溫床軟枕相伴，睡覺、醒來和失眠的篇章自然不少，以下將分項述之：

一、失眠無寐

失眠可是個嚴重的問題，以下先引幾闋詞來看看詞中主人翁失眠的原因爲何：

畢竟不成眠，鴉啼金井寒。（秦觀〈菩薩蠻〉）

無寐，無寐，門外馬嘶人起。（秦觀〈如夢令其二〉）

狂風落盡深紅色，春色惱人眠不得。（秦觀〈玉樓春其三〉）

鬢子偎人嬌不整，眼兒失睡微重。（秦觀〈臨江仙其二〉）

由上列幾例歸納起來，似乎都是室外聲響擾人，或者是春色惱人，都是令人失眠的原因。但是，也正因爲睡不著，故而門外的聲響格外清晰，無論是馬嘶還是鴉啼，都是孤客最先聞。故可知室外聲響不過是主人翁睡不著的藉口，甚至連春色都能牽連得上，欲睡不得，實可看出失眠的無奈。有時是白晝欲眠不得，如耆卿的〈西江月〉：「兩竿紅日上花棚。春睡厭厭難覺。」但是更多的失眠書寫，還是來自夜裡：

> 斷不成眠，此夜厭厭，就中難曉。（柳永〈傾杯〉）

> 對閒窗畔，停燈向曉，抱影無眠。（柳永〈戚氏〉）

> 孤幃夜永，欹枕難成寐。（柳永〈慢卷紬〉）

> 儘凝睇。厭厭無寐。漸曉雕闌獨倚。（柳永〈佳人醉〉）

> 想媚容、耿耿無眠，屈指已算回程。（柳永〈引駕行〉）

> 展轉數寒更，起了還重睡。畢竟不成眠，一夜長如歲。（柳永〈憶帝京〉）

> 展轉翻成無寐，因此傷行役。（柳永〈六幺令〉）

> 展轉無眠，粲枕冰冷。（柳永〈過澗歇近〉）

> 朦朧暗想如花面。欲夢還驚斷。和衣擁被不成眠，一枕萬回千轉。（柳永〈御街行其二〉）

> 燈前重看不成眠，又還一段惡因緣。（秦觀〈浣溪沙其三〉）

> 玉樓深鎖多情種，清夜悠悠誰共？羞見枕衾鴛鳳，悶則和衣擁。（秦觀〈桃源憶故人〉）

> 獨抱濃愁無好夢，夜闌猶剪燈花弄。（李清照〈蝶戀花〉）

李攀龍評少游〈桃源憶故人〉云：「形容多夜景色惱人，夢寐不成。其憶故人之情，亦輾轉反側矣。」（《草堂詩餘雋》卷四引）此情此景，孤清中帶著典雅的意味。爲了表現失眠之苦，上述詞中多以「輾轉反側」（「展轉數寒更」、「展轉翻成無寐」和「展轉無眠」），獨對閒窗燈花紅，來表現無法入眠的困窘。而失眠的原因，不外是思念甚極，想念讓人失神失魂失眠，長夜漫漫，只能「獨抱濃愁無好夢」。

二、睡　醒

關於睡醒的詞章不少，其所描寫的時間有夜晚也有白晝，有些是經過了一段時間，或整晚或夜半驚醒，有些則是午睡小寐，下引之篇章均為睡醒之作：

酒醒。夢繞覺，小閣香炭成煤，洞戶銀蟾移影。（柳永〈過澗歇近〉）

當無緒、人靜酒初醒，天外征鴻，知送誰家歸信，穿雲悲叫。（柳永〈傾杯〉）

酒力全輕，醉魂易醒，風揭簾櫳，夢斷披衣重起。悄無寐。（柳永〈夢還京〉）

那堪酒醒，又聞空階，夜雨頻滴。（柳永〈浪淘沙〉）

枕簟微涼，睡久輾轉慵起。（柳永〈郭郎兒近〉）

繡幃睡起，殘妝淺、無緒勻紅補翠。（柳永〈望遠行〉）

香幃睡起，髮妝酒釅，紅臉杏花春。（柳永〈少年遊其四〉）

杏花零落燕泥香，睡損紅粧。（秦觀〈畫堂春〉）

紫燕雙飛深院靜，簟枕紗廚，睡起嬌如病。（秦觀〈蝶戀花其一〉）

睡起熨沈香，玉腕不勝金斗。（秦觀〈如夢令其一〉）

謾道愁須殢酒，酒未醒、愁已先回。（秦觀〈滿庭芳其三〉）

夜來酒醒清無夢，愁倚闌干。（秦觀〈醜奴兒〉）

遙想酒醒來，無奈玉銷花瘦。（秦觀〈如夢令其三〉）

坐中客翻愁，酒醒歌闌。（秦觀〈滿庭芳其三〉）

酒醒熏破春睡，夢遠不成歸。（李清照〈訴衷情〉）

閨閣之中的醒覺，常伴隨著醉酒，如耆卿的〈過澗歇近〉、〈傾杯〉、〈夢還京〉、〈浪淘沙〉、〈少年遊其四〉，以及少游的〈滿庭芳其三〉、〈醜奴兒〉、〈如夢令其三〉、〈滿庭芳其三〉和易安的〈訴衷情〉，酒醒夢斷，重新起身。而女子因飲酒，「紅臉杏花春」而顯得紅粉緋緋，醒後的臉上猶帶著殘妝，經過睡眠之後，「睡損紅粧」，甚至無心「無

緒勻紅補翠」，慵懶嬌弱的女子「睡起嬌如病」，並「睡起熨沈香」，
由耆卿的〈望遠行〉、〈少年遊其四〉以及少游的〈畫堂春〉、〈蝶戀
花其一〉中，則可見女子初醒時的情狀，或嬌媚或無心梳妝，這些
細微的描寫，的確將女子初醒覺時之動作神態描繪得極其細膩。有
些詞作中更清楚點明了甦醒的時間點，在經過一夜睡眠後，於清晨
甦醒的部分：

日邊清夢斷，鏡裏朱顏改。（秦觀〈千秋歲〉）

流鶯窗外啼聲巧，睡未足、把人驚覺。（秦觀〈海棠春〉）

語燕飛來驚晝睡，起步花闌，更覺無情緒。（秦觀〈蝶戀花
其五〉）

瑣窗睡起門重閉，無奈楊花輕薄。（秦觀〈水龍吟其二〉）

夢迴宿酒未全醒，已被鄰雞催起怕天明。（秦觀〈南歌子其一〉）

被冷香消新夢覺，不許愁人不起。（李清照〈念奴嬌〉）

藤牀紙帳朝眠起，說不盡無佳思。（李清照〈孤雁兒〉）

昨夜雨疏風驟。濃睡不消殘酒。（李清照〈如夢令〉）

風柔日薄春猶早，夾衫乍著心情好。睡起覺微寒，梅花鬢
上殘。（李清照〈菩薩蠻〉）

以〈如夢令〉來說，當此芳春，明花正好，偏風雨來襲。心緒如潮，
不得入睡，只有藉酒消憂一法，聊以排遣。酒飲得多，覺也能睡得
濃。一覺醒來，天已大亮。但昨夜之心情，卻未爲夢隔。再由少游
的〈海棠春〉來看，被窗外的婉轉流鶯聲驚醒，頗有金昌緒〈春怨〉
詩：「打起黃鶯兒，莫教枝上啼。啼時驚妾夢，不得到遼西」的味道，
明明尚未睡足，卻硬生生被吵醒，仔細一聽竟是婉轉鶯啼，要說著
惱也不是，和上引易安的〈訴衷情〉中，寫出藉著飲酒好不容易才
入睡，做著與丈夫相聚的美夢，卻被鬢髮上的梅花香氣薰醒，因而
美夢中斷的氣象相似。少游另一闋〈蝶戀花其五〉的情況也相差無
幾，被喃喃燕聲驚醒，這些原本被人們認爲的美妙佳音，頓時都成
了擾人清夢的嘈雜聲。或許是主人翁前夜失眠，又或者是正進行著

美夢，方會連此等美妙之事都成了干擾之物。而另外幾闋詞雖是醒覺，卻透著些愁悶慵懶，既不想起身，又百無聊賴地什麼都提不起勁，而身邊環境的輕寒似乎也呼應著心情的微冷，令人感到不如重回溫暖被衾中。正因厭厭沒勁力，有時睡醒時間甚至已日上三竿：

> 午窗睡起香銷鴨，斜倚粧台開鏡匣。（秦觀〈玉樓春其二〉）

> 江風靜，日高未起，枕上酒微醒。（秦觀〈滿庭芳其二〉）

空閨等待的日子，良人不在身旁，佳人失魂落魄，失去了梳妝打扮的情緒，可見對愛情的執著。

三、夢

日有所思，夜自有所夢，夢是思想的投射，在現實生活中的不完滿，可藉由夢境得到實現，或聊以安慰，入睡時作著美夢，卻因故中斷而無法繼續，加深了心中的感傷。〈飲馬長城窟行〉云：「遠道不可思，宿昔夢見之。夢見在我旁，忽覺在他鄉。」藉夢寫出相思的期待。夢中相思可超越時空的限制，表達內心的情感。

> 夢枕頻驚，愁衾半擁，萬里歸心悄悄。（柳永〈傾杯〉）

> 夢覺小庭院，冷風淅淅，疏雨瀟瀟。（柳永〈臨江仙〉）

> 驚回好夢，夢裡欲歸歸不得。（柳永〈六么令〉）

> 夢覺紗窗曉。殘燈掩然空照。（柳永〈梁州令〉）

> 冷浸書帷夢斷，卻披衣重起。臨軒砌。（柳永〈佳人醉〉）

> 那堪酒醒，又聞空階，夜雨頻滴。（柳永〈浪淘沙〉）

> 酒力全輕，醉魂易醒，風揭簾櫳，夢斷披衣重起。悄無寐。
> （柳永〈夢還京〉）

> 酒醒。夢縈覺，小閣香炭成煤，洞戶銀蟾移影。（柳永〈過澗歇近〉）

> 中夜後、何事還驚起。（柳永〈婆羅門令〉）

> 夢覺清宵半。悄然屈指聽銀箭。（柳永〈安公子其二〉）

> 夜來酒醒清無夢，愁倚闌干。（秦觀〈醜奴兒〉）

夢斷繡簾垂，月明烏鵲飛。（秦觀〈菩薩蠻〉）

雖夢斷春歸，相思依舊。（秦觀〈青門飲〉）

一春魚鳥無消息，千里關山勞夢魂。（秦觀〈鷓鴣天〉）

喚起一聲人悄，衾冷夢寒窗曉。（秦觀〈醉鄉春〉）

鶯夢春風錦幄，蛩聲夜雨蓬窗。（秦觀〈何滿子〉）

倚樓聽徹單于弄，卻憶舊歡空有夢。（秦觀〈玉樓春其一〉）

紫燕雙飛深院靜，簟枕紗廚，睡起嬌如病。（秦觀〈蝶戀花其一〉）

夢破鼠窺燈，霜送曉寒侵被。（秦觀〈如夢令其二〉）

幽夢忽忽破後，妝粉亂痕霑袖。（秦觀〈如夢令其三〉）

夢迴宿酒未全醒，已被鄰雞催起怕天明。（秦觀〈南歌子其一〉）

望翠樓、簾卷金鉤。佳會阻，離情正亂，頻夢揚州。（秦觀〈夢揚州〉）

夢斷、漏悄，愁濃、酒惱。（李清照〈怨王孫〉）

瑞腦香消魂夢斷，辟寒金小髻鬟鬆，醒時空對燭花紅。（李清照〈浣溪沙〉）

淡蕩春光寒食天，玉爐沈水裊殘煙，夢回山枕隱花鈿。（李清照〈浣溪沙〉）

酒闌更喜團茶苦，夢斷偏宜瑞腦香。（李清照〈鷓鴣天〉）

獨抱濃愁無好夢，夜闌猶翦燈花弄。（李清照〈蝶戀花〉）

酒醒熏破春夢，夢斷不成歸。（李清照〈訴衷情〉）

被冷香消新夢覺，不許愁人不起。（李清照〈念奴嬌〉）

留曉夢，驚破一甌春。（李清照〈小重山〉）

薰透愁人千里夢，卻無情。（李清照〈攤破浣溪沙〉）

魂夢不堪幽怨，更一聲啼鴂。（李清照〈好事近〉）

「夢斷、漏悄，愁濃、酒惱。」清楚點出了醒來後滿腔的濃愁，偏偏夜未盡，酒也治癒不了心病，直是惱人。那麼，因夢斷而神傷的人們，

又是夢到了些什麼呢？在詞作中，詞人們幾乎不曾詳細描繪夢境，不曾娓娓道出夢境始末，讀者只能以前後詞句或佐以作者生平，去推置詞文原意。

最常出現的夢境內容，當屬空閨寂寞，想念情人而起。如易安〈浣溪沙〉、〈蝶戀花〉、〈訴衷情〉、〈好事近〉、〈念奴嬌〉、〈小重山〉等詞，乃是思念夫婿趙明誠。少游的〈玉樓春其一〉、〈如夢令其三〉，耆卿的〈佳人醉〉、〈婆羅門令〉等作，則是與情人分別後，思念情人，借酒澆愁，真切感人。較特別的是易安的〈蝶戀花〉以「永夜厭厭歡意少，空夢長安，認取長安道」句，寫出了她心心念念的家國之夢。

以易安的〈浣溪沙·淡蕩春光寒食天〉來看，與其生平事蹟配合比對，即知此「夢」乃是少女青春夢幻之夢，未婚少女心中自然充滿旖旎的愛情美夢，因此在明媚的春天，易安並未和女伴們一起鬥草或玩秋千，而是慵懶地躺臥在薰香滿室的香閨，正是捨不得離開夢境的寫照；另一首〈浣溪沙〉中，以「瑞腦香消魂夢斷」描寫在深夜時夢斷而醒，只能空對紅紅的燭花，獨噬傷感及寂寞。空閨等待的日子，夜間則因思念情人心切而無法入眠，只能藉著酒意催眠自己進入夢鄉，希望能作著與情人相聚的美夢。明人李攀龍評易安「被冷香消新夢覺，不許愁人不起。」（〈念奴嬌〉）云：「心事託之新夢，言有寄而情無方，玩之自有意味。」（《草堂詩餘雋》卷一引）可見上片「萬千心事」，為下片致夢之由。心事無人可告，唯有託諸夢境；而夢鄉新到，又被寒冷喚回，其中輾轉難眠之意，淒然溢於言表。再以易安〈好事近〉一詞觀之，此詞寫於夫婿趙明誠亡後。其中「長記」兩字，顯示出易安心中沒有一刻忘記過去歡樂的情景，而「魂夢不堪幽怨，更一聲啼鴃」，魂也依依，夢也依依，心中無限幽怨。夢到過往的幸福時光，年輕時的家族熱鬧歡聚的團圓畫面，且「酒闌歌罷玉尊空，青缸暗明滅」，真是一場熱鬧盡興的宴會，喝酒喝得裝酒的玉尊都空了，盡情高歌直至深夜，只是這樣繁

華熱鬧的場景，只得夢中尋了。類似思鄉懷舊情緒之作，尚有易安的〈攤破浣溪沙〉和〈好事近〉，前者是桂花的香氣薰醒了歸鄉之夢，足見思鄉情切；而後者則以現在的孤寂追憶往昔的歡宴，詞中所言之「魂夢」即思鄉之夢。

　　而少游的夢則可以〈夢揚州〉作爲代表：

> 晚雲收。正柳塘、煙雨初休。燕子未歸，惻惻輕寒如秋。
> 小闌外、東風軟，透繡幃、花蜜香稠。江南遠，人何處，
> 鷓鴣啼破春愁。　　長記曾陪燕遊，酬妙舞清歌，麗錦纏
> 頭。殢酒爲花，十載因誰淹留？醉鞭拂面歸來晚，望翠樓、
> 簾卷金鈎。佳會阻，離情正亂，頻夢揚州。（秦觀〈夢揚州〉）

語末的「夢揚州」即爲其詞牌名。少游爲何頻夢揚州？從熙寧七年（一〇七四）到元豐八年（一〇八五）登第爲止，這十年是他最常遊走揚州的時期，並常以杜牧〈遣懷〉中「十年一覺揚州夢，贏得青樓薄倖名」兩句，來比擬自己此時的生活。宋代狎妓風氣盛行，少游留連在歌樓舞榭之間，加之本身個性善感多情，結交的紅粉知己不在少數，也作有不少贈妓詞。而〈夢揚州〉詞中云「陪燕遊，酬妙舞清歌，麗錦纏頭」，顯然是爲青樓歌舞之娛而歡欣，因此大概能推想得到，令少游魂牽夢縈者應爲在揚州青樓的美好日子，其中或有令他傾心的麗人。耆卿的夢和少游相仿，均是在羈旅思中，懷念往昔與情人共度的旖旎時光。

參　「東籬把酒黃昏後」──談與「飲酒」有關的舉動

　　無論東方還是西方，酒一直佔有重要的地位。古希臘悲劇中，西方酒神精神上升到理論高度，哲學家尼采更使這種酒神精神得以昇華。尼采認爲酒神精神預示著情緒的發洩，是拋棄傳統束縛回歸原始狀態的生存體驗，人類在消失個體與世界合一的絕望的、痛苦的哀號中獲得生的極大快意。因爲自由、藝術、審美三位一體。因此作爲藝術家的他們，生命本身就必須有一種朝氣和春意，有一種常駐的醉意。

　　早自《詩經》始，即有頗多關於酒的記載，以酒喻人或寫飲酒心情的詩篇，多有所見。古人飲酒不外幾個原因：奠祭節日之飲、聚會享樂之飲、餞別親友之飲、引發靈感神思、借酒暫卻煩憂、養生保健之用、借酒避亂保身等〔註 120〕。《說文解字・酉部》記載：「酒，就也，所以就人性之善惡，從水酉，酉亦聲。一曰造也。吉凶所造起也。古者儀狄作酒醪，禹嘗之而美，遂疏儀狄，杜康作秫酒。」〔註 121〕古時有儀狄造酒、杜康造酒以及酒星造酒等說法。酒是一種物質文化，更是一種精神文化，向來受到文人騷客的青睞，成爲他們的手中杯、口中物、筆下情。最早的詩歌總集《詩經》中即有許多關於飲酒的詩篇，如：「陟彼崔嵬，我馬虺隤。我姑酌彼金罍，維以不永懷。陟彼高岡，我馬玄黃。我姑酌彼兕觥，維以不永傷。」（《詩經・周南・卷耳》）《詩經・女曰雞鳴》則寫出女子酒對嘉賓，況有呦呦鹿鳴燕東鼓瑟相伴事，「宜言飲酒，與子偕老」更是閨房女子向男子表達內心世界的一種委婉的方式，詩言志，酒抒杯，詩酒同緣，更使閨中女子在繾綣間抒發著千古幽思與遐想。

　　酒文化的源遠流長，古籍中飄盪著濃濃酒香：曹操「對酒當歌，人生幾何」的慷慨激昂、陶淵明「歡然酌春酒，摘我園中蔬」的平淡質樸、李白「人生得意須盡歡，莫使金樽空對月」的瀟灑澹然、杜甫「艱難苦恨繁霜鬢，潦倒新停濁酒杯」的滿腔憤懣、杜牧「借問酒家何處有？牧童遙指杏花村」的欲求不得、蘇軾「明月幾時有？把酒問青天」的昂首問天。對詩人而言，酒具有哲學意味，是自我精神解放的象徵，也提供了寫作的素材和動機。宋代楊萬里曾有：「一醉真能出百篇」（〈留蕭伯和仲和小飲〉）之句，陶淵明作二十首〈飲酒〉詩、李白「酒中仙」的美譽，其詩作與酒有關者多不勝數，如〈月下獨酌〉、〈將進酒〉等，在在展現了文人的浪漫情懷。是故，酒除了實用功能

〔註 120〕　張鈞莉：《對酒當歌》（臺北：幼獅文化事業公司，1994 年）。
〔註 121〕　〔漢〕許慎撰，〔清〕段玉裁注：《說文解字注》（臺北：天工書局，1996 年），頁 747。

外，文人選擇它做爲作品中常見之意象，乃因其具有特殊的指稱意義，既能展現文人的風雅，也能適時適景地盡興與澆愁，因此在閨閣書寫中，酒佔有重要的一席之地。

　　日長早被酒禁持，那堪更別離。（秦觀〈阮郎歸其一〉）

　　新來瘦，非干病酒，不是悲秋。（李清照〈鳳凰臺上憶吹簫〉）

　　殢酒爲花，十載因誰淹留？（秦觀〈夢揚州〉）

人們喜愛飲酒其來有自。易安〈鳳凰臺上憶吹簫〉中的「病酒」，即嗜酒、縱酒、醉酒之意，如劉伶病酒；而少游〈夢揚州〉中的「殢酒」，乃困於酒，有沉迷、沉溺之意，杜牧〈送別〉詩云：「莫殢酒盃閒過日，碧雲深處是佳期。」可見詞人們嗜酒如命，沈溺其中而無法自持，且非關性別，男女皆喜愛飲酒。以易安來說，她自少女時期即有飲酒的習慣〔註122〕，由其作「昨夜雨疏風驟。濃睡不消殘酒。」沈榮森在〈李清照酒詞淺探〉中曾做出統計，在李清照的四十五首詞作中，雖無一題「詠酒」之類，但是竟有二十三首涉及飲酒，比例超過一半。這些言酒之作，有的直截了當寫酒、醉、酌，有的則用尊、杯、盞、盤等酒器，還有的是用綠蟻、琥珀等借代酒，共計運用 40 次，詳見下表〔註123〕。

酒	醉	尊	杯	盞	酌	盤	琥珀	綠蟻
16次	9次	5次	3次	2次	1次	1次	2次	1次

人們飲酒習慣之盛，不僅限於佳節時跟隨習俗飲酒〔註124〕，更與當時的社會風氣有關。北宋繁華熱鬧，經濟發達，酒樓林立，社會飲

〔註122〕　〈如夢令〉全詞錄後：「常記溪亭日暮。沉醉不知歸路。」此詞寫於易安少女時期，乃描寫夏日泛舟出遊飲酒的情景。

〔註123〕　沈榮森：〈李清照酒詞淺探〉，《東嶽論叢》第 24 卷第 1 期，2003年 1 月，頁 118。（沈氏以王延梯《漱玉集注》爲版本，附詞未計）。

〔註124〕　郭泮溪：《中國飲酒習俗》「我國歷代普遍飲酒內容的節日有元旦（包括除夕）、元宵節、正月晦日（正月裡最後一天）、寒食節、清明節、上巳節、端午節、七夕、中秋節、重陽節和其他一些節日。」（台北：文津出版社，1980），頁 115。

酒風氣興盛，孟元老在《東京夢華錄》描寫到汴京通宵達旦的熱鬧
情景：

> （酒樓）向晚燈燭熒煌，上下相照，濃妝妓女數百，聚於
> 主廊檐上，以待酒客呼喚，望之宛若神仙。……大抵諸酒
> 肆瓦市，不以風雨寒暑，白晝通夜，駢闐如此。……在京
> 正店七十二戶，此外不能遍數，其餘謂之腳店，賣貴細下
> 酒。〔註125〕

酒館林立，給了人們飲酒很大的方便性。而通常飲酒的目的，不外
是對景作樂或排憂解悶兩大目的。不過，詞人們雖好酒卻不是沉湎
於酒的酒徒，而是「寄酒爲跡」，以酒表達自身品格，或藉酒抒懷。
而飲酒這個舉措也常伴隨賞花而來：

> 何期到此，酒態花情頓辜負。（柳永〈祭天神〉）
>
> 畫堂歌管深深處，難忘酒琖花枝。（柳永〈看花回〉）
>
> 憶當時、酒戀花迷，役損詞客。（柳永〈兩同心其二〉）
>
> 帝里疏散，數載酒縈花繫，九陌狂遊。（柳永〈如魚水其二〉）
>
> 歲華一任委西風，獨有春紅留醉臉。（秦觀〈木蘭花〉）
>
> 漸酒空金榼，花困蓬瀛。（秦觀〈滿庭芳其二〉）
>
> 更好明光宮殿，幾枝先近日邊勻，金尊倒，拚了盡燭，不
> 管黃昏。（李清照〈慶清朝慢〉）
>
> 紅酥肯放瓊苞碎，探著南枝開遍未。不知醞藉幾多時，但
> 見包藏無限意。　　道人憔悴春窗底，悶損闌干愁不倚。
> 要來小酌便來休，未必明朝風不起。（李清照〈玉樓春〉）
>
> 不如隨分尊前醉，莫負東籬菊蕊黃。（李清照〈鷓鴣天〉）
>
> 東籬把酒黃昏後，有暗香盈袖。莫道不銷魂，簾捲西風，
> 人比黃花瘦。（李清照〈醉花陰〉）
>
> 不怕風狂雨驟，恰才稱、煮酒殘花。如今也，不成懷抱，
> 得似舊時那？（李清照〈轉調滿庭芳〉）

〔註125〕〔宋〕孟元老撰，鄧之誠注：《東京夢華錄注》（台北：漢京文化事
　　　　業公司，1984），頁71、72。

> 年年雪裏，常插梅花醉。挼盡梅花無好意，贏得滿衣清淚。
>
> （李清照〈清平樂〉）

耆卿的〈祭天神〉、〈看花回〉和〈兩同心其二〉均是花酒相伴的場景，以花佐酒，風光旖旎。易安的〈轉調滿庭芳〉追憶當年，在風狂雨驟時，溫酒薰香，和夫婿一起賞花，且「生香薰袖」、「活火分茶」、「極目猶龍驕馬，流水輕車」配上「煮酒殘花」真是風雅至極。〈清平樂〉的「年年雪裡，常插梅花醉。」在初春梅花綻放時飲酒作樂，並在髮鬢上簪上梅花給丈夫欣賞，恩愛且富情趣。除了飲酒觀花，另有些風雅的舉動：

> 沈水臥時燒，香消酒未消。（李清照〈菩薩蠻〉）
>
> 酒闌更喜團茶苦，夢斷偏宜瑞腦香。（李清照〈鷓鴣天〉）
>
> 酒意詩情誰與共？淚融殘粉花鈿重。（李清照〈蝶戀花〉）
>
> 險韻詩成，扶頭酒醒，別是閒滋味。（李清照〈念奴嬌〉）
>
> 來相召，香車寶馬，謝他酒朋詩侶。（李清照〈永遇樂〉）

易安的「險韻詩成」（〈念奴嬌〉），是指作詩以生僻艱澀的字押韻爲用險韻，因其難押妥也。王禹偁亦有詩云：「分題宣險韻，翻勢得仙棋。」（〈謫居感事〉）作詩、吟詩、熏香、與友共翦西窗燭等舉措，盡皆風雅。〈蝶戀花〉詞中的悲傷哭泣，淚濕滿臉，因念及再無人與自己飲酒作詩，共此之樂，可見飲酒在閨閣書寫中，是件逸事。酒舒展了人的心胸，使人擺脫世俗拘累的同時，也爲情感的迸發、思維的活躍提供了有利條件，即劉熙載於《藝概·詩概》所云：「詩善醉，醉中語亦有醒時道不到者。蓋其天機之發，不可思議。」

一、飲酒的心情

以花與詩佐酒，實在風雅，不僅如此，飲酒更有其功能性。《毛詩序》載：「發乎情，止乎禮義。」情和禮義有其矛盾處，人的情緒是需要發洩的，而酒精可使人放鬆，故藉酒可盡興作樂，亦可一澆心中之塊壘，在飲酒的心情上，可就迥然不同了。

（一）作　樂

中唐後的昌盛科舉帶來宴遊之風。唐代進士放榜後往往有許多宴集遊樂活動。五代人王定保《唐摭言》載：「旨下後，人置被袋，例以圍障酒器錢帛實其中，逢花則飲，故張籍詩云：『無人不借花間宿，到處常攜酒器行。』」飲酒行令，藝妓以歌舞助興，於是歌與令合二爲一，此即小令的來源。唐時用於酒令的曲調也不少，如〈三台〉、〈上行杯〉、〈望遠行〉、〈傾杯樂〉、〈回波樂〉、〈卷白波〉、〈調笑令〉、〈花酒令〉、〈感恩多〉、〈下水船〉、〈抛球樂〉、〈荷葉杯〉、〈離別難〉、〈醉公子〉、〈醉花陰〉、〈葛運算元令〉、〈浪淘沙令〉、〈新添楊柳枝〉等，後來都成了詞調。當時的詞集有《尊前集》、《家宴集》等，由書名可知，酒在助興之餘，還能作成詩詞入籍中。

李白有詩云：「人生得意須盡歡，莫使金樽空對月」，其〈將進酒〉一詩中道出杜康入唇下肚的歡悅，與友把酒言歡確是人生一大樂事。在歡樂性方面，北宋三家詞之閨閣書寫中作樂歡愉的作品有：

> 酒力漸濃春思蕩。鴛鴦繡被翻紅浪。（柳永〈鳳棲梧其三〉）
>
> 無限狂心乘酒興。這歡娛、漸入嘉景。（柳永〈畫夜樂其二〉）
>
> 念對酒當歌，低幃竚枕，翻恁輕孤。（柳永〈木蘭花慢其一〉）
>
> 恨眉醉眼，甚輕輕覷著，神魂迷亂。（秦觀〈河傳其二〉）
>
> 香靨凝羞一笑開，柳腰如醉肯相挨，（秦觀〈浣溪沙其二〉）
>
> 春思如中酒，恨無力。洞房咫尺，曾寄青鸞翼。（秦觀〈促拍滿路花〉）
>
> 酒闌歌罷玉尊空，青缸暗明滅。（李清照〈好事近〉）
>
> 隨意杯盤雖草草。酒美梅酸，恰稱人懷抱。（李清照〈蝶戀花上巳召親族〉）

酒是最好的助興品，不管是家宴或是閨房之中，酒能使人放鬆，更易處於歡樂之中，醉態自然萌生。以梅配酒，可見味美；以舞樂佐酒，可見興盡，而當宴會結束，曲盡人散，人靜樓空與之前熱鬧的氣氛形成了強大的對比，更令人愈感悽涼。因酒醉而紅粉緋緋，使得美人白

裡透紅的臉蛋更顯美貌：

　　　　酒容紅嫩，歌喉清麗，百媚坐中生。(柳永〈少年遊其三〉)

　　　　香幃睡起，發妝酒釅，紅臉杏花春。(柳永〈少年遊其四〉)

　　　　年時今夜見師師，雙頰酒紅滋。(秦觀〈一叢花〉)

女子在飲酒後，妝容因酒而更顯紅嫩，不過這較常出現在洞房青樓方面的場景。

（二）澆　愁

　　古代文人多認爲酒能銷愁。曹操〈短歌行〉：「何以解憂？惟有杜康。」陶潛〈九日閒居〉也說：「酒能袪百慮。」蘇軾在〈洞庭春色〉中則戲稱酒爲「掃愁帚」。雖說飲酒能澆愁，但「酒入愁腸愁更愁」，飲酒者的愁腸愁思，並非幾杯杜康下肚就能消散。關於排解悲愁的飲酒場景，以下可以思念情人和懷國思鄉兩部分來看。

1、思念情人

　　所謂的情人，其實也包括夫婿來說。古時女子出嫁前爲情人費神，出嫁後爲出外或亡故的夫婿傷情，獨守空閨，寂寞難耐，因而閨閣飲酒之詞不少：

　　　　歸來中夜酒醺醺，惹起舊愁無限。(柳永〈御街行其二〉)

　　　　對酒當歌，強樂還無味。(柳永〈鳳棲梧其二〉)

　　　　酒醒。夢縈覺，小閣香炭成煤，洞戶銀蟾移影。(柳永〈過澗歇近〉)

　　　　漸消盡、醺醺殘酒。(柳永〈傾杯樂〉)

　　　　那堪酒醒，又聞空階，夜雨頻滴。(柳永〈浪淘沙〉)

　　　　夜來酒醒清無夢，愁倚闌干。(秦觀〈醜奴兒〉)

　　　　酒醒熏破春睡，夢遠不成歸。(李清照〈訴衷情〉)

　　　　險韻詩成，扶頭酒醒，別是閑滋味。(李清照〈念奴嬌〉)

　　　　三盃兩盞淡酒，怎敵他、晚來風急。(李清照〈聲聲慢〉)

　　　　斷香殘酒情懷惡，西風催襯梧桐落。(李清照〈憶秦娥〉)

空閨獨飲，最是寂寞。思婦獨守空閨，白天倚樓遠眺，夜晚見到孤
枕衾被，淒涼之意湧現，室內通常焚香，但直至爐香燒盡，餘留一
些殘香，仍難遣寂寞，只得進入醉鄉撫懷。文人們向來抱持著「借
酒忘憂」的態度，耆卿詞中對酒的書寫較爲奇特，他雖然也寫年少
浪漫的歌酒情懷，但是詞中的酒意象，往往是以樂景用以襯哀。如
「擬把疏狂圖一醉，對酒當歌，強樂還無味」（〈鳳棲梧〉）、「每高
歌強遣離懷。奈慘咽、翻成心耿耿」（〈傾杯〉），由樂景中更顯哀感。
而在易安〈訴衷情〉中，夜裡獨飲而醉，臉上的妝猶在，卻倒頭就
睡，因其渴望能藉著沉醉入夢，快些進入夢鄉與夫相會，可惜夢斷
酒醒，更感孤寂。

2、懷國思鄉

〈漁父篇〉中「舉世皆濁我獨清，眾人皆醉我獨醒」之句，千
百年來已成爲騷人遷客生命情懷的寫照，酒，亦爲排遣家國之思的
聊慰品。劉若愚以爲：

> 中國詩時常言及飲酒和達到「醉」。……這個字並不含有強
> 烈的感官享樂的意思，也不像許多歐洲的飲酒歌那樣，暗
> 示歡樂和高興。……而是指一個人精神上脫離日常關心的
> 事的狀態。……中國詩中說「醉」大部分是一種常套，……
> 這種習慣至常溯回到詩集《楚辭》中的一篇〈漁父〉。……
> 在這篇作品中，詩人抱怨「眾人皆醉我獨醒」。後世詩人像
> 劉伶，將詩人和現世的位置倒置，而追求象徵著從這現世
> 的痛苦和個人的感情中逃避的「醉」。〔註126〕

易安雖爲女流，但其詞作卻遠比另外兩位男詞家更具有家國意識，
除了易安有不畏強權、不讓鬚眉的氣慨，絕大部分原因當然是遭逢
亂世。易安在靖康之變發生後，作品中便積極展現出希望高宗能北
伐金人、收復河山的心願，詞作中常流露出思鄉之愁，而思鄉情切
欲藉酒消愁：

〔註126〕劉若愚：《中國詩學》（臺北：幼獅文化事業公司，1977 年），〈第五
　　　　章中國人的一些概念與思想感覺的方式〉，頁 98。

故鄉何處是？忘了除非醉。沉水臥時燒，香消酒未消。(李清照〈菩薩蠻〉)

寒日蕭蕭上鎖窗，梧桐應恨夜來霜。酒闌更喜團茶苦，夢斷偏宜瑞腦香。　　秋已盡，日猶長，仲宣懷遠更淒涼。不如隨分尊前醉，莫負東籬菊蕊黃。(李清照〈鷓鴣天〉)

靖康之難時，易安身攜大批文物舉家逃難南渡，自此便在南方度過了後半生。不久丈夫急病過世，中年喪偶的她頓失依靠，且平生收藏的金石書畫在逃難時亡佚殆盡，面對這種種打擊，除了緬懷在北宋時的美好時光，也只能依靠酒來暫時忘卻悲痛，稍解思念故國之鄉愁。徐培均於《李清照集箋注》中言：「此（〈菩薩蠻〉）爲懷鄉之詞，應作於流寓杭州期間，意雖沉痛而筆致清靈，蓋趙明誠辭世已數年。」〔註127〕其中的「故鄉何處是？忘了除非醉」之句沈痛萬分，爲了忘卻思鄉之苦，只得藉酒澆愁，以求能暫時消解顛沛流離、國破家亡之愁。而「香消酒未消」一句，寫出在沉水氤氳芬芳滿室中睡去，香氣漸散，酒意卻仍未消，其實未曾消減的是滿腔愁思，飲酒既多，鄉愁實濃。

二、酒的種類與醉酒

有時不直言酒，以其他別名看出酒類的多樣性，有「醪」、「流霞」、「琥珀」：

好夢狂隨飛絮，閑愁穠勝香醪。(柳永〈西江月〉)

對好景、空飲香醪，爭奈轉添珠淚。(柳永〈望遠行〉)

甚時向、幽閨深處，按新詞、流霞共酌。(柳永〈尾犯〉)

莫許盃深琥珀濃，未成沈醉意先融，疏鐘已應晚來風。(李清照〈浣溪沙〉)

《說文解字》中言：「醪，汁滓酒也。」〔註128〕「汁滓酒」指的是沒

〔註127〕 徐培均語：「此（〈菩薩蠻〉）爲懷鄉之詞，應作於流寓杭州期間，意雖沉痛而筆致清靈，蓋趙明誠辭世已數年。」參見徐培均：《李清照集箋注》，頁131

〔註128〕 〔漢〕許慎撰，〔清〕段玉裁注：《說文解字注》，頁748。

有經過過濾的酒，古人飲酒很多是和酒滓一起飲用的，在《黃帝內經》中即有記載皇帝與醫家歧伯討論「湯液醪醴」的事，說到了用稻米釀酒的好處。醪，混含渣滓的濁酒也。而耆卿〈尾犯〉中所言之「流霞」本為一種仙酒，項曼都好道學仙，後隨仙人上天，口飢欲食，則仙人賜以流霞一杯，每飲一杯，數月不飢。後返回人間，人稱之為「斥仙」〔註129〕。後將飲流霞比喻飲酒，李商隱〈武夷山〉：「只得流霞酒一杯，空中簫鼓幾時回。」孟浩然〈清明日宴梅道士山房〉：「童顏若可駐，何惜醉流霞。」〈尾犯〉中之流霞指的是稠濃的美酒。〈尾犯〉的下半片「佳人應怪我，別後寡信輕諾。記得當初，翦香雲為約。甚時向、幽閨深處，按新詞、流霞共酌。再同歡笑。肯把金玉珍珠博。」所言之「再同歡笑。肯把金玉珍珠博」頗有太白「五花馬、千金裘，呼兒將出換美酒」的意味，若能換取相聚的歡樂時光，即使耗費千金也在所不惜。而易安〈浣溪沙〉中的「莫許盃深琥珀濃」，其「琥珀」，言酒之色也，「琥珀濃」即言酒之濃也。李白〈客中作〉詩云：「蘭陵美酒鬱金香，玉椀盛來琥珀光。」

　　詞作中酒之書寫既多，醉倒之作更是不少：

　　年少傅粉，依前醉眠何處。(柳永〈鬪百花其二〉)

　　酒力全輕，醉魂易醒，風揭簾櫳，夢斷披衣重起。(柳永〈夢還京〉)

　　醉鄉風景好，攜手同歸。(柳永〈看花回〉)

　　花光媚，春醉瓊樓，蟾彩迥、夜游香陌。(柳永〈兩同心其二〉)

　　擬把疏狂圖一醉。對酒當歌，強樂還無味。(柳永〈鳳棲梧其二（一名蝶戀花）〉)

　　背銀缸、孤館乍眠，擁重衾、醉魄猶噤。(柳永〈宣清〉)

　　但暗擲、金釵買醉。(柳永〈望遠行〉)

　　知幾度、密約秦樓盡醉。(柳永〈長壽樂〉)

<hr>

〔註129〕　〔漢〕王充：《論衡・卷七道虛》（北京：中華書局，1985 年），頁74。

　　向繡幃，醉倚芳姿睡，算除此外何求。(柳永〈如魚水其二〉)

　　醉鞭拂面歸來晚，望翠樓、簾捲金鈎。(秦觀〈夢揚州〉)

　　飲罷不妨醉臥，塵勞事、有耳誰聽？(秦觀〈滿庭芳其二〉)

　　覺傾倒，急投牀，醉鄉廣大人間小。(秦觀〈醉鄉春（添春色）〉)

　　目斷雲山君不至。香醪著意催人醉。(秦觀〈蝶戀花其五〉)

　　淒咽，意空切。但醉損瓊卮，望斷瑤闕。(秦觀〈蘭陵王〉)

　　最好金龜換酒，相與醉滄洲。(秦觀〈望海潮其二〉)

　　也不似、貴妃醉臉，也不似、孫壽愁眉。(李清照〈多麗（詠白菊）〉)

　　故鄉何處是？忘了除非醉。(李清照〈菩薩蠻〉)

　　莫許盃深琥珀濃，未成沈醉意先融，疏鐘已應晚來風。(李清照〈浣溪沙〉)

　　不如隨分尊前醉，莫負東籬菊蕊黃。(李清照〈鷓鴣天〉)

　　夜來沈醉卸妝遲，梅萼插殘枝。(李清照〈訴衷情〉)

　　年年雪裏，常插梅花醉。(李清照〈清平樂〉)

　　醉莫插花花莫笑。可憐春似人將老。(李清照〈蝶戀花〉)

關於醉倒，另有「中酒」和「扶頭」等不同之說法，：

　　露顆添花色？月彩投窗隙。春思如中酒，恨無力。(秦觀〈促拍滿路花〉)

　　中酒殘妝整頓。聚兩眉離恨。(柳永〈甘草子其二〉)

「中酒」，醉酒也。杜牧〈牧州詩〉云：「殘春杜陵客，中酒落花前。」一說飲酒微醺半酣時。《漢書・卷四十一・樊噲傳》：「項羽既饗軍士，中酒。」顏師古注：「飲酒之中也，不醉不醒，故謂之中。」以末例觀之，閨中婦人因夫婿遠征未歸，在失望痛苦的情緒中，無心梳洗裝扮，借酒澆愁，兩道攢蹙在一塊兒的眉。凝聚著濃濃的離愁別恨。

　　險韻詩成，扶頭酒醒，別是閒滋味。(李清照〈念奴嬌〉)

杜牧〈醉題五絕〉詩云：「醉頭扶不起，三丈日還高。」趙長卿〈鷓

鷓天〉詞云：「睡覺扶頭聽曉鐘。」「扶頭」指醉後狀況，意思是頭亦需扶。而扶頭酒乃指酒性烈，易使人醉之酒。

肆　「枕上詩書閒處好」──談與「看書」有關的舉動

古時女子受教育的情況雖不普及，但仍有不少閨閣才女，熱衷文墨，喜愛沈浸書海者不在少數。宋代文化繁榮，造紙術的改良與印刷術的增進，大大加快了文化知識的傳播速度，宋代的女性也受到了一定的教育。北宋初年，受到唐代遺風所及，對女性的觀念十分寬容，教育亦相對普及。

對於宋代女子教育問題，司馬光在《家範》中言：

> 女子六歲始習女工之小者，七歲始誦《孝經》、《論語》。九歲爲之講解《論語》、《孝經》及《列女傳》、《女誡》之類，略曉大義。古之賢女，無不觀圖史以自鑒。如曹大家之徒，皆精通經術，議論明正。今人或教女子以作歌詩，執俗樂，殊非所宜也。

司馬光又云：「女子之道，婦道母儀，始於女德，未有女無良而婦淑者也。」他將教育分爲幾個階段，在六歲以前，男女皆同。六歲起，教之數及方位之名。然後男女教育開始有分別，男子始習書字，女子始習女工之小者。七歲起，男女不同席，不共食。開始誦《孝經》、《論語》，女子也宜誦習。七歲以下的孩子，早睡晚起，飲食無時。但八歲以後，出入門戶及飲食，必須在長者之後，開始教之以謙讓。男子誦《尚書》，女子則不出中門。九歲男子讀《春秋》及諸史，並開始爲其講解，以使其通曉義理；女子則爲其講解《論語》、《孝經》及《列女傳》、《女誡》，使略曉大意。十歲以後，男子出就外傳，居宿於外。讀詩、禮、傳，並爲之講解，使其知仁義禮智信五常。且自此以後，可以讀孟子、荀子、揚子。至於女子，則教以婉娩聽從，及女工之大者。未冠笄者，天正明而起，總角洗面，拜見長者，協助長者供養。祭祀時協助長者執酒食。如已冠笄，則則責以成人之禮，不再以幼童待之。司馬光主張女子應讀書，但

不應作詩歌，這點和晉代婦女的風雅以及唐、五代婦女之能詩之現象有所差別。

　　杜學元於《中國女子教育通史》中分析，宋代女子其受學途徑有別，若出身於書香世家，從小便能受到文學薰陶，這也是多數宋代女子受教育的途徑；再者，出身官宦之家者，可延聘師傅教之；三者，出身平民人家者，可靠天資聰敏，並向人求教以自修之；最後一種，則是流落風塵之女子，因與文人交往而受到習染。〔註 130〕以易安來說，家學淵源又早慧的她，從小即展現出過人的詠絮之才。年少時即有首失題詩「詩情如夜鵲，三繞未能安」，兩語深得晁補之讚許，在此詩可知易安的詩情澎湃，猶如夜鵲，渴望找尋得以安棲的枝幹。汗牛充棟的她極愛閱讀，即便在金人入侵，山河飄搖的逃難途中，也書不離身，〈金石錄後序〉載：

> 獨餘少輕小卷軸書帖、寫本李、杜、韓、柳集，世說、鹽鐵論，漢唐石刻副本數十軸，三代鼎鼐十數事，南唐寫本書數篋，偶病中把玩、搬在臥內者，巋然獨存。〔註131〕

由書目種類來看，不僅含括了李白、杜甫、韓愈、柳宗元等文人諸集，連歷史典制，皆包羅其中，可見閱讀之廣。在〈攤破浣溪沙〉一詞中即有「枕上詩書閒處好，門前風景雨來佳」之句，足見即使於病中，觀書閱讀都是她不可偏廢的事：

> 病起蕭蕭兩鬢華，臥看殘月上窗紗。豆蔻連梢煎熟水，莫分茶。　　枕上詩書閒處好，門前風景雨來佳。終日向人多醞藉，木犀花。（李清照〈攤破浣溪沙〉）

倚在枕上看一會兒書，又去門前觀賞景致，這大概是大病初起的人消磨時光的最好辦法。由於剛經歷一場大病，因此易安只能臥枕觀書，而不是觀賞字畫，因爲若是字畫，那不僅要站著看，還要遠近

〔註 130〕 杜學元：《中國女子教育通史》（貴陽：貴州教育出版社，1996 年），頁 106～108。

〔註 131〕 〔宋〕李清照：〈金石錄後序〉，收錄於王學初：《李清照集校註》，頁 180。

左右來回走動，從不同角度、不同距離仔細端詳，對大病初起的人實在不宜。俞平伯以為「寫病後光景恰好。說月又說雨，總非一日的事情。」〔註132〕由於久病初癒，使人欣慰，此詞格調輕快，心境怡然自得，與同時其他作品很不相同，通篇以白描而作，語言樸素自然，情味深長。

另外「險韻詩成，扶頭酒醒，別是閒滋味」（〈念奴嬌〉）句，寫出易安以不易押之險韻作詩，如她的著名詞作長調〈聲聲慢〉便是用韻奇險的一闋詞〔註133〕，可見其才情過人。

不僅富家仕女如此，寄身青樓的女子，亦有能文識墨者，耆卿〈鳳銜杯其一〉中的瑤卿，便是朵具掃眉之才的解語花：

　　有美瑤卿能染翰。千里寄、小詩長簡。想初裂苔牋，旋揮翠管紅窗畔。漸玉箸、銀鉤滿。　　錦囊收，犀軸卷。常珍重、小齋吟玩。更寶若珠璣，置之懷袖時時看。似頻見千嬌面。（柳永〈鳳銜杯其一〉）

除了女子，男性亦可在閨閣中提筆賦詩，不過，常因愁緒惱人或已進入夢鄉，較少這方面的書寫：

　　冷浸書帷夢斷，卻披衣重起。臨軒砌。（柳永〈佳人醉〉）

　　愁悴。枕簟微涼，睡久輾轉慵起。硯席塵生，新詩小闋，等閒都盡廢。這些兒、寂寞情懷，何事新來常恁地。（柳永〈郭郎兒近〉）

這部分之例證既少，也較無代表性及相關抒發，僅聊備一說。

〔註132〕俞平伯：《唐宋詞選釋》。

〔註133〕陳在東、閻秀平在〈清新俊爽李易安──李清照詞風新探〉中言「〈聲聲慢〉用舌音15字，用齒音42字，占全詞97字的一半還多。一般用疊字、舌音、齒音很容易弄巧成拙，而李清照這首詞用韻卻奇險而又天成，有一種『嘈嘈切切錯雜彈，大珠小珠落玉盤』的音樂美感。」參見陳在東、閻秀平：〈清新俊爽李易安──李清照詞風新探〉，《臨沂師範學報》，1997年10月，第19卷第5期，頁60。

伍 「弄徹梅花新調」——談與「彈琴聽曲」有關的 舉動

琴飾之以玉者名「瑤琴」或「玉琴」。瑤，美玉也。然詩詞中所謂之「瑤琴」有時並非眞的飾之以玉，只是琴而已。誠如易安詞中所言之「玉枕」、「玉闌干」、「玉簫」、「金鴨」……等等，並非全爲金玉製品。有時所謂「金」者，可能是銅製品，而所謂「玉」者，亦可能只是石製品，只因要說明其爲黃色或白色而已。

> 小院閒窗春色深，重簾未捲影沈沈，倚樓無語理瑤琴。（李清照〈浣溪沙〉）

> 時時懷古，淚灑琴台。（秦觀〈沁園春其一〉）

小院閒窗，倚樓望夫之餘，低頭無語，以彈奏瑤琴打發漫漫長日〔註 134〕。樂器是古時女子身處閨閣中常接觸的事物，或絲或竹，大家閨秀多對此感到嫻熟，無論是彈琴或聽曲，均可顯出飄逸風雅之精神，在聽曲部分有：

> 窗外月華霜重，聽徹梅花弄。（秦觀〈桃源憶故人〉）

> 風起雲間，雁橫天末，嚴城畫角，梅花三奏。（秦觀〈青門飲〉）

> 畫樓雪杪，誰家笛、弄徹梅花新調。（秦觀〈解語花〉）

> 笛聲三弄，梅心驚破，多少春情意。（李清照〈孤雁兒〉）

> 玉瘦檀輕無限恨，南樓羌管休吹。（李清照〈鷓鴣天〉）

> 更誰家橫笛，吹動濃愁。（李清照〈滿庭芳〉）

在寂靜的夜裡，笛聲樂音傳入耳裡，正是一種「孤客最先聞」的悲哀。笛聲幽怨，聞者哀淒，亦可見閨中人的音樂素養頗佳，能對樂音心有戚戚焉。「羌管」是笛的一種，由上引詞中可發現，笛聲是常出現之樂音，且前四例均寫〈梅花弄〉，以其做爲歌曲的表徵。選擇〈梅花弄〉作爲聽曲的曲目，應有其特殊意義。舒紅霞以爲：

〔註 134〕 徐培均言上海民族樂團琴師龔一，有一古琴，相傳爲李清照所擁有，上刻有〈琴銘〉「□山之桐，斲其形兮。冰雪之絲，宣其聲兮。□□□□，和性情兮。廣寒之秋，萬古流兮。」參見徐培均：《李清照集箋注》，頁 394。

　　〈梅花落〉是魏晉樂府曲調，屬橫吹曲，本爲軍中之樂，
　其曲重在抒發兵革苦辛之情。同時也藉梅花表現傷春情
　懷。……梅花與其他春花一樣，首先喚起的是年華易逝、
　美人遲暮的感傷情緒和生命意識。〔註135〕

〈梅花弄〉，一名〈梅花三弄〉、〈梅花落〉，樂曲名。原名爲「三六」，
由三個曲調組合而成，各曲調之間，並以一個共同曲調連接起來，
曲調流暢清新。又名《梅花引》、《梅花曲》、《玉妃引》，早在唐代
就在民間廣爲流傳，是中國傳統藝術中表現梅花的佳作。此曲結構
上採用循環再現的手法，重複整段主題三次，每次重複都採用泛音
奏法，故稱爲《三弄》〔註136〕。全曲表現了梅花潔白，傲雪凌霜
的高尚品性，並借物詠懷，通過梅花的潔白、芬芳和耐寒等特徵，
來讚頌具有高尚節操的人。

　　《神奇秘譜》記載此曲最早是東晉桓伊所奏的笛曲，不過，晉代
的笛應該是指羌笛，是豎吹的，和現在的簫相若。譜中解題云：「桓
伊出笛爲梅花三弄之調，後人以琴爲三弄焉。」在李芳園編的南北派
大曲琵琶新譜的附編初學入門中，改名爲「梅花三弄」，並分段加寒
山綠萼、姍姍綠影、三疊落梅等小標題，亦稱爲「三落」。

　　郭茂倩《樂府詩集·卷二十四》言南朝宋鮑照〈梅花落〉解題稱，
「〈梅花落〉本笛中曲也」、「今其聲猶有存者」。今存唐詩中亦多有笛
曲《梅花落》的描述，說明南朝至唐間，笛曲〈梅花落〉較爲流行。
其樂曲內容，歷代琴譜都有所介紹，南朝至唐的笛曲〈梅花落〉大都
表現愁怨離緒。以易安〈孤雁兒〉觀之，以漢代橫吹曲中的〈梅花弄〉，
照應本爲詠梅的命題，還能令人聯想到園中的梅花，似以一聲笛曲，

〔註135〕舒紅霞：《宋代審美文化——宋代女性文學研究》（北京：北京人民
　　　　出版社，2004年）頁88。
〔註136〕明《伯牙心法》載：「三弄之意，則取泛音三段，同弦異徽云爾。」
　　　　又郭茂倩《樂府詩集》卷三十平調曲與卷三十三清調曲中各有一解
　　　　題，提到相和三調器樂演奏中，以笛作「下聲弄、高弄、游弄」的
　　　　技法。今琴曲中「三弄」的曲體結構可能就是這種表演形式的遺存，
　　　　聊備一說。

催綻萬樹梅花，帶來春天的消息。用意頗似李白〈與史郎中欽聽黃鶴樓上吹笛〉：「黃鶴樓中吹玉笛，江城五月落梅花。」然「梅心驚破」句似更爲奇警，以梅喻人，含蓄點出女子心情上波瀾起伏。而其他四闋詞作，亦均以曲調和詞情皆哀怨悲傷的〈梅花落〉，引起思婦的感傷心緒，心中「濃愁」難以排遣。

「桓伊出笛吹三弄梅花之調，高妙絕倫，後人入於琴。」又「梅爲花之最清，琴爲聲之最清，以最清之聲寫最清之物，宜其有凌霜音韻也。」（明《伯牙心法》）由此可推知何以詞作中之曲目，多以〈梅花三弄〉爲首選，乃因梅花凌霜傲雪，既有季節感，又能彰顯出詞人高潔不屈的節操與氣質。

陸 「生香薰袖，活火分茶」——談與「品茗」有關的舉動

宋代茶詞甚豐，其茶詞浸潤著宋代文人的人格理想，是宋代文人精神風貌的寫照，在宋代文人的日常生活中扮演了相當重要的角色。王水照曾對宋代詠物詞內容，提出一種有趣的現象：

> 當然並非詠花卉草木、禽鳥魚蟲、日月風雨時用情語，詠器物、詠茶的詞也經常要投入情語。……黃庭堅的詠物詞〈滿庭芳〉中有「相如病酒」、「歸來晚，文君未寢，相對小窗前」（此詞一作秦觀詞）；秦觀詠物詞〈滿庭芳〉中亦有「嬌鬟，宜美盼」、「頻相顧，餘懽未盡，欲去留連」。應該承認，情語的加入，使詠物詞的容量擴大了，審美層次加深了。〔註137〕

文人的日常生活，如文人集會宴飲、訪友送客等等均離不開茶，它促進了文人日常生活的審美意識。茶成爲宋詞創作中的重要題材，也是意蘊豐富的文化現象，在閨閣詞作中亦可見其書寫：

> 寒日蕭蕭上鎖窗，梧桐應恨夜來霜。酒闌更喜團茶苦，夢

〔註137〕 王水照：《宋代文學通論》（高雄：復文圖書出版社，2000 年 6 月），頁 465。

斷偏宜瑞腦香。　　秋已盡，日猶長，仲宣懷遠更淒涼。
不如隨分尊前醉，莫負東籬菊蕊黃。（李清照〈鷓鴣天〉）

關於「團茶」之意，《宣和北苑貢茶錄》中載：「太平興國初，特製龍
鳳模，遣使臣即北苑造茶團，以別庶飲。」當時有龍團、鳳團兩種，
後又有小鳳團，皆團茶，即今之茶餅。

　　茶不但具有實用價值、茶性清純、雅淡、質樸，茶味苦而甘、
味淡香永，且生長於幽林遠澗，遠離塵囂，性寒尚潔，和人性中的
清虛和穆，平淡恬靜有高度的契合性，恰合文人勵志尚潔的情操和
雅趣，因此宋代文人品茶作詞言志，競為時尚，其承載內涵和審美
情調均可以言。以易安〈鷓鴣天〉一詞來說，書寫秋日鄉愁，為晚
年流寓越中所作。對於心情愁苦的人來說，蕭殺的秋天，真是觸目
成悲。藉酒銷愁，飲多而醉，醒來後唯覺瑞腦薰香，沁人心脾。「秋
已盡」時，白天較短，由於心情愁苦，只覺得時光過得太慢，所以
感到「日猶長」；而由「仲宣懷遠更淒涼」句，可窺知其孤身飄泊，
思歸不得的幽怨之情，希望能藉酒暫時忘卻思鄉之愁。深秋本來使
人感到淒清，加以思鄉之苦，心情自然更加淒涼，歸鄉返家既是空
想，不如飲盡樽中美酒，不要辜負美麗秋光。由於飲酒甚多，導致
有宿醉頭痛之現象，所以喝帶有苦味的團茶以解宿醉，「夢斷」時易
安以瑞腦香醒腦，不想喝到爛醉如泥，不省人事。由於宋高宗既無
意北伐，易安歸鄉的願望落空，倒不如好好欣賞眼前美好的菊花。
往昔美好時光再也無法追尋，如今品茶，品嘗的只是茶的苦澀之味，
茶味苦，生活亦苦，飲茶之道如同人生之味。

　　三家閨閣詞中「茶」書寫之作尚有：

一線碧烟縈藻井，小鬢茶進龍香餅。（秦觀〈蝶戀花其一〉）

酒闌更喜團茶苦，夢斷偏宜瑞腦香。（李清照〈鷓鴣天〉）

碧雲籠碾玉成塵，留曉夢，驚破一甌春。（李清照〈小重山〉）

「茶」是高深的藝術、悠遠的文化，更是獨特的美學。宋代十分重
視茶文化，不論是點茶、分茶、湯水的講究、茶籠的使用、茶盞的

運用，皆十分細膩精緻。易安〈小重山〉中的「碧雲籠」，即平時裝茶的籠子。「碧雲」，指茶葉之色。「碾玉」，碾茶也。黃庭堅〈催公靜碾茶〉詩：「睡魔正仰茶料理，急遣溪童碾玉塵。」其中的「碾玉塵」與此詞「碾玉成塵」意同。宋時崇尚團茶，即將茶葉調和香料壓製成團狀，用時再碾碎，故稱「碾玉」。故「碧雲籠碾」，即碾茶也，碾細故曰「玉成塵」，宋人對於茶皆先碾後煮，秦觀有〈秋日〉詩云：「月團新碾瀹花甆。」末句「一甌春」中的「甌」乃飲料容器。李煜〈漁父〉詞：「花滿渚，酒滿甌。」「春」，指茶。黃庭堅〈踏莎行〉：「碾破春風，香凝午帳」，其中的「春」，茶也。

易安〈攤破浣溪沙〉中的「豆蔻」，多年草本植物，開淡黃色花，種子有香氣，果實種子可入藥，性溫辛，能祛寒濕。「熟水」，是宋人常用飲料。《事林廣記》別集卷七之〈造熟水法〉云：「夏月，凡造熟水，先傾百煎裒（同滾）湯在瓶器內，然後將所用之物投入，密封瓶口，則香倍矣。若以湯泡之，則不香矣。」此易安所言之豆蔻熟水製作方法於《事林廣記別集》中之〈豆蔻熟水〉云：「白豆蔻殼揀淨，投入沸湯瓶中，密封片時用之，極妙。每次用七個足矣，不可多用，多則香濁。」下引兩詞觀之：

當年、曾勝賞，生香薰袖，活火分茶。（李清照〈轉調滿庭芳〉）

豆蔻連梢煎熟水，莫分茶。（李清照〈攤破浣溪沙〉）

楊萬里〈談庵座上觀顯上人分茶〉詩云：「分茶何似煎茶好，煎茶不似分茶巧。」可見「分茶」是宋人加工茶水的一種方式，與煎茶有別。所謂的分茶，指在點茶時用茶筅攪動茶盞中融成膏狀的茶末，邊注湯邊攪動，令水茶彼此交融，並使泛在湯麵上的湯花形成各種圖案。活火分茶，活火指的是帶火苗的炭火。另可見《太平廣記‧卷二百一》：「茶須緩火灸，活火煎。活火謂炭火焰火也。」和蘇軾〈汲江煎茶〉：「活火仍須活水烹，自臨釣石汲深清。」，均寫出烹茶之景，和〈轉調滿庭芳〉中的「活火分茶」句同，足見烹茶是一門十分講究的藝術，從選茶、選水、茶器到火候，處處是學問。

小　結

　　北宋詞閨閣書寫中的審美空間結構，是一種主觀的精神封閉範型。這些描寫和感受具有女性機敏而細膩的審美心理，眞切再現了女性於封閉的閨中生活空間和幽深的精神特徵，顯示出獨有的審美眼光和審美風格。這當然和女性有限的戶外經驗相關，常常與閨中物什朝夕相伴，自有其深刻的體味，自古以來女性的獨特審美心理和幽深封閉的生存環境息息相關。

　　在時序方面，多以春秋爲季節，兼以月夜或黃昏之景爲書寫場景，在春花秋月的場景之下，或觀花、或飲酒、或看書、或彈琴聽曲、或品茗，因心緒如潮，輾轉反側，難以成眠。其實，三家詞人於夏冬時節亦有詞作，只是依出現頻率觀之，春秋之際的創作數量較多；再者，若純以「少女懷春」與「壯士悲秋」的觀點來談，並不能完全表現本章之意涵。事實上，在秋之書寫中，也有不少女子自傷身世，如花般凋零的境遇，如「梧桐落。又還秋色，又還寂寞」（李清照〈憶秦娥〉）之句；而男子在春季書寫中，又非全然缺席，不管是以女性視角或男子自敘，皆有「春去也，飛紅萬點愁如海」（秦觀〈千秋歲〉）之嘆，可見壯士不是全然悲秋，而仕女亦非一味懷春。總地說來，本章係由時間、場所與舉動三點，全面性地分析閨閣書寫中的人、事、時、地、物。